國家圖書館出版品預行編目資料

新譯庾信詩文選／歸青注譯.－－初版一刷.－－臺北市: 三民, 2018
面; 公分.－－(古籍今注新譯叢書)
ISBN 978-957-14-6355-1 (平裝)

843.65 106021807

注譯者	歸青
責任編輯	邱文琪
美術設計	李唯綸
發行人	劉振強
著作財產權人	三民書局股份有限公司
發行所	三民書局股份有限公司
	地址 臺北市復興北路386號
	電話 (02)25006600
	郵撥帳號 0009998-5
門市部	(復北店) 臺北市復興北路386號
	(重南店) 臺北市重慶南路一段61號
出版日期	初版一刷 2018年1月
編號	S 034010

行政院新聞局登記證局版臺業字第〇二〇〇號

ISBN 978-957-14-6355-1 (平裝)

http://www.sanmin.com.tw 三民網路書店

歸青 注譯

新譯

庾信詩文選

三民書局 印行

刊印古籍今注新譯叢書緣起

劉振強

人類歷史發展，每至偏執一端，往而不返的關頭，總有一股新興的反本運動繼起，要求回顧過往的源頭，從中汲取新生的創造力量。孔子所謂的述而不作，溫故知新，以及西方文藝復興所強調的再生精神，都體現了創造源頭這股日新不竭的力量。古典之所以重要，古籍之所以不可不讀，正在這層尋本與啟示的意義上。處於現代世界而倡言讀古書，並不是迷信傳統，更不是故步自封；而是當我們愈懂得聆聽來自根源的聲音，我們就愈懂得如何向歷史追問，也就愈能夠清醒正對當世的苦厄。要擴大心量，冥契古今心靈，會通宇宙精神，不能不由學會讀古書這一層根本的工夫做起。

基於這樣的想法，本局自草創以來，即懷著注譯傳統重要典籍的理想，由第一部的四書做起，希望藉由文字障礙的掃除，幫助有心的讀者，打開禁錮於古老話語中的豐沛寶藏。我們工作的原則是「兼取諸家，直注明解」。一方面熔鑄眾說，擇善而從；

一方面也力求明白可喻，達到學術普及化的要求。叢書自陸續出刊以來，頗受各界的喜愛，使我們得到很大的鼓勵，也有信心繼續推廣這項工作。隨著海峽兩岸的交流，我們注譯的成員，也由臺灣各大學的教授，擴及大陸各有專長的學者。陣容的充實，使我們有更多的資源，整理更多樣化的古籍。兼採經、史、子、集四部的要典，重拾對通才器識的重視，將是我們進一步工作的目標。

古籍的注譯，固然是一件繁難的工作，但其實也只是整個工作的開端而已，最後的完成與意義的賦予，全賴讀者的閱讀與自得自證。我們期望這項工作能有助於為世界文化的未來匯流，注入一股源頭活水；也希望各界博雅君子不吝指正，讓我們的步伐能夠更堅穩地走下去。

序

歸青

上世紀八十年代中，從業師王運熙先生治六朝文學，在先生指定的書單中即有清人倪璠的《庾子山集注》。庾信在文學史上的地位很重要，他既是南北文學交融的樞紐，又是古詩和唐詩之間的橋樑，作品堪稱一流，自然不可不讀。

然而當時讀庾集的感覺是，讀得模模糊糊，不深不透。倪璠的注的確旁徵博引，材料豐富，然而對於一個初學者來說，這樣的注讀下來感覺很累，甚至有一種迷失在原始森林，茫然無歸的感覺。心想如果能有一種簡明扼要，便於初學的入門讀物就好了。不過，儘管讀得疙疙瘩瘩，但讀過和沒讀過究竟不一樣，對庾信其人其作多少有了一點認識，也產生了一點興趣，希望可以有機會對他做一點研究。

經朋友推薦，我受三民書局的委託，來編選譯注庾信的詩文。我想正好可以利用這個機會，來重溫這一部重要的集子。這個工作是艱苦的，但又是有趣的，自己也因此有了不少新收穫。庾信熟諳典故，他的作品可以說無處不典。同時他後期的作品又多現實的感懷。而其時正是兵荒馬亂之世，各方爭鬥，錯綜複雜，背景弄不清楚，作品也就無法讀通。好在庾集已有倪璠和吳兆宜兩種注本，他們的注都很詳明，給我提供了搜檢的線索和許多背景材料。我不得不佩服這些舊時代的學者，當時沒有電腦，甚至也沒有什麼引得之類的檢索工具，憑著他們的學養、記憶、敏感和獨特的搜尋方法，竟然解決了書中絕大部分的問題，使我們今天從事這項工作的人減輕了很大的勞動強度，真可謂是庾學功臣。

本書雖是一個普及型的讀本，但要做好委實不易。須知庾信詩文用典多而且深，有典必注，這是很難迴避的。不像寫文章，原文讀不懂的部分還可以不提。注書即使想要迴避，也不能迴避得太多。再有翻譯，更須逐字逐句弄清楚，較之注釋更無迴避餘地。因為本書的對象是普通讀者，所以簡潔明瞭是本書編寫的基本原則。注釋力求簡明扼要，避免旁徵博引。只是庾信使事用典，語意含蓄，時有難以一言概之者，對此筆者注意在注釋和語譯兩部分中分工合解。語譯部分是筆者費心最多的所在。既玩味原文，體會作意，復兼用直譯、意譯二法，努力用規整的句法表述之。有時一字未穩，竟至躊躇竟日。每興非知之難，能之實難之歎。

庾信學力深厚，庾集內涵豐富。使事用典、時代背景對於注者的學力都是嚴峻的考驗。雖有倪璠、吳兆宜兩種箋注替我解決了許多問題，使我的工作得有依憑。然而縱使如此，本書必定還存在著很多問題，在此懇請讀者諸君不吝指正，匡我不逮。

對於庾信，在做這本書前的認識，可以說是相當膚淺的。然而通過注譯本書，我對庾信的瞭解逐漸加深，等到全書完成，自信已在相當程度上走近了庾信。我希望能借此更進一步，真正走進庾信的世界。這是一個美好的願望，也必定是一段艱難的旅程，希望在不遠的將來能夠達成。

二〇一七年十月三十日於滬上守拙齋

新譯庾信詩文選　目次

詩

文

導讀

一、庾信生平

庾信（西元五一三—五八一年），字子山，南陽新野（今屬河南省）人。他幼年時即聰穎異常，博覽群書。梁武帝大通元年（西元五二七年），十五歲的庾信就被選為太子蕭統的東宮侍讀。中大通三年（西元五三一年）蕭統去世，蕭綱被立為皇太子。當時庾信的父親庾肩吾擔任太子中庶子，庾氏父子和徐摛、徐陵父子同在東宮擔任抄撰學士，深得蕭綱寵信，「出入禁闥，恩禮莫與比隆」（《周書・庾信傳》）兩家父子文才卓越，享有盛名。每有文章，京城很快就流傳開了，當時稱為「徐庾體」。大同十一年（西元五四五年），庾信兼任通直散騎常侍，出使東魏，憑著他出色的才華贏得了東魏人的敬仰。回國後，被任命為東宮領直，太子宮中兵馬都交由他掌管。正當庾信風華正茂，一路順風之際，侯景叛亂爆發。在叛軍的凌厲攻勢前，梁軍節節敗退，潰不成軍。太清二年（西元五四八年），叛軍直逼建康城下。

形勢空前危急，驚惶失措中，太子蕭綱便命庾信率領宮中文武千餘人去防守皇宮外朱雀航（宮門前的浮橋）。可是庾信既無軍事才能，又沒有堅強的意志，面對著叛軍的攻勢，他居然率眾先退，從而加速了臺城（宮城）的陷落。

臺城陷落後不久，庾信逃到了江陵。那時江陵是蕭繹的地盤，蕭繹時任荊州刺史、侍中、假黃鉞、大都督中外諸軍事、司徒，位高權重，擁兵一方。他任命庾信為御史中丞。承聖元年（西元五五二年）蕭繹的大將王僧辯、陳霸先等平定了建康。侯景被殺，蕭繹就在江陵稱帝，改元承聖。承聖三年（西元五五四年），蕭繹派庾信出使西魏。當他抵達長安時，西魏大軍正在于瑾的率領下攻打江陵。很快江陵陷落，蕭繹被俘，在受盡羞辱後被殺，大批梁朝軍民在西魏武力的逼迫下，長途跋涉被押送入北。從此以後，庾信便留滯北方，直到去世。這是庾信生活和寫作的前半期。

庾信抵達長安後，西魏曾任命他為使持節、撫軍將軍、右金紫光祿大夫。不久又遷為車騎大將軍、儀同三司，不過這些都是空頭的名號。迨至宇文氏代魏立周，庾信仍然受到朝廷的禮遇。他曾擔任過司水下大夫，主持過渭橋的修建。歷任弘農郡守、司憲中大夫和洛州刺史等職。他有過隨侍皇帝的機會。「見鐘鼎於金、張，聞絃歌於許、史」（〈哀江南賦〉），他和趙王、滕王、齊王等權臣交往甚密，當然他們也很敬仰庾信，給予了他很多的關照和保護，他的文集中就有很多答謝他們賞賜的謝啟。然而在他的內心深處，對故國的懷念，回家的渴望又無時不在燃燒。後來周、陳的關係一度改善，雙方都將對方流寓在己方的人士放還，陳朝還點名要求周將包括庾信、王褒在內的十名南方人士放還，沒想到遭到了北周的拒絕。本來還存在著的一線希望至此便徹底破滅，這使庾信陷於極度的痛苦之中。他後期的詩歌中常常會寫一些送別友人回南的詩歌，流露出難以言表的絕望心情。由於生活的環境發生了根本的變化，又受到了北方風土人情的影響，他後期的創作有一種沉鬱、悲憤、蒼涼、渾厚的風格，也寫出了〈哀江南賦〉、〈擬詠懷二十七首〉這樣偉大的作品。晚年的庾信心情抑鬱，身體不好，在隋開皇元年（西元五八一年），病逝於長安，終年六十九歲。

二、庾信的詩歌

庾信的詩歌大體可分抒情、描寫和應酬三大類。

抒情詩是庾信詩歌中數量最多，成就最高，價值也最大的作品。「庾信平生最蕭瑟，暮年詩賦動江關」（杜甫〈詠懷古跡五首〉其一）杜甫這一評價，在庾信的抒情詩裡體現得尤為突出。我們從庾信現存的抒情詩的內容看，可以肯定絕大多數都作於他入北以後。這部分詩歌真實地展現了他這一時期的生活經歷和複雜痛苦的思想矛盾，代表作是〈擬詠懷二十七首〉。

庾信抒情詩中有相當一部分作品是寫他對梁朝敗亡的反思。作為梁朝的舊臣，他早年受到梁太子蕭綱的賞識，受到很高的禮遇。「弱齡參顧問，疇昔濫吹噓」（〈奉和永豐殿下言志十首〉）、「疇昔國士遇，生平知己恩」、「一顧重尺璧，千金輕一言」（〈擬詠懷二十七首〉），蒙受著梁朝的知己之恩，一想到這些舊事，他就充滿了感激，梁朝與他有著血肉聯繫。正因為如此，他對於梁朝的敗亡才有著一種切膚之痛。

搖落秋為氣，淒涼多怨情。啼枯湘水竹，哭壞杞梁城。天亡遭憤戰，日蹙值愁兵。直虹朝映壘，長星夜落營。楚歌饒恨曲，南風多死聲。眼前一杯酒，誰論身後名。（〈擬詠懷二十七首〉）

他致慨於梁朝當政者目光短淺，只顧眼前尋歡作樂，卻全然不顧國家的長治久安。當著國家危難之際，竟然沒有人挺身而出，為救國而奔波。「始知千載內，無復有申包」（〈擬詠懷二十七首〉）這讓他感到寒心。他對於梁朝敗亡這一事實覺得匪夷所思，難以理解。「天道或可問，微兮不忍言」（〈擬詠懷二十七首〉）只能把原因歸結於高深莫測的天意了。

對自己屈節仕北痛苦心情的抒發，是他後期抒情詩的主要內容。作為深受梁朝恩寵的臣子，庾信奉使入北以後，就被強留在北。他經歷了梁朝的敗亡、魏周的易革，以他特殊的身分，在北朝作稻粱謀，所處的環境和所懷的心情都是複雜而微妙的。從他詩中的描寫看，他在北朝的生活就是一種了無生氣，沒有自由的狀態。他寫道：

> 俎豆非所習，帷幄復無謀。不言班定遠，應為萬里侯。燕客思遼水，秦人望隴頭。倡家遭強聘，質子值仍留。自憐才智盡，空傷年鬢秋。（〈擬詠懷二十七首〉）

在這首詩中，他感歎自己百無一用，就像是被強聘的女子和抵押在異國的質子，硬是被強留在了北方，根本就無自己的意志可言。「索索無真氣，昏昏有俗心。涸鮒常思水，驚飛每失林」、「有情何可豁，忘懷固難遣」、「惟彼窮途慟，知余行路難」（〈擬詠懷二十七首〉），在這些沉痛哀傷的詩句裡，我們體會到詩人那種痛苦至極，以至感覺生不如死的心境。可以說，絕望感是庾信後期詩歌中反覆出現的旋律。

懷念故國，感歎有家難回是他後期抒情詩的又一主題。從庾信奉使入北，到隋開皇元年（西元五八一年）病重去世，他滯留北方二十七年。在此期間，先是南北交惡，他自然無法南歸，後來當著南北關係緩和，雙方遣返對方人員時，他卻被強留在了北方。為此他痛心疾首。在下面這首詩中他傾吐了無盡的悲愁。

> 榆關斷音信，漢使絕經過。胡笳落淚曲，羌笛斷腸歌。纖腰減束素，別淚損橫波。恨心終不歇，紅顏無復多。枯木期填海，青山望斷河。（〈擬詠懷二十七首〉）

詩中寫了一個流落北方的女子，她期盼著來自故國的音信，然而陪伴她的卻只是哀怨的胡笳羌笛。「枯木」二句非常真切地寫出了詩中女子，同時也是作者的心理。她對回返故鄉早已絕望，然而，儘管如此，她心底的期盼到底沒有熄滅，在看似絕望的內心深處仍存著一絲期待。這種對故國的懷念和欲歸不得的悲愁尤其分明地體現在他寫的一些贈別詩中。如〈別周尚書弘正〉：

扶風石橋北，函谷故關前。此中一分手，相逢知幾年？黃鵠一反顧，徘徊應愴然。自知悲不已，徒勞減瑟絃。

在這首詩裡，作者一方面為友人終於能回返祖國而高興，另一方面又為自己有家難回而悲傷不已。眼看著別人一個接一個地回去了，可自己卻永無返歸的一天，詩中流露出來的那種絕望情緒，真是讓人為之歎息動容。

庾信後期抒情詩的確代表了他詩歌創作的最高成就，詩中情感的豐富和深細給人以強烈的感染力，也改變了他之前的柔弱綺靡的風格，從而帶動詩歌向著融合南北，兼容聲律與風骨的方向發展，在詩歌史上有著很大的意義。

庾信詩歌的第二種類型便是那些以描寫為主的作品。這些詩大抵是南朝詩風的體現，其基本特徵在以外物的展現為主，描寫為其主要的表現手段。如果要按描寫的對象來分的話，主要有寫景、詠物和宮體之別。

在他的描寫詩中，山水、田園和遊覽之作占著主要的比重。這部分作品基本沿襲著南朝的風氣，一般沒有什麼深意，對景物的刻畫用筆精細卻不煩瑣，往往能在明淨的畫面中散發出一種韻味，因而顯示出高出於南朝流行風氣的特點。如〈奉和山池〉：

樂宮多暇豫，望苑暫迴輿。鳴笳陵絕浪，飛蓋歷通渠。桂亭花未落，桐門葉半疏。荷風驚浴鳥，橋影聚行魚。日落含山氣，雲歸帶雨餘。

描寫精煉而工切。既有對於遊歷行程的記敘，又有對景致的近距離攝取。「荷風」二句刻畫精工，而富靈動之氣。他有一些詩能在景物的描繪中流露出自己隱微的心情。如〈望渭水〉：

樹似新亭岸，沙如龍尾灣。猶言吟溟浦，應有落帆還。

作者站在渭水岸邊，放眼遠望，眼前呈現的卻是長江邊上的景象。真象和幻象交疊，迷離恍惚中空間變換。雖然沒有一句直接言情的句子，但在對景物的描寫中卻透露出濃重的思鄉之情。

和南朝大多數詠物詩一樣，他大部分的詠物詩也都寫得短小精煉，體物精細，卻了無寓意；或雖有立意，卻極為膚淺。像「詠園花」、「舟中望月」這樣一些題目，本來是很容易寫成有寓意的作品的，但在庾信手裡往往只是抓住對象的特徵，用典故和描寫結合的方式，編織成篇。不過，他也有少數詠物詩是有寄託的。如〈塵鏡〉：

明鏡如明月，恒常置匣中。何須照兩鬢，終是一秋蓬。

塵鏡這個意象在古詩中已被反覆使用，但多用來表現閨怨，現在庾信用在詩裡卻賦予了不同的意義。意思是說，為什麼還要去照鏡子呢？照出來的無非是憔悴的面容，與其如此，那還不如讓鏡子積滿灰塵好了。蒼涼的身世之感就在與眾不同的構思中流露了出來。像這樣的詠物詩已經和抒情詩很難區別了。

他的〈詠畫屏風詩二十四首〉是一組比較特殊的詩。從它「詠」的特點來說，可以說是詠物詩，但從詠的對象來說，又不同於一般的詠物詩。它是看圖作詩，詠的是一個畫面，其中有人物、有景致、有物象。這一組詩可以說絕大部分都是精品，寫得清新明麗，畫面感強。

停車小苑外，下渚長橋前。澀菱迎擁楫，平荷直蓋船。殘絲繞折藕，芰葉映低蓮。遙望芙蓉影，只言水底然。

高閣千尋跨，重簷百丈齊。雲度三分近，花飛一倍低。吹簫迎白鶴，照鏡舞山雞。何勞愁日暮，未有夜烏啼。

在畫面的刺激下，激發起作者的想像力，於是詩人就將眼前之畫轉換為心中之景，進而再用他的詩筆把浮現在心中的畫面展現出來。像這樣的詩既可以說是詠物詩，也可以說是寫景詩，甚至可以認為是抒情詩，具有多種屬性。我們在這裡把它們歸在詠物詩中來評述，只是一種權宜的處理。

和南朝宮體詩一樣，庾信的宮體詩也多側重描摹。以女性的容貌、體態、歌聲、舞姿為描寫對象，雖然意思膚淺，然而唯美而又精緻，具有很強的觀賞性。如〈和詠舞〉：

洞房花燭明，燕餘雙舞輕。頓履隨疏節，低鬟逐上聲。步轉行初進，衫飄曲未成。鸞迴鏡欲滿，鶴顧市應傾。已曾天上學，詎是世中生。

描寫一個舞女的翩翩舞姿，抓住最能體現人物的細節特徵，將舞女優美的體態動作交代得清清楚楚。作為一種新型的豔詩，宮體詩不是以抒情為特徵，而是以描寫為特色的，它是一種為欣賞美色而創作的詩歌。庾信本來就是南朝宮體詩的傑出代表，他到北方以後，繼續寫作宮體詩。與南朝一般宮體詩比較起來，庾信的宮體詩描寫更為簡潔凝練，也少了宮體詩常有的輕佻習氣。

在庾信的豔詩中，還有一些代言體的閨怨詩，習慣上也把它們作為宮體詩處理，然而這類詩古已有之，能與傳統閨怨詩區別開來的特徵在於它的齊梁風味。庾信的閨怨詩主要是用想像的方法，努力去體驗怨婦那愁苦的心態，描摹情態較為細緻。如〈秋夜望單飛雁〉：

失群寒雁聲可憐，夜半單飛在月邊。無奈人心復有憶，今暝將渠俱不眠。

寫思婦聽到夜半孤雁的鳴聲引起的煩怨，體會較為真切，這裡既有對女性同情的一面，又有以悲為美，借助對女性悲怨內心的想像來欣賞悲情的意味。

庾信詩歌的第三種類型是以應酬交際為目的的詩歌。在古代中國，士大夫幾乎人人都是詩人，「詩可以群」，詩歌在很大程度上承擔著人際交往的功能，這是與西洋或五四以來對詩歌的認識不盡一樣的。庾信寫了很多應酬詩，這些詩大都以唱和、應詔、贈答的方式表現，一般沒有什麼深厚的情感，也缺乏豐實的思想內容，大多只是為人際交往的需要而寫。事實上作者也確實只是利用詩歌這一形式，來達到現實功利的目的，這也從一個方面反映了作者的生活和心態。

其中有些作品是帶有政治表態性質的。庾信作為一個南朝的使臣，留在了北朝，他特殊的身分和所處的地位頗為微妙。寄人籬下，言語行為不得不慎之又慎。有時候想要表白，卻又不便直說，他便要借詩歌來委曲表達。例如〈從駕觀講武〉寫他隨從皇帝檢閱軍隊演習，用筆誇張，烘托出比武賽藝緊張激烈的場面，不過這些都是用來襯托的。全詩的要旨在結末的兩句：「小臣欣寓目，還知奉會昌。」以此來表示自己躬逢其盛的心情和效力當朝的決心。

還有一些詩是向人請求的。這些詩一般寫得比較含蓄，所謂溫柔敦厚，微諷而已。如〈上益州上柱國趙王二首〉其一，前八句在分別讚美了趙王的文采風流後，結末二句寫道：「無因同子淑，暫得侍臨淄。」意思是說可惜自己不能像建安時期邯鄲淳隨侍曹植那樣追隨在趙王身邊，實際上是委婉地表達希望跟隨趙王的意思。在其二中作者通過對歲末嚴寒的描寫，來突出他的貧困生活。

寂寞歲陰窮，蒼茫雲貌同。鶴毛飄亂雪，車轂轉飛蓬。雁歸知向暖，鳥巢解背風。寒沙兩岸白，獵火一山紅。願想懸鶉弊，時嗟陋巷空。

表面上是在寫他的實際生活，然而當我們聯繫其一的內容和他入北以後寫的〈幽居值春〉、〈臥疾窮愁〉和〈小園賦〉等作品時，我們不難發現，詩中歎窮嗟貧其實是詩人用來喚起對方同情的方式，是從側面來強化他的請求。這首詩可以說是庾信應酬詩中的佳作，寫詩的動機是提出一個實際的要求，但表達方式卻很巧妙。

他還有一些應酬詩因為與對方的關係比較親近，所以能夠在一定程度上突破禮的限制，流露出個人的性情，寫得比較有趣。如〈蒲州刺史中山公許乞酒一車未送〉：

細柳望蒲臺，長河始一迴。秋桑幾過落，春蟻未曾開。瑩角非難馭，槌輪稍可催。只言千日飲，舊逐中山來。

意思是說，桑葉已落了好幾回了，可是答應要送的酒卻遲遲不來。車馬（瑩角、槌輪）應該不難準備，為什麼滿懷的期待卻全然成了泡影呢？詩是寫給對方的，用的是責備的語氣，但實際是和朋友開的玩笑。由此也可見出二人關係的親密程度。

不過就應酬詩中的大多數作品而言，往往是敷衍之作。彬彬有禮卻情感不深，寫法上多用編織典故，適當穿插若干寫景的句子，篇末點題的方式，有一種模式化的傾向。應酬詩本質上只是一種交際工具，感情膚淺，性情也流露得少，是庾信詩歌中品位較低的作品。

庾信詩歌的藝術風貌具有多方面的特徵。一方面它具有南朝詩歌的新變特徵，這主要體現在一些描寫為主的詩歌裡。這些詩歌都是五七言體，而以五言為主，篇幅比較短小，一般在十句左右。語言清麗流暢，能注意聲律的諧調，對偶和典故的運用。可以說，南朝的詩歌藝術到了庾信手裡，已經提高到最高的水準。在這方面需要特別提出來的是，他的詩歌精緻工巧，明麗流暢，這突出地表現在這樣幾個方面：

一是體物的精細。他善於寫細節，比如寫景物中的細部，「密菱障浴鳥，高荷沒釣船。

碎珠縈斷菊，殘絲繞折蓮」（〈和靈法師遊昆明池二首〉）、「荷風驚浴鳥，橋影聚行魚」（〈奉和山池〉）、「日光釵焰動，窗影鏡花搖」（〈夢入堂內〉）。再如對人物細節的描寫，他善於抓住人物的一個神態，一個動作，甚至一個裝束，傳神寫照，如在目前。「畫眉千度拭，梳頭百遍撩。小衫裁裹臂，纏絃掐抱腰」（〈夢入堂內〉）、「頓履隨疏節，低鬟逐上聲。步轉行初進，衫飄曲未成」（〈和詠舞〉）、「步搖釵梁動，紅輪帔角斜」（〈奉和趙王美人春日〉）等等，不事鋪張，卻能產生栩栩如生，鮮明生動的效果，從而激發人的聯想。

二是平中見奇的構詞造句功夫。他的詩從總體來看是淺易流暢的，但如果仔細品味卻會發現，他在遣詞造句上又是奇特的。他不甘平庸，往往要別出心裁地用一些出人意表的表達法。例如「雲逐魚鱗起，渠從龍骨開」（〈和李司錄喜雨〉），前句中的「雲」和「魚鱗」好像是兩回事，但實際上指的卻是魚鱗狀的雲彩。後句中的「渠」和「龍骨」乍一看也像是兩個事物，然而「龍骨」本來就是水渠的名稱，指的還是同一對象。「狹石分花徑，長橋映水門」（〈詠畫屏風詩二十四首〉）句中的「狹石」其實就是「花徑」，說的就是花叢中狹窄的石子小道；「長橋」就是「水門」。從兩岸對視的角度看，是橋；順著河流的視線看，則可以看作為門。明明寫的是同一對象，但在詩歌中卻被表述成兩個事物。這種寫法姑可謂之一物二寫。還有一些句子則故意打破尋常的語序，使人於剎那的困惑之後，要費心去重組語序，尋覓語義，以收精警動人的效果。例如，明明是寫皇帝車駕行近青城綺門，他卻是這樣寫的：「青城臨綺門」（〈同州還〉），把屬於一物的青城綺門分拆開來，並將「青城」置於主語的位置。類似的例句還有「門嫌磁石礙」（〈從駕觀講武〉），意為人嫌磁石門礙；「遊仙半壁畫，隱士一牀書」（〈寒園即目〉），意為半壁遊仙畫，一牀隱士書，這種寫法或可謂之錯綜句法。這些句法事實上正是劉勰在《文心雕龍・定勢》裡批評過的「顛倒文句，上字而抑下，中辭而出外，回互不常」的求奇的風氣。但對於這種句法特色究竟應該怎樣看，恐怕還是要具體情況具體分析，不宜全部否定。

三是印象式的描寫。對於詩人而言，異於常人的敏銳的感知能力是很重要的。庾信就是這樣一位具有異稟的詩人。在他的詩歌中當他描寫外界事物的時候，往往不是站在旁觀的立場對事象作著客觀的描述，而是更為注重自己的主觀感覺。他詩中的景象往往帶著他的感知特點。比如，在〈詠畫屏風詩二十四首〉中，狀寫樓閣高聳，他就說：「落日低蓮井，行雲礙芰梁。」寫秋風中的擣衣唱歌，他就這樣寫：「急節迎秋韻，新聲入手調。」寫鳥兒啼鳴：「翔禽逐節舞，流水赴弦歌。」寫歌聲舞姿：「歌聲上扇月，舞影入琴弦。」這些都是用人的主觀感覺把外界不相干的事物串聯起來，倘若從科學的眼光看，自然是一種錯覺，然而從表達效果來說，卻更加真實生動。再如其六中對舞女旋轉疾速的舞姿是這樣寫的：「澗水纔窗外，山花即眼前。」完全打破了傳統的旁觀者視角的寫法，轉而從行為者的感覺來寫動作的狀態，也就是說，用舞女的感覺印象來寫她的舞姿旋轉如飛，很有點類似現代的新感覺派。這樣一種寫法在庾信的詩歌中雖然還不多，卻是一種很新穎，很超前的寫法。

庾信詩歌中還有另一種風格，那就是以〈擬詠懷二十七首〉為代表的入北以後的政治抒情詩。這一類詩數量雖然不多，但代表了庾信詩歌寫作中的新特色。這一類詩一改他前期詩歌中精緻流靡的風格，顯示出深沉渾厚，蒼涼悲愴的特點。例如：

尋思萬戶侯，中夜忽然愁。琴聲遍屋裏，書卷滿牀頭。雖言夢蝴蝶，定自非莊周。殘月如初月，新秋似舊秋。露泣連珠下，螢飄碎火流。樂天乃知命，何時能不憂？

雖然通篇對偶、用典和聲律與新變詩風並無二致，但是它的風格是質實的，沒有刻意求新、求奇的詞句。再加上直抒胸臆式的傾訴，使人真切地感受到一個備受折磨，痛不欲生的靈魂的苦苦掙扎。還有一些作品雖不取直抒胸臆的手法，而是借用象徵或景物烘托的手法，更具有濃烈的悲劇意味，有著震撼人心的力量。如：

蕭條亭障遠，淒慘風塵多。關門臨白狄，城影入黃河。秋風蘇武別，寒水送荊軻。誰言氣蓋世，晨起帳中歌。

如果說他的齊梁體詩歌是一種唯美詩歌的話，那麼他後期的抒情詩則是他生命的象徵，是他痛苦靈魂的象徵，這樣的詩歌固然是美的，然而僅僅用美來概括又顯然是不恰當的。如果庾信只寫了齊梁風味的詩歌的話，他只能說是一位優秀的詩人，然而因為有了以〈擬詠懷二十七首〉為代表的後期抒情詩，庾信才得以進入第一流大詩人的行列。《隋書・文學傳》說：「江左宮商發越，貴於清綺，河朔詞義貞剛，重乎氣質。」「若能掇彼清音，簡茲累句，各去所短，合其兩長，則文質斌斌，盡善盡美矣。」這可以看作是初唐人對理想詩歌的看法。詩歌經過漢魏，途分南北，各有優長，也各有偏弊，理想的詩歌應該是克服了各自的缺點，同時又吸收和發揚了各自優長，達到南北兼容的新詩歌。庾信的由南入北，促使他完成了這一蛻變，經過了齊梁的洗禮之後，寫出了有渾厚骨力的詩歌，唐初史臣心目中的理想詩歌已經在庾信手中完成了。從而也就為真正意義上唐詩的誕生做了準備，這就是庾信在詩歌史上的意義。

三、庾信的賦和駢文

之所以要把賦和駢文放在一起，是因為庾信的賦是駢賦，在形式上與狹義的駢文要求是一樣的，都注重駢偶、用典、聲律和辭藻，論述時可以把相關問題集中在一起討論。駢文作為一個概念，其義界有廣狹二義。狹義的駢文是不包括賦的，是指章表奏記一類實用性文體。但是因為南朝的賦也受到駢文的影響，在語言形式上與狹義的駢文並無區別，所以也有不少學者將駢賦也歸在駢文這個概念裡，本文中的駢文取的是狹義的用法。

我們先來看庾信賦有些什麼特點。

庾信現存的賦數量不多，共十五篇，可分為前後二期。

他前期的作品多詠物、寫景和宮體之作，篇幅短小，清麗流轉。屬於詠物類的作品有〈燈賦〉、〈對燭賦〉、〈鏡賦〉。這些賦一般立意不深，通常的寫法是圍繞一個物象，編織進有關的詞語典故，敷寫成篇。比較而言，他的宮體賦寓有一定的含義。如〈鴛鴦賦〉，雖以鴛鴦為題，實際卻是寫一個失寵宮女的悲怨。「見鴛鴦之相學，還欹眠而淚落」用雙棲雙宿的鴛鴦反襯出宮女獨守寒牀的痛苦。「必見此之雙飛，覺空牀之難守」雖然化用了古詩〈青青河畔草〉中的立意，並無什麼新意，但總在一定程度上體現了對失去愛情和幸福的婦女的同情，有著一定的人道精神，也使作品有了一定的意蘊。

他的前期賦作語言都很精美圓潤，雖出於精心琢煉，卻大抵用語淺顯。在句式上又靈活多變。在四、六言為主的句式中大量參用五、七言句式，給作品平添了歡快活躍的情調，也使賦作更加通俗。例如〈春賦〉一開頭就是這樣寫的：

> 宜春苑中春已歸，披香殿裏作春衣。新年鳥聲千種囀，二月楊花滿路飛。河陽一縣併是花，金谷從來滿園樹。一叢香草足礙人，數尺遊絲即橫路。

完全像詩的寫法。須知賦的主要句式是四言和六言，庾信一上來就用了一連串的七言句，這在之前是很少有的。這既是庾信不拘一格的才氣的表露，同時也是他對賦體文學的創新。

庾信的前期賦，在寫法上，一般不求個性化，相反是取著「泛寫」的方法，就是對所寫對象只作浮光掠影式的描寫。比如〈春賦〉中描寫春光降臨的景象，作者寫了春色滿園，姹紫嫣紅，寫了美女與花草相映成趣，寫了人們飲酒作樂等等，竭盡鋪寫之能事，然而也只是淺表地寫，並無個性特色。多數作品還是用典故來組織。對於這樣一種寫作現象應當怎麼看？我覺得還是應當努力回到其時的文化環境中去理解。南朝文學是一種士族文學，是以士族審美趣味為依歸的文學。相當一部分作品的寫作動機與其說是為了抒發感情，還不如說是為了欣賞美。美的形象、美的感情、美的語言才是作者想要努力追求的目標。即使一些寫悲情的作品，最主要的目的也還是為了欣賞，所以他們較少去寫那種情感強烈的作品，免得破壞了對美的冷靜觀賞。

他後期的賦與前期之作相比有著很大的不同，多為感懷身世的抒情之作。這些作品都是因為作者的遭遇和環境發生了巨大的變化，內心鬱結的情感必須要尋找到宣洩的管道，這時的寫作對於庾信來說，已經不是為著玩味，為著欣賞，而是出於內在生命的衝動，為著擺脫內心的痛苦，尋求心態平衡的努力。所以庾信這部分賦在風貌上便一改前期作品那種輕倩流麗的特色，顯現出沉鬱感傷，蒼勁雄健的風格。

這部分賦作真實地展現了一個痛苦靈魂的摸索、掙扎。〈小園賦〉中寫他居住在一個面積不大，荒蕪簡陋的小園裡的生活和感受。「一寸二寸之魚，三竿兩竿之竹。雲氣蔭於叢著，金精養於秋菊」「試偃息於茂林，乃久羨於抽簪。雖有門而長閉，實無水而恒沉。三春負鋤相識，五月披裘見尋」似乎很瀟灑飄逸，遁世無悶。然而讀下去，我們漸漸發現，情況並不如此。當他寫出「燋麥兩甕，寒菜一畦。風騷騷而樹急，天慘慘而雲低」這樣一些句子的時候，我們忽然領悟到前面那種曠達閒逸的表述，其實是言不由衷的，只是一種自我寬解的話，現在流露出來的才是他對當時境遇的真實想法。我們這才發現，其實庾信並不是一個甘於寂寞，安於平常的人。

從庾信的後期賦中，我們不難發現，他一方面對梁朝心懷愧疚，另一方面卻並不因為他身在北朝而放棄仕宦。對功名的渴望始終是他生活的目標，在〈竹杖賦〉中，這種渴望無法抑制地沖決而出。看篇名這篇賦應當是以竹杖為對象的詠物之作，然而我們細讀文本卻發現，其實不是，而是一篇以竹杖為由頭來抒發對志業抱負遭到阻遏的抒憤之作。賦說楚丘先生去拜訪桓溫，桓溫見他年老，就賜他一根手杖。楚丘先生就說桓溫「明於禮義，闇於知人」，意思是說桓溫其實並不真正理解他，不懂得他最需要的是什麼。他說容貌憔悴蒼老是因為經歷了時代的亂離。篇末歌中唱道：「秋藜促節，白藋同心。終堪荷蓧，自足驅禽。一傳大夏，空成鄧林。」似乎是在發牢騷，好像在說，他就像竹杖一樣，從前是有用的，可是一旦進入新的環境卻變得百無一用，可以感覺到他內心壓抑已久的失落和不平。

表達身世之感的作品還有〈枯樹賦〉。這篇賦寫古樹名木被無情砍伐移置他方的遭遇。「拔本垂淚，傷根瀝血。火入空心，膏流斷節。橫洞口而欹臥，頓山腰而半折。文斜者百圍冰碎，理正者千尋瓦裂」寫的雖是樹木，卻滲透著自己體驗。客觀物象與作者自身的遭遇打並成一體，不能不引起心靈上的共鳴。這是詠物賦，也是抒情賦。這樣的感情不是淺薄的，用來玩味的，而是深沉的，是發自生命本身的悲愴。還有他的〈傷心賦〉，我們從賦中得知，庾信在梁末喪亂中和入北以後，有二子二女一孫先後死去。他在賦中抒寫了他對子嗣夭殤的悲傷，如「人生幾何，百憂俱至」「悽其零零，颯焉秋草」「冀羊祜之前識，期張衡之後身。一朝風燭，萬古埃塵。丘陵兮何忍，能留兮幾人」由喪子之痛引發出人生虛無的感慨。「秋草」、「風燭」的意象與不切實際的渴望結合在一起，使人體會到一個父親和祖父深刻的悲傷，因而喚起讀者對他的深深同情。

特別要提出來的是他的〈哀江南賦〉。這篇賦是賦史上的傑作，也是賦體文學的變創。他打破了賦的傳統寫法。它既不是漢大賦那樣體物為主的寫法，也不同於東漢中葉以後流行的抒情小賦的路子。它是抒情的，但它使用得最多的卻是記敘的手法。而且一落筆便洋洋近三千言，從來的抒情賦都沒有這樣的寫法。這是作者內心強烈的感情和對人生、歷史、命運的思考相結合的產物，是豐厚的內容突破了形式拘限的結果。

賦中既有對家族歷史的追溯，也有對個人遭遇變遷的回顧；既有對梁末時代風雲的梳理，更有他對歷史和人生的思考。他當然也看到了梁朝存在的一些問題，比如統治集團的腐敗昏庸，文恬武嬉，不知在「五十年中，江表無事」的表象下，正醞釀著重大的社會危機；當政者顢頇昏聵，接納侯景，給了梁朝以致命的一擊；還有統治集團內部的矛盾重重，自私自利，「雖借人之外力，實蕭牆之內起」這些看法都是有見地的。然而就庾信的反思而言，究竟還是膚淺的。由於他對梁朝懷著很深的感情，所以他對梁的敗亡痛心疾首，卻又難以理解和接受，只能把這一切歸結於「天命」、「氣數」。「亡吳之歲既窮，入郢之年斯盡」「豈寃禽之能塞海，非愚叟之可移山」把梁的敗亡解釋為歷史上反覆重演的興亡盛衰的循環，是一種無法避免的宿命。「不有所廢，其何以昌」「惜天下之一家，遭東南之反氣。以鶉首而賜秦，天何為而此醉」把國家的敗亡解釋成是老天在糊裡糊塗中犯的錯誤。這與其說是他的結論，毋寧說是一種自欺欺人的安慰，流露出的是一種面對著天意宿命的無奈，是對心目中美好東西被毀的傷悼。

這篇賦的重要手法是敘述，但在敘事中又與沉痛的情感融合為一，使全篇浸透著一種渾厚深沉的氣息。與他前期賦作不同，〈哀江南賦〉的句式變化不大，四六言句式占著全篇的絕大部分，偶或使用七言句，亦非四／三一頓的節奏，而多為三／四一頓的節奏。雖然顯得有點單調，卻與本篇沉痛的情感內涵相表裡，傳達出來的是作者的心理的節奏。特別讓人驚異的是，作者對於典故的運用純熟自如。我們試擇本篇中描寫江陵敗後，梁朝軍民被擄入北的一段描寫，以窺全豹。

> 水毒秦涇，山高趙陘。十里五里，長亭短亭。饑隨蟄燕，暗逐流螢。秦中水黑，關上泥青。於時瓦解冰泮，風飛雹散。渾然千里，淄澠一亂。雪暗如沙，冰橫似岸。逢赴洛之陸機，見離家之王粲。莫不聞隴水而掩泣，向關山而長嘆。況復君在交河，妾在青波。石望

夫而逾遠，山望子而逾多。才人之憶代郡，公主之去清河。栩陽亭有離別之賦，臨江王有愁思之歌。別有飄颻武威，羈旅金微。班超生而望返，溫序死而思歸。李陵之雙鳧永去，蘇武之一雁空飛。

既是敘事，又是場面描寫，展現的是慘絕人寰的大遷移場面。作者沒有親身經歷，但卻融合著自己的親見親聞和自己的人生經歷。音韻和諧，句式整練，特別是對場面、感情的描寫都借助典故表出，如果讀懂典故，則作者實際要表達的意思是可以很清楚地領會的。這樣的作品既含蓄典雅，又表意暢達，運用典故能達到如此自由的境界，可以見出作者深湛的功力。

庾信賦以外的文章則全為駢文。駢文是一種形式要求嚴格的文體，它講究句式的偶對，以四言、六言句式為主，同時還要求用典、藻采和聲律。這種文體在南朝和唐代盛極一時，而庾信正是南朝駢文的大家。他特別善於寫作駢文，駢文所要求的種種形式規則，不但沒有成為他的桎梏，反而在他手裡都運用自如，成為暢達自由地表情達意的工具，更增加了作品的美感，真可謂是戴著鐐銬的優美舞蹈。

在庾信的駢文中大體有這樣幾種類型：

一是具有強烈抒情特色，特別是表現他慘痛身世的作品，代表作是〈哀江南賦序〉和〈擬連珠四十四首〉。〈哀江南賦序〉是賦的概要，但又有自己的特色，他用五百多字的篇幅極為精煉地概括了賦的內容，寫出了他對梁末喪亂的思考和感慨。「不無危苦之辭，惟以悲哀為主」，字裡行間浸透著沉痛的感情。「是知并吞六合，不免軹道之災；混一車書，無救平陽之禍。嗚呼！山嶽崩頹，既履危亡之運；春秋迭代，必有去故之悲。天意人事，可以悽愴傷心者矣」沉痛、悲憤、困惑、無奈，種種複雜的感情交織在一起，具有強烈的震撼人心的效果。

與此相關的作品還有〈擬連珠四十四首〉。連珠是一種遊戲性的文體。它篇制短小，幾句句子便構成一個獨立的篇章。全篇分兩部分，前半部分多為現象的描寫，後半部分則點出篇旨。句式以四六言為主，兩兩相對，只是句子的組合各有不同。庾信的〈擬連珠四十四首〉全部都是寫自己的身世遭遇。例如：

> 蓋聞死別長城，生離函谷，遼東寡婦之悲，代郡霜妻之哭。是以流慟所感，還崩杞梁之城；灑淚所沾，終變湘陵之竹。
>
> 蓋聞五十之年，壯情久歇，憂能傷人，故其哀矣。是以譬之交讓，實半死而言生；如彼梧桐，雖殘生而猶死。

無一不是對梁末喪亂和自己遭遇的回顧，整組作品綜合起來可以與〈哀江南賦并序〉相參觀，是庾信晚期生活和心態的寫照，具有很強的史料性。

二是抒情氣息雖不突出，但有著明顯個人風格，形式精緻的美文小品。這類作品以書信類的文體為多。這類作品多是寫給皇帝和權貴的，或是表示祝賀，或是表示感謝，都是禮節性的應酬之作。這類作品的基本特點是用語誇飾，但是情感卻比較膚淺。風格流麗精美，語言亦多變化。他的〈賀平鄴都表〉用語誇張，在四言、六言的基礎上變化句式，寫出了北周攻克北齊鄴都的凌厲氣勢。既頌揚了周朝的功業，又提出了治理建議，一瀉千里，勢如破竹，真是一篇駢文佳作。

他的一些謝啟，無非是對權貴賞賜表示感謝，卻能在尺幅的短制中顯現出自己的性情，話說得有趣。他或者讚美禮物，或者用反襯法突出禮物對自己的意義，目的都在表示感謝。〈謝明皇帝賜絲布等啟〉中寫收到皇帝禮物的心情。他是這樣寫的：先寫自己的生活困窘，以至「懟妻狠妾，既嗟且憎，瘠子羸孫，虛恭實怨」等到皇帝賜絲，情況即刻大變，「張袖而舞，玄鶴欲來，舞節而歌，行雲幾斷。所謂舟檝無岸，海若為之反風；薺麥將枯，山靈為之出雨」語涉誇張，卻很形象，詼諧有趣，令人忍俊不禁。

〈謝滕王集序啟〉也是這類文章中的名篇。與其他謝啟相比，這篇啟寫得既鋪張揚厲，又騰挪跌宕。他先是不惜用著誇張的手法，從各個方面讚美滕王的文采風流；繼而又用貶抑自己的方式，來突出滕王賜序給自己帶來的榮耀和不同凡響。像這樣的寫法，若從今人的立場看，不免誇大失實，近於諛媚。但從文體角度看，駢文本從漢賦發展而來，「侈麗閎衍」本就是題中之義，是駢文所以為駢文的基本要素，無論作者還是讀者都不會以辭害義的。

實用性的駢文中還有一類是公文。南北朝時駢文普遍被用作正式的官方文書，庾信也代為起草過此類文件。作為官方文書，此類文章要體現出嚴肅莊重，表意明確的特點。因為代表的是官方意志，所以不能有太多的個人性情。在這方面，庾信也比較好地把握了分寸。例如〈又移齊河陽執事文〉，當時周齊間發生了一次邊界衝突，衝突後周要將對方將領的屍首歸還給對方，這篇文告就是向對方告知此事的。文章寫得言簡意賅，義正辭嚴。作者站在道德的制高點上，話卻說得有理有節，不卑不亢，把要求交待得清清楚楚之後，便戛然而止。

總起來看，庾信的駢賦和駢文，氣脈流暢，既整飭嚴謹，又錯落有致。句式以四六言為主，但又有變化，因而給人以一氣流轉的感覺。他的語言是精美的，特別是使事用典驅遣自如，得心應手。像〈哀江南賦〉這樣的長篇巨制，幾乎句句用典，典故在他手裡好像是另一種語言，任何意思他幾乎都可以借用典故來表達，這使他的文章增加了典雅含蓄的風味，同時也在相當程度上增加了讀者的閱讀難度。他在永明聲律的基礎上，大大提高了賦和駢文的律化程度，已在很大程度上做到了平仄相對，達到了當時的最高水準。當然要完全合律，庾信還不能完全做到，然而這是不能苛求於他的。

歸青

二〇一七年十月三十日作於滬上守拙齋

賦

小園賦

【題　解】這篇賦是庾信賦中的優秀之作，對後世產生了很大的影響。賦作於庾信奉使入北之後。賦中描寫了小園的景色和自己的活動，抒寫了比較複雜的思想感情。在避世隱居的情趣下，流露出對故國和往事的懷念，對屈身仕北的不適感，表現出的是一種抑鬱愁悶的心情。庾信在周明帝二年到武成元年（西元五五八—五五九年）間曾在長安過著鄉居田園生活，本篇可能作於這一時期。

若夫一枝之上，巢父❶得安巢之所；一壺之中，壺公❷有容身之地。況乎管寧❸藜牀❹，雖穿❺而可坐；嵇康鍛竈❻，既暖而堪眠。豈必連闥洞房❼，南陽樊重❽之第；綠墀青瑣，西漢王根之宅❾。

【章　旨】本段說只要有容身之地即可，不必求豪宅貴第。

【注　釋】❶巢父　皇甫謐《高士傳》載，巢父是堯時隱士，住在山裡不營世利，年老，以樹為巢而睡在樹上，所以當時人稱他為巢父。❷壺公　傳說中仙人。《後漢書・方術列傳》載，東漢費長房為市掾，見市中有一老翁賣藥，及市罷，便跳入壺中。長房知非常人，因向他學道。❸管寧　皇甫謐《高士傳》載，管寧，字幼安，北海朱虛人。漢末隱士，常坐一木榻上，積五十年，未嘗箕踞，榻上當膝皆穿。❹藜牀　用藜草編的牀榻，這裡是指簡陋的坐榻。❺穿　破成洞。❻嵇康鍛竈　《晉書・嵇康傳》載，嵇康性絕巧，喜歡打鐵。宅中有柳樹，便激水圜之。每當夏天，就在樹下打鐵。鍛竈，打鐵的爐竈。❼連闥洞房　一重接一重的門，房間互相連通。闥，門。❽樊重　字君雲，東漢南陽湖陽人。《後漢書・樊宏陰識列傳》說，他善農稼，好貨殖，所造屋舍皆有重堂高閣，陂渠灌注。❾綠墀青瑣二句　綠墀，疑當作「赤墀」，皇宮中用赤色丹漆塗飾的臺階。青瑣，宮門上鏤刻的青色圖紋。赤墀青瑣是只有天子才能享有的規格。王根，西漢成帝舅，封曲陽侯，《漢書・元后傳》說他「驕奢僭上，赤墀青瑣」。

【語　譯】即使在一根樹枝上面，巢父也可以找到築巢的所在；一個水壺中間，壺公也會有安身的地方。更何況管寧那粗陋的坐榻，雖然破舊洞穿卻仍可端坐；嵇康的打鐵爐竈，非常暖和又適宜安眠。何必一定要門戶相接，內室連通，如同南陽樊重的宅第；臺階上塗著丹漆，宮門上刻著青色圖紋，就像西漢王根的豪宅。

余有數畝敝廬，寂寞人外，聊以擬伏臘❶，聊以避風霜。雖復晏嬰近市，不求朝夕之利❷；潘岳面城，且適閒居之樂❸。況乃黃鶴戒露，非有意於輪軒；爰居避風，本無情於鐘鼓❹。陸機則兄弟同居，韓康則舅甥不別，蝸角蚊睫，又足相容者也❺。

【章旨】本段描述小園特點：近市、面城、破敗、逼窄，說自己無意功名富貴。

【注釋】❶擬伏臘　作伏臘之祭。擬，模仿；效法。伏，夏天三伏中的祭祀日。臘，年終的祭神日。❷雖復晏嬰近市二句　《左傳・昭公三年》載，齊景公曾因晏嬰的住宅靠近市場，湫濕狹小，喧鬧骯髒，不可以居，想要為他更換住宅，被晏嬰婉謝了。晏嬰，春秋時齊相，以節儉力行名顯諸侯。❸潘岳面城二句　潘岳作有〈閑居賦〉，抒發優遊閑靜之意。賦中有「陪京溯伊，面郊後市」之句。潘岳，字安仁，西晉文學家。面，面對。❹況乃黃鶴戒露四句　意謂子山之入北地，實有不得已的原因，戰戰兢兢，根本無意尋求高官厚祿。戒露，聽到露水下滴聲引起戒備、警惕。《藝文類聚》卷九十引《風土記》說：「鳴鶴戒露，此鳥性警，至八月白露降，流於草上，滴滴有聲，因即高鳴相警，移徙所宿處，慮有變害也。」軒，車子。出行有車是權貴的待遇。《左傳・閔公二年》載，「狄人伐衛，衛懿公好鶴，鶴有乘軒者。」爰居，海鳥。鐘鼓，祭祀時的音樂。《國語・魯語上》載，爰居因海上大風，冬暖，飛到魯國東門外，停留了三日。臧文仲讓人祭祀，遭到柳下惠的反對。❺陸機則兄弟同居四句　意謂由南入北，居所逼窄，家人共居小園。陸機，字士衡，西晉文學家。陸雲，字士龍，陸機弟。他們本是吳郡人，吳亡後，一起來到洛陽。《世說新語・賞譽》：「蔡司徒在洛，見陸機兄弟在參佐廨（官舍）中，三間瓦屋，士龍住東頭，士衡住西頭。」韓康，韓伯，字康伯，東晉潁川人，殷浩甥。素為殷浩賞愛，殷浩被黜，他跟隨殷浩到遷徙之所，舅甥感情很深（《晉書・殷浩傳》）。蝸角蚊睫，都是表示極小的空間。蝸角，蝸牛之角。《莊子・則陽》：「有國於蝸之左角者曰觸氏，有國於蝸之右角者曰蠻氏，時相與爭地而戰，伏屍數萬，逐北旬有五日而後反。」蚊睫，蚊子的睫毛。《晏子春秋》卷八：「東海有蟲，巢於蚊睫，再乳（生子）再飛，而蚊不為驚。」

【語譯】我有幾畝見方的破舊小屋，寂寞地居住在人世之外，可以在此舉行伏臘二祭，姑且借此躲避風霜。雖然像晏嬰一樣，住宅靠近市場，卻不求取物質利益；又好像潘岳面對城市，卻享受著閒居的樂趣。更何況，黃鶴高飛實因聽到露滴，並無謀求乘坐官車的想法；爰居是因避風才飛到魯國，對於鐘鼓之樂並無興趣。陸機、陸雲兄弟共住一室，韓伯、殷浩甥舅不分彼此，就像託身於蝸牛之角和蚊子眼睫，空間雖然狹小，但已足以安居。

爾乃窟室[1]徘徊，聊同鑿坯[2]。桐間露落，柳下風來。琴號珠柱[3]，書名〈玉杯〉[4]。有棠梨而無館[5]，足酸棗而非臺[6]。猶得敧側[7]八九丈，縱橫數十步，榆柳兩三行，梨桃百餘樹。撥蒙密[8]兮見窗，行敧斜[9]兮得路。蟬有翳[10]兮不驚，雉無羅兮何懼。草樹混淆，枝格[11]相交。山為簣[12]覆，地有堂坳[13]。藏貍並窟，乳鵲重巢[14]。連珠細茵[15]，長柄寒匏[16]。可以療饑[17]，可以棲遲[18]。敧嶇[19]兮狹室，穿漏兮茅茨[20]。簷直倚而妨帽，戶平行而礙眉[21]。坐帳無鶴[22]，支牀有龜[23]。鳥多閑暇，花隨四時。心則歷陵枯木[24]，髮則睢陽亂絲[25]。非夏日而可畏，異秋天而可悲[26]。

【章　旨】承上段對小園的破敗作進一步的描寫，流露出他身居小園的悲愁心情。

【注　釋】❶窟室　地室。❷鑿坯　鑿開後牆，逃脫徵召，是隱居不仕的意思。坯，屋子的後牆。《淮南子・齊俗訓》載，魯君想聘顏闔為相，顏闔不願意。魯君派人給他送去很多禮物，顏闔就「鑿培而遁之」。培，同「坯」。❸珠柱　以珠寶裝飾的琴柱，這裡是指精美的琴。❹玉杯　董仲舒《春秋繁露》中的篇名。❺有棠梨而無館　棠梨館，即棠梨宮，西漢宮殿名，在甘泉宮附近。❻足酸棗而非臺　酸棗臺，故址在今河南延津北。❼敧側　高低不平貌。❽蒙密　茂密的草木。❾敧斜　歪歪斜斜。❿翳　遮蔽物。⓫枝格　樹木突出的枝條。格，長枝條。⓬簣　盛土的竹筐。《論語・子罕》：「譬如平地，雖覆一簣，進，吾往也。」⓭堂坳　庭中的低窪處。《莊子・逍遙遊》：「覆杯水於坳堂之上，則芥為之舟。」⓮藏貍並窟二句　並窟、重巢，都是雙棲息的意思。⓯連珠細茵　綴著露珠的草地看起來好像是用珍珠編織而成的席子。茵，席子。⓰長柄寒匏　長柄葫蘆。《世說新語・簡傲》載，陸機兄弟初到洛陽，一起去拜訪劉道真。見面後劉別無他言，只問「東吳有長柄葫蘆，你們把種子帶來了嗎？」⓱療饑　充饑。⓲棲遲　隱居。⓳敧區　傾斜不平貌，這裡是指房子東倒西歪。⓴茅茨　茅草屋頂。㉑簷直倚而妨帽二句　意謂屋子很低矮，人若直倚、平行，則屋簷可以碰到帽子，門戶可以妨礙揚眉。㉒坐帳無鶴　帳中有鶴是隱居者道行高深的象徵。《初學記》卷三十引李遵《太元真人茅君傳》曰：「好道者入廟，或見一白鶴入帳中。」㉓支牀有龜　《史記・龜策列傳》載，南方老人用烏龜支牀二十多年。老人死後，人們移動眠牀，發現烏龜仍然活著。㉔心則歷陵枯木　內心的沮喪失望猶如枯死的大樹。歷陵，縣名，在今江西德安東，屬豫章郡。《宋書・符瑞志上》載，「豫章有大樟樹，大三十五圍，枯死積久，永嘉中，忽更榮茂。」㉕髮則睢陽亂絲　因憂傷而致滿頭白髮，有如一團亂絲。睢陽，春秋宋地。《呂氏春秋・當染》載，墨子見染素絲者，為素絲可染為各種顏色而感歎不已。墨子是宋國人。㉖非夏日而可畏二句　意謂自己住在小園裡心情不好，既可畏又可悲。《左傳・文公七年》：「趙衰，冬日之日也。趙盾，夏日之日也。」

杜預注曰：「冬日可愛，夏日可畏。」宋玉〈九辯〉：「悲哉秋之為氣也。」

【語譯】於是徘徊地室之內，權當鑿牆避徵。桐樹間滴下露珠，柳樹下微風吹來。琴以珠柱相稱，書以〈玉杯〉題名。雖有棠梨卻無棠梨館，酸棗雖多卻不見酸棗臺。還有高低八九丈，橫直幾十步，榆樹柳樹兩三行，梨樹桃樹百餘棵。撥開茂密的樹葉才見到窗戶，走得歪歪斜斜才找到小路。因為有遮蔽，蟬所以不驚慌；因為無羅網，雉還怕什麼。草樹混雜，枝條糾纏。小山是用土堆起來的，地上有積水的窪坑。貍貓雙雙躲在洞窟中，小鵲兩兩棲息在巢穴裡。綴滿珍珠的精細草席，懸掛枝頭的長柄葫蘆。這小園啊，可以止餓，可以隱遁。歪歪斜斜的小屋子，洞穿漏泄的茅草頂。直立倚靠，屋簷碰到了帽子；與人等高，門戶妨礙了揚眉。坐帳裡面沒有白鶴，牀腳下面卻有烏龜。鳥兒大多悠閒，花隨四季開放。心像歷陵枯萎的樹木，頭髮如同一團亂絲。不是盛夏卻有酷暑的可怕，沒到秋天已使人引發悲哀。

一寸二寸之魚，三竿兩竿之竹。雲氣蔭於叢著❶，金精❷養於秋菊。棗酸梨酢❸，桃榹❹李薁❺。落葉半牀，狂花❻滿屋。名為野人❼之家，是謂愚公之谷❽。試偃息於茂林，乃久羨於抽簪。雖有門而長閉，實無水而恒沉❾。三春❿負鋤相識，五月披裘⓫見尋。問葛洪⓬之藥性，訪京房之卜林⑬。草無忘憂之意，花無長樂之心⑭。鳥何事而逐酒？魚何情而聽琴⑮？

【章旨】本段是說主人居住在這樣的小園裡，避世隱居，無意功名。

【注釋】❶雲氣蔭於叢蓍　《史記・龜策列傳》：「蓍生滿百莖者，其下必有神龜守之，其上常有青雲覆之。」蓍，蓍草。古代卜筮用的草。❷金精　秋之精華。金，五行說認為秋天為金。❸酢　酸味。❹榹　山桃。❺薁　唐棣。❻狂花　盛開的花朵。❼野人　鄉野之人。❽愚公之谷　愚公谷，地名，在今山東臨淄西。劉向《說苑・政理》：「齊桓公出獵，逐鹿而走，入山谷之中，見一老公，而問之曰：『是為何谷？』對曰：『為愚公之谷。』」❾試偃息於茂林四句　意謂自己過著避世隱居的生活。偃息，安臥。抽簪，就是散髮，是棄官、引退的意思。簪，連冠於髮的器具，仕宦所用。無水而恒沉，就是陸沉，隱居的意思。《莊子・則陽》：「方且與世違而心不屑與之俱，是陸沈者也。」郭象注曰：「人中隱者，譬無水而沈也。」❿三春　春季的三個月，孟春、仲春、季春。⓫五月披裘　皇甫謐《高士傳》卷上載，披裘公是吳國人。有一次延陵季子出遊，見道有遺金，就讓披裘公拾取。披裘公覺得受到侮辱，責問道：「難道五月披裘負薪者就一定會拾取人家遺失的金子嗎？」⓬葛洪　字稚川，東晉思想家，精於醫術。著有《金匱藥方》、《肘後要急方》、《玉函煎方》。⓭京房之卜林　京房，本姓李，字君明，東漢易學家，善言占驗災異，是易學京房學的創始人。著有《周易占事》十二卷、《周易守林》三卷、《周易集林》十二卷。卜林，有關占卜的書。⓮草無忘憂之意二句　意謂自己鬱鬱不樂。忘憂草，萱草的別名，古人以為此草有忘憂的功效。長樂花，又名紫花。⓯鳥何事而逐酒二句　意謂自己就像鳥魚無意於美酒、音樂一樣，對西魏、北周的高官厚祿了無興趣。鳥何事而逐酒，意謂人以喝酒為樂，但鳥卻沒有這種要求。《莊子・至樂》：「昔者海鳥止於魯郊，魯侯御（迎接）而觴之於廟，奏〈九韶〉以為樂，具太牢以為膳。鳥乃眩視憂悲，不敢食一臠，不敢飲一杯，三日而死。」魚何情而聽琴，意謂不同於人，魚完全沒有想聽音樂的願望。《荀子・勸學》：「昔者瓠巴鼓瑟而流魚出聽。」《列子・湯問》：「匏巴鼓琴而鳥舞魚躍。」這裡是反用典故。

【語　譯】一寸二寸的小魚，三根兩根的翠竹。雲氣籠罩著叢，秋氣涵養菊花。棗梨味酸，還有桃子、山桃、李子、唐棣。落葉堆了半牀，鮮花開滿一屋。稱為野人之家，又叫愚公山谷。安臥在茂密樹林中，早就羨慕這種隱居生活。雖然有門卻長關不開，實際無水卻陸沉不起。認識那位春天荷鋤的人，尋找五月披裘的君子。向葛洪求醫問藥，找京房卜問命運。萱草並無忘卻憂愁的意思，花兒也沒有永遠快樂的心情。鳥兒為何要求取美酒？魚兒幹嘛要聆聽琴音？

加以寒暑異令❶，乖違德性❷。崔駰❸以不樂損年，吳質❹以長愁養病。鎮宅神以薶石❺，厭山精而照鏡❻。屢動莊舄之吟❼，幾行魏顆之命❽。薄晚❾閑閨，老幼相攜。蓬頭王霸之子，椎髻梁鴻之妻❿。燋麥兩甕，寒菜一畦⓫。風騷騷⓬而樹急，天慘慘而雲低。聚空倉而雀噪⓭，驚懶婦⓮而蟬嘶。

【章　旨】本段是講主人住在這個小園裡，生活困窘，水土不服，思念家鄉，因而鬱鬱不樂。

【注　釋】❶異令　節氣不同。❷乖違德性　指身體不能適應當地氣候。德性，性質，這裡是體質的意思。❸崔駰　字亭伯，東漢涿郡安平人。嘗為竇憲掾屬。竇憲擅權驕恣，崔駰數諫，竇憲不能容，就把他調任為長岑長。崔駰因為地方太遠，不得意，不赴任而歸，卒於家（《後漢書・崔駰列傳》）。❹吳質　字季重，東漢濟陰人。以文才為曹丕所重，任朝歌長，官至振威將軍。建安二十二年，魏郡大疫，曹丕寫信給吳質，吳質報書曰：「今質已四十二矣。白髮生鬢，所慮日深，實不復若平日之時也。但欲保身敕行，不蹈有過之地，以為知己之累耳。遊宴之歡，難可再遇，盛年一過，實不可追。」（《文選》卷四〇）❺鎮宅神以薶石　古代風俗，在屋子四角埋石以避鬼魅。《說郛》卷五下引《淮南畢萬術》：「埋石四隅，家無鬼。」宅神，這裡是指危害家人的鬼魅。薶，同「埋」。❻厭山精而照鏡　舊說鬼魅精怪可用鏡子照之，使其原形畢露，不得害人。葛洪《抱朴子・登涉》：「又萬物之老者，其精悉能假託人形，以眩惑人目而常試人，唯不能於鏡中易其真形耳。是以古之入山道士，皆以明鏡徑九寸已上，懸於背後，則老魅不敢近人。」厭，鎮住。山精，傳說中的山中鬼魅。❼屢動莊舄之吟　意謂自己也像莊舄一樣思念故國。莊舄之吟，《史記・張儀列傳》載，越人莊舄，在楚國做高官，有一次病了。楚王說，莊舄在越國只是一個普通人，現在在楚國做大官，不知道他還想不想念越國？下屬回答說，凡人是不是思念故土，只要看他病中狀態。如果他想念越國，就會說越國話；如果不想念越國，就會說楚國話。楚王派人去觀察，發現莊舄說的是越國話。❽幾行魏顆之命　意謂自己在北朝心情、身體都不好，差一點做出不理智的事。魏顆之命，《左傳・宣公十五年》載，晉國魏武子有寵妾，魏武子生病頭腦還清楚的時候，交代魏顆說，自己死後把那個寵妾嫁出去。後來病重，腦子昏亂，卻要魏顆讓那女子為自己殉葬。後來魏武子死了，魏顆把那個女子嫁了出去。魏顆說，人在病重的時候腦子常常昏亂，我只能按照他清醒時說的去做。這裡的魏顆之命，是指魏顆所奉的昏亂命令。❾薄晚　傍晚。❿蓬頭王霸之子二句　意謂兒子、妻子裝束簡樸，全家一起過著隱居生活。王霸，東漢隱士，光武時連徵不至。他的朋友令狐子伯為楚相，其子為郡功曹。有一次子伯令其子送信給王霸，車馬隨從，很顯赫的樣子。王霸之子正在田裡耕作，慚愧得頭都抬不起來。王霸也因為自己兒子「蓬髮歷齒，未知禮則」，不如朋友之子而沮喪得臥牀不起。後來受到其妻的批評，於是一家人終身隱遁（《後漢書．列女傳》）。梁鴻，字伯鸞，東漢隱士。其妻孟光，新婚時穿戴得較為講究，梁鴻七日不理她。孟光乃為椎髻，著布衣，操作而前。後夫婦共入霸陵山中隱居（《後漢書．逸民列傳》）。椎髻，頭髮在頭頂紮成一束，形狀如椎。⓫燋麥兩甕二句　意謂自己生活清貧。燋，通「焦」。甕，同「瓮」。寒菜，越冬的菜蔬。一畦，猶言一塊、一區。⓬騷騷　風勁貌。⓭聚空倉而雀噪　化用晉蘇伯玉妻〈盤中詩〉：「空倉雀，常苦飢。」意思是說一家糧食匱缺。⓮懶婦　蟋蟀的別名。漢時民諺有「趣織（蟋蟀）鳴，懶婦驚。」（《太平御覽》卷九四九）

【語　譯】再加上四季氣候不同，身體無法適應。崔駰因心情壓抑而減壽，吳質因悶悶不樂而生病。在屋角四周埋石來鎮壓家宅之神，亮出鏡子以壓服山中鬼魅。屢屢像莊舄一樣在病中發出思鄉的越吟，病重昏亂差一點要做出不明智的事情。薄暮中在那閒居的小屋裡，老少互相攙扶。兒子頭髮蓬鬆就像王霸的兒子，妻子髮髻紮成椎狀有如梁鴻的妻子。兩瓮炒焦的麥子，一塊越冬的菜地。大風勁吹樹葉急驟地擺動，天色陰暗雲層壓在頭頂。聚集空倉，覓食的鳥雀嘰嘰喳喳叫個不停；驚醒懶婦，寒蟬一聲聲吵得沒完沒了。

昔草濫於吹噓，藉〈文言〉之慶餘❶。門有通德❷，家承賜書❸。或陪玄武之觀❹，時參鳳凰之虛❺。觀受釐於宣室，賦〈長楊〉於直廬❻。遂乃山崩川竭，冰碎瓦裂❼，大盜潛移❽，長離永滅❾。摧直轡於三危，碎平途於九折❿。荊軻有寒水之悲，蘇武有秋風之別⓫。關山⓬則風月悽愴，隴水⓭則肝腸斷絕。龜言此地之寒，鶴訝今年之雪⓮。百齡⓯兮倏忽，光華⓰兮已晚。不雪雁門之踦，先念鴻陸之遠⓱。非淮海兮可變⓲，非金丹兮能轉⓳。不暴骨於龍門，終低頭於馬坂⓴。諒㉑天造㉒兮昧昧㉓，嗟生民兮渾渾㉔。

【章旨】本段回首往事。他回憶早年在梁受到禮遇，後來經歷了梁朝的敗亡，現在流寓北朝，寄人籬下，身份地位有了很大變化，慨歎今昔巨變。

【注釋】❶昔草濫於吹噓二句　意謂自己在梁時受到禮遇，居於高位是因為借了家世的光。昔草濫於吹噓，這是用《韓非子・內儲說上》中濫竽充數的典故。齊宣王命人吹竽，南郭處士混在三百人的樂隊中充數。等到宣王死，湣王立，喜歡聽獨奏，南郭處士就只好逃走了。草濫，無真才實學卻濫居高位。吹噓，這裡是吹奏的意思。藉文言之慶餘，《易傳・乾卦・文言》：「積善之家必有餘慶。」❷門有通德　意謂自己的祖父庾易像鄭玄一樣在鄉里受到尊敬。通德，《後漢書・張曹鄭列傳》載，孔融任北海相時，對鄭玄非常尊敬。曾令高密縣為鄭玄立鄭公鄉，並廣開門衢，能容高車，號曰通德門。❸家承賜書　意謂庾信的祖上有皇帝的賜書傳下來。賜書，皇帝贈送的書籍。《漢書・敘傳上》：「班彪字叔皮，幼與從兄嗣共遊學，家有賜書，內足於財。」❹玄武之觀　皇家宮館，漢魏六朝各朝都有，其地不一。南朝玄武觀，在建康（今南京）玄武湖邊。❺鳳凰之虛　可能是指傳說中鳳凰降臨或棲息之地。在古人觀念中，鳳凰出現是一種祥瑞。虛，通「墟」。❻觀受釐於宣室二句　以賈誼、揚雄自比，說自己因文才出眾而受到賞識。受釐，皇帝接受祭餘之肉表示受福。釐，就是胙，祭餘之肉。宣室，漢代未央宮中的宮室，是皇帝齋戒的地方。《漢書・賈誼傳》載，漢文帝想念賈誼，派人把他召來。賈誼去見文帝時，文帝正在宣室，剛剛受完釐，文帝問賈誼鬼神之事，賈誼詳細地做了解答。賦長楊，西漢揚雄曾寫作〈長楊賦〉對皇帝熱衷畋獵的行為加以諷諫。直廬，皇宮中的值宿之處。❼遂乃山崩川竭二句　比喻梁末侯景之亂和國家破碎的局面。《史記・周本紀》載伯陽甫的話說：「山崩川竭，亡國之徵也。」❽大盜潛移　意謂侯景叛亂猶如大盜偷盜國家。❾長離永滅　意謂梁武帝子孫或亡或散。長離，鳳凰，這裡是比梁武帝子孫。❿摧直轡於三危二句　意謂奉使入北路途艱難，猶如攀登崎嶇的山路。直轡，因為道路平坦可以信馬由韁的意思，這裡是指坦途，直道。三危，山名，在今甘肅敦煌東，三峰聳峙，山勢險峻。九折，指九折坂，在今四川滎經西邛崍山。因山路崎嶇迴曲，須九折始可上，故名。⓫荊軻有寒水之悲二句　以荊軻、蘇武比喻自己離開故國，進入北地。《史記・刺客列傳》載，荊軻，戰國衛人，燕太子丹客，受太子命入秦謀刺秦王。行前太子及賓客、朋友皆白衣冠送之。荊軻慷慨歌曰：「風蕭蕭兮易水寒，壯士一去兮不復還。」登車不顧而去。蘇武，字子卿，西漢武帝時人，天漢二年出使匈奴，被拘二十年不降，回漢後任典屬國。⓬關山　關隘、高山。漢樂府橫吹曲有〈關山月〉，多寫將士遠戍，與家人互傷離別之情。⓭隴水　河流名，源出隴山，故名。《樂府詩集》梁鼓角橫吹曲有〈隴頭歌辭〉曰：「隴頭流水，鳴聲嗚咽。遙望秦川，心肝斷絕。」⓮龜言此地之寒二句　意謂北方奇寒，自己初入北地很不習慣。劉敬叔《異苑》卷二載：「晉太康二年冬大寒，南洲人見二白鶴語於橋下，曰：『今茲寒不減堯崩年也。』於是飛去。」⓯百齡　猶言一生。⓰光華　歲月；時光。⓱不雪雁門之踦二句　意謂自己在梁時的不順利命運尚未扭轉，卻已奉命入北，越走越遠了。雁門之踦，《漢書・段會宗傳》載，段會宗在沛郡太守任上，被徙為雁門太守，數年，坐法免官。後又復為西域都護。友人谷永寫信勸他說，只要因循舊貫，毋求奇功，任期滿了就趕緊回來，便可彌補雁門之踦的不足。應劭注說，段會宗從沛郡太守調任雁門太守，又因坐法免官，是「踦只不偶」，也就是命運不順利的意思。鴻陸之遠，《周易・漸卦》九三的爻辭曰：「鴻漸（進）于陸，夫征不復，婦孕不育。」⓲非淮海兮可變　《國語・晉語九》載：「趙簡子歎曰：『雀入於海為蛤，雉入於淮為蜃。黿鼉魚鱉，莫不能化，唯人不能。哀夫！』」這句是感歎自己入北以後不能改變自己，以適應新的環境。⓳非金丹兮能轉　這是自傷不能像金丹那樣愈煉愈精。古代方士煉丹，分為九個層級，每個層級為一轉，「九轉之丹，服之三日得仙。」（葛洪《抱朴子・金丹》）⓴不暴骨於龍門二句　意謂自己在梁時受到優厚的待遇，入北以後只能俯首下心，備感痛苦。暴骨於龍門，因跳不過龍門而死去。《藝文類聚》卷九十六引辛氏《三秦記》曰：「河津一名龍門，大魚集龍門數千，不得上。上者為龍，不上者（引者按，此處疑有脫文），故云曝鰓龍門。」暴骨，猶言犧牲性命。低頭於馬坂，在山路上埋頭拉車。坂，山坡。《戰國策・楚策四》：「夫驥之齒至矣，服鹽車而上太行。蹄申膝折，尾湛胕潰，漉汁灑地，白汗交流；中阪遷延，負轅不能上。伯樂遭之，下車攀而哭之，解紵衣以冪之。」㉑諒　誠然；的確。㉒天造　天地萬物的自然形成。㉓昧昧　昏暗不明貌。㉔渾渾　渾厚質樸貌。

【語　譯】從前濫竽充數混跡於高位，那是藉著我家累世積善的餘蔭。祖父受賜通德之門，祖上蒙受皇帝賜書。有時陪同皇上參觀玄武之觀，有時拜訪鳳凰降臨之地。像賈誼一樣在宣室觀看皇上的受釐，像揚雄一般在宮禁中作〈長楊賦〉。突然間山坍河竭，冰瓦碎裂，大盜偷移了國柄，鳳凰永遠地消逝。把坦途摧毀成三危山，將平地破壞成九折坂。荊軻有蕭蕭易水的悲壯，蘇武在颯颯秋風中分別。關山重重讓人感到景色淒涼，隴水奔流聞之令人愁腸寸斷。大龜說道這裡天氣奇寒，白鶴驚訝今年雪大超過往年。一生光陰轉瞬即逝，青春一瞬忽到晚年。還沒有消除仕途不順的命運，倒要為越走越遠而擔憂不已。既不像蜃蛤那樣善於變化，也不像金丹那樣愈煉愈精。先前雖然幸而越過了龍門，可現在終不免在山路上埋頭拉車。實在猜不透造物的真實意圖，真感歎眾生渾茫不覺。

【研　析】在庾信的賦中，如果要論知名度自非〈哀江南賦〉莫屬，若論作品的感染力，則〈小園賦〉絕不在〈哀江南賦〉之下。

〈小園賦〉的魅力在什麼地方？籠統而言，可以說是真實。但這種真實絕非一般意義上的內心的袒露，而在於把那種努力想要掩飾，卻終究掩飾不了；想要自我欺騙，卻又無法欺騙的心理歷程不自覺地展現了出來。從而讓我們得以窺見一個敏感而又軟弱，患得患失，卻又受正統思想浸潤很深，不失正義感的文人的內心痛苦。

如果我們對全篇作一個粗略的劃分，可以將全篇分為前後兩部分：第一至四段為前半部分；第五至六段為後半部分。

先看前半部分。作者一開始從巢父、壺公的典故起筆，意思是說居所雖小，容身即可，何必非要什麼豪宅。接著落筆小園，進一步生發開篇的意思。大意是說，小園雖然並不豪華，只要能夠安居，也就於願足矣，別無他求。讀到這裡，我們感覺到作者應該是一個平和沖淡，知足常樂，隱遁避世的人。然而「寂寞人外」一句稍稍讓人引發了一點疑問，那就是，這樣的小園生活，作者自己真的覺得滿意嗎？「寂寞」一詞是不是包含著一點無奈的意味呢？

繼續讀下去，我們漸漸聽出了，在和諧安謐的樂章裡似乎還有另一個聲音在騷動。從總體看，在第三、四段裡還繼續發揮著避世無爭的主題。特別是「鳥多閒暇，花隨四時」，「一寸二寸之魚，三竿兩竿之竹」，「落葉半牀，狂花滿屋」，「試偃息於茂林，乃久羨於抽簪」等句，將這種隱居生活的意趣發揮到極致，寫得何等的富有詩意，何等的飄逸灑脫。

然而在這兩段裡，不諧和音不時地也閃現了一下。一是，在對小園的描寫裡，他著重寫出的是小園的簡陋雜亂。空間狹小，屋頂穿漏，房子東倒西歪，行走高低不平，讀者不免要問，在這樣的描寫裡流露出來的，難道真的是恬淡寧靜的心情嗎？二是，當作者情不自禁要抒發心情的時候，卻突然出現了這樣的句子：「心則歷陵枯木，髮則睢陽亂絲。非夏日而可畏，異秋天而可悲」，「草無忘憂之意，花無長樂之心。」雖然只有寥寥幾句，但讓人感覺突兀，在一片寧靜舒緩的旋律中，怎麼會突然冒出這一二聲淒厲的調子呢？

下半部分順著前半部分中那寥寥幾句的情語，從第五段起就開始進入到大段抒情的部分。既然內心深處的情感不由自主地流露出來，於是蓄之既久的洪水便再也控制不住，終於不顧一切地傾瀉而出了。直到這時我們才發現主人公其實並不快樂，他身體有病，精神也不健康，他多疑、恐懼，還差一點做出不理智的事；他懷念故國和家人，生活也不如意。「風騷騷而樹急，天慘慘而雲低。」寥寥幾筆的寫景，出現的竟然是如此愁慘蕭颯的景象，將上半部分營造出來的那種悠閒氣氛一掃而空。

如果說第五段還是緊緊扣住小園來寫的話，那麼到了第六段就完全擺脫了小園這一規定情境，將自己身世遭遇和盤托出了。他追懷前朝，回憶家世，想到當年如何因為才華出眾受到梁廷的賞識和恩寵。他回憶自己如何奉使入北，一路上充滿了艱難險阻，又歎息自己不能入鄉隨俗，改變自己以適應新的環境。在讀這一段文字時，我們能感受到作者那難以抑制的家國之痛，對梁時生活的無限懷戀以及對北朝生活的不適感。這哪裡是在說小園，這分明是在傾訴壓抑已久，竭力想要忘卻，卻又刻骨銘心的心靈傷痛史啊。

現在我們不妨統觀全文，對〈小園賦〉的感情流程作一個粗略的概括。他以自得其樂的隱逸情懷開始，卻勾起了他久蓄心中的無限感傷，從而形成了鮮明的對比。比較起來，後半部分的情感來得更為深沉，更為根本。那麼讀者也許要問，既然作者是如此的哀傷，那為何前半部分會顯得如此灑脫呢？我認為，這恰恰說明了作者的愁思之深。對於一個有著深重憂慮的人來說，想盡辦法麻醉或者解脫自己可能是無奈的選擇。所以我以為，前半部分的出世高蹈實際是作者用來擺脫痛苦的手法，然而這也恰恰說明了他的痛苦是難以排遣的。

竹杖賦

【題解】這篇賦假託桓溫與楚丘先生的對話，表達了楚丘先生對時代亂離，民生艱難的憂心，同時也流露了他寄身草野，懷才不遇的牢騷。從篇末「一傳大夏，空成鄧林」句看，可能作於入北時期。篇中的楚丘先生是子山的夫子自道。

桓宣武❶平荊州，外白：「有稱楚丘先生❷，來詣門下。」桓帝曰：「名父之子，流離江漢，孤之責矣。」及命引進，乃曰：「噫，子老矣！鶴髮❸雞皮❹，蓬頭歷齒❺，乃是江、漢英靈，衡、荊杞梓❻，雖有聞於十室❼，幸無求於千里。寡人有銅環靈壽❽，銀角桃枝❾。開木瓜❿而未落，養蓮花而不萎⓫，迎仙客於錦市⓬，送游龍於葛陂⓭。先生將以養老，將以扶危⓮。」

【章旨】本段說楚丘先生求見桓溫，桓溫見楚丘先生年老欲贈以竹杖。

【注釋】❶桓宣武　桓溫，字元子，東晉權臣。曾任荊州刺史，握長江上游兵權，多次北伐，以大司馬鎮姑孰，專擅朝政。其子桓玄代晉自立，追尊桓溫為宣武皇帝。❷楚丘先生　這是一個借用的稱呼，說明是一個有智慧的隱居老人。劉向《新序・雜事》中說：「昔者，楚丘先生行年七十，披裘帶索，往見孟嘗君，欲趨而不能進。」❸鶴髮　白髮，因鶴羽色白，故稱。❹雞皮　比喻老人粗糙起皺的皮膚。❺歷齒　稀疏不齊的牙齒。❻衡荊杞梓　這裡的意思是南方俊傑。衡荊，衡山和荊州一帶。杞梓，兩種優質樹木名，這裡是優秀人才的意思。❼有聞於十室　在小範圍內名聲很好。語出《論語・公冶長》：「十室之邑，必有忠信如丘者焉，不如丘之好學也。」❽靈壽　樹木名，可作手杖。❾桃枝　竹名，可製手杖。❿木瓜　樹木名，果實亦稱木瓜，樹枝可用來作手杖。⓫養蓮花而不萎　意謂年壽榮華可以長久不衰。⓬迎仙客於錦市　意謂竹杖得自蜀地。舊說邛竹杖產於蜀地。仙客，這裡喻指竹杖。錦市，交易錦織品的市場，古代蜀地，今成都市南，以產錦著名，這裡借指蜀地。⓭送游龍於葛陂　這是誇說竹杖可以化龍騎行。《後漢書・方術列傳下》載，東漢人費長房從一老翁學道，後來辭歸，老翁給了他一根竹杖，對他說，騎此杖可以到任何想去的地方，到了以後可將此杖投置葛陂中。費長房按照老翁說的做，果然回到家鄉。他將杖投於葛陂中，杖即化為龍。葛陂，在今河南新蔡北。⓮危　站不穩。

【語譯】桓宣武剛平定荊州，外面有人進來通報說：「有一個自稱楚丘先生的人來到門口。」桓帝答道：「名父的兒子卻流落在長江、漢水一帶，這是我的過錯啊。」下令把他請進來。見面後桓溫說道：「哎，先生您老了呀！滿頭白髮，皮膚粗糙，頭髮蓬散，牙齒稀疏，您可是長江、漢水之間的英傑之士，衡山、荊州一帶的優秀人才，您的名聲雖然只在十室小邑之內傳頌，我卻有幸不必跋涉千里來相求。我有飾有銅環的靈壽杖，銀色杖頭的桃枝杖，木瓜雖開還沒有結果，蓮花盛開卻永不枯萎，從蜀地的錦市迎來仙客，騎著竹杖化成的游龍到葛陂。先生可以用這根手杖來養老，幫助自己站穩身體。」

先生笑而言曰：「中國明於禮義，闇於知人[1]。心之憂矣，惟我生民。雖復疏條[2]勁栢，促節[3]貞筠[4]，杖端刻鳥，角首圖麟，豈能相[5]予此疾，將[6]予此身。若乃世變市朝，年移陵谷[7]，猿吟鷹厲[8]，風霜慘黷[9]，楚、漢爭衡[10]，袁、曹競逐[11]，獸食無草，禽巢無木。於時無懼而慄，不寒而戰。胡馬哀吟，羌笳悽囀，親友離絕，妻孥流轉，玉關寄書，章臺留釧[12]，寒關悽愴，羈旅悲涼。疏毛抵於矰繳[13]，脆骨被於風霜，髮種種[14]而愈落，眉髟髟[15]而競長。是以憂幹扶疏，悲條鬱結[16]，宿昔[17]僛魗[18]，俄然耄耋[19]。變田鳳於承宮，改陽文於鬷蔑[20]。潘岳秋興[21]，嵇生倦游[22]，桓譚不樂[23]，吳質[24]長愁，並皆年華未暮，容貌先秋。予此衰矣，雖然有以[25]，非鬼非蜮[26]，乃心憂矣。未見從心，先求順耳[27]。伯玉何嗟[28]，丘明唯恥[29]。拉虎捭熊，予猶稚童[30]；觀形察貌，子實悲翁㉛。別有九棘龐眉，三槐暮齒㉜，孔光謝病㉝，袁逢㉞致仕㉟，吳濞不朝㊱，楊彪喪子㊲。明公此贈，或非乖理。」

【章旨】本段是楚丘先生拒絕桓溫贈杖。楚丘先生說，桓溫不懂自己真正擔憂的是什麼，其實他最憂心的是蒼生百姓。真實的意思是希望自己能得桓溫之用，可以大濟蒼生。

【注釋】❶中國明於禮義二句　意謂桓溫雖然禮貌周全，卻並不理解楚丘先生的內心。語出《莊子・田子方》：「吾聞中國之君子，明乎禮義而陋於知人心。」闇，昏暗；糊塗。❷疏條　分散的枝條。❸促節　距離短、靠得密的竹節。❹貞筠　這裡是指竹子。❺相　輔助。❻將　扶助；扶持。❼若乃世變市朝二句　意謂在一定時間內發生巨大變化。世，三十年為一世。市，市場。朝，官府辦公場所。陵谷，山嶺和深谷。語出《詩經・小雅・十月之交》：「高岸為谷，深谷為陵。」是說地形發生巨大變化。❽厲　高飛。❾慘黷　光線昏暗。慘，通「黲」。❿楚漢爭衡　指發生在秦末西楚霸王項羽和漢王劉邦兩股勢力之間的戰爭。⓫袁曹競逐　指東漢末年袁紹和曹操兩股力量之間的爭鬥。建安四年（西元一九九年）袁曹官渡大戰，曹操以少勝多，大敗袁紹，奠定了統一北方的基礎。⓬章臺留釧　《太平御覽》卷七百一十八引《晉紀》載，西晉時，王達的妻子被鮮卑擄掠而去，經過章武臺時，她留下了釵釧和書信，以便家人尋找。⓭疏毛抵於矰繳　意謂鳥兒被箭射中，這是以鳥自比。抵，觸碰。這裡是被射中的意思。矰繳，繫有繩子的箭。⓮種種　頭髮短少貌。語出《左傳・昭公三年》：「余髮如此種種，余奚能為。」⓯髟髟　眉毛下垂貌。⓰是以憂幹扶疏二句　這是以樹喻己，意思是自己年老，為憂愁纏結。幹，軀幹。扶疏，枝幹紛披貌。⓱宿昔　從前。⓲僛醜　同「䫏醜」。面貌醜陋。⓳耄耋　高壽老人。八十、九十曰耄，七十曰耋。⓴變田鳳於承宮二句　意謂自己由年輕俊秀變為年老醜陋。田鳳，字季宗，東漢人，為尚書郎。容儀端正，每入奏事，漢靈帝總要目送之，讚歎他的風神儀表之美，並題柱曰：「堂堂乎張，京兆田郎。」承宮，字少子，東漢琅琊姑幕人。有節操，名播匈奴。北單于求見，他因自己貌醜，推辭不見。陽文，傳說中的古代美女。鬷蔑，又稱鬷明，字然明，春秋鄭國人。貌醜而賢。叔向訪鄭，鬷蔑立於堂下，一言而善，受到叔向的禮遇。㉑潘岳秋興　西晉文人潘岳作有〈秋興賦〉，感歎時序變遷，渴望逍遙山川，放曠人間。㉒嵇生倦游　是說嵇康厭倦仕宦而思退隱。嵇康，字叔夜，魏晉思想家、文學家，拜中散大夫。在魏晉易代之際，他淡於仕進，修養性服食之事，彈琴詠詩，自足於懷。嘗至汲郡山中，從隱士孫登遊。山濤薦康自代，康寫信與他絕交。㉓桓譚不樂　桓譚，字君山，東漢思想家。他反對當時流行的讖緯之說，有一次當面向光武帝極言讖緯之不合經義，差一點被處死。後被貶為六安郡丞，鬱鬱不樂，死於赴任途中。㉔吳質　字季重，三國魏文學家，以文才受知於曹丕，為朝歌長，官至振威將軍。他在〈答魏太子箋〉中說：「今質已四十二矣。白髮生鬢，所慮日深，實不復若平日之時也。」㉕有以　有原因的。㉖蜮　古代傳說中一種能含沙射人，使人發病的動物，亦稱短狐。㉗未見從心二句　意謂自己年齡雖已七十，卻還未臻從心所欲不逾矩的境界，只能先求做到耳順。順耳，聽人之言，就能知道隱藏的意思。《論語．為政》：「吾十有五而志於學，三十而立，四十而不惑，五十而知天命，六十而耳順，七十而從心所欲，不逾矩。」㉘伯玉何嗟　意謂蘧伯玉對今是昨非的感歎。《莊子．則陽》：「蘧伯玉行年六十而六十化（與時俱變），未嘗不始於是之而卒詘（斥）之以非也，未知今之所謂是之非五十九非也。」大意是蘧伯玉對問題的認識常常發生變化，六十歲時認為是正確的看法，很多是之前認為錯誤的。㉙丘明唯恥　是說自己也和左丘明一樣以某些惡行為恥。《論語．公冶長》：「子曰：『巧言，令色，足恭，左丘明恥之，丘亦恥之。匿怨而友其人，左丘明恥之，丘亦恥之。』」㉚拉虎捭熊二句　意謂自己就像孩子一樣沒有力量。捭，兩手橫向拉開加以擊打。㉛覿形察貌二句　這二句轉換敘述視角，是用桓溫語氣說的。悲翁，可憐的老頭。㉜別有九棘龐眉二句　都是指身居高位的老人。九棘，傳說古代群臣朝見天子時，立九棘為標誌，以區別等級職位。這裡是指九卿。龐眉，花白眉毛，這裡是指老人。三槐，相傳周代宮廷外種有三棵槐樹，朝見天子時，三公面向三槐而立。這裡是借指三公一類的高級官員。暮齒，晚年。㉝孔光謝病　孔光，字子夏，西漢人，官大司徒、太傅、御史大夫、丞相前後十七年。王莽當政時，他稱疾辭位，太后詔賜毋朝，十日一賜宴，賜靈壽杖，入省中用杖等待遇。㉞袁逢　字周陽，東漢汝南人，以累世三公子著稱於世。為司空，卒於執金吾。朝廷以逢嘗為三老，特優禮之。㉟致仕　辭官；退休。㊱吳濞不朝　吳濞，西漢吳王劉濞的簡稱，劉濞是漢高祖劉邦的侄子，漢景帝時他發動吳楚七國叛亂，為人所殺。他在漢文帝時，因兒子被誤殺，心懷怨恨，稱疾不朝，文帝賜他几杖，允許他不朝。㊲楊彪喪子　楊彪，東漢弘農華陰人，拜太尉。他的兒子楊修為曹操所殺。有一次曹操見到他，問他為什麼這麼瘦，他答說：「愧無日磾先見之明，猶懷老牛舐犢之愛。」後來曹丕代漢，要他當太尉，他固辭。乃授光祿大夫，賜几杖衣袍等禮遇。

【語譯】先生笑著回答說：「華夏的君子雖然精通禮義，卻不懂得人心。我心中的憂患，全在黎民百姓。雖然是枝幹扶疏而堅勁的柘木、竹節緊密而堅硬的竹子，杖頭雕刻鳥形，杖角刻繪麒麟，又怎能扶助我的病體，支撐我的身軀。至於三十年間市場變朝廷，朝廷變市場；年復一年山嶺變深谷，深谷變高山。猿啼鷹高飛，風霜天地暗。項羽、劉邦相互爭奪，袁紹、曹操彼此鬥爭。野獸求食但無草可食，禽鳥築巢卻沒樹可依。還沒知道害怕，渾身先起雞皮疙瘩；天氣並不寒冷，全身上下顫抖不止。胡馬發出哀鳴，笳聲淒涼哀怨。親友彼此離散，妻兒播遷流轉。玉門關前投寄家書，章武臺上留下玉釧。寒冷的邊關淒涼悲愴，漂泊異鄉心中悲涼。飛箭射中飛鳥皮毛，瘦弱之軀頂風冒雪。頭髮稀疏仍然不斷掉落，眉毛下垂還在競相生長。就像憂愁的樹木枝幹低垂，憂傷的枝條互相糾結。從前容貌醜陋者，轉眼變成高齡老人。英俊的田鳳變成了醜陋的承宮，美貌的陽文變成了難看的醜蔑。潘岳發出哀秋的感歎，嵇康產生宦遊的倦意，桓譚因仕宦失意而鬱鬱不樂，吳質為年華易逝而一直發愁。年歲尚未到暮年，容貌卻已先衰老。我的衰老雖然自有原因，但這原因既不是鬼怪，又不是蜮物，實是源於內心的憂愁。年屆七十卻未達自由之境，那還是先求做到耳順吧。蘧伯玉感歎昨非今是，左丘明討厭惡言惡行。若論擊打熊虎，那我還是個幼童；如果觀察形貌，你實是個可憐的老頭。另有眉毛花白的九卿，年壽高邁的三公。孔光因病辭職，袁逢年老退休，劉濞拒不上朝，楊彪年老喪子。明公贈送手杖，或許並不悖理。」

先生乃歌曰：「秋藜❶促節，白藋❷同心❸。終堪荷篠，自足驅禽❹。一傳大夏，空成鄧林❺。」

【章旨】這一段是本篇題旨所在。是說自己好像一根手杖，先前很用得著，可是自從到了新的環境，卻變得百無一用了。

【注釋】❶秋藜　這裡是指藜杖。藜，藜草，俗名紅心灰藋，其老莖可製手杖。❷白藋　也指手杖。藋，草名，又稱灰藋，也是藜類植物，莖老可以作杖。❸同心　同藜草一樣都是紅心的。❹終堪荷篠二句　意謂本來手杖還有一些小用處。荷篠，肩扛農具。篠，耘田器。荷篠是隱士的形象。《論語・微子》：「子路從而後，遇丈人以杖荷篠。」❺一傳大夏二句　意謂一旦輸入大夏，就變得一無所用了。大夏，古國名，地在今阿富汗北部。《史記・西南夷列傳》載，張騫出使西域時，在大夏曾看見從蜀地來的布和邛竹杖。鄧林，神話中的樹林。

《山海經・海外北經》：「夸父與日逐走，入日。渴欲得飲，飲於河渭；河渭不足，北飲大澤。未至，道渴而死。棄其杖，化為鄧林。」

【語　譯】先生於是歎息道：「藜杖竹節短促，藋杖同樣紅心，可以用來挑農具，可以用來趕雞鴨。一旦傳送到大夏，徒然化成一片林。」

【研　析】這篇賦以竹杖為題，給人的感覺好像是一篇詠物賦，但實際上竹杖在作品中不過是藉以引起話題的一個由頭。作品的核心內容是抒發作者心中的憂憤，就全篇的基本性質看，還是一篇典型的抒情小賦。

首段入題，是說桓溫驚訝於楚丘先生之衰老，於是贈送竹杖，希望可以對他有所幫助。

第二段進入本文核心部分，引出了楚丘先生的大段議論。楚丘先生說，送手杖固然好，但你卻不知道我真正需要的是什麼。衰老只是外表和結果，造成未老先衰的原因卻是我內心的隱憂。「心之憂矣，惟我生民」是本篇眼目。

接下來的一大段文字，都是對此八字的生發。可分三層：第一層從「若乃世變市朝」到「眉髟髟而競長」，是說時世動盪，飄零亂離，說的是心憂的原因。第二層從「是以憂幹扶疏」到「並皆年華未暮，容貌先秋」，是說憂心的結果，也就是未老先衰。然後以「予此衰矣，雖然有以，非鬼非蜮，乃心憂矣」收束，與上文「心之憂矣，惟我生民」呼應，從而也就回答了楚丘先生為何要說桓溫贈杖是明於禮義，卻闇於知人的問題。意思是我的憂愁太深，解救民生疾苦才是最根本的，送杖云云並不能解決問題。第三層直到段末仍然回到竹杖上。大概的意思是說，儘管如此，贈送竹杖畢竟是好意，還是要心領的。整段行文張弛開闔，文勢起伏。

第三段亂辭，借典故含蓄地言志抒情，收束全文。一般而言，賦的亂辭常常是點睛之筆，是對全文內容的昇華，但本篇亂辭卻很難作如此解。作者筆觸一經回到竹杖，似乎一下子觸動了內心深處另一塊傷痛，於是他借用典故，用含蓄的筆法，來抒情言志，發洩懷才不遇的牢騷和不滿。說竹杖本來還可以用來荷蓧、驅禽，雖無大用，卻還有小補，然而一旦傳入大夏，卻連這些小用都全然失去，化成一片無用的鄧林了。這些話說得很含蓄，卻若隱若顯地讓人感覺到話中有話，有不平之氣寓焉，很有可能表達的是作者對入北以後處境的不滿。從亂辭的內容看，似乎應該說是作者在上文基礎上進一步抒寫內心的傷痛，而不是對已有內容的歸總和點題。這樣的處理說明，作者內心悲憤已經壓抑得太深太久，他苦悶至極，寧可突破形式的束縛，也要一吐為快。

這篇賦以竹杖為題，似乎是一篇詠物賦，但實際上本篇中的竹杖並不是吟詠的對象。從全文三段看，第一段固然講到贈送竹杖，但其作用不過是為了引起下文，相當於詩歌中的起興。而作為本篇主幹的第二部分，除了「疏條勁柘，促節貞筠，杖端刻鳥，角首圖麟」寥寥十六字之外，竟完全拋開竹杖抒寫主人公的憂憤。可見，至少在這一核心段落裡竹杖與作者要表達的思想感情間，並沒有必然的內在聯繫。當然，亂辭部分可以說是非常典型的詠物寫法，物象情意融合無間，只是篇幅太少，又位居文尾，不能決定全篇的基本性質。所以我以為，本篇雖有詠物的因素，卻不能視為詠物賦，而只能是一篇抒情小賦。

枯樹賦

【題　解】本篇借詠枯樹表現作者對人生命運的思考。作者通過千年古松，一旦凋亡狀態的描寫，透露出對生命易逝的悲哀。同時作者在對枯樹命運的描寫中，隱約流露出自己的家國之痛和身世之感。據賦中「風雲不感，羈旅無歸，未能採葛，還成食薇」幾句看，本篇顯然是子山入北後的作品。又從「沉淪窮巷，蕪沒荊扉」句看，很可能作於周明帝二年到武成元年（西元五五八—五五九年）的長安鄉居時期。

殷仲文❶風流儒雅，海內知名。世異時移，出為東陽太守。常忽忽不樂，顧庭槐而嘆曰：「此樹婆娑，生意盡矣。」❷

【章　旨】本段是引言，是說殷仲文感歎槐樹壽老衰弱。

【注　釋】❶殷仲文　東晉名士。桓玄篡位時，他依附桓玄。桓玄敗後，被遷東陽太守，鬱鬱不得志。後因謀反被殺。❷顧庭槐而嘆曰三句　《世說新語・黜免》載，桓玄敗後，殷仲文任大司馬諮議。大司馬府廳前有一棵老槐樹，有一次殷仲文目視槐樹良久，歎息道：「槐樹婆娑，無復生意。」婆娑，這裡是衰弱無力的意思。生意，生機。

【語譯】殷仲文倜儻優雅，天下聞名。時世變換，貶為東陽太守。他經常神思恍惚，心情抑鬱。有一次他注視著庭中老槐樹歎息道：「這棵樹衰弱無力，已經沒了生機啊。」

至如白鹿貞松❶，青牛文梓❷，根柢盤魄❸，山崖表裏❹。桂何事而銷亡？桐何為而半死？昔之三河❺徙植，九畹❻移根。開花建始之殿❼，落實睢陽之園❽。聲含嶰谷❾，曲抱〈雲門〉❿。將雛⓫集鳳，比翼巢鴛。臨風亭而唳鶴⓬，對月峽而吟猿⓭。乃有拳曲擁腫⓮，盤坳反覆⓯，熊彪顧盼，魚龍起伏⓰。節豎山連⓱，文橫水蹙⓲，匠石⓳驚視，公輸⓴眩目。雕鐫始就，剞劂㉑仍加：平鱗鏟甲，落角摧牙㉒，重重碎錦，片片真花，紛披草樹，散亂煙霞。

【章旨】本段是說大樹先前根深葉茂，後被匠人發現，雕鐫加工，使大樹被摧殘。

【注釋】❶白鹿貞松　相傳敦煌有白鹿塞，多古松，白鹿棲息其下。貞松，堅勁耐寒之松。❷青牛文梓　舊說萬歲之松其精化為青牛，這裡指代古松。文梓，有斑紋的梓木。❸盤魄　同「盤薄」、「盤礴」。據持牢固貌。❹山崖表裏　猶言山裡山外。❺三河　漢人對河東、河內、河南三郡的合稱，當時被認為是天下的中心。❻九

畹　占地廣闊的意思。畹，十二畝為一畹。❼建始之殿　建始殿，東漢末曹操所建宮殿。❽睢陽之園　睢陽園，西漢梁孝王所建園林。❾嶰谷　昆侖山北谷。相傳黃帝命泠倫取嶰谷之竹製為樂器。❿曲抱雲門　意思是樂曲中有古代著名的舞曲。抱，這裡是含有的意思。〈雲門〉，周代樂舞名，相傳為黃帝時製。⓫將雛　這裡是說大鳳攜領著幼鳳。⓬臨風亭句　《晉書・陸機傳》載，陸機被害前，感歎道：「華亭鶴唳，豈可聞乎。」這裡化用陸機典故，是說大樹挺立亭閣前，上有白鶴鳴叫。⓭對月峽而吟猿　《水經注》卷三十四記三峽之景：「每至晴初霜旦，林寒澗肅，常有高猿長嘯，屬引淒異，空谷傳響，哀轉久絕，故漁者歌曰：『巴東三峽巫峽長，猿鳴三聲淚沾裳。』」月峽，明月峽，舊稱三峽之一，在今重慶市巴南。⓮擁腫　同「臃腫」。⓯盤坳反覆　樹枝低迴盤曲貌。坳，本指地勢低凹，這裡是指樹枝低下。⓰熊彪顧盼二句　形容大樹的形體如熊似虎，樹身高低不平有如魚龍起伏。⓱節壘山連　樹節凸起有如山峰相連。⓲文橫水蹙　樹木的年輪一圈套著一圈如同水波。蹙，聚集貌。水波是從中心向外擴散的，樹木的紋理是靜態的，從外向裡看，也就如同彙集一般。⓳匠石　姓石的木匠，《莊子・人間世》中的人物。⓴公輸　公輸班，又稱魯班，春秋魯國人，著名工匠。㉑剞劂　刻刀，這裡是雕刻的意思。㉒平鱗鏟甲二句　意思是說工匠對樹身加以鏟削砍截。鱗、甲，指樹皮。角、牙，指樹木伸展的枝幹和凸出的樹節。

【語　譯】至於那白鹿塞上堅勁的老松，能化青牛的萬歲古松，樹根紮得既深且固，山崖內外一片蒼翠。桂樹為什麼凋喪死亡？桐樹為什麼半死不活？從前從三河向外移植，大片樹木連根移走。在建始殿開花，在睢陽園結果。嶰谷的竹子裡含蘊著笛聲，美妙的樂曲中有〈雲門〉樂舞。帶領著幼鳥，鳳凰聚集於大樹；比翼齊飛，鴛鴦雙雙在樹上築巢。挺立風亭前，樹上有白鶴哀鳴；面對明月峽，峽中有高猿長嘯。還有那樹身彎曲臃腫，枝幹低迴盤曲，如同熊虎左顧右盼，又像魚龍高低起伏。樹節凸起如同山峰相連，紋理清晰好似波紋相接。匠石看見大吃一驚，公輸見了兩眼發花。於是雕刻開始，修整動手：刮去鱗片，鏟削甲皮，折斷樹枝，削平樹節，只見落葉層層似破碎的錦片，花葉片片在空中飄舞，花草樹木紛亂，煙雲霞氣迷濛。

若夫松子、古度、平仲、君遷❶，森梢❷百頃，槎枿❸千年。秦則大夫受職❹，漢則將軍坐焉❺。莫不苔埋菌壓，鳥剝❻蟲穿。或低垂於霜露，或撼頓❼於風煙。東海有白木之廟❽，西河有枯桑之社❾，北陸以楊葉為關，南陵以梅根作治❿。小山則叢桂留人⓫，扶風則長松繫馬⓬。豈獨城臨細柳⓭之上，塞落桃林⓮之下。

【章旨】本段以幾種名木為例，說它們先前有很高的地位，現在卻淪落淒慘。

【注釋】❶松子古度平仲君遷　皆古樹名。❷森梢　叢生的樹木。❸槎枿　樹木被砍後再生的枝木，這裡指代樹木。❹秦則大夫受職　《史記・秦始皇本紀》載，秦始皇登泰山祭天，下山途中，風雨驟至，遂在松樹下避雨，因封其樹為五大夫之職。❺漢則將軍坐焉　《後漢書・馮異列傳》載，東漢馮異為人謙退，助劉秀爭天下，諸將並坐論功，馮異常獨坐樹下，軍中號曰「大樹將軍」。❻剝　啄。❼撼頓　搖動。❽白木之廟　據倪璠說，可能是指密縣東三里的天仙宮，其地有白松，相傳是黃帝葬三女處。❾枯桑之社　出典不詳。❿北陸以楊葉為關二句　意謂北方有楊葉關，南方有梅根治。陸、陵，土山、高處。楊葉關，其地不詳。梅根治，在今安徽貴池東北，因臨梅根河得名，六朝曾在此置冶鼓鑄。⓫小山則叢桂留人　《楚辭》收錄淮南小山的〈招隱士〉，詩云：「桂樹叢生兮山之幽，偃蹇連蜷兮枝相繚。」、「攀援桂枝兮聊淹留。」淮南小山，西漢淮南王劉安的門客，其人不詳。⓬扶風則長松繫馬　西晉劉琨有〈扶風歌〉，有句云：「繫馬長松下，廢鞍高岳頭。」⓭細柳　在今陝西咸陽西南。西漢文帝時周亞夫曾駐軍於此。這裡是雙關的用法，既指樹木，又指地名。⓮塞落桃林　桃林塞，在今河南靈寶以西，陝西潼關以東地區。也是雙關用法，兼指樹木、地名。

【語　譯】還有那松子、古度、平仲、君遷這些古樹，占地百餘頃，歷時上千年。秦時曾受封五大夫之職，漢時有大將軍坐於其下。可現在無不為苔蘚菌菇所埋沒，又受到鳥兒剝啄、蟲子啃齧。有的被霜露壓低了枝葉，有的在風煙中搖動顫抖。東海有白木之廟，西河有枯桑之社，北地有楊葉關，南山有梅根冶。淮南小山有桂樹叢生留客人的詩章，劉琨有繫馬長松下的名句。哪裡僅僅只是城池位於細柳樹上，關塞坐落在桃林之下。

若乃山河阻絕，飄零離別⓵。拔本垂淚，傷根瀝血。火入空心⓶，膏⓷流斷節⓸。橫洞口而欹臥⓹，頓⓺山腰而半折。文斜者百圍冰碎，理正者千尋瓦裂⓻。載癭銜瘤⓼，藏穿⓽抱穴⓾。木魅⓫睒睒⓬，山精妖孽。

【章　旨】這一段是講古樹名木遭遇砍伐的淒慘場面。

【注　釋】⓵若乃山河阻絕二句　意謂樹木經過移植，離開故土。⓶火入空心　舊說老槐樹年久生火。⓷膏樹汁。❹節　樹節，樹木枝幹交接處。❺欹臥　橫躺在地。❻頓　倒地。❼文斜者百圍冰碎二句　意謂粗壯又高大的樹木崩裂破碎。文、理，樹木的紋理。❽戴癭銜瘤　樹幹表面散布著瘤狀凸起物。❾藏穿　樹根拔起，樹穴洞穿。藏，府庫，這裡指土穴。❿抱穴　鳥雀蹲伏於樹穴。⓫木魅　樹妖。⓬⿰目閃睒　目光灼灼貌。

【語　譯】至於山河阻隔，漂泊離散，拔根落淚，根傷滴血，樹心中空生出火，樹汁流出樹節斷。橫在山洞口猶如側躺，倒在半山腰樹幹將斷。紋理歪斜的，即使樹身粗壯也像冰塊般粉碎；紋路正直的，即使挺拔高大也似瓦塊般崩裂。高低不平，樹身上散布著瘤狀物；樹根拔起，鳥雀蹲伏在空穴中。樹妖目光閃亮，山精與妖作怪。

況復風雲不感❶，羈旅無歸，未能採葛❷，還成食薇❸。沉淪窮巷，蕪沒荊扉，既傷搖落❹，彌嗟變衰❺。《淮南子》云：「木葉落，長年悲。」❻斯之謂矣。乃歌曰：「建章三月火，黃河萬里槎❼。若非金谷❽滿園樹，即是河陽一縣花❾。」桓大司馬❿聞而嘆曰：「昔年種柳，依依漢南；今看搖落，悽愴江潭。樹猶如此，人何以堪。」⓫

【章　旨】本段點題，抒發作者的身世之感。是說自己命運多舛，有家難回，所以對樹興歎，感慨時光流逝。

【注　釋】❶風雲不感　意謂際遇不好。古人以風雲感會喻君臣遇合。❷未能採葛　意謂沒有完成梁朝託付的使命。採葛，《詩經・王風》中篇名。〈毛詩序〉：「〈采葛〉，懼讒也。」鄭箋曰：「喻臣以小事使出。」這裡用鄭箋意。❸食薇　意同食周粟，這裡是指接受北朝的俸祿，為北朝做事。《史記・伯夷列傳》載，伯夷、叔齊因為反對周武王伐殷，義不食周粟，隱於首陽山采薇而食。又有一種說法，伯夷、叔齊采薇而食，有一農婦對他們說，你們不食周粟，但薇也是周朝的。於是二人連薇也不吃了，遂餓死（《文選》五四卷〈辨命論〉李善注引）。❹搖落　樹葉在秋風中凋零隕落。❺變衰　變得蒼老。❻木葉落二句　語出《淮南子・說山訓》：「桑葉落而長年悲。」長年，老人。❼建章三月火二句　營建宮殿，卻遭火焚，造為木筏，漂流萬里。建章，西漢宮殿名。三月火，是說大火三月不滅。槎，木筏。❽金谷　金谷園，西晉豪富石崇的園林，在今河南洛陽西北。❾河陽一縣花　傳說潘岳任河陽令時，一縣皆種桃李花。河陽，在今河南孟州。❿桓大司馬　桓溫，東晉權臣，曾任大司馬。⓫昔年種柳六句　《世說新語・言語》載，桓溫北征，路經故地，見當年所種柳樹已經長得粗大茂盛，不禁感歎道：「木猶如此，人何以堪。」作者化用此典，增加了懷念故土的意思。江潭，江邊。

【語　譯】何況風雲不感應，漂泊難回家。沒能完成出使的使命，反而接受北朝的俸祿。埋沒於陋巷，荒草遮門戶，既為秋葉隕落而悲傷，又為容顏衰老而感歎。《淮南子》說：「樹葉隕落，老人悲傷。」說的就是這種情況。於是唱道：「建章宮的大火三月不滅，黃河上的木筏漂流萬里。不是金谷園中種滿了樹木，就是河陽縣裡開滿了鮮花。」桓大司馬聽到後歎息道：「當年栽種之柳樹，柳條依戀在漢南；如今柳樹已憔悴，念之傷懷在江邊。樹木尚且如此易老，人又怎能承受歲月飛逝。」

【研　析】對於庾信這樣敏感而細膩的作家來說，大自然中的生死存亡，必定會觸動他的心靈，引發他的思考和聯想。慨歎生命短暫是六朝文學中的母題，庾信的這篇賦以枯樹為吟詠的對象，通過對枯樹凋亡情狀的描寫，寄寓著自己對生命短暫和身世遭遇的感歎。

這是一篇詠物賦，同時又是一篇抒情賦。說它是詠物賦，是因為枯樹是貫穿全篇的核心意象，文中對枯樹遭遇死亡的種種情狀作了生動的描繪，對枯樹寄寓了深深的同情。說它是抒情賦，是因為全篇充溢著強烈而豐富的感情。作者表面上寫的是枯樹，但實際上是把樹當作人來寫，把感情投注到無情的樹木上，使人很自然地會聯想到人的命運、想到人生命的短暫和命運的無常。作者在寫枯樹的過程中，還把自己的人生遭遇和身世之感融入其中，比如，「三河徙植，九畹移根」，「山河阻絕，飄零離別。拔本垂淚，傷根瀝血」，「風雲不感，羈旅無歸」等就是將自己背鄉離井，奉使入北以及有家難歸的經歷和對枯樹的描寫融合為一，寫的是樹的遭遇，說的卻是心中的無限傷痛。

從結構看，全篇可分三大段，首尾兩個自然段各成一個大段，中間部分為第二大段。全文以殷仲文對樹的感歎起，同樣也以他對樹的感歎終，首尾圓融，成一自足整體。

首段以「此樹婆娑，生意盡矣」起興，自然導入主體部分。

第二大段是對枯樹喪亡不同情狀的描繪。其一是寫千年古樹慘遭人為的摧殘，人們砍伐樹木，對樹來說無異是野蠻的屠戮。其二是說，無論古樹年壽有多高，資格有多老，都難免一死。作者通過對比，突出了古樹瀕死時的可憐狀態，感歎人對外在力量的無奈和悲哀。其三是寫移植他鄉的樹木遭遇的不幸。它們傷痕累累，倒地而死，寄寓著作者的人生遭際。

第三大段，在之前對古樹命運作了充分描寫的基礎上，抒發作者由此引發的人生感慨，說自己在沉淪困頓的處境中對枯樹的搖落變衰格外有感觸，並以歌詩收束全篇。我以為，這一段雖然欲語又止，十分簡潔含蓄，卻是全文的重心所在。之前鋪展開來的種種描寫，歸根結底是落在這人生的感慨上的，這就使全篇的結構更為嚴整。

這是一篇寫死亡和命運的作品，但它不是一般地寫生命短促，而是強調在強力面前無能為力，只能被迫接受命運支配。這裡有他對自己身世遭遇的感歎，樹的形象也是作者人生經歷和狀態的寫照。他說這些古樹名木曾經貴為大夫、將軍，但最終還是遭到砍伐、屠戮，有的被迫遷徙，移植，不管聲名多大、地位多高都無法改變命運，改善處境。講的是樹，但又是自家的經歷。客觀物象和自己對生命的感發緊緊地結合在一起，是詠物賦中的精品。

傷心賦并序

【題解】這篇賦追悼早夭的子女。從序中知道，庾信有二男一女在金陵喪亂中死去，在出使西魏之後，又有一女一孫死去。這篇賦用哀傷的筆觸，深情地抒發了他對子嗣夭折的無限傷痛，同時也展現了梁末動亂的殘酷畫面和自己被迫羈留異國的痛苦，抒發了他對生命脆弱的哀傷。

予五福❶無徵，三靈❷有譴❸，至於繼體❹，多從夭折。二男一女，並得勝衣❺，金陵喪亂❻，相守亡沒❼。羈旅關河，倏然白首，苗而不秀❽，頻有所悲。一女成人，一長孫孩稚，奄然玄壤❾，何痛如之。既傷即事❿，追悼前亡，惟覺傷心，遂以〈傷心〉為賦。

【章旨】本段是說作者有二子二女一孫先後在金陵喪亂和入北之後死去，因傷心而寫作此賦。

【注釋】❶五福　舊時所謂的五種福分。《尚書・洪範》：「五福：一曰壽，二曰富，三曰康寧，四曰攸好德（遵行美德），五曰考終命（老而善終）。」❷三靈　天地人。❸譴　責備；責問。❹繼體　子嗣。❺勝衣兒童稍長，體力剛可承受得起成人衣服的重量。❻金陵喪亂　指梁代末年由侯景之亂引起的社會動盪。❼相守亡沒　在互相扶持中死去。❽苗而不秀　比喻人未成年而夭折。秀，開花。《論語・子罕》：「苗而不秀者，有矣夫。」❾奄然玄壤　突然死去的意思。奄然，突然。玄壤，指墳墓。❿即事　眼前之事，這裡是指一女一孫的死。

【語　譯】我沒獲得五福的跡象，卻受到三靈的警告。至於自己的子嗣，很多早早夭亡。兩個兒子，一個女兒，才剛剛長大，就遭遇京城的動亂，在互相扶助中一起死去。漂流異國他鄉，轉眼滿頭白髮，才爆出的嫩芽卻不能開花，心中常常引起深切悲傷。一個女兒已經成人，一個長孫還很幼小，卻突然掩埋地下，真是何等痛心。既為眼前女兒、長孫之死而傷心，又悼念先前亡歿的子女，只覺得止不住的傷心，於是就以〈傷心〉為題寫下這一篇賦。

若夫入室生光❶，非復企及；夾河為郡❷，前途逾遠。婕妤有自傷之賦❸，揚雄有哀祭之文❹，王正長❺有北郭之悲❻，謝安石有東山之恨❼，斯既然矣。至若曹子建❽、王仲宣❾、傅長虞❿、應德璉⓫、劉韜之母⓬、任延之親⓭，書翰傷切，文辭哀痛，千悲萬恨，何可勝言？龍門之桐，其枝已折⓮；卷施之草，其心實傷⓯。嗚呼哀哉！賦曰：

【章旨】本段歷徵前人傷子之作，說明自己因喪子嗣而哀痛不已，因作此賦。以上二段為序，說明作賦緣起。

【注釋】❶入室生光　比喻人才出眾，為人注目。入室，學問造詣高深。《論語・先進》：「子曰：『由也升堂矣，未入於室也。』」❷夾河為郡　《漢書・杜周傳》載，西漢杜周為廷史，位列三公，他的兩個兒子夾河為郡守，家財巨萬。❸婕妤有自傷之賦　婕妤，班婕妤，西漢成帝妃。為趙飛燕姐妹所譖，求供養太后長信宮。作賦自傷，有句云：「痛陽祿與柘館兮，仍繈褓而離（罹）災。」是說自己的愛子夭折了。陽祿和柘館都是上林苑中的宮館。❹揚雄有哀祭之文　揚雄，字子雲，西漢文學家。哀祭之文，當為哀悼幼子夭亡之作。據揚雄《法言・問神》載，他幼子童烏是神童，九歲就參與他《太玄》的寫作，不幸早夭。揚雄的哀祭之文今不存。❺王正長　王贊，字正長，義陽人。博學有俊才，辟司空掾，歷散騎侍郎（《文選》卷二九李善注引臧榮緒《晉書》）。❻北郭之悲　指戰亡不能入葬故國墓地之悲。《左傳・襄公二十九年》：「齊人葬莊公於北郭。」杜預注曰：「兵死不入兆域（墓地），故葬北郭。」❼謝安石有東山之恨　謝安想要隱居卻被迫出仕。謝安，字安石，東晉政治家。《世說新語・排調》載，謝安隱居東山，朝廷多次徵召，他不為所動。後來任桓溫司馬，有人開玩笑說，您以前高臥東山，我們大家說，安石如果不肯出山，那將如蒼生何？現在是蒼生將如卿何？謝安笑而不答。❽曹子建　曹植，字子建，有〈金瓠哀辭〉，金瓠，曹植首女，生十九旬而夭折。有〈行女哀辭〉，行女，曹植女兒，生於季秋，終於首夏。有〈仲雍哀辭〉，仲雍，曹喈字，曹丕中子，三月而生，五月而亡。❾王仲宣　王粲，字仲宣，建安七子之一，有〈傷夭賦〉。❿傅長虞　傅咸，字長虞，西晉文學家。⓫應德璉　應瑒，字德璉，建安七子之一。⓬劉韜之母　《藝文類聚》卷三十四有劉滔母孫氏〈悼艱賦〉。「韜」、「滔」，形近致淆。⓭任延之親　任延，倪璠以為當作任咸。潘岳有〈為任子咸妻作孤女澤蘭哀辭〉。澤蘭是任子咸的女兒，三歲而殞。⓮龍門之桐二句　意謂子女夭折。《文選》卷三十四枚乘〈七發〉：「龍門之桐，高百尺而無枝。」⓯卷施之草二句　《爾雅・釋草》：「卷施草，拔心不死。」卷施，草名，又稱宿莽。

【語　譯】至於那種一入房間，就滿室生光的子弟，我是不敢期望的；兄弟兩人隔河為郡守，於我就更加遙不可及。班婕妤有自我傷悼的賦，揚雄有弔祭幼子的文，王正長慨歎不能正常葬入墓地，謝安石有不能隱居東山的遺憾，上述諸人已然如此。還有那曹子建、王仲宣、傅長虞、應德璉、劉韜的母親、任延的親人，他們的書信文章悲傷痛切，語言哀愁悲痛。這萬千的悲愁，又怎能說得盡啊？龍門山的桐樹，枝幹已折斷；拔心不死的卷施，其心已受傷。吁呀悲傷啊！賦曰：

悲哉秋風，搖落變衰❶。魂兮遠矣，何去何依？望思無望，歸來不歸❷。未達東門之意❸，空懼西河之譏❹。在昔金陵，天下喪亂，王室板蕩，生民塗炭❺。兄弟則五郡分張❻，父子則三州離散❼。地鼎沸於袁曹，人豺狼於楚漢❽。或有擁樹催災❾，藏衣遭難❿，未設桑弧⓫，先空柘館⓬。人惟一丘，亭遂千秋⓭。邊韶永恨⓮，孫楚長愁⓯。張壯武之心疾⓰，羊南城之淚流⓱。痛斯傳體，尋⓲茲世載⓳。天道斯慈，人倫此愛。膝下龍摧，掌中珠碎⓴。芝在室而先枯，蘭生庭而蚤刈㉑。命之修短㉒，哀哉已滿。鶴聲孤絕，猿吟腸斷㉓。嬴、博之間，路似新安㉔。藤緘㉕轊櫝㉖，枅㉗掩虞棺㉘。不封㉙不樹㉚，惟棘惟欒㉛。天慘慘而無色，雲蒼蒼而正寒。

【章　旨】本段痛悼子女在金陵喪亂中凋亡。作者抒發了傷子之痛，回憶了梁末的動盪亂離，哀傷子孫的早夭。

【注　釋】❶悲哉秋風二句　化用宋玉〈九辯〉「悲哉秋之為氣也，蕭瑟兮草木搖落而變衰」的句意。❷望思無望二句　望思、歸來，漢武帝為傷悼太子建造的高臺。《漢書・武五子傳》載，漢武帝太子因巫蠱事被錯殺，武帝非常後悔，因作思子宮，築歸來望思之臺，寄託悲悼追悔之意。❸未達東門之意　意謂自己因孩子死了而悲傷不已，無法理解孩子死了卻毫不動情的人。《列子・力命》載，魏人東門吳的兒子死了，他卻一點也不悲戚，別人不理解。他答說，以前沒有兒子的時候，當然不會悲戚，現在兒子死了，就與當初沒有兒子的時候是一樣的，為什麼還要悲傷呢？❹空懼西河之譏　意謂自己只怕因愛子夭亡悲不自勝會招來批評。《禮記・檀弓上》載，子夏因為兒子死了，悲傷得把眼睛都哭瞎了。曾子批評他，說他有三罪。一是孔子去世後，退老於西河之上，使西河老百姓只知子夏，不知孔子；二是自己雙親去世，當地百姓一無所知；三是兒子死了卻悲痛得哭瞎了眼睛。這是批評子夏對兒子的感情超過了對老師和雙親的感情。❺在昔金陵四句　意謂梁代後期由侯景叛亂引起了社會動盪和戰亂。板蕩，社會動盪。《詩經・大雅》有〈板〉、〈蕩〉兩篇，譏刺周厲王無道，敗壞國家。塗炭，爛泥和炭火，比喻災難困苦。❻兄弟則五郡分張　意謂侯景之亂時，梁武帝蕭衍五子（湘東王蕭繹、邵陵王蕭綸、武陵王蕭紀、廬陵王蕭續、南康王蕭績）各據一郡，不能互相救助。分張，離散；分布。❼父子則三州離散　意謂侯景圍攻臺城時，梁武帝三子，湘東王蕭繹據有荊州、武陵王蕭紀據有益州、邵陵王蕭綸據有郢州，卻未能齊心協力，擊退侯景，解救臺城之圍。❽地鼎沸於袁曹二句　意謂侯景之亂如同袁紹、曹操的官渡之戰、劉邦、項羽的楚漢相爭，弄得社會動盪不寧，好像野獸食人。鼎沸，鼎水沸騰，比喻局勢混亂。❾擁樹罹災　意謂抱著小兒逃難反使小兒夭折。擁樹，抱小兒，其狀為大人伸首，讓小兒吊在自己的頸上。《史記・樊酈滕灌列傳》載，劉邦在彭城大敗，在敗逃途中，見到他的兒女，夏侯嬰下車把他們接到車上。後來追兵近了，車的分量重、跑不快，劉邦就把他的兒女踢下車去。夏侯嬰每每下車把他們重新接到車上，「徐行面雍樹乃馳。」雍，同「擁」。❿藏衣遭難　意謂為保護他人的孩子，把自己孩子和他人孩子的衣服互換，製造假象，用犧牲自己孩子的方式保全他人的孩子。劉向《列女傳》卷五載，魯國宮廷內亂，有人欲殺公子稱。當時公子稱還是小孩，他的保母就將自己兒子的衣服和公子稱的衣服互換，並讓兒子睡在公子稱的牀上，自己則帶著公子稱外出避難。結果自己的孩子被殺，公子稱卻保全了。藏衣，倪璠疑作「載衣」，語出《詩經・小雅・斯干》：「載衣之裳，載弄之璋。」載，則。⓫未設桑弧　意謂兒子出生的儀式還沒有來得及舉行。桑弧，桑木做的弓箭。古時風俗，兒子出生後，家裡便以桑木做弓，蓬草為矢，使人射天地四方，寓男兒志在四方之意（《禮記・內則》）。⓬先空柘館　意謂兒子卻先死了。《漢書・班婕妤傳》載，班婕妤失寵，退處東宮，作賦自傷。有句云：「痛陽祿與柘館兮，仍綴襁而離（罹）災。」陽祿、柘館，都是上林苑的宮館。⓭亭遂千秋　千秋，亭名。潘岳〈傷弱子辭序〉：「予之長安，次於新安千秋亭而弱子夭。」〈西征賦〉：「亭有千秋之號，子無七旬之期。」千秋亭，故址在今河南新安。這句是用潘岳的典故來說自己的殤子之痛。⓮邊韶永恨　當指喪子之痛，但現存史籍不載。邊韶，字孝先，東漢陳留人，以文章知名。《後漢書・文苑列傳》有傳。⓯孫楚長愁　孫楚，字子荊，西晉太原中都人。有三子眾、洵、纂。眾及洵俱未仕而早終。長愁，指兒子早卒之悲。⓰張壯武之心疾　張壯武，張華，字茂先，西晉范陽方城人，封壯武郡公。他的小兒子張韙曾勸他遜位，他未聽從。後被殺，兒子張踖也同時遇害。心疾，猶言心痛，這裡是指兒子被殺之痛。⑰羊南城之淚流　羊南城，羊祜，字叔子，西晉泰山南城人，封南城侯。《世說新語・術解》載，有人考察羊祜父親的墓地，說羊家後代當出帝王，羊祜聽說後，就掘斷墓後，破壞風水。他本有一個五六歲的兒子，長得很可愛。掘墓之後不久，兒子就夭折了。淚流，指喪子之痛。⑱尋　通「憛」。思。⑲世載　子嗣；後代。⑳膝下龍摧二句　比喻子嗣夭亡。龍摧，是指二男亡。珠碎，是指一女死。㉑芝在室而先枯二句　比喻子嗣夭亡。古人常以芝蘭玉樹比優秀子弟。㉒修短　長短，這裡是偏義複詞，重在短。㉓猿吟腸斷　《世說新語・黜免》載，桓溫入蜀，至三峽中，有部屬捉住了一隻小猿，母猿沿岸哀號，尾隨百里不肯離開。後來跳到船上，倒地死去。有人破視其腹，發現腸皆寸斷。㉔嬴博之間二句　意謂在出使西魏的路上長孫夭折，只能就近葬於異國。嬴博，春秋齊二邑名。《禮記・檀弓下》載，延陵季子到齊國去，在返國途中，他的長子死了，他就把兒子葬在齊國的嬴、博之間。路似新安，是說自己的情形類似潘岳。潘岳〈傷弱子辭序〉云：「予之長安，次於新安千秋亭而弱子夭。」㉕緘　捆紮。㉖轊櫝　小棺材。㉗枿　草木砍伐後重生的枝條。㉘虞棺　瓦棺。《禮記・檀弓上》載，周人用有虞氏的瓦棺來斂葬不滿八歲夭折的兒童。㉙封　聚土成墳。㉚樹　在葬處種樹以為標誌。㉛惟棘惟欒　因為傷痛早夭的子嗣而焦慮瘦瘠。《詩經・檜風・素冠》：「庶見素冠兮，棘人欒欒兮。」毛傳：「棘，急也。欒欒，瘠貌。」是說孝子因居父母之喪，哀痛著急以至人形消瘦。

【語　譯】悲哀啊秋風，樹葉隕落草木逐漸枯萎。魂靈啊遠逝，你到底漂向何處又歸依何方？望思臺上見不到愛子，歸來臺上不見吾兒歸來。不能理解東門吳子死不哀的無情，只擔心思子的傷痛會招來別人的批評。回想當年金陵，天下死喪動亂，王室動盪不安，百姓置身水火。論兄弟，則五郡不相援救；是父子，則三州各作打算。袁曹相鬥猶如鼎水沸騰，楚漢相爭好似豺狼食人。有的因抱持小兒反致小兒罹難，有的因互換衣服卻使愛子喪命，還沒有來得及舉行桑弓射箭的儀式，小兒卻已在栢館中喪命。人到頭只有一丘土堆，墓邊之亭卻名喚千秋。遺留永遠的遺憾，孫楚永久的悲哀，張華內心的傷痛，羊祜湧流的淚水，都是因為悲痛自己的子嗣，思念自己的後代。這是出於自然的慈愛，人間的愛意。滕前小龍死去，掌上寶珠破碎，芝蘭在室內卻早已凋謝，蘭花在庭院卻過早割去。生命短促，悲哀至極。孤鶴的鳴聲哀哀欲絕，猿猴的悲吟愁腸寸斷。小兒安葬在嬴博之間，好似潘岳葬兒在新安。藤條捆紮好小棺材，野草遮掩住小瓦棺。葬埋處不聚土又不種樹，只有我傷痛的內心和消瘦的身形。天色陰暗無光，雲層青蒼寒冷。

況乃流寓秦川❶，飄颻播遷，從官非官，歸田不田❷。對玉關而羈旅，坐❸長河而暮年。已觸目於萬恨，更傷心於九泉。至如三虎❹二龍❺，三珠❻兩鳳❼，並有山澤之靈❽，各入熊羆之夢❾。望隴首而不歸❿，出都門而長送⓫，對寶匜而痛心⓬，撫《玄經》而流慟⓭。石華空服⓮，犀角虛篸⓯。風無少女⓰，草不宜男⓱。烏毛徒覆⓲，獸乳空含⓳。《震》為長男之宮，《巽》為長女之位⓴，在我生年，先凋此地。人生幾何，百憂俱至。二王奉佛，二郗奉道㉑，必至有期，何能相保？悽其零零㉒，颯㉓焉秋草。去矣黎民㉔，哀哉仲仁㉕。冀羊祜之前識㉖，期張衡之後身㉗。一朝風燭，萬古埃塵。丘陵㉘兮何忍，能留兮幾人？

【章　旨】本段融合身世之感，進一步抒發傷子之痛。作者先說，流寓北方寄人籬下的生活狀態，接著抒發子嗣夭亡的傷痛心情，感歎生命的短暫和脆弱。

【注　釋】❶流寓秦川　意謂被迫居留北朝。秦川，今陝西、甘肅秦嶺以北地區，這裡是指北朝地域。❷從官非官二句　意謂自己在北朝雖有官職，卻只是一種點綴。想要歸田隱居，又不能真正躬耕退隱，處於一種進退兩難的境地。❸坐　背對。❹三虎　《後漢書・黨錮列傳》載，東漢人賈彪兄弟三人，並有高名，而賈彪最優，故天下稱曰：「賈氏三虎，偉節（賈彪字）最怒。」❺二龍　東漢人許劭與其兄許虔的並稱。當時汝南人稱曰：「平輿有二龍焉。」（《後漢書・郭符許列傳》、《世說新語・賞譽》）❻三珠　三珠樹的略稱，原指古代傳說中的珍木，這裡是比喻傑出的三兄弟。❼兩鳳　西晉杜毗與弟杜秀的美稱。《華陽國志・後賢志》：「（杜）軫二子：長子毗，字長莖；少子秀，字彥穎。珪璋琬琰，世號『二鳳』。」❽山澤之靈　山林川澤的靈氣。❾熊羆之夢　預示生兒子的夢。《詩經・小雅・斯干》：「乃寢乃興，乃占我夢。吉夢維何？維熊維羆，維虺維蛇。大人占之：維熊維羆，男子之祥。」❿望隴首而不歸　意謂自己一旦入北，便從此不能回歸故國。隴首，隴山之頂，在今陝西隴縣西北，這裡是指北朝地域。⓫出都門而長送　意謂自己離開故國時，眾人送別。都門，這裡指梁都建康城門。⓬對寶盌而痛心　意謂自己對女兒早逝的悲痛。《搜神記》卷十六載，盧充與崔氏女冥婚，三年後崔女抱兒還給盧充，並給了他一只金碗。盧充後來在市場上售賣此碗，被一老婢所識。原來崔氏未嫁而卒，其姨母把這只碗置於棺中。現在金碗重現，追念舊事，不勝悲咽。盌，後作「碗」。⓭撫

玄經而流慟　意謂對早慧愛子的夭亡不勝悲哀。玄經，揚雄的著作《太玄》。⓮石華空服　意謂雖然服用了名貴藥物，還是夭折。石華，附生於海中石上的一種介類，肉可食，可作藥材。⓯犀角虛篸　意謂雖插犀角，仍不免早夭。犀角，犀牛角，可以製器，可以入藥，可以避害。《南州異物志》：「玄犀處自林麓，食惟棘刺，體兼五肉，或有神異，表靈以角，含精吐烈，望若華燭，置之荒野，禽獸莫觸。」（《藝文類聚》卷九五）古人或有插犀角以辟邪求福的習俗。篸，插。⓰風無少女　意謂女兒已死。古人稱西風為少女風，因六十四卦中〈兌卦〉為西方之卦，其第三爻為陰爻，故謂之少女。⓱草不宜男　意謂兒子已死。宜男草，萱草的別名。古代迷信，認為孕婦佩之則生男。⓲烏毛徒覆　意謂子女白白受到父母的護翼，仍不免夭亡。《詩經・大雅・生民》：「誕寘之寒冰，鳥覆翼之。」⓳獸乳空含　《春秋繁露・執贄》：「羔食於其母，必跪而受之，類知禮者。」這裡是說，孩子白白受了父母的哺育，卻沒能存活下來。⓴震為長男之宮二句　《易傳・說卦》：「〈震〉一索而得男，故謂之長男；〈巽〉一索而得女，故謂之長女。」這裡是以〈震〉、〈巽〉二卦分別指代子女。㉑二王奉佛二句　王，倪璠以為當作「何」。《世說新語・排調》：「二郗奉道，二何奉佛，皆以財賄。謝中郎云：『二郗諂於道，二何佞於佛。』」二郗，郗愔、郗曇。二何，何充、何準。㉒零零　淚流貌。㉓颯　衰落。㉔黎民　西晉權貴賈充子。《晉書・賈充傳》載，賈充婦郭槐，性妒忌。黎民三歲時，有一次乳母抱著黎民，賈充走近撫弄孩子，郭槐以為賈充與乳母有私情，就將乳母鞭殺了。乳母死後，黎民思戀不已，也發病而卒。㉕仲仁　倪璠疑為「仲雍」。仲雍，曹喈字，曹丕中子，三月生，五月亡。曹植有〈仲雍哀辭〉。黎民、仲雍都是先於父母夭折的兒女。㉖冀羊祜之前識　《晉書・羊祜傳》載，羊祜五歲時，纏著乳母索要先前玩的金環，乳母說你們家先人沒有此物。羊祜便到鄰居李氏東垣桑樹中找出來。主人說這是我亡兒遺失的東西。大家很驚異，認為李氏子實為羊祜的前身。這句是說，希望此後的小兒中有像羊祜那樣能記憶前世的人，自己也可借此知道誰是早逝子女的後身。㉗期張衡之後身　《太平御覽》卷三百六十引《語林》曰，張衡剛去世，蔡邕母親就懷孕了。二人才貌相似，所以當時人都說，蔡邕是張衡的後身。㉘丘陵　這裡是指墳墓。

【語　譯】何況遷居北方，流移飄蕩。雖有官職卻非真正做官，返歸田園卻不能真正躬耕。面對玉門度著漂泊生涯，背靠黃河已到遲暮之年。入目所見已經引發無窮的愁恨，兒女早逝更觸動了深深的傷痛。至於三虎二龍，三珠兩鳳，他們都帶著山川的靈氣，化身熊羆出現於父母夢中。遙望隴山卻不能返歸故國，離開故都眾人曾久久相送。面對寶碗對小女的早逝傷心不已，手撫《太玄》為兒子的夭亡悲慟淚流。白白服食石華，枉自頭插犀角。空氣中沒有少女風，宜男花帶不來子嗣。母烏徒然護翼著小烏，幼獸白白受母獸哺乳。〈震卦〉雖是長男之卦，〈巽卦〉固為長女之位，可在我有生之年，子嗣卻已早早凋謝。人壽能有多長，憂愁一起聚集。雖然二何崇佛，二郗信道，可人生必有終點，怎能長生不老？悲傷淚流，感懷那秋風中的衰草。遠去了呀黎民，悲傷啊仲仁，盼望有像羊祜那樣能記憶前世之人，期盼出現張衡是蔡邕後身那樣的事。人生就像風中搖曳的燭火，時間長河中的微塵。丘墓啊何等無情，人世間又留得下幾人？

【研　析】這是一篇至情至性的傷痛之賦，是悲悼自己子嗣亡歿的。據序文交代，庾信在梁末大亂中失去了二男一女，三個未成年的子女。到了北朝後，又有一個女兒和一個小孫子相繼死去。在這個不算太長的時間裡，竟然一下失去五個子嗣，命運對於庾信的打擊也實在是太殘酷了。

這篇賦是以時間為線索來寫的，以入北為界，分為前後兩段。第一段是寫入北以前遭遇，就是序中提到的「二男一女」在「金陵喪亂」中「相守亡沒」的回憶。第二段寫入北以後，「一女成人，一長孫孩稚」，「奄然玄壤」的悲傷。這種結構方式的好處在，可以把個人的身世遭遇和時代動盪的大背景結合起來，從而使作品的思想感情來得更為深沉蒼涼。

本篇的感情抒發很有特點。對於痛徹心腑的喪子之悲，作者沒有一味地讓感情無節制地宣洩，而是非常克制。例如第一段劈首就是強烈的感情抒發，「悲哉秋風，搖落變衰。魂兮遠矣，何去何依？望思無望，歸來不歸。未達東門之意，空懼西河之譏。」使人感覺到，這是作者久蓄心中悲情的大爆發，然而接下去的文字卻沒有順著這個勢頭繼續發展，而是轉到對時代和個人遭遇的敘述，語氣似乎也變得比較平靜了。當他敘述到自己子女喪亡，「膝下龍摧，掌中珠碎」時，讀者可以明顯地感受到他難以抑制的悲痛，但他也只是用「命之修短，哀哉已滿」，以一種無可奈何，屈從宿命的語氣來表達，然後再借鶴聲猿吟來渲染此種悲情。「嬴、博之間，路似新安」以下幾句，用的是描寫筆法，就像電影中的空鏡頭，將小孩子簡單的墓葬展現出來。然後再用「天慘慘而無色，雲蒼蒼而正寒」兩句帶著濃郁感情色彩的景語來映襯內含著的強烈感情波瀾。

賦以用典為基本特色，形式美的要求很高，但這也給順暢自由地抒情達意造成困難。這篇作品所要抒發的乃是一種長輩對子孫早亡的刻骨銘心的悲痛，如果採用散體可以更為暢達地表達。然而作者採用賦體，用大量典故來抒情、敘述、描寫，這就好像在使用另一種語言表述。不過讓我們驚訝而且讚佩的是，當作者使用典故來抒情達意的時候，竟然是如此地得心應手。比如當他看到兒女的遺物，想到兒子的早慧便悲不自勝時，就不由得歎息道，哎！當初給小兒吃的保健藥，帶的辟邪物竟全然無用，豈不枉費了父母一片愛子的苦心嗎？在表達這一層意思時，作者將一連串典故很自然地編織在一起：「對寶盌而痛心，撫《玄經》而流慟。石華空服，犀角虛簪。風無少女，草不宜男。烏毛徒覆，獸乳空含。」這真使人感歎庾信對典故的熟悉和使用的自由程度了。對於舞蹈大師而言，戴著鐐銬是同樣可以舞出美妙舞姿的。

春賦

【題解】這是一篇春的頌歌。作者從多個角度鋪敘了春天降臨的美好景象，表現了作者的喜悅心情。本篇語言輕倩流暢，句式靈活多樣，是徐庾體的典範作品。

宜春苑❶中春已歸，披香殿❷裏作春衣。新年鳥聲千種囀，二月楊
花滿路飛。河陽一縣併是花❸，金谷❹從來滿園樹。一叢香草足礙人，
數尺遊絲❺即橫路。開上林❻而競入，擁河橋❼而爭渡。

【章旨】本段說春天悄然降臨，滿園春色吸引遊人。

【注釋】❶宜春苑　秦漢皇家宮苑，故址在今陝西長安南。❷披香殿　漢代後宮的宮殿，故址在今陝西西安西北。❸河陽一縣併是花　舊說，西晉潘岳為河陽令，命令縣中遍種桃李，當時有「河陽一縣花」的說法（《白孔六帖》卷七七）。河陽，縣名，治所在今河南孟州西。❹金谷　西晉石崇的莊園，故址在今河南洛陽西北。❺遊絲　春天空中飄蕩的蛛絲。❻上林　秦漢宮苑，故址在今陝西西安西，周至、鄠邑界。❼河橋　西晉杜預所建的黃河浮橋，故址在今河南孟州西南、孟津東北。

【語譯】宜春苑中春天已經歸來，披香殿裡人們正製作春衣。新年伊始百鳥啁啾齊鳴，早春二

月楊花滿路飄飛。河陽縣中繁花似錦，金谷園裡樹木蒼翠。一叢香草可以使人難於行走，幾尺蛛絲便可擋住人們去路。打開上林苑門人們競相而入，人流湧向河橋爭先恐後過河。

出麗華❶之金屋❷，下飛燕❸之蘭宮。釵朵❹多而訝重，髻鬟高而畏風。眉將柳而爭綠，面共桃而競紅。影來池裏，花落衫中。

【章旨】本段說春天裡美人紛紛走出閨房，與春光競豔鬥麗。

【注釋】❶麗華　陰麗華，東漢光武帝劉秀的皇后。❷金屋　《漢武故事》載，漢武帝劉徹為太子時，長公主欲將女兒阿嬌許配給他，劉徹說，若得阿嬌為妻，當作金屋貯之。❸飛燕　趙飛燕，西漢成帝劉驁的皇后。善歌舞，因體輕如燕，號曰飛燕。❹釵朵　釵頭鑲嵌之花朵狀珠寶。

【語譯】走出陰麗華豪華的內室，走下趙飛燕馥郁的深宮。驚訝於宮女頭上的玉釵既多且重，又擔心她們高聳的髮髻會被春風吹散。彎彎的眉毛好似在和柳條比誰更翠綠，紅潤的面色又像在和桃花比誰更豔紅。人影倒映在池水裡，花朵掉落到衣衫上。

苔始綠而藏魚，麥纔青而覆雉。吹簫弄玉之臺❶，鳴佩❷凌波❸之水。移戚里❹而家富，入新豐❺而酒美。石榴聊泛❻，蒲桃醱醅❼。芙蓉玉碗，蓮子金杯。新芽竹筍，細核楊梅。綠珠❽捧琴至，文君❾送酒來。

【章　旨】本段說人們在明媚的春光裡，遊玩、品酒、賞樂。

【注　釋】❶吹簫弄玉之臺　蕭史善吹簫，能作鳳鳴之聲。秦穆公把女兒弄玉許配給他，並為他們造了鳳凰臺。後來，夫婦倆在高臺上吹簫，有鳳凰飛來，把蕭史夫婦接到天上成仙去了。❷佩　掛在衣帶上的玉佩。❸凌波　女子行走在水面上的步態。曹植〈洛神賦〉云，曹植從京城回返封地途中，在洛水之濱遇見洛水女神，「淩波微步，羅襪生塵」，冉冉而至。❹戚里　帝王外戚的聚居之地。❺新豐　漢高祖七年，劉邦因其父思念家鄉，按豐縣街里格式改造的區域，故址在今陝西臨潼東北。古代新豐產名酒，名曰新豐酒。❻泛　酒滓浮在酒面上。❼醱醅　再釀而未去滓之酒，這裡是醞釀的意思。❽綠珠　西晉豪富石崇的歌姬。❾文君　卓文君，西漢司馬相如的妻子。

【語　譯】苔蘚才泛出綠色，水草下就隱藏著游魚；麥子剛剛泛青，麥叢就覆蓋住野雞。鳳凰臺上簫聲悠揚，洛水水面玉佩叮咚。搬到戚里這裡家家富有，來到新豐品嘗醇厚美酒。酒面上漂著石榴餘滓，甜美的葡萄醞釀發酵。荷花形狀的玉碗，蓮子點綴的金杯。破土而出的竹筍，核子細小的楊梅。綠珠手捧瑤琴至，文君又送美酒來。

玉管初調❶，鳴絃暫撫，〈陽春〉、〈淥水〉❷之曲，對鳳迴鸞之舞。

更炙笙簧❸，還移箏柱，月入歌扇，花承節鼓❹。協律都尉❺，射雉中郎❻，停車小苑，連騎長楊❼。金鞍始被，柘弓❽新張。拂塵看馬埒❾，分朋❿入射堂⓫。馬是天池之龍種⓬，帶乃荊山⓭之玉梁⓮。豔錦安天鹿，新綾織鳳凰。

【章　旨】本段說人們在春天裡奏樂歌舞、馳射爭長。

【注　釋】❶調　調試音準。❷陽春淥水　古代著名樂曲。❸更炙笙簧　因笙簧等竹管樂器易受潮，故吹奏前須用微火烘烤。炙，烘乾。❹節鼓　古代一種四足大鼓，擊打以增樂曲的節奏，故稱。❺協律都尉　西漢武帝時人李延年，知音聲，善歌舞，為協律都尉。❻射雉中郎　西晉潘岳有〈射雉賦〉，又曾任虎賁中郎將。❼長楊　漢代行宮名，故址在今陝西周至東南。❽柘弓　用柘木製成的良弓。❾馬埒　騎馬習射的馳道，兩邊有界限。❿分朋　分群；分組。⓫射堂　習射之場所。⓬龍種　駿馬。⓭荊山　在今湖北武當山東南，漢水西岸。傳說中春秋時楚國卞和得玉就在此處。⓮玉梁　本指神話傳說中的玉橋，後用來借稱一種名貴的腰帶。

【語　譯】才調好竹管的音律，又撥動細細的琴絃，奏出〈陽春〉、〈淥水〉那優美的旋律，跳起雙鳳鸞鳥般迴旋的舞蹈。烘乾笙簧以去潮，移動手指以調音，明月伴著團扇，花兒應和鼓點。協律都尉李延年，射雉中郎潘安仁，或停車在小苑裡，或並驅在長楊宮。駿馬剛披上了金鞍，柘弓第一次拉開。拂去塵土始看清馳射的行道，分成小組將人們帶入習射之堂。騎的是來自天池的駿馬，束的是用荊山玉做成的玉帶。華麗的錦緞上畫著天鹿，新製的綾衣上編織出鳳凰。

三日曲水❶向河津❷，日晚河邊多解神❸。樹下流杯客，沙頭渡水人。鏤薄❹窄衫袖，穿珠帖❺領巾。百丈山頭日欲斜，三晡❻未醉莫還家。池中水影懸❼勝鏡，屋裏衣香不如花。

【章　旨】本段是尾聲，是說春日向晚，春興未盡，勸人盡情享受春天的歡樂。

【注　釋】❶三日曲水　古代風俗，農曆三月三日人們在水濱宴飲歡樂，以祓除不祥。文人多漂浮酒杯於曲水之上，一邊飲酒，一邊作詩。❷河津　河邊的渡口。❸解神　祈神還願。一說，迎神之巫。❹鏤薄　刻鏤的金屬薄片。薄，同「箔」。一種金屬薄片，用來點綴衣衫。❺帖　圍繞；貼近。❻三晡　傍晚時分。晡，午後申時，即下午三點到五點。❼懸　遠遠。

【語　譯】三月三日彎彎的河流向渡口流去，薄暮時分河邊多是祈神還願之人。大樹下取用流觴的文人，河灘上想要過河的客人。女人們穿著金箔點綴的緊袖衣衫，脖子上圍繞著珍珠連綴的圍巾。高高的山頭邊太陽正要西下，如果到傍晚你還沒有喝醉，就不要急著回家。池塘中的倒影遠比鏡子清晰，屋裡的衣香怎比得野外的花香。

【研　析】〈春賦〉是庾信早期的作品，也是所謂徐庾體的代表作。如果我們將這篇賦與他的晚年作品，如〈小園賦〉、〈哀江南賦〉、〈竹杖賦〉等相比較，可以發現〈春賦〉顯示著另一種風格特徵。

首先，〈春賦〉的涵義比較輕淺，其主題不過是表示對春天到來的喜悅。在寫法上，通篇以賦為主，從各個不同角度鋪寫春光的明媚和春日的快樂。第一段是說春天來了，花開滿園；第二段寫宮女們紛紛走出深宮，與花草相映成美；第三段是說人們在春天裡快樂地飲酒；第四段寫在春天裡賞樂遊園；第五段寫人們遊興猶濃，薄暮未歸。作者從不同的側面來表現對春光降臨的喜悅。這依然是賦的基本手法。

其次，〈春賦〉的語言很有特點，與齊梁之前的賦作比較，〈春賦〉的語言是比較輕淺通俗的，雖然使用典故，卻不堆垛，又多為常見之典，所以讀起來很好懂，有一種順暢流麗的效果。〈春賦〉的句式多變，四言、五言、六言等交錯使用，產生一種錯落有致，靈活多變的感覺，避免了單調的毛病。另外，句式向詩歌靠攏。例如作品一開始「宜春苑中春已歸」六句和最後一段中的句式，倘若截取出來看，就是七言詩和五言詩，而這樣的寫法在庾信之前是很少見的。

對燭賦

【題解】這篇賦應該也是庾信在梁時的作品。這不僅因為在蕭綱、蕭繹的集子中都有同題作品，更主要的是，從描寫的對象和文中的語句看，三篇作品有很多相似之處。這篇賦用輕淺流麗的語言，化用了一連串與燭有關的典故，對燭的形制、功能，從燃到滅的過程以及燭的香氣作了描繪，是一篇詠物賦，但也鑲嵌了邊塞和及時行樂的元素。對燭就是雙燭。

龍沙雁塞❶甲應寒，天山月沒客衣單。燈前桁❷衣疑不亮，月下穿針覺最難。刺取燈花❸持桂燭，還卻燈檠❹下燭盤。鑄鳳銜蓮，圖龍並眠❺。燼高疑數翦❻，心濕暫難然。銅荷承淚蠟，鐵鋏❼染浮煙。本知雪光能映紙，復訝燈花今得錢❽。蓮帳寒檠窗拂曙，筠籠❾熏火香盈絮。傍垂細溜❿，上繞飛蛾。光清寒入，燄暗風過。楚人纓脫盡⓫，燕君書誤多⓬。夜風吹，香氣隨。鬱金苑，芙蓉池⓭。秦皇辟惡⓮不足道，漢武胡香⓯何物奇。晚星沒，芳蕪歇，還持照夜遊⓰，詎滅西園月⓱？

【注　釋】❶龍沙雁塞　泛指古代邊塞地區。龍沙，中國西部、西北的邊遠山地和沙漠地區。雁塞，古代北方山名。❷裄　疑作「絎」，用針線粗縫，把棉絮固定在裡子上。❸刺取燈花　接取火種。❹燈檠　燈架。❺鑄鳳銜蓮二句　燈架鑄成了鳳凰口銜蓮花、二龍共眠的形狀。❻燼高疑數翦　點燭時剔剪燈芯，使可明亮，稱剪燭，或剪燈。燼，這裡是指蠟燭的光焰。❼鐵鋏　在火中取物的器具。❽復訝燈花今得錢　古人有蠟燭爆火花預示得錢財的說法。《西京雜記》卷三：「夫目瞤（眼疾）得酒食，燈火華（花）得錢財，乾鵲噪而行人至，蜘蛛集而百事喜。小既有徵，大亦宜然。」❾篝籠　覆在香爐上的竹籠。❿細溜　這裡是指燭旁垂滴而下的燭淚。溜，水流向下流動的狀態。⓫楚人纓脫盡　這是用《說苑》卷六中的典故。楚莊王與群臣歡宴，日暮酒酣，燈燭滅，有人牽拉美人衣服，美人遂拉斷那人的帽帶，要莊王拿火來，查找帽帶斷絕者。莊王沒有答應，反而下令左右，都把帽帶拉斷，盡歡而罷。⓬燕君書誤多　《韓非子・外儲說左上》載，郢人給燕相國寫信，天晚，燈光黯淡，便對持燭者說：「舉燭」，結果自己因此誤寫了「舉燭」。燕相國接到信後，卻誤解了郢人的意思，以為「舉燭」是崇尚政治清明的意思。⓭芙蓉池　漢末建安時期，曹操所闢銅雀園中池塘。曹丕有〈芙蓉池作〉詩。⓮秦皇辟惡　辟惡是一種用來祛除惡味的香料。秦時又有稱為辟惡的儀衛車，倪璠說當是「香車」，未知何據。觀下文，這裡的辟惡仍指香料。⓯漢武胡香　張華《博物志》卷二載，漢武帝時弱水西國有人獻香，武帝起初不以為意，後來長安中大疫，武帝燃香一枚，宮中病者即日痊癒。長安城中百里皆聞，數月不息。⓰還持照夜遊　秉燭夜遊。用〈古詩十九首・生年不滿百〉「生年不滿百，常懷千歲憂。晝短苦夜長，何不秉燭遊」句意。⓱詎減西園月　用曹丕〈芙蓉池作〉「乘輦夜行遊，逍遙步西園」句意。詎，豈；哪裡。西園，就是銅雀園，故址在今河北臨漳西南。

【語　譯】遠戍龍沙雁塞的戰士，身披戰甲應覺得寒冷；遙遠的天山月亮隱沒後，遊子衣衫更顯得單薄。燈下製衣只覺得光線黯淡，月下穿針覺得特別困難。手持蠟燭接取火種，再將燈架放到燭盤。燈架上銅鑄的鳳凰口含蓮花，雕刻的天龍雙雙共眠。燭焰竄高，恐因屢屢剪燈；燭芯潮濕，一時難以點燃。銅荷葉承接著燭淚，鐵鋏上染上輕煙。早就知雪光映照白紙能增加光亮，又訝異燈花爆跳顯示出能得錢財的預兆。蓮花帳幔，冰冷燈架，窗外晨曦漸露；竹編火籠，暖香之火，香氣熏透棉衣。蠟燭枝幹垂滴著燭淚，燭光上面有飛蛾圍繞。燭光發清，寒氣漸強；燭光黯淡，風兒吹過。楚人在黑暗中全都拉斷帽帶，燕君因光線黯淡寫了很多錯字。晚風輕拂，香氣飄散，彌漫在鬱金苑中，播散在芙蓉池邊。秦始皇的辟惡香不值一提，漢武帝的胡地香有什麼稀奇。夜空中繁星隱沒，宮苑中花香已歇，手持蠟燭夜遊宮苑，那燭光怎見得不如西園的月光？

【研　析】這是很典型的新變體賦。雖然詠物，卻沒有寄託什麼意義，只是圍繞著對燭組織了若干有關的典故。「燈前桁衣」幾句似與邊塞、閨怨有關，但也只是作為一個元素編織進來，並沒有展開，在全篇中的分量很輕。全篇沒有什麼思考的容量，讀起來很輕鬆。這篇賦的語言很有特點，清新流暢，淺近通俗，一路讀下來，幾乎沒有什麼障礙。像開頭「龍沙雁塞甲應寒」四句，很接近吳聲西曲的風格，是那麼的明轉天然。不過賦中的語言雖通俗，卻又是經過提煉加工過的，顯得非常精緻講究。還有句式的變化也是一大特色。本篇時而三言、四言、時而五言、七言，隨著情感的變化，句式也發生相應的變化，這在庾信之前是很少有的，這就使作品顯得活躍而富靈氣。特別是大量使用七言句，顯示著彼時賦體進一步詩化的趨勢。

鴛鴦賦

【題解】這篇賦也應該是庾信在梁期間的作品。蕭綱、蕭繹都有同題作品，很有可能是同時所作。這是一篇宮怨賦，用虞姬的深鎖宮苑，獨守空牀的幽怨與鴛鴦的雙棲雙宿形成對比，以此揭示宮女的悲劇命運，表達作者對她們的同情。

虞姬❶小來事魏王，自有歌聲足繞梁，何曾織錦，未肯挑桑，終歸薄命，著❷罷空牀。見鴛鴦之相學❸，還欹眠❹而淚落。南陽漬粉❺不復看，京兆新眉遂懶約❻。況復雙心並翼，馴狎❼池籠，浮波弄影，刷羽❽乘風。共飛簷瓦，全開魏宮❾；俱棲梓樹，堪是韓馮❿。若乃韓壽欲婚，溫嶠願婦，玉臺不送，胡香未有⓫，必見此之雙飛，覺空牀之難守。

【注釋】❶虞姬　魏明帝曹叡的妃子。她在明帝為王時已被納為妃，等到明帝即位後，不但未立為后，反遭紬退，還守鄴宮。❷著　有命令、打發的意思。❸鴛鴦之相學　鴛鴦雙棲雙宿，動作相像，好像彼此仿效。❹欹眠　獨眠。❺南陽漬粉　這是指粉水，又名粉漬河，地在今湖北。相傳西漢蕭何夫人因為此水鮮潔異常，就用來漬粉，故有此名（《太平寰宇記》卷一四五）。❻京兆新眉遂懶約　意謂無心修飾新潮的眉毛樣式。京兆新眉，《漢書・張敞傳》載，西漢張敞，宣帝時任京兆尹，曾為妻子畫眉，當時長安中有「張京兆眉憮」的說法。後成為表示夫妻恩愛的典故。約，修飾。❼馴狎　馴順而又親近。❽刷羽　用喙整理羽毛。❾共飛詹瓦二句　意謂屋瓦化為雙鴛鴦，在魏宮裡自由飛翔，以至往日深閉的後宮全都門戶洞開。這是相對「著罷空牀」，失去自由的宮女而言。《三國志・魏書・方伎傳》載，有一次，魏文帝曹丕問周宣說：「我夢見殿屋兩瓦落地，化為雙鴛鴦，不知兆示什麼。」周宣答說：「後宮當有暴死者。」不一會，果然有人彙報說，宮人發生相殺之事。詹，當為「簷」。❿俱棲梓樹二句　《搜神記》卷十一載，宋康王霸占韓憑妻子何氏，致使韓氏夫婦相繼自殺，死後有大梓樹生於二墳之端，屈體相就，枝幹纏繞，上有鴛鴦，雌雄各一，交頸悲鳴，音聲感人。馮，當是「憑」。⓫若乃韓壽欲婚四句　意謂雖有欲婚之男，然門禁森嚴，無法交通。韓壽欲婚，《世說新語・惑溺》載，韓壽美姿容，與賈充女兒私相愛悅，常逾牆與充女相會，晉武帝曾賜給賈充西域進貢的香，這種香只要一經薰染，就數月不息，韓壽因為沾染了這種香氣，私情暴露，後來賈充就把女兒許配給了韓壽。溫嶠願婦二句，《世說新語・假譎》載，溫嶠喪婦，他的堂姑劉氏有女兒待嫁，託溫覓婿。溫屬意劉女，假意代為介紹，並預先送去一枚玉鏡臺以為信物。直到婚禮那天，才真相大白，原來新郎就是溫嶠自己。玉臺，玉製的鏡臺。

【語　譯】虞姬從小侍奉魏王，優美歌聲餘音繞梁，幾曾織過錦緞，從來不肯挑桑，終究命裡沒福氣，罷歸深宮守空牀。眼看那鴛鴦雙雙相伴隨，反觀我單枕獨眠淚如霰。南陽的粉水再看不到，京城的新眉也懶修飾。何況那鴛鴦比翼雙雙飛，馴順親昵在池塘和鳥籠中，浮游碧波池影亂，洗刷羽毛乘風翔。比翼一起飛，宮門全開放。兩兩棲息在梓樹上，實是韓憑夫婦精魂化。至於韓壽想要成婚，溫嶠希望娶婦，可玉鏡臺無法送，外國香未曾有。目睹這鴛鴦雙雙飛，定覺得空牀難獨守。

【研　析】這篇賦寫一個失寵宮女的悲哀。「終歸薄命，著罷空牀」，「必見此之雙飛，覺空牀之難守」是本篇文眼。全篇用對比手法，將鴛鴦的雙棲雙宿，比翼齊飛來反襯宮女獨守空牀的寂寞與痛苦。「韓壽欲婚，溫嶠顧婦」幾句寫出宮禁森嚴，人們渴望尋求稱心如意的婚姻竟不可得的苦悶，一定程度上體現了作者對這些不幸女子的同情。不過作者以此題材入賦更主要的動機還是出於欣賞，以悲哀的題材入詩入賦，往往會產生一種流連哀思之美，這是庾信和六朝其他文人所以熱衷寫此類題材的主要原因。感情不深，含義膚淺，只就一點意思連綴典故加以敷衍，這是庾信此類作品的明顯弱點。本篇的優點在於語言淺顯流暢，句式參差多變，一氣流轉，才氣自現。

蕩子賦

【題解】這是一篇閨怨賦，寫的是丈夫出征，閨婦獨守空閨的哀怨。作者用現實和想像交替的手法，突出了長期征戰給人民帶來的痛苦。蕩子，遠離家鄉長年不歸的人，與現代漢語中的蕩子意義不同。

蕩子辛苦逐征行，直守長城千里城。隴水❶恒冰合，關山❷唯月明。

況復空牀起怨，倡婦生離，紗窗獨掩，羅帳長垂。新筝不弄❸，長笛羞吹。常年桂苑，昔日蘭閨，羅敷❹總髮❺，弄玉❻初笄❼，新歌〈子夜〉❽，舊舞〈前溪〉❾。別後關情❿無復情，奩前明鏡不須明。合歡⓫無信寄，迴紋⓬織未成。游塵滿牀不用拂，細草橫階隨意生。

前日漢使著章臺⓭，聞道夫婿定應迴。手巾還欲燥，愁眉即剩⓮開。逆⓯想行人至，迎前含笑來。

【注釋】❶隴水　隴山之水。隴山是六盤山南段的別名，在今陝西隴縣至甘肅平涼一帶，其上有水四面流下。❷關山　在今寧夏回族自治區南部，有大關山、小關山。❸弄　彈奏。❹羅敷　漢樂府相和歌辭〈陌上桑〉中女主人公名，與下句弄玉一樣，都是美女的代稱。❺總髮　把頭髮束成兩個髮結，表示還沒有成年。❻弄玉　傳說為春秋秦穆公女兒，與蕭史結為夫婦。後在鳳凰臺上吹簫，引來鳳凰，把他們接到天上成仙。❼初笄　女子剛滿十五歲。古代女子年滿十五即行加笄之禮，表示成年。❽子夜　東晉南朝樂府吳聲歌曲名，內容多寫愛情生活。❾前溪　東晉南朝樂府吳聲歌曲名，晉沈充所作，據唐郗昂《樂府解題》說，這是一首舞曲（《樂府詩集》卷四五引）。❿關情　牽動情懷。⓫合歡　馬纓花，小葉對生，夜間成對相合。這裡表示夫婦團聚。⓬迴紋　即迴文，一種字句可以迴旋倒讀的詩。《晉書．列女傳》載，十六國前秦竇滔因罪被徙流沙。其妻蘇若蘭思念不已，就織錦為迴文旋圖詩贈給竇滔。⓭前日漢使著章臺　《漢書．張敞傳》載，西漢人張敞，無威儀，下朝後，常常騎馬從章臺街過。章臺，西漢街道名，因街上有章臺宮而得名，在今陝西長安。著，來到。⓮剩　盡；完全。⓯逆　預先。

【語　譯】遠戍的男人歷經辛苦去征戰，守衛著長城腳下那千里邊城。隴山之水一直封凍，關山明月還灑著清光。

更何況空牀常引起哀怨，女子與丈夫分離。窗戶遮掩住孤獨的身影，帳幔低垂在空牀前。新箏不去彈撥，長笛怕去吹奏。往年的桂花苑，從前的芳香閨，羅敷還束著髮髻，弄玉才剛剛成年；新的〈子夜〉歌，舊的〈前溪〉舞。分別後牽腸掛肚又終日無情無緒，梳妝匣前鏡子積滿灰塵又何必拂拭乾淨。夫婦相聚的信件沒有來，思夫的迴文詩還沒有編織好。灰塵滿牀不去拂拭，亂草沒階就讓它隨意生長。

前些天漢使來到章臺，聽說丈夫一定會回來。濕透的手巾終究可以乾，緊鎖的愁眉完全舒展開。彷彿看見遠行之人已回來，我就滿面含笑迎向前。

【研　析】本賦從〈古詩十九首‧青青河畔草〉中「昔為倡家女，今為蕩子婦。蕩子行不歸，空牀難獨守」中化出。三段中，第一段寫蕩子從征，是略寫。二、三兩段是寫閨婦哀怨，這兩段是本篇的重心，在寫法上有分工。第二段用重墨濃彩，通過環境氣氛的渲染來映襯主人公內心的孤單寂寞。「別後關情無復情」，可謂文眼，前後兩「情」，字面雖同，涵義則別。前一情字，是說魂牽夢繞，剪不斷，理還亂的相思之情；後一情字，是謂夫婦別離造成的抑鬱愁苦，無精打采的情緒狀態，無情恰恰是關情的表現。如果說，第二段著重寫的是悲，那麼第三段，則是寫女主人聞聽丈夫將歸時的欣喜，她彷彿已經見到良人冉冉而至，情不自禁地含笑迎上前去，把女主人神思錯亂陷入幻覺的狀態寫得如此逼真。表面上看，這一段似乎寫的是喜劇，但我們只要想到，在現實中良人並沒有回來，至於是不是能回來，實在是一個未知數，歡喜只存於虛無的夢幻裡，我們就會感受到其中深深的悲劇意味。

這篇作品寫戰爭給人民群眾帶來的災難，對夫婦因戰爭分別，特別是女方獨守空閨的痛苦寄寓了同情，這都是有意義的。不過，我們還要指出，作者以此類題材入賦，根本的動機不是為了反戰，不是為人民呼吁，而是為了欣賞女性的悲怨之美。作者寫夫婦分別，筆墨的重點始終放在女性一面，刻畫細緻，細細品味，欣賞哀思的成分要大於為百姓抒憤的成分。

哀江南賦 并序

【題解】這篇賦是庾信賦中最有名的作品。本篇將梁朝的盛衰和個人的身世結合起來，表達了作者對梁朝敗亡的痛惜和對時代變遷原因的思考。作為一個奉命出使而又被迫仕宦北朝的士人，作者在賦中表現了他對故土的無限思念和對前朝的深厚感情，同時也流露了他寄人籬下的不自由生活的痛苦。本篇風格蒼涼渾厚，氣勢宏大。題目取自屈原〈招魂〉中「魂兮歸來哀江南」，表明這是一篇傷悼之作，身世之作。

粵❶以❷戊辰之年❸，建亥之月❹，大盜移國，金陵瓦解❺。余乃竄身荒谷❻，公私塗炭❼。華陽奔命，有去無歸❽。中興道銷，窮於甲戌❾。三日哭於都亭❿，三年囚於別館⓫。天道⓬周星⓭，物極不反⓮。傅燮之但悲身世，無處求生⓯；袁安之每念王室，自然流涕⓰。昔桓君山⓱之志事⓲，杜元凱⓳之平生，並有著書，咸能自序。潘岳之文采，始述〈家風〉⓴；陸機之辭賦，先陳世德㉑。信年始二毛㉒，即逢喪亂，藐㉓是流離㉔，至於暮齒㉕。〈燕歌〉㉖遠別，悲不自勝；楚老相逢，泣將何及㉗。畏南山之雨，忽踐秦庭㉘；讓東海之濱㉙，遂餐周粟㉚。下亭漂泊，高橋羈旅。楚歌非取樂之方，魯酒無忘憂之用㉛。追為此賦，聊以記言，不無危苦㉜之辭，惟以悲哀為主。

【章　旨】本段回憶了梁朝的敗亡和自己奉使入北的經歷，傷故國，悲身世，交代所以作賦之由，指出本賦基調在以「危苦之辭」載「悲哀」之情。

【注　釋】❶粵　發語詞。❷以　於。❸戊辰之年　梁武帝太清二年（西元五四八年）。❹建亥之月　陰曆十月。❺大盜移國二句　意謂侯景反叛，渡江包圍臺城（皇城），京城形勢危急。大盜，這裡是指侯景。移國，篡奪政權，改朝換代。❻余乃竄身荒谷　意謂自己從建康逃往江陵。竄，隱匿。荒谷，楚地名，這裡指代江陵。❼塗炭　陷於爛泥和炭火之中，比喻艱難困苦。❽華陽奔命二句　意謂自己奉命出使西魏，從此一去不回。華陽，華山之南，關中地區，這裡指代西魏。奔命，奔走應命。❾中興道銷二句　意謂經過江陵之戰，梁朝元氣大傷，距離覆亡為時不遠，中興的希望已徹底破滅。甲戌，梁元帝承聖三年（西元五五四年）。這一年西魏派于瑾率大軍攻陷江陵，俘虜並殺害了梁元帝蕭繹。❿三日哭於都亭　《晉書・羅憲傳》載，三國蜀將羅憲，得知劉禪出降，蜀國敗亡的消息，率領所部在都亭大哭三日。都亭，都邑中的客舍。這句意思是說，庾信為江陵之敗和梁元帝的被害失聲痛哭。⓫三年囚於別館　江陵戰後，梁朝氣數已盡，庾信被強留於西魏，在他看來形同囚犯。別館，正館之外的賓館。⓬天道　天體運行的常規。⓭周星　歲星十二年在天空中迴轉一周。⓮物極不反　一般的說法是物極必反，現在這樣說的意思是，梁朝的命運已走到了盡頭，不會再有好轉的希望了。⓯傅燮之但悲身世二句　傅燮，東漢人，任漢陽太守。被敵人圍困，城中兵少糧盡，他固守不去，慷慨語曰，世亂不能養浩然之志，食人俸祿又要逃避責任，我能走到哪裡去呢？一定要死在這裡。遂臨陣戰死。⓰袁

安之每念王室二句　袁安，東漢人，官至司徒，為人守正嚴謹。當時皇帝幼弱，外戚擅權，他為此憂心忡忡，每與公卿大臣言及國家大事，總情不自禁地哭泣流涕。⑰桓君山　桓譚，東漢人，著有《新論》二十九篇。⑱志事　有志於事業。⑲杜元凱　杜預，西晉人，曾率兵滅吳，封當陽縣侯。著有《春秋左氏傳集解》。⑳潘岳之文采二句　潘岳，字安仁，西晉文學家，他的作品文情並茂。〈家風〉是他追懷先人的詩歌。㉑陸機之辭賦二句　陸機，字士衡，西晉文學家，他的作品辭采華靡，在當時影響很大。世德，先代積累的功德。陸機出身高貴，他的辭賦中有〈祖德賦〉、〈述先賦〉等歌頌祖先功業的作品。㉒二毛　黑髮、白髮相雜，這裡是中年的意思。侯景亂起的時候，庾信三十六歲。㉓藐　遙遠。㉔流離　流轉離散。㉕暮齒　暮年。齒，因牛馬幼小者歲生一齒，故能計齒知歲。㉖燕歌　樂府詩〈燕歌行〉，多寫行役別離、女子思夫的內容。㉗楚老相逢二句　意謂在西魏遇到來自故國的人唯有相對哭泣而已。《後漢書・逸民列傳》載，東漢桓帝時，陳留人張升辭官還鄉，道逢友人，談起當時宦官專權，陷害忠良，擔憂性命不保，因而相擁而泣。有陳留老夫對他們歎息道：「吁！二大夫何泣之悲也？夫龍不隱鱗，鳳不藏羽，網羅高懸，去將安所？雖泣何及乎！」㉘畏南山之雨二句　意謂本想全身遠禍，卻不得不奉使入西魏。南山之雨，比喻有危險的東西。《列女傳》載，陶答子妻說，南山有玄豹，霧雨七日卻不下山尋找食物，是因為想要保全牠的毛色花紋。秦庭，這裡指代西魏。㉙讓東海之濱　讓出君位自己退居海邊，意思是說西魏恭帝禪位於周。《史記・齊太公世家》載，田常曾孫田和將齊康公遷往海濱，並取代呂氏成為齊國的國君。㉚遂餐周粟　意謂自己接受了北周的祿位。《史記・伯夷列傳》載，伯夷、叔齊因互相避讓君位，一起投奔西伯（周文王）。武王伐紂，他們認為這是以臣弒君，便隱於首陽山，不食周粟而死。㉛下亭漂泊四句　意謂漂泊異國，羈旅他鄉，心中愁苦。下亭，路邊的亭子。高橋，一作皋橋，在今江蘇蘇州閶門內，因漢皋伯通居於此橋得名。《後漢書・逸民列傳》載，梁鴻、孟光曾依於伯通，受到伯通的優待。楚歌，楚地民歌，多悲哀之音。楚漢垓下之戰時，漢軍曾用楚歌瓦解項羽的軍心。魯酒，薄酒。這是用《莊子・胠篋》「魯酒薄而邯鄲圍」的典故。楚宣王召集諸侯，魯恭公因送的酒薄，受到楚宣王的責備，魯君不辭而還，後楚王發兵攻魯。本來梁惠王一直想攻打趙國，因擔心楚國援趙，所以未有行動。現在楚國攻魯，梁惠王便利用這個機會，包圍了趙國都城邯鄲。表面上看，似乎這一切爭端都是由於魯酒引起的。㉜危苦　危懼愁苦。

【語譯】太清二年十月，侯景盜取國家，京城土崩瓦解。我隻身逃匿到江陵，朝廷百姓無不陷於泥淖炭火。奉命趕往華陽，卻一去不再回返。重振國家的希望早已破滅，甲戌之年的國運已走到了極點。在客舍中大哭了三天，在賓館中囚禁了三年。按常規歲星在天空迴旋運行，可現在走到極點卻不回返。傅燮悲歎身世坎坷，沒有地方可以保全性命；袁安每當念及國事，便情不自禁地淚流滿面。從前桓譚有志於事業，杜預一生功勳卓著，他們全有著作傳世，都能自己作序。潘岳文采斐然，在詩歌中開始講述家族的傳統；陸機擅長辭賦，在作品中首先歌頌祖先的功德。我剛步入中年，就遭逢動亂，漂流遷徙到遠方，直到晚年還不停步。〈燕歌行〉中的遠別情，使人不由自主地悲從中來；異域相遇故國人，激動的淚水奪眶而出。害怕南山雨霧想隱身避禍，卻偏偏踏進秦朝宮廷；舊君讓出君位，退居東海邊上，我也就享用了周朝的俸祿。漂泊到下亭，寄居在高橋。楚歌悲哀，不是用來取樂的方法；魯酒澆薄，沒有忘掉憂愁的作用。我事後寫下了這篇賦，姑且記下我的經歷感情，內中有危懼愁苦之辭，全賦以悲哀之情為主。

日暮途遠❶，人間何世❷。將軍一去，大樹飄零❸；壯士不還，寒風蕭瑟❹。荊璧睨柱，受連城而見欺❺；載書橫階，捧珠盤而不定❻。鍾儀君子，入就南冠之囚❼；季孫行人，留守西河之館❽。申包胥之頓地，碎之以首❾；蔡威公之淚盡，加之以血❿。釣臺移柳，非玉關之可望⓫；華亭鶴唳，豈河橋之可聞⓬。

【章旨】本段是說自己受命出使，卻有辱使命；被強留在北，寄人籬下之感，思國懷鄉之念彌切。

【注釋】❶日暮途遠　比喻已到遲暮之年，卻還有很多事情沒有來得及做。語出《史記・伍子胥列傳》，伍子胥對申包胥說：「吾日暮途遠，吾故倒行而逆施之。」❷人間何世　不知人間是何世代。《莊子》有〈人間世〉。❸將軍一去二句　《後漢書・馮岑賈列傳》載，馮異為人謙退，佐劉秀爭天下，諸將並坐論功，他常獨處樹下，軍中號為大樹將軍。❹壯士不還二句　意謂自己一朝入北，就再也沒法回返故國了。《史記・刺客列傳》載，荊軻受命刺殺秦王。入秦前，朋友在易水邊上給他送行，他慷慨歌曰：「風蕭蕭兮易水寒，壯士一去兮不復還。」❺荊璧睨柱二句　這二句是反用典故，是說自己也像藺相如一樣出使，卻受騙上當有辱使命。《史記・廉頗藺相如列傳》載，秦王願以十五城換取趙國楚和氏璧，趙國派藺相如奉璧前往，藺相如見秦想獨吞趙璧，無意償城，因持璧睨柱，作欲撞擊狀。秦的圖謀沒有得逞，藺相如也保全了趙璧。荊璧，趙國的和氏璧，因產於楚國，故稱。睨，斜視。連城，相毗連的城。❻載書橫階二句　意謂自己奉使入北，兩國間的協議卻談不下來，不能像毛遂一樣完成使命。《史記・平原君列傳》載，趙國派平原君到楚國商談合縱抗秦之事，久談不決。平原君門客毛遂持劍而前，用武力逼迫楚王答應締結合縱之約，並奉銅槃讓趙楚二君歃血定盟。載書，盟書，會盟時所訂的文書。橫階，很隨便地陳放在臺階上。珠盤，即珠槃，諸侯間歃血為盟時用來盛血的器具。❼鍾儀君子二句　意謂自己被強留在北方，沒有自由，形同囚犯。《左傳・成公九年》載，鄭國在與楚國的戰爭中俘獲了楚人鍾儀，把他交給晉國。有一次晉君在參觀軍府時，看到了鍾儀，便問道，那個頭戴南冠被綁的人是誰啊？下屬答道，那是鄭人所獻的楚國囚犯。讓他操琴演奏，奏出的也是楚國的樂曲。南冠，春秋時楚國流行的帽子。後來作為囚犯的代稱。❽季孫行人二句　這二句是反用典故，是說自己被迫留在西魏，永無返國的希望。《左傳・昭公十三年》載，晉會盟諸侯，不讓魯國與盟，並扣留了魯國大夫季孫意如。後來晉想放還季孫意如，但魯國提出要通過與盟的方式放還。晉國感到為難，就派人對季孫說：「將為子除館於西河。」暗示要將他永久拘禁在晉國。季孫便逃回了魯國。行人，使者。西河，在今陝西大荔。❾申包胥之頓地二句　《左傳・定公四年》載，吳國攻打楚國，申包胥到秦國求救，秦國開始沒有答應。申包胥便依於庭牆而哭，日夜不絕聲，絕食七日。秦哀公答應出兵救助，申包胥九頓首而坐。頓地，以首叩地。❿蔡威公之淚盡二句　意謂自己為梁朝的敗亡而痛哭流涕。《說苑・權謀》載，下蔡威公因國之將亡，關起門來哭了三日三夜，淚盡而繼以血。蔡威公，應是下蔡威公的簡稱。⓫釣臺移柳二句　意謂自己身在北方，欲遠眺故鄉風物而不可得。釣臺，在今湖北武昌西北，相傳三國吳孫權曾駐軍於此。玉關，玉門關，在今甘肅敦煌西北。⓬華亭鶴唳二句　意謂自己留滯北方，再也聽不到家鄉的鳥叫。《晉書・陸機傳》載，陸機率軍二十萬討長沙王乂。他戰敗被殺，臨刑前歎息道：「華亭鶴唳，豈可復聞乎！」華亭，在今上海市松江區。陸機是華亭人。河橋，故址在今河南孟州西南，孟津東北的黃河上，是陸機領兵打仗的地方。

【語　譯】太陽西斜路途猶遠，人間不知是何世代。將軍早已不在，大樹也已凋零。壯士入秦不回，易水寒風蕭蕭。也想像藺相如一樣持璧視柱保全璧玉，卻聽信了換城的謊言而蒙受欺騙。盟書文稿隨便放在臺階之上，手捧珠盤，盟約卻遲遲定不下來。好比楚國君子鍾儀，被俘獲到晉國成了囚犯；也像魯國使者季孫，將被永拘在西河的館舍。申包胥感謝秦國救楚連連叩頭，幾乎把腦袋叩破；下蔡威公想到國家將亡，悲傷得眼淚哭乾又哭出血來。釣臺那依依柳樹，身在玉門關的人無法望見；華亭上空那聲聲鶴鳴，佇立河橋之客如何能聽得見。

孫策❶以天下為三分，眾纔一旅❷；項籍用江東之子弟，人惟八千❸。遂乃分裂山河，宰割天下❹。豈有百萬義師，一朝卷甲，芟夷斬伐，如草木焉❺？江淮無涯岸之阻❻，亭壁❼無藩籬之固。頭會箕斂❽者，合從❾締交；鋤耰棘矜❿者，因利乘便⓫。將非江表王氣⓬，終於三百年⓭乎？是知并吞六合，不免軹道之災；混一車書，無救平陽之禍⓮。嗚呼！山嶽崩頹⓯，既履危亡之運；春秋迭代⓰，必有去故⓱之悲。天意人事，可以悽愴傷心者矣。況復舟楫路窮，星漢非乘槎可上；風飆道阻，蓬萊無可到之期⓲。窮者欲達其言，勞者須歌其事⓳。陸士衡聞而撫掌，是所甘心；張平子見而陋之，固其宜矣⓴。

【章旨】回首梁朝末年動亂，感歎梁王朝氣運已盡，不勝悽愴，述所以作賦之由。以上三段為本賦之序，將家國之悲和身世之感融合為一，交代作賦動機。

【注釋】❶孫策　字伯符，三國吳郡人。他以其父殘餘兵力五千人為基礎，逐漸削平割據勢力，在江東建立孫氏政權，他死後，其弟孫權正式稱帝。❷一旅　五百人，這是誇張的說法，極言其人數之少。❸項籍用江東之子弟二句　項籍，即項羽，秦人。他隨叔父項梁起兵的時候只有江東八千子弟。他消滅秦軍主力，自封西楚霸王，成為當時實力最強的力量。後在垓下之戰中被劉邦擊敗。❹宰割天下　在楚漢戰爭中，項羽曾是實力最強的力量，分封諸王，號令天下，號稱霸王。宰割，主宰；割裂。❺豈有百萬義師四句　意謂完全無法想像，梁朝的百萬大軍在侯景叛軍前和江陵之戰中竟然一觸即潰，被打得一敗塗地。卷甲，捲起戰甲，不再戰鬥。芟夷，割除；削平。❻江淮無涯岸之阻　長江、淮水是天然的防守工事，現在卻喪失了阻防的功能。❼亭壁　邊境上的崗亭和壁壘。❽頭會箕斂　按人頭收稅，用簸箕收穀，用來形容民間武裝的原始落後。❾合從　即合縱。戰國時南北聯合，共抗秦國。這裡是指各股勢力互相聯合。❿鋤耰棘矜　泛指各種原始的武器，這裡是指武器裝備簡陋的民間武裝。耰，一種用來碎土平田的農具。棘矜，戟柄。⓫因利乘便　利用機會。⓬將非江表王氣　將非，莫不是；該不會。江表，長江以南地區。從中原看，地在長江之外，故稱。王氣，古人迷信的說法，凡有帝王之命的人會有一種特殊的氣。⓭三百年　從東吳立國直到梁朝滅亡時間差不多三百年。⓮是知并吞六合四句　意謂統一強大的王朝終究難免敗亡的命運，實際是感歎悲悼梁朝覆亡和梁武帝、簡文帝、元帝的相繼被害。并吞六合，統一天下的意思，這裡是指秦朝。六合，天地四方。軹道之災，皇帝投降，國家滅亡。秦末秦王子嬰素車白馬，繫頸以組，封皇帝印璽、符節，降於軹道旁。軹道，亭名，在今陝西西安東北。混一車書，統一天下。語出《禮記・中庸》：「今天下車同軌，書同文，行同倫。」平陽之禍，亡國弒帝之禍。西晉末年十六國戰亂中，劉曜先後兩次攻陷京師，強行把晉懷帝和湣帝擄至平陽，將二帝殺害。平陽，十六國時漢國的都城，在今山西臨汾南。⓯山嶽崩頹　比喻梁朝覆滅。⓰春秋迭代　四季更替，比喻朝代更換。⓱去故　離開故鄉。宋玉〈九辯〉：「愴怳懭悢兮去故而就新。」⓲況復舟楫路窮四句　意謂自己想要回到故國的心願如同訪天河、到蓬萊一樣，是永遠無法實現的。星漢，天河；銀河。乘槎，《博物志》卷十載，有個住在海邊的人，每年八月總是見到有人乘浮槎來。於是他也乘槎前去，來到天河，看見了牛郎織女。槎，木筏。風飆，暴風。蓬萊，古代神話傳說中的海上仙山。據說蓬萊、方丈、瀛洲三神山，可望而不可及，每當人們乘船快到達時，就有風將船吹走（《史記・封禪書》）。⑲窮者欲達其言二句　這是化用《春秋公羊傳・宣公十五年》中何休的注語：「飢者歌其食，勞者歌其事。」窮者，不得意的人。⑳陸士衡聞而撫掌四句　意謂自己這篇賦寫得不好，貽笑大方是在預料之中的，這是謙語。陸士衡聞而撫掌二句，《晉書・陸機傳》載，陸機初入洛陽，聽說左思在寫〈三都賦〉，很看不起他，撫掌大笑，寫信給陸雲說，左思的賦即使寫出來也只能用來蓋酒甕。士衡，陸機字。撫掌，拍手。張平子見而陋之二句，張衡看了班固的〈兩都賦〉「薄而陋之」，所以自己寫了〈二京賦〉。平子，張衡字。陋之，認為淺陋；看不起。

【語　譯】孫策把天下一分為三，可他起兵時只有五百來人；項羽帶領江東子弟，起事時也只有八千個人。結果竟能割裂山河，主宰天下。怎麼會有百萬正義之師一旦潰退，死的死，傷的傷，如同花草被削平，樹木遭砍伐一樣呢？長江、淮河喪失了阻隔的功能，崗亭壁壘連籬笆都比不上。於是按人頭斂財用簸箕收稅的勢力互相聯合；手持農具戟柄的烏合之眾趁機而起。莫非江東三百年的帝王之氣將要終結？由此可見，即使秦始皇打下了江山，仍不能免除亡國投降的厄運；就算西晉統一了全國，也依然不能挽救皇帝被害的災禍。哎！山峰崩塌，梁朝已經踏上了亡國的運路；四季交替，人們必然產生去國懷鄉的悲哀。無論天命還是人力，實在讓人悽愴傷心啊。更何況水路不通，天河不是乘木筏可以到達的；大風阻隔，蓬萊永無可以抵達的那一天。失意的人想用言辭表達他的感觸，辛勞的人要用歌曲唱出他的生活。假如陸機聽說我寫作此賦而拍手大笑，我也心甘情願領受；如果張衡讀了本賦而認為寫得淺陋，本來就在預料之中。

我之掌庾承周❶，以世功而為族❷；經邦佐漢，用論道而當官❸。稟嵩、華之玉石，潤河、洛之波瀾❹。居負洛而重世❺，邑臨河而宴安❻。逮永嘉之艱虞❼，始中原之乏主❽。民枕倚於牆壁，路交橫於豺虎。值五馬之南奔，逢三星之東聚❾。彼凌江而建國，始播遷於吾祖❿。分南陽而賜田，裂東嶽而胙土⓫。誅茅宋玉之宅，穿徑臨江之府⓬。

【章旨】這是追溯家世源流，從庾姓始祖開始述起，一直講到庾信八世祖庾滔。

【注釋】❶我之掌庾承周　意謂庾姓的祖先是周朝掌管糧倉的官員。掌庾，掌管糧倉。庾，糧倉。承，侍奉。❷以世功而為族　意謂因為累代掌庾有功，就以庾為姓了。《左傳・隱公八年》：「官有世功，則有官族，邑亦如之。」意思是說，先祖擔任官職而有功的，就以官職為族姓。❸經邦佐漢二句　意謂庾信祖先在漢代也擔任經國治邦的官職。經邦，治理邦國。用，因為。當官，恪盡職守。❹稟嵩華之玉石二句　意謂稟受了中原山川的靈氣。嵩華，嵩山、華山。河洛，黃河、洛水。❺居負洛而重世　意謂庾姓有兩代是住在鄢陵（今河南鄢陵）的。負洛，背靠洛陽。庾姓家族居於鄢陵，在洛陽的東南面。重世，兩代人。❻邑臨河而宴安　意謂後來遷到了新野（今河南新野）。河，淯水，向南流經新野。宴安，安逸。❼逮永嘉之艱虞　永嘉，晉懷帝年號，其時有八王爭奪政權的戰爭，還有少數民族乘機起兵立國，西晉王朝名存實亡。艱虞，艱難憂患。❽中原之乏主　西晉滅亡的意思。❾值五馬之南奔二句　意謂北方戰亂，東晉建立。五馬之南奔，西晉時童謠云：「五馬浮渡江，一馬化為龍。」五馬是指琅琊王司馬睿、彭成王司馬繹、西陽王司馬羕、汝南王司馬祐、南頓王司馬宗。一馬是指司馬睿。他們南奔江東，在西晉湣帝被害後，司馬睿稱帝，以建康為都，是為東晉。三星之東聚，歲星、熒惑、太白三星聚集於牛、斗二星之間，這是發生戰爭、死喪的天象。永嘉六年出現過這種天象，表示北方的戰亂和西晉的覆亡。❿彼淩江而建國二句　意謂東晉建國之初，庾信的八世祖庾滔就隨晉元帝南渡，定居於江陵（今湖北江陵）。⓫分南陽而賜田二句　意謂晉元帝封庾滔為遂昌縣侯。分南陽而賜田，用的是《左傳・僖公二十五年》的典故。這一年，晉文公幫助周天子回朝，事後周天子賜給晉陽樊、溫、原、欑茅之田，「晉於是始啟（開闢）南陽。」胙土，帝王以土地賜封給功臣。⓬誅茅宋玉之宅二句　意謂庾滔定居在江陵。誅茅，芟除雜草。宋玉之宅，傳說宋玉的故居在江陵。倪注說庾滔住在宋玉的舊居，恐非是，同下句的臨江之府一樣，應是一種誇張的表述。穿徑，清理出道路。臨江之府，西漢臨江王共敖，都江陵。

【語　譯】我的祖先侍奉周朝掌管糧倉，憑累代功績取庾為家族之姓。治理國事，輔佐漢朝，闡發大道，恪盡職守。稟受嵩山、華山玉石的靈氣，得到黃河、洛水波濤的潤澤。兩代人居住在背靠洛陽的鄢陵，後在臨近淯水的新野過著安閒的生活。到了永嘉那艱難動盪的歲月，中原大地上晉朝已名存實亡。老百姓枕靠著牆壁，道路上猛獸出沒。正當五馬南渡長江，三星會聚斗牛。元帝渡江建東晉，先祖追隨到江東。分割南陽得到皇上的賞地，割裂東嶽受到朝廷的封侯。芟除宋玉故居的雜草，清理出臨江王府的道路。

水木交運，山川崩竭❶。家有直道❷，人多全節❸。訓子見於純深，事君彰於義烈。新野有生祠之廟，河南有胡書之碣❹。況乃少微真人，天山逸民。階庭空谷，門巷蒲輪。移談講樹，就簡書筠❺。降生世德❻，載❼誕貞臣❽。文詞高於甲觀，楷模盛於漳濱❾。嗟有道而無鳳❿，歎非時而有麟⓫。既姦回之奰逆⓬，終不悅於仁人⓭。

【章　旨】這一段講到庾信的祖父和父親，說祖父是一個淡泊名利的隱士，父親是才氣橫溢的君子。

【注　釋】❶水木交運二句　意謂改朝換代，由宋入齊。水木，宋是水德，齊是木德。中國古代用五德終始來解釋朝代的更迭。按五行相生的說法，水生木，所以就是齊代宋。❷直道　品行正直。❸全節　保全氣節。❹新野有生祠之廟二句　意謂遷徙到新野的庾氏家族在當地享有很高的聲望。新野，庾氏家族的居住地，今河南新野。生祠，為活著的人所立的祠廟，說明祠主有很大的德行。胡書之碣，用古文字書寫的石碑。胡書，字體難辨，狀如蝌蚪的胡人文字。❺況乃少微真人六句　意謂庾易是一個淡泊名利，隱居不仕的高逸之人。況乃少微真人二句，意謂庾信的祖父庾易是一個隱士。少微，星名，象徵處士。天山，表示隱遁的意思。語出《易傳・遯卦》：「天下有山，遯。」〈遯卦〉由〈乾〉(上卦)、〈艮〉(下卦)兩卦組成。〈乾卦〉為天，〈艮卦〉為山。逸民，避世隱居之人。蒲輪，朝廷徵聘賢士所用的車輛，因用蒲草裹輪，使不震動，以示禮敬。庾易曾多次拒絕朝廷的徵聘。講樹，其下可以聚集講經論道之樹。就簡書筠，在竹片上書寫，著書的意思。簡，竹片。筠，竹子。❻世德　祖先積累的德行。這裡是指庾信父親庾肩吾，說他秉承了先世的高尚品德。❼載　句首語助詞。❽貞臣　正直有操守之臣。❾文詞高於甲觀二句　意謂庾肩吾在蕭綱僚屬中文才最高，堪為楷模。甲觀，太子宮中的觀名。庾肩吾是梁太子蕭綱的東宮通事舍人，文德省學士，是蕭綱僚屬中重要的文人。漳濱，漳水之濱，指代建安時期鄴下文人集團。因魏都鄴，北臨漳水，故稱。這裡是用來借指蕭綱周圍的文人。❿嗟有道而無鳳　意謂太子蕭綱（後為簡文帝）雖有道，卻生不逢時。《論語・子罕》載，孔子歎道：「鳳鳥不至，河不出圖，吾已矣夫！」古人認為，鳳鳥至，河出圖是表示天下太平的祥瑞。⓫歎非時而有麟　意謂庾肩吾生活在一個亂世。《春秋公羊傳・哀公十四年》載，魯哀公十四年，有人在野外捕獲了一隻麒麟。孔子見了後非常傷感，連連歎道：「吾道窮矣。」因為麒麟是仁獸，只有在太平盛世才出現，現在出現在亂世，則是不祥的兆頭。⓬既姦回之奰逆　意謂侯景舉兵叛亂。姦回，奸惡、邪僻之人。奰逆，因積怨而反叛。奰，發怒。⓭終不悅於仁人　意謂處在這樣的環境裡庾肩吾的心情很不好。仁人，這裡是指庾肩吾。

【語譯】宋齊交替，山崩河枯。庾家有正直的傳統，人人都堅守節操。教育子弟顯得純正深摯，侍奉君王特別忠義勇烈。新野有庾家人生前受人祭拜的祠堂，河南有用古文字書寫歌頌庾氏的石碑。更有號稱少微真人、天山逸民的祖父庾易，庭院如同空曠的山谷，門口停著徵聘的車子。在大樹下和朋友清談，在竹簡上孜孜寫作。待到我父降生，他秉承了先祖的德行，是一個堅貞正直的臣子。東宮文士中他文采一流，鄴下諸子中他堪稱楷模。可惜啊太子雖然有道，卻身處亂世；可歎啊麒麟雖然現身，卻不得其時。及至奸賊懷怒作亂，終使仁人痛恨悲傷。

王子濱洛之歲，蘭成射策之年❶。始含香❷於建禮❸，仍矯翼❹於崇賢❺。遊洊雷之講肆，齒明離之冑筵❻。既傾蠡而酌海，遂測管而窺天❼。方塘水白，釣渚池圓。侍戎韜❽於武帳❾，聽雅曲於文絃❿。乃解懸而通籍⓫，遂崇文而會武⓬。居笠轂而掌兵，出蘭池而典午⓭。論兵於江漢之君⓮，拭玉於西河之主⓯。

【章旨】本段是說庾信在梁朝受到三朝皇帝的重用。

【注釋】❶王子濱洛之歲二句　意謂庾信在十五歲的時候，參加取士考試，高中甲等。王子，王子喬，周靈王太子晉，好吹笙，遊於伊洛之間。《逸周書・太子晉解》載，晉平公派使者朝見周天子，與太子晉交談。使者回來對晉平公說，太子雖然只有十五歲，可是口才很好，我講不過他。蘭成，庾信的小字。射策，古代取士的考試方式。主考將試題寫在簡冊上，分甲、乙二科，應試者隨意取答。優者為甲，次者為乙。據滕王逌為《庾信集》寫的序說，庾信十五歲的時候，「玉墀射策，高等甲科。」❷含香　這裡是尚書郎的代稱。東漢人刁存年老口臭，皇帝賜他雞舌香，讓他含香奏事。此後尚書郎上朝奏事，都口含雞舌香。❸建禮　漢代皇宮門名，建禮門內是尚書省的辦公所在。庾信做過尚書度支郎中。❹矯翼　展翅高飛。❺崇賢　太子宮殿名。庾信做過蕭統、蕭綱兩任太子的僚屬。尤其受到蕭綱的賞識，是蕭綱的「抄撰學士」，「父子在東宮，出入禁闥，恩禮莫與比隆。」（《周書・庾信傳》）❻遊洊雷之講肆二句　意謂庾信曾任太子蕭統的東宮講讀（滕王逌〈庾信集序〉）。洊雷，相繼而至的雷聲，這裡喻指太子。據《周易・震卦》，〈震卦〉的卦象是由上下兩個〈震卦〉組成，表示雷聲不斷。《易傳・說卦》說〈震〉為長子之卦，「〈震〉一索而得男，故謂之長男。」「〈震〉為長子。」講肆，講舍。齒，並列。明離，這裡是指太子。取義於《周易・離卦》，〈離卦〉的卦象是由上下兩個〈離卦〉組成，按〈象傳〉的說法是「大人以繼明照于四方」。胄筵，這裡是指太子為研讀經史而設的講席。❼既傾蠡而

酌海二句　化用東方朔〈答客難〉中「以管窺天，以蠡測海」的句意，反用其意，意謂自己出入東宮擴大了眼界見識。蠡，葫蘆瓢。❽戎韜　用兵打仗的謀略。❾武帳　指揮作戰的處所。❿文絃　琴的代稱，原本琴絃五根，後來周文王增為七絃。⓫解懸而通籍　意謂解除限制，有資格出入朝廷，表示地位提高了。通籍，漢代門禁制度，將寫有可以出入皇宮者的姓名、身分等的竹片掛於宮門外，經核對後，始得進入。⓬崇文而會武　意謂庾信在蕭綱東宮中擔任文武兩方面的職務，他既是東宮學士，又是東宮領直，東宮的部隊歸他調度。⓭居笠轂而掌兵二句　意謂庾信受太子蕭綱的倚重，執掌文武要事。笠轂，古代兵車上的覆蓋之器，這裡指代戰車。蘭池，漢代宮觀名，這裡指代皇宮。典午，司馬的隱語。典，掌管，和「司」同義。午，十二生肖中是馬。司馬，掌軍政大計的官職，常統兵出征。⓮江漢之君　指湘東王蕭繹，他駐守江陵，正是長江、漢水交匯之地。侯景攻陷臺城後，庾信曾奉梁武帝之命到江陵與蕭繹商討水戰之事。⓯拭玉於西河之主　意謂庾信在蕭繹即位後，受命出使西魏。拭玉，又稱拭圭，外交禮節的一個環節，外賓抵達後要擦拭裝有禮品的玉盒，以示隆重（《儀禮‧聘禮》）。這裡是出使的意思。西河，戰國時魏地，這裡是指代西魏。

【語　譯】王子喬徜徉洛水之濱的歲數，正是我高中甲科的年齡。起初在建禮門內的尚書省任職，接著又在太子宮中服務。優遊於太子的講堂，側身於東宮的教席。用葫蘆瓢舀取的是海水，從管子中看到的是高天。方塘的水波清澈，釣渚的池塘形圓。侍奉太子在武帳內商討戰事，聆聽用七絃琴奏出的雅曲。於是解除了限制，得以出入朝廷，既發揮文才，又掌管武事。挺立在戰車上調度軍隊，走出了深宮官拜司馬。和駐紮江漢的君王討論軍事，奉命訪問西魏的帝王。

於時朝野歡娛，池臺鐘鼓❶。里為冠蓋❷，門成鄒魯❸。連茂苑於海陵❹，跨橫塘於江浦❺。東門則鞭石成橋❻，南極則鑄銅為柱❼。橘則園植萬株，竹則家封千戶❽。西賮浮玉，南琛沒羽❾。吳歈❿越吟，荊豔⓫楚舞。草木之遇陽春，魚龍之逢風雨。五十年中，江表無事⓬。王歙為和親之侯，班超為定遠之使⓭。馬武無預於甲兵，馮唐不論於將帥⓮。豈知山嶽闇然⓯，江湖潛沸。漁陽有閭左戍卒，離石有將兵都尉⓰。

【章　旨】這一段是說梁朝立國五十年國力強盛，但在一片歡娛中潛藏著危機，最終釀成了侯景之亂。

【注　釋】❶鐘鼓　敲鐘擊鼓。❷冠蓋　指達官貴人。冠，禮帽。蓋，車蓋。《水經注》卷二十八載，宜城縣太山下有冠蓋里，其中多達官貴人。❸鄒魯　禮樂文明之地。鄒，孟子故鄉。魯，孔子故鄉。❹連茂苑於海陵　這句從左思〈吳都賦〉「佩長洲之茂苑」，「觀海陵之倉」化出，可能喻指梁武帝天監四年在秣陵興造的建興苑。茂苑，古代姑蘇的苑囿。海陵，當是東吳地名。❺跨橫塘於江浦　這句可能喻指梁武帝天監九年修建緣淮塘。橫塘，古堤名，三國吳沿秦淮河南築堤至長江口，稱為橫塘，在今江蘇南京。江浦，長江邊。❻東門則鞭石成橋　意謂梁境東至於海。鞭石成橋，傳說秦始皇造石橋，想要渡海看日出。這時有神人驅石下海。石頭跑得慢，神人就鞭打它們以至流血（《太平寰宇記》卷二〇）。❼南極則鑄銅為柱　意謂梁境南極於交趾。鑄銅為柱，東漢馬援南征交趾，立銅柱為界標（《後漢書・馬援列傳》及注引《廣州記》）。❽橘則園植萬株二句　意謂擁有萬株橘樹，千畝竹子之家，生活富足豪奢堪比達官貴人。《史記・貨殖列傳》載，蜀、漢、江陵千樹橘，渭川千畝竹，「此其人皆與千戶侯等」。❾西賮浮玉二句　意謂四方諸國紛紛前來朝貢。西賮，西方進貢的財物。南琛，南方進獻的寶貝。沒羽，箭的別名。❿吳歈　吳地的歌曲。⓫荊豔　楚地的歌曲。⓬五十年中二句　意謂從梁朝開國直到侯景叛亂之前，梁朝境內沒有發生過戰爭。⓭王歙為和親之侯二句　意謂梁朝和周邊鄰國關係良好，邊境安寧。王歙，西漢末人，王昭君的侄子，為和親侯，曾出使匈奴。班超，東漢人，曾率三十六人遠赴西域，確保了西域各族的安全和「絲綢之路」的暢通，封定遠侯。⓮馬武無預於甲兵二句　意謂邊境上沒有戰爭，所以軍人和韜略都顯得無用武之地。馬武，東漢人，從劉秀征戰，拜捕虜將軍，破西羌，屢有戰功。馮唐，西漢人，漢文帝時匈奴入寇，邊患嚴重，他曾與文帝共論廉頗、李牧治軍用兵之法。⓯闇然　昏暗。⓰漁陽有閭左戍卒二句　這是借陳勝、劉淵的典故喻指梁末發生的侯景叛亂。漁陽有閭左戍卒，這是用陳勝起義的典故來比喻侯景叛亂。《史記・陳涉世家》載，秦末「發閭左適戍漁陽」，行至大澤鄉，因天雨、道阻誤期起義。漁陽，地名，在今北京市密雲西南。閭左，秦時居住在里巷左側的平民。離石有將兵都尉，西晉時匈奴人劉淵，字元海，曾經做過將兵都尉。利用八王之亂，在離石起兵反晉。後建漢國，自稱漢帝。離石，縣名，今山西離石。

【語譯】那時節朝廷民間一片歡樂，池塘樓臺撞鐘擊鼓。里巷多達官貴人，城門為文明之地。延伸茂苑直達海陵，跨越橫塘抵達江邊。在東邊的門戶鞭打石頭築成跨海長橋，於南面的疆界熔銅鑄柱豎立高高界標。園中種植萬株橘樹，如同達官貴人；家中擁有千畝竹子，好像封侯千戶。西方進貢寶玉，南方奉獻弓箭。吳聲越曲飄蕩，荊歌楚舞醉人。就像草木受到春光普照，欣欣向榮；有如魚龍遭逢急風大雨，暢快自由。五十年裡，江東安寧。王歙官封和親侯，班超出任定遠使。馬武不參與軍事活動，馮唐不議論用兵方略。誰知群山昏暗陰沉，江湖暗流湧動。漁陽爆發平民反叛，離石出現軍人作亂。

天子方刪詩書，定禮樂❶。設重雲之講❷，開士林❸之學。談劫燼之灰飛❹，辨常星❺之夜落。地平魚齒，城危獸角❻。臥刁斗於滎陽，絆龍媒於平樂❼。宰衡❽以干戈為兒戲，縉紳❾以清談❿為廟略⓫。乘漬水以膠船，馭奔駒以朽索⓬。小人則將及水火，君子則方成猿鶴⓭。敝箄不能救鹽池之鹹，阿膠不能止黃河之濁⓮。既而魴魚赬尾⓯，四郊多壘⓰。殿狎江鷗，宮鳴野雉⓱。湛盧去國⓲，艅艎⓳失水⓴。見被髮於伊川，知百年而為戎矣㉑。

【章　旨】本段是說梁朝上下文恬武嬉，苟且偷安，以致積重難返，岌岌可危。

【注　釋】❶天子方刪詩書二句　意謂梁武帝提倡儒學，親自著述、講學。《梁書・武帝本紀下》載，梁武帝蕭衍撰寫了《周易講疏》、《毛詩答問》、《春秋答問》、《尚書大義》、《中庸講疏》等著作。❷重雲之講　梁武帝多次在重雲殿演講佛經。重雲，梁朝宮殿名。❸士林　館名，梁朝宮中研討學術的機構，梁武帝大同年間設立。❹劫燼之灰飛　佛教的說法，天地從形成到毀滅為一劫，共有成、住、壞、空四劫。每一劫終了，便有大火焚毀世界。《搜神記》卷十三載，漢武帝掘昆明池，挖到深處，全是黑灰。無人知道是怎麼回事。後來有西域僧人說，這是劫火的餘灰。❺常星　恆星，因避漢文帝諱改。據《漢書・五行志下》的說法，常星是人君的象徵。❻地平魚齒二句　意謂山喪失了防守功能，平坦如地，城池亦岌岌可危。魚齒，山名，在今河南平頂山市西北。語出《左傳・襄公十八年》「涉於魚齒之下」句，但這裡只是用來和下文「獸角」相對。獸角，屋簷的形狀。❼臥刁斗於滎陽二句　意謂刁斗、駿馬都應用於戰爭，現在卻被冷落在一邊，無用武之地。刁斗，古代軍用器具，白天用來炊飯，晚上敲擊巡夜。滎陽，地名，在今河南滎陽，這裡是指地在滎陽的武庫。龍媒，駿馬的別名。漢武帝得來自西方的駿馬，作〈天馬〉歌，有「天馬徠，龍之媒」句，故稱。平樂，西漢上林苑中館名。❽宰衡　皇帝的輔佐大臣。❾縉紳　士大夫的別名。縉，插，這裡是插笏的意思。紳，大帶。古時官員上朝時常插笏於衣帶。❿清談　魏晉士人中流行的對哲學命題的辯論。⓫廟略　對國家大事的謀略。⓬乘漬水以膠船二句　意謂梁朝統治者身處危險的境地卻一味因仍敷衍，得過且過。乘漬水以膠船，史載周昭王南巡，要渡漢水。船夫討厭昭王，就送了一隻用膠水黏合的船。結果船到中流，膠水溶化，船體解裂，昭王和隨從都溺水而亡了（《史記正義・周本紀》引《帝王世紀》）。漬，有浸、吸的意思。朽索，朽爛的韁繩。⓭小人則將及水火二句　意謂在即將到來的動亂中，無論老百姓還是官員士大夫都將陷於劫難。語出《抱朴子》：「周穆王南征，一軍盡化，君子為猿為鶴，小人為蟲為沙。」（《藝文類聚》卷九〇引）水火，猶言水深火熱。⓮敝箄不能救鹽池之鹹二句　意謂微小的努力挽救不了梁朝衰敗的趨勢。敝箄不能救鹽池之鹹，鹽池太大，破竹器過濾掉的鹽分太少，無法把鹽池水變為淡水。敝箄，破舊的竹籠、竹簍。舊說，竹製的器具可以過濾掉鹽分。阿膠，山東東阿出產的驢皮膠。舊說阿膠可以使濁水變清。⓯魴魚赬尾　語出《詩經・周南・汝墳》：「魴魚赬尾，王室如燬（大火）。」這裡就是王室如燬的意思，喻指侯景之亂。赬，赤色。⓰四郊多壘　郊野營壘很多，表示戰況緊張。壘，軍營周圍的防守工事。⓱殿狎江鷗二句　意謂宮廷荒蕪，有鷗鳥、野雞出沒。⓲湛盧去國　湛盧，越人歐冶子所鑄寶劍，為吳王闔閭所得，因惡闔閭無道，湛盧就離開吳國，而為楚王所得。⓳艅艎　大船的代稱。⓴失水　擱淺。㉑見被髮於伊川二句　意謂接納侯景，將為後來梁朝被西魏所敗埋下禍根，西魏是鮮卑族建立的政權。《左傳・僖公二十二年》載，有人在伊水邊上看到有披髮在野外祭祀的人，感歎道，用不了一百年，這裡就將變成戎人的居地。被髮，當時夷狄的風俗。伊川，伊河所經之地，在今河南境內。這裡是指梁朝境內。

【語　譯】那時天子正刪削詩書，制禮作樂。在重雲殿開設講座，在士林館講學論經。談論世界毀滅時的劫火，辨別夜空中恆星的墜落。魚齒山下大地平坦，獸角之城岌岌可危。刁斗橫躺在滎陽武庫，天馬被繫在平樂館中。大臣把武器當成小孩的玩藝，士人用清談代替治國的方略。就像乘上了浸水的膠黏之船，好比用爛繩駕馭著飛奔的馬駒。老百姓將陷於水火之災，士大夫將化成猿猴白鶴。用破竹器過濾減輕不了鹽池的鹹味，以阿膠止濁也不能使黃河變清。不久王室遭受災難，四郊多布營壘。宮殿裡有人戲耍江鷗，深宮內傳來野雞的叫聲。湛盧劍離開國家，艅艎船被困淺灘。但見披髮的蠻人遍布伊水兩岸，這才知不到百年這裡將成戎狄之地。

彼奸逆之熾盛，久遊魂而放命❶。大則有鯨有鯢❷，小則為梟為獍❸。負其牛羊之力，凶其水草之性❹。非玉燭之能調，豈璿璣之可正❺。值天下之無為❻，尚有欲於羈縻❼。飲其琉璃之酒，賞其虎豹之皮❽。見胡柯❾於大夏❿，識鳥卵⓫於條枝⓬。豺牙密厲⓭，虺⓮毒潛吹。

輕九鼎而欲問，聞三川而遂窺⑮。

【章旨】本段是說梁朝對侯景的籠絡政策，反而刺激了侯景取梁朝而代之的野心。

【注釋】❶彼奸逆之熾盛二句　意謂侯景率領的叛軍聲勢很盛，反覆無常違背教命。奸逆，指侯景。遊魂，遊蕩的鬼魂。語出《易傳・繫辭上》：「精氣為物，遊魂為變。」這裡重在反覆無常的意思。侯景原是爾朱榮的部屬，高歡打敗爾朱榮，侯景投靠高歡。後又請降梁朝，被接納後，又反叛梁朝。放命，違命。語出《尚書・堯典》：「方命圮（毀壞）族。」方，同「放」。❷大則有鯨有鯢　鯨、鯢，海中大魚，雄曰鯨，雌曰鯢。比喻兇惡之人。❸小則為梟為獍　梟、獍，梟是惡鳥，生而食母。獍是惡獸，生而食父。比喻不孝和忘恩負義之人。❹負其牛羊之力二句　意謂侯景羯人，如同逐水草而居的牛羊，野蠻兇悍。❺非玉燭之能調二句　意謂侯景兇殘的本性難以矯正。玉燭，四季氣候調和。璿璣，即璿璣玉衡，古代以玉為飾的天象觀測器，古人認為「是王者正天文之器」（《尚書正義・舜典》孔疏）。璿，玉的別名。璣、衡，天象觀測器中可以運轉的部件。❻無為　本指清靜無為，這裡是苟且偷安的意思。❼羈縻　維繫，這裡是籠絡的意思。羈，馬籠頭。縻，牽牛繩。❽飲其琉璃之酒二句　意謂梁武帝對前來歸降的侯景一味用高官厚祿籠絡。琉璃，這裡是指玻璃杯。虎豹之皮，表示能鎮服威猛的標誌。《禮記・郊特牲》：「虎豹之皮，示服猛也。」侯景歸降梁朝，梁武帝封侯景為河南王、大將軍、使持節、董督河南南北諸軍事、大行臺。❾胡柯　一作胡桐，疑是胡楊樹的別名。❿大夏　西域古國名，在今阿富汗。⓫鳥卵　大鳥蛋。西漢時大鳥卵為西域諸國進獻的貢品之一。⓬條枝　漢代西域國名，在安息以西，臨西海（今波斯灣），今伊拉克境內。⓭密厲　牙齒暗中磨礪。⓮虺　毒蛇。⓯輕九鼎而欲問二句　意謂侯景心懷異志，圖謀取梁朝而代之。九鼎，古代象徵國家政權的傳國之寶，由禹鑄造，湯遷商邑，周武王遷洛邑，後沒於泗水。問鼎，九鼎是國家的象徵，隨意問九鼎的輕重大小，是一種圖謀王位，欲取而代之的狂妄行為。《左傳・宣公三年》載，楚子伐陸渾之戎，來到洛水邊上，向周王使者王孫滿問鼎之大小輕重。王孫滿回答說：「周德雖衰，天命未改，鼎之輕重，未可問也。」三川，黃河、洛水、伊水，今河南洛陽一帶。西周末年，三川皆震，被認為是西周滅亡的預兆。

【語譯】那奸賊氣焰囂張聲勢大，長時期反覆無常違教命。大奸大惡如海中鯨魚，小奸小惡如梟獍惡鳥。仗著他生就的牛羊蠻力，放縱他喝水吃草的畜生本性。四時和暢之氣對他毫無作用，璿璣玉衡又怎能矯正得了。正當天下安定清靜，朝廷還想對他一再籠絡。請他飲琉璃杯中的美酒，賞賜他表示武勇的虎豹之皮。看到了來自大夏的胡楊，見識了產自條支的鳥蛋。於是豺狼的牙齒暗中磨礪，虺蛇的毒氣悄悄噴吐。輕視九鼎竟然問鼎之輕重，聽聞三川震動便起反叛之心。

始則王子召戎❶，奸臣介冑❷。既官政而離逷❸，遂師言而泄漏❹。望廷尉之逋囚❺，反淮南之窮寇❻。出狄泉之蒼鳥❼，起橫江之困獸❽。地則石鼓鳴山❾，天則金精動宿❿。北闕龍吟，東陵麟鬥⓫。爾乃桀黠橫扇，馮陵畿甸⓬。擁狼望於黃圖，填盧山於赤縣⓭。青袍如草，白馬如練⓮。天子履端廢朝⓯，單于長圍高宴⓰。兩觀當戟，千門受箭⓱。白虹貫日，蒼鷹擊殿⓲。竟遭夏臺之禍，終視堯城之變⓳。官守無奔問之人⑳，千戚非平戎之戰㉑。陶侃空爭米船㉒，顧榮虛搖羽扇㉓。

【章旨】本段是說侯景反叛，長驅直入，攻入臺城，梁武帝被侯景控制。

【注釋】❶王子召戎　王子，指臨賀王蕭正德。他是梁武帝蕭衍的侄子，過繼給蕭衍為養子。後來梁武帝立蕭統為太子，蕭正德失望怨恨，便暗通侯景，以為內應，把侯景引了進來，所以說是「召戎」。❷介胄　披甲戴盔，這裡是執掌軍隊的意思。當時朝廷委任蕭正德為平北將軍，扼守朱雀航。❸既官政而離逷　意謂蕭正德為朝廷大員，卻心懷異志，和侯景勾結。官政，獨當一面地處理國家政事。離逷，遠離，這裡是離心離德的意思。逷，遠。❹遂師言而泄漏　意謂蕭正德把梁朝的祕密透露給侯景。師言，軍事祕密。❺望廷尉之逋囚　意謂侯景是東魏的逃犯。廷尉，國家最高司法官員。逋，逃亡。侯景在東魏擁眾十萬，統治河南，但高歡不放心他，要徵他入朝，侯景感到威脅，就向梁朝求降。這句是用《晉書．蘇峻傳》的典故，蘇峻兵力強大，又很驕橫，朝廷不放心，要徵他入朝。蘇峻不從，他說，朝中有人說我要謀反，我怎麼還能活命。我寧可站在山頭望廷尉，不願身在廷尉望山頭。山頭望廷尉是自由的，廷尉望山頭是被囚禁的意思。❻反淮南之窮寇　侯景在反叛東魏之初，曾被東魏軍隊追擊，敗退渦陽、壽春。二地均為淮南重鎮。窮寇，走投無路的強盜。❼出狄泉之蒼鳥　《晉書．五行志中》載，西晉懷帝時，洛陽狄泉突然地陷，出現一隻蒼色鵝和一隻白色鵝，蒼色鵝飛翔沖天，預示中原將有五胡之亂。侯景是羯人，故以蒼鵝為比。狄泉，地名，在洛陽。❽橫江之困獸　指侯景。他反叛東魏初，被東魏打得連連敗退。他向梁朝求降，被接受後不久，又起兵叛梁。他從橫江濟於采石，直逼建康。橫江，在今安徽和縣東南長江北岸。❾石鼓鳴山　山石發出巨響，古人認為是戰爭的預兆。《漢書．五行志上》載，西漢成帝年間，天水冀南山有大石鳴響，聲聞二百四十里。民間傳說，「石鼓鳴，有兵。」此種記載，多地皆有。❿金精動宿　金精是太白星，金精倘若發生異常變化，意味著人間將會發生重大事變。⓫北闕

龍吟二句　意謂當時出現了許多災異的事，表示天下不太平。例如《南史・梁本紀中》就有龍鬥、蛇鬥之類的記載。⓬爾乃桀黠橫扇二句　意謂侯景叛軍一直打到了建康。桀黠，兇殘狡猾之徒。馮陵，即憑陵，侵凌；侵犯。畿甸，京城地區。畿，古代王都管轄的千里之地。甸，王田五百里。⓭擁狼望於黃圖二句　意謂胡人遍布中原大地，就好像是把匈奴之地移到了中原。狼望，匈奴地名。黃圖，本指《三輔黃圖》，因《黃圖》記秦漢京都地理，所以後來借指京城乃至中原，這裡是指中原。盧山，匈奴山名。赤縣，赤縣神州的簡稱。⓮青袍如草二句　意謂侯景叛軍蜂擁而至。青袍、白馬，《梁書・侯景傳》載，侯景占據壽春後，朝廷曾送青布給侯景，侯景用為士兵袍衫。梁武帝普通年間有童謠曰：「青絲白馬壽陽來。」侯景的坐騎是白馬，士兵都是穿青衣的。壽陽就是壽春。⓯天子履端廢朝　意謂梁武帝被侯景圍困，正月不臨朝視事。履端，一年開始。廢朝，不上朝辦公。⓰單于長圍高宴　《梁書・侯景傳》載，侯景對臺城（禁城）久攻不下，便築長圍以隔絕內外。長圍，用來圍困守敵的長牆。高宴，大宴。⓱兩觀當戟二句　意謂侯景攻打臺城十分慘烈，連建築物和宮門上都被射戟斫。觀，又稱「闕」，宮門前兩邊的望樓。⓲白虹貫日二句　意謂臺城陷落，梁武帝受到侯景的控制，以至抑鬱而死。白虹貫日、蒼鷹擊殿，古人認為是預示君王遇害的天象。《戰國策・魏策四》載：「夫專諸之刺王僚也，彗星襲月；聶政之刺韓傀也，白虹貫日；要離之刺慶忌也，倉鷹擊於殿上。」⓳竟遭夏臺之禍二句　意謂臺城淪陷，在侯景的控制之下，梁武帝形同囚犯。夏臺，夏代的監獄。湯曾被夏桀囚禁於夏臺。堯城，囚禁堯的地方。有一種說法，後來堯德衰，被舜囚禁起來（《太平寰宇記》卷一四引《竹書紀年》）。⓴官守無奔問之人　這句是從《左傳・僖公二十四年》「天子蒙塵于外，敢不奔問官守」中化出，意思是當梁武帝蒙難之時，卻連奔問官守之人都沒有。官守，表面意思是君王身邊的群臣，實際是指君王。奔問，敬詞，慰問；探望；安慰。㉑干戚非平戎之戰　意謂梁武帝平時在宮中欣賞樂舞，現在一旦發生戰爭，這些用於樂舞的器具是不能夠用來打仗的。干戚，盾牌和斧子，這裡的干戚是用於樂舞的道具。㉒陶侃空爭米船　連陶侃爭軍糧的事情都沒有來得及發生，臺城就陷落了。《晉書・溫嶠傳》載，在平定蘇峻之亂時，陶侃曾因軍糧不繼與溫嶠發生爭執。

陶侃，東晉名臣，任荊州、江州刺史。《南史・王琳傳》載，梁武帝太清二年，湘東王蕭繹派王琳到京城獻米，還沒有抵達京城，建康就已陷落了，只好將米沉到江底。㉓顧榮虛搖羽扇　意謂沒有像顧榮那樣的人來平定侯景之亂。《晉書・陳敏傳》載，當陳敏與人作戰時，顧榮揮動白羽扇指揮戰爭，擊潰了陳敏。顧榮，江南士族領袖，曾平定陳敏之亂。

【語　譯】起初王子引進胡人，奸臣執掌兵權。做著梁朝的官卻離心離德，透露軍事祕密給反叛之敵。逃逸在外不肯入朝的逃犯，在淮南謀反窮途末路的賊寇。狄泉之地飛起蒼色的鳥兒，橫江一帶出現受困的野獸。大地上高山大石發出巨響，天空中太白金星出現異象。北門樓有龍鳴聲，東陵園有麒麟鬥。於是惡人扇風，侵犯京城。好像把狼望放到了京城，將盧山移到了中原。軍袍的顏色看似一片青草，白色的馬匹猶如一段素絹。新年肇始天子沒有臨朝，築起長牆單于大張筵宴。西邊樓觀遍遭戟砍，眾多宮門射滿利箭。白虹橫貫太陽，蒼鷹飛入宮殿。天子遭受商湯被囚夏臺的災禍，皇上身受唐堯被拘堯城的苦難。天子蒙難沒有人前來探望，樂舞中的盾斧根本無法拿來打仗。陶侃白白為部隊爭取軍糧，顧榮枉自搖扇指揮作戰。

將軍死綏❶，路絕長圍❷。烽隨星落，書逐鳶飛❸。遂乃韓分趙裂❹，鼓臥旗折。失羣班馬❺，迷輪亂轍。猛士嬰城❻，謀臣卷舌❼。昆陽之戰象走林，常山之陣蛇奔穴❽。五郡則兄弟相悲，三州則父子離別ㄅㄧㄝˊ❾。

【章　旨】本段是說當臺城被圍期間，建康之外的梁朝各路軍隊卻各有打算，不能齊心救援，以致臺城失陷。

【注　釋】❶將軍死綏　部隊敗退，主將有責任，應當自盡。綏，退卻。❷路絕長圍　意謂梁朝君臣處於侯景的圍困中已無路可走。❸烽隨星落二句　意謂臺城被侯景用長圍阻斷，內外隔絕，無法用烽火告急，只能利用風箏向外傳送求救訊息。烽隨星落，烽火隨著晨星散落，意思是無法用烽火告急。書逐鳶飛，《南史．賊臣傳》載，臺城被圍時，太子蕭綱曾將敕書藏於風箏內乘風放送，向外求救，後被叛軍射落。❹韓分趙裂　這是說當臺城圍困時，在建康之外的梁朝諸王卻矛盾重重，各有打算。❺班馬　盤桓不進之馬。語出《周易．屯卦》：「屯如邅如，乘馬班如。」❻嬰城　環城固守。❼卷舌　閉口不言，意思是無計可施。❽昆陽之戰象走林二句　意謂梁朝軍隊在叛軍的強攻前混亂不堪。昆陽之戰，西漢末，王莽調集十萬大軍，又驅使虎豹犀象等猛獸圍攻昆陽，被劉秀三千精兵擊敗。常山之陣，古代陣法名，其特點有如常山之蛇，「擊其首則尾至，擊其尾則首至，擊其中則首尾俱至。」（《孫子．九地篇》）❾五郡則兄弟相悲二句　意謂當梁武帝被侯景圍困在臺城時，梁宗室的部隊也都不能援救，遂使父子兄弟隔絕。五郡，疑指湘東王蕭繹、邵陵王蕭綸、武陵王蕭紀、廬陵王蕭續、南康王蕭績，但南康王蕭績早逝，不及臺城之陷。三州，疑指荊州刺史蕭繹、益州刺史蕭紀、郢州刺史蕭綸。五郡、三州都是梁朝宗室的封地，對於梁武帝而言，是父子關係。五郡三州間則是兄弟關係。

【語　譯】潰退之中將軍成仁，包圍圈中無路可走。烽火隨著晨星散落，書信追著紙鳶高飛。於是韓趙分裂，鼓橫旗斷。掉隊的馬兒迴旋不進，迷路的車輛亂了路徑。勇士死守孤城，謀臣無計可施。就像昆陽戰中大象逃入深林，好似常山陣裡長蛇竄入洞穴。五郡兄弟全都悲傷痛心，三州和父皇只能永遠分離。

護軍慷慨，忠能死節❶。三世為將❷，終於此滅。濟陽忠壯，身參末將。兄弟三人，義聲俱唱❸。主辱臣死，名存身喪。狄人歸元❹，三軍悽愴。尚書多算，守備是長❺。雲梯可拒，地道能防❻。有齊將之閉壁❼，無燕師之臥牆❽。大事去矣，人之云亡❾。

【章　旨】本段表彰臺城守衛戰中的英雄：韋粲、江氏兄弟和羊侃。儘管將士抵抗，但臺城最終還是淪陷。

【注　釋】❶護軍慷慨二句　意謂韋粲忠心耿耿，在抗擊侯景叛軍的戰鬥中以身殉國。護軍，職官名，這裡是指韋粲。❷三世為將　是說韋粲和他的祖父韋叡、父親韋放，祖孫三代都為將領。❸濟陽忠壯四句　是說江子一、江子四、江子五兄弟三人，英勇抗擊侯景叛軍，壯烈犧牲的事蹟。濟陽，這裡指江子一兄弟，他們都是濟陽考城人，故稱。末將，地位次於上將和次將的將領。❹狄人歸元　意謂江子一戰死之後，侯景佩服江子一的勇敢，歸還了他的屍體。《左傳．僖公三十三年》載，先軫脫掉頭盔衝入狄人陣營，戰死了，「狄人歸其元，面如生。」元，首級。❺尚書多算二句　意謂羊侃有謀略，防守臺城的戰鬥由羊侃指揮。尚書，指羊侃，時任都官尚書。算，謀略。守備是長，指揮防守的意思。長，執掌；主管。❻雲梯可拒二句　意謂羊侃反擊侯景攻城有方。《梁書・羊侃傳》載，侯景叛軍曾在臺城東西兩面起土山，逼臨臺城。羊侃命挖地道，使土山倒塌。侯景又用高達十餘丈的登城樓車臨射城內，結果也因車倒未果，都在羊侃的預料之中。❼齊將之閉壁　意謂羊侃防守有辦法，挫敗了侯景的攻城，猶如莒和即墨的固守嚴防。《史記・田單列傳》載，戰國時燕國大破齊國，盡降齊城，只有莒和即墨二城固守不降。壁，壁壘。❽燕師之臥牆　意謂羊侃死於臺城攻防的激戰中，不像慕容垂死於戰爭勝利以後。《晉書・慕容垂載記》載，晉孝武帝太元二十一年，後燕主慕容垂襲魏，攻入平城，這時他病已很重。他築燕昌城而還，在途中去世。臥牆，指慕容垂病中築城的事。❾大事去矣二句　意謂臺城最終被侯景攻陷，國家破碎，賢人奔亡。人之云亡，語出《詩經・大雅・瞻卬》：「人之云亡，邦國殄瘁。」人，鄭玄解為賢人。云，句中助詞。亡，奔亡；逃散。

【語譯】護軍韋粲激昂奮發，忠心耿耿守節而死。三代都是將領，最終死於此戰。江氏忠勇氣壯，臨戰身為末將。兄弟三個人，義聲同發揚。皇上受辱，臣子犧牲；英名永存，生命凋喪。狄人歸還他的首級，全軍上下悽楚悲傷。尚書羊侃足智多謀，防守臺城由他指揮。雲梯靠上就推倒，挖掘地道把敵防。像齊將一樣固守城池，卻不像燕主勝而後死。失敗的大局已定，賢人們四散逃亡。

申子奮發，勇氣咆勃。實總元戎，身先士卒❶。胄落魚門，兵填馬窟❷。屢犯通中，頻遭刮骨❸。功業夭枉，身名埋沒❹。或以隼翼鷃披，虎威狐假❺。沾漬❻鋒❼鏑❽，脂膏原野。兵弱虜強，城孤氣寡。聞鶴唳而心驚❾，聽胡笳而淚下❿。據神亭而亡戟⓫，臨橫江而棄馬⓬。崩於鉅鹿之沙，碎於長平之瓦⓭。

【章　旨】本段是對柳仲禮的評論，認為他起初作戰英勇，但受傷之後卻畏敵如虎，不堪一擊。

【注　釋】❶申子奮發四句　意謂梁將柳仲禮統領全軍，勇氣勃發。申子，柳仲禮的小名。咆勃，發怒貌。總，統領。元戎，軍隊。❷冑落魚門二句　意謂柳仲禮在與侯景軍作戰時連連失利。冑落魚門，語出《左傳・僖公二十二年》：「公及邾師戰于升陘，我師敗績。邾人獲公冑，懸諸魚門。」冑，頭盔。魚門，邾國城門。把對方主將的頭盔懸掛在城門上是羞辱性的行為。兵填馬窟，是說部隊陷落在馬窟中，失敗的意思。馬窟，長城下有泉窟，可以飲馬。古詩有〈飲馬長城窟行〉。❸屢犯通中二句　意謂柳仲禮在作戰中身負重傷。通中，被兵器洞穿。刮骨，典出《三國志・蜀書・關羽傳》，關羽左臂為流矢所中，每至陰雨，臂骨疼痛。醫生為他割開肌肉，刮骨去毒，關羽一邊接受手術，一邊飲酒談笑。這裡是說柳仲禮為兵器所傷。❹功業夭枉二句　意謂柳仲禮戰敗之後，便鬥志衰落，不敢出戰，事功名聲都因此損毀。夭枉，夭折。❺或以隼翼鷃披二句　意謂柳仲禮以下其他將領外強中乾，表現更差。隼，老鷹。❻漬　血跡。❼鋒　兵刃。❽鏑　箭鏃。❾聞鶴唳而心驚　意謂梁朝軍隊喪失鬥志，一有風吹草動便驚恐不安。《晉書・謝玄傳》載，淝水之戰中前秦軍大敗潰退，一聞風聲鶴唳，便以為東晉軍隊已至。❿聽胡笳而淚下　意謂梁朝軍隊鬥志渙散，聽到胡地樂曲便驚恐落淚。侯景是朔方人，又是東魏叛將，故以胡笳象徵之。胡笳，古代北方少數民族的一種管樂器。⓫據神亭而亡戟　意謂梁朝軍隊中有投降侯景的將領。「據」原作「拒」，據《全北周文》卷八改。《三國志・吳書・太史慈傳》及注引載，孫策曾與太史慈戰於神亭，孫策奪得太史慈的手戟，太史慈則奪得孫策的兜鍪。後來太史慈為孫策俘獲，歸順孫策。神亭，在今江蘇丹陽。亡戟，失落了戟。⓬臨橫江而棄馬　意謂梁朝軍隊在與侯景的戰鬥中敗退的狼狽之狀。《三國志・吳書・孫策傳》載，孫策渡江攻劉繇，在戰鬥中曾為流矢所中，不能乘馬。橫江，在今安徽和縣東南，與采石磯隔江對峙。⓭崩於鉅鹿之沙二句　意謂梁朝軍隊在與侯景軍的作戰中分崩瓦解。鉅鹿，在今河北平鄉。楚漢戰爭時項羽曾率楚兵在此大敗秦軍解救趙圍。長平，在今山西高平，戰國時秦將白起在此大敗趙軍，並坑殺降卒四十萬。

【語　譯】柳仲禮意氣激揚，勇氣勃發。他統領全軍，做士兵的榜樣。然而盔甲掉落在魚門，軍隊陷落到飲馬窟。屢屢被兵器洞穿，常被刮骨療傷。事功業績受損，一世英名湮沒。他的部下中有人是小雀卻掛著老鷹的翅膀，有人是狐狸卻假借老虎的威勢。箭頭沾滿血跡，鮮血染紅原野。我方弱小敵軍強大，臺城無援士氣低下。風聲鶴唳膽戰心驚，聽聞胡笳恐慌淚下。神亭交戰被奪走了手戟，面臨橫江竟丟棄了戰馬。軍隊戰敗於鉅鹿城下，殺聲震碎了長平屋瓦。

於是桂林顛覆，長洲麋鹿❶。潰潰沸騰，茫茫墋黷❷。天地離阻，神人慘酷❸。晉鄭靡依，魯衛不睦❹。競動天關，爭迴地軸❺。探雀鷇而未飽，待熊蹯而詎熟❻？乃有車側郭門❼，筋懸廟屋❽。鬼同曹社之謀❾，人有秦庭之哭❿。

【章旨】本段是講臺城陷落後，梁朝諸軍不能共赴國難，以致二帝慘死。

【注釋】❶於是桂林顛覆二句　意謂侯景攻陷臺城，建康化為一片廢墟。桂林，三國吳所建苑囿，故址在今江蘇南京北。長洲，西漢苑囿，故址在今江蘇蘇州太湖北。❷潰潰沸騰二句　意謂侯景反叛引起了社會巨大的動盪。潰潰，大水橫流貌。墋黷，渾濁不清貌。❸酷　慘痛；悲痛。❹晉鄭靡依二句　意謂侯景攻陷臺城後，梁朝諸王各有打算，矛盾重重，不能協力赴難。晉鄭是近鄰，魯衛是兄弟之國。❺競動天關二句　意謂各方力量都覬覦帝位，企圖執掌樞紐。天關，星宿名，又名北辰。地軸，大地之軸。❻探雀鷇而未飽二句　意謂梁武帝在侯景的虐待中慘死。探雀鷇而未飽，《史記・趙世家》載，趙武靈王號主父，在宮廷內亂中被包圍在宮中，欲出不得，又不得食，只能探雀鷇而食，最後餓死宮中。雀鷇，幼雀。待熊蹯而詎熟，《左傳・文公元年》載，楚成王在宮廷之亂中被圍，成王請求吃完熊蹯再死，未被允許，於是縊死。熊蹯，熊掌。熊掌難熟，可以借此延長時間，所以成王有此請求。❼乃有車側郭門　意謂侯景在殺害梁簡文帝之後，用門板為棺材，草草掩埋於城北。車，喪車。側，在祖廟之外隨便地瘞埋。❽筋懸廟屋　意謂侯景慘殺梁簡文帝。《戰國策・秦策三・范雎至秦》載，淖齒殺害齊湣王，抽出其筋，懸之廟梁之上，湣王當夜便死了。《梁書・簡文帝本紀》載，簡文帝是被侯景同黨用土囊壓死的。❾鬼同曹社之謀　意謂連鬼魅也在幫助奸人謀亂梁朝。《左傳・哀公七年》載，曹人夢見眾人立於曹國土社宗廟，商量如何亡曹。後來曹國果然被滅。社，祭祀土地神的地方。❿秦庭之哭　《左傳・定公四年》載，吳國攻破楚國郢都，申包胥到秦國求救，立於庭牆而哭，日夜不絕聲，勺飲不入口七日，終於使秦國出兵援救。

【語譯】這樣桂林苑傾倒毀壞，長洲苑麋鹿出沒。大水橫流江海沸騰，大地茫茫渾濁一片。猶如天地隔阻，人神怨恨悲痛。晉鄭雖相鄰卻無法依靠，魯衛是兄弟卻彼此猜疑。搶著掌控天運的樞機，爭著扭轉大地的軸心。餓得去掏小雀吃，結果還是餓肚子；臨死想吃一口熊掌，短時間內熊掌如何能熟？喪車載著皇上遺體在城門邊隨便葬掉，抽出其筋懸掛在祖廟梁上。鬼魅伙同奸人商量亡國的陰謀，君子為尋求援軍而放聲大哭。

爾乃假刻璽於關塞，稱使者之酬對❶。逢鄂坂之譏嫌，值彫門之征稅❷。乘白馬而不前，策青騾而轉礙❸。吹落葉之扁舟，飄長風於上游❹。彼鋸牙而鉤爪，又循江而習流❺。排青龍之戰艦，鬥飛燕之船樓❻。張遼臨於赤壁，王濬下於巴丘❼。乍風驚而射火❽，或箭重而回舟❾。未辨聲於黃蓋，已先沉於杜侯❿。落帆黃鶴之浦，藏船鸚鵡之洲⓫。路已分於湘、漢，星猶看於斗、牛⓬。

【章旨】本段是講作者從建康逃出，輾轉而至江夏，路上適遇侯景襲郢州之兵，目睹了梁軍與侯景叛軍的激戰。

【注釋】❶爾乃假刻璽於關塞二句　意謂庾信於大寶元年（西元五五〇年）冬，憑著一紙文書，託稱使者，從建康逃往江陵。假，憑藉。刻璽，本來是指皇帝的印章，這裡是指蓋有准許通行印章的文書。稱，符合。這裡是說庾信假託使者身分，因此逢到盤問答語要與他的使者身分相符。❷逢鄂坂之譏嫌二句　意謂庾信一路上經過許多城門、關卡，受到嚴厲盤查、被徵關稅。鄂坂，鄂地的山路。鄂，武昌，今屬湖北。譏嫌，冷言；嫌惡。耏門，這裡是指關卡之門。《左傳．文公十一年》載，耏班駕馭戰車，載著主將打敗了狄人。主將犧牲，國君將關門賞賜給耏班，讓他享用徵收關稅的權力，這個門就稱為耏門。❸乘白馬而不前二句　意謂一路行來相當不易。乘白馬而不前，傳說戰國辯者公孫龍以「白馬非馬」論名聞一時。他無視馬不能出關的禁令，騎白馬欲過關。在受到阻攔後，以「白馬非馬」的說辭，折服關吏，得以過關。還有一種說法是，關吏雖不能反駁他的說法，卻也不放行。策青騾而轉礙，《太平御覽》卷九百零一引《魯女生別傳》曰：李少君死後百餘日，後人有見少君在河東蒲阪，乘青騾。❹吹落葉之扁舟二句　意謂乘小船沿長江而上。大寶二年（西元五五一年），庾信先抵江夏，後奔江陵。二地濱江，相對建康正處上游。❺彼鋸牙而鉤爪二句　意謂庾信在抵達江夏時，適遇侯景襲郢之兵正沿江而上。鋸牙、鉤爪，形容猛獸的齒爪，牙齒似鋸，利爪如鉤。這是指侯景軍隊的兇惡。循江，這裡是沿江而上的意思。習流，熟悉水性。❻排青龍之戰艦二句　意謂水面上排列著青龍戰艦，波浪中只看見大船相鬥。青龍、飛燕，都是戰艦名。船樓，有疊層的大船。❼張遼臨於赤壁二句　意謂王僧辯在胡僧祐的馳援下，擊敗了侯景對巴陵的圍攻。張遼，三國魏曹操部將。據史傳，張遼沒有參加過赤壁之戰，這裡只是勇將的代稱，喻指梁朝主將王僧辯。王濬，西晉將領，伐吳之役的主帥。吳人用鐵鎖橫江攔截，王濬用火燒斷，直抵石頭城下。巴丘，山名，又名巴陵，在今湖南岳陽西南部。王濬喻指胡僧祐。❽射火　發射帶火之箭。❾箭重而回舟　因為船的一面受箭太多失去平衡，就掉轉船頭，使另一面也受差不多的箭，從而保持平衡，免於傾覆。❿未辨聲於黃蓋二句　意謂戰爭中有人或死於傷重照護不周，或因溺水亡身。黃蓋，三國吳將，在赤壁之戰中中箭落水，被吳軍救起，卻無人管他，他勉力呼喊韓當，得到了韓當的救護，才免於一死。

杜侯，杜畿，字伯侯，三國魏尚書僕射。他與諸葛誕一起在孟津試船，遭遇大風，船覆溺水。士兵救諸葛誕，誕說，先救杜侯，杜最終還是溺亡（《三國志・魏書・諸葛誕傳》引《魏氏春秋》）。⓫落帆黃鶴之浦二句　意謂庾信在江夏（郢州治所，今湖北武昌）棄船登陸。落帆，停船。黃鶴之浦，指黃鵠磯，在今湖北武漢境內。浦，水濱。鸚鵡之洲，即鸚鵡洲，在今湖北武昌城外江中。⓬路已分於湘漢二句　意謂作者行至湘、漢之間，仰見牛、斗二星高懸，猶懷念吳地。路已分於湘漢，江夏為漢水流域，繼續西行南渡則為湘江。斗牛，星宿名，是吳地的分野。

【語　譯】於是憑藉一紙文書通行於關口，言語答對符合使者的身分。遭逢鄂坂士兵嚴厲的盤查，經過關門繳付通行的關稅。騎著白馬徘徊不前，鞭打青騾卻越走越慢。一葉小舟如風中落葉，長風浩蕩吹送到江之上游。那些張牙舞爪的叛軍，沿江而上又熟諳水性。水面上排列著青龍戰艦，波浪中只看見大船相鬥。張遼大軍臨赤壁，王濬樓船下巴丘。正驚訝大風驟起就連連發射火箭，又因為受箭太重便趕緊掉轉船頭。還沒有識別出黃蓋的求救之聲，卻早在杜畿之前便身沉江中。在黃鵠磯邊落下船帆，在鸚鵡洲裡隱藏小船。已經來到了湘、漢的分界，斗、牛二星猶高掛在天空。

若乃陰陵失路，釣臺斜趣。望赤壁而沾衣，艤烏江而不渡❶。雷池柵浦，鵲陵焚戍❷。旅舍無煙，巢禽無樹。謂荊、衡之杞梓，庶江、漢之可恃❸。淮海維揚，三千餘里❹。過漂渚而寄食，託蘆中而渡水。屆於七澤，濱於十死❺。嗟天保之未定❻，見殷❼憂之方始。本不達於危行❽，又無情❾於祿仕❿。謬掌衛於中軍，濫尸丞於御史⓫。

【章　旨】本段回顧了作者從建康出發抵達江陵的一路行程。說他歷經坎坷，多次瀕臨死亡，目睹了戰亂的破壞，最後在江陵，被蕭繹任為御史中丞右衛將軍。

【注　釋】❶若乃陰陵失路四句　意謂庾信在走了一段彎路後，終於抵達郢州首府江夏，萬感交集，想起了一些古人古事。若乃陰陵失路，庾信在從建康出發的東行路程中曾經走過一段彎路。陰陵，在今安徽定遠東北。《史記・項羽本紀》載，垓下突圍後，項羽在此迷路，遂為漢兵追及。釣臺，在今湖北武昌西北，這裡是指當時郢州的治所江夏。斜趣，走小路。赤壁，山名，在今湖北蒲圻，長江南岸，漢末曹操在此為孫劉聯軍擊敗。沾衣，意思是落淚。赤壁地近武昌，所以庾信抵達江夏後便望而落淚。艤，船靠岸。烏江，在今安徽和縣東北。《史記・項羽本紀》載，垓下突圍後，項羽想要東渡烏江，烏江亭長艤船待，欲渡項羽，為項羽所拒。❷雷池柵浦二句　意謂一路上所見到的都是戰爭的跡象。雷池，即大雷水，在今安徽望江縣南。柵浦，水邊樹著柵欄。鵲陵，地名，不詳所在。戍，營壘；城堡。❸謂荊衡之杞梓二句　意謂在當時的情況下，只有湘東王蕭繹才是唯一可以依靠的。荊衡之杞梓，比喻荊楚一帶的優秀人才。荊衡，荊州。語本《尚書・禹貢》：「荊及衡陽惟荊州。」杞梓，兩種優質木材，比喻優秀人才，這裡喻指蕭繹。當時蕭繹任大都督中外諸軍事、荊州刺史，駐紮江陵。地在長江、漢水一帶。❹淮海維揚二句　意謂從建康出發跋涉三千餘里，始抵荊州。淮海維揚，指揚州。語本《尚書・禹貢》：「淮海惟揚州。」〈禹貢〉的揚州，比梁代的揚州大得多。淮，淮河。海，東海。庾信從建康奔江陵，其路程大致就在淮、海之間。❺過漂渚而寄食四句　庾信自敘從建康奔江陵一路上的艱難困苦。過漂渚而寄食，《史記・淮陰侯列傳》載，韓信微時，曾受漂母（水邊洗滌的老婦人）飯食接濟達數十日。漂，用水沖洗。托蘆中而渡水，《吳越春秋》卷三載，伍子胥亡命至昭關，曾隱於蘆葦叢中，得到漁父營救。七澤，傳說中古代楚地的七大澤藪，雲夢澤是其中之一。瀕，瀕臨。十死，多次瀕臨死亡的邊緣。❻嗟天保之未定　意謂梁朝情勢岌岌可危，尚未安定。天保，上天的護祐安定。語出《詩經・小雅・天保》：「天保定爾，亦孔之固。」❼殷　深厚。❽本不達於危行　意謂自己一向因行為正直不能夠仕途顯達。危行，正直的行為。《論語・憲問》：「子曰：『邦有道，危言危行；邦無道，危行言孫。』」❾無情　沒有興趣的意思。❿祿仕　為俸祿而居官。⓫謬掌衛於中軍二句　意謂庾信曾出任過右衛將軍和御史中丞。謬掌、濫尸，都有名不符實，徒居其位的意思。尸，居位而不做事。

【語　譯】至於來到陰陵，便迷失了方向，斜穿小道，終抵釣臺。眼望赤壁淚如雨下，船靠烏江拒不登船。大雷岸邊柵欄遍插，鵲陵一帶營壘燃燒。旅舍沒人煙，鳥兒無樹棲。只有荊州地區還有參天大樹，江漢一帶才是依託之所。從東海到淮河，奔波三千多里。經過漂渚依人為食，隱身蘆葦悄然渡河。歷經七大澤藪，多次瀕臨死亡。慨歎上天還未來得及安定國家，眼見深憂大患才不過剛剛開始。為人正直，所以從未顯達；為祿而仕，向來沒有興趣。錯誤地被派去掌管中軍，名不符實地擔任了御史中丞。

信生世等於龍門，辭親同於河洛。奉立身之遺訓，受成書之顧託❶。昔三世而無慚❷，今七葉而始落❸。泣風雨於〈梁山〉❹，惟枯魚之銜索❺。入欹斜之小徑，掩蓬藋❻之荒扉。就汀洲之杜若，待蘆葦之單衣❼。

【章旨】本段是說作者抵達江陵，正趕上為父親送終，接受父親著書立說的遺命。生活窘迫，期望不高。

【注釋】❶信生世等於龍門四句　這四句都是借用司馬遷的生平來說自己的遭際。信生世等於龍門，這是化用《史記・太史公自序》「遷生龍門」的典故來說他的出生，不能解為子山真的出生於龍門。生世，出生。龍門，山名，在今陝西韓城東北。辭親，為父親送終。同於河洛，意謂和司馬遷一樣能為父親送終。庾肩吾卒於江陵，庾信趕上見父親最後一面。《史記・太史公自序》載，司馬談因病留滯周南，司馬遷出使回返，「見父于河洛之間」。受成書之顧託，意謂自己也像司馬遷一樣，鄭重接受了父親臨終時要自己著書立說的囑託。❷昔三世而無慚　意謂自己的先祖在人品上毫無愧色。《博物志》卷六載，太丘長陳寔，兒子陳紀任鴻臚卿，陳紀子群是司空，陳群子泰也是高官，祖孫四代一代比一代官做得大，但品德卻一代比一代弱，所以時人有「公慚卿，卿慚長」的說法。❸今七葉而始落　意謂家族到自己這一代越來越衰落了。七葉，七代。西漢金日磾家七代為內侍，張安世家亦累代為高官。左思〈詠史〉：「金張藉舊業，七葉珥漢貂。」❹梁山　曾子所作的琴曲〈梁山操〉，表達因不能回家，對父母的思念之情。❺枯魚之銜索　《孔子家語》卷二載子路對孔子說的話：嘴巴穿著繩索的乾魚，能有多長時間保持不爛。父母的年壽就如白馬過隙一般。❻蓬藋　蓬草和藋草，泛指野草。❼就汀洲之杜若二句　意謂自己欲避禍遠害，害怕死於非命。汀洲，水中小洲。杜若，芳草名。這是化用屈原〈九歌・湘夫人〉中的句子：「搴汀洲兮杜若。」蘆葦之單衣，《三國志・吳書・諸葛恪傳》載，諸葛恪為權臣所殺，用葦席裹屍，被投於野外。

【語譯】好像司馬遷降生於龍門，又如太史公在河洛為父親送終，尊奉他為人處世的遺訓，接受了著書立說的囑託。從前三代先祖的品德毫無愧色，歷經七代到今天，家族的光榮傳到我卻開始衰落。〈梁山〉的思親曲有如風雨中的泣訴，父母的年壽啊就如乾魚之速盡。沿著彎彎曲曲的小徑，掩上長滿野草的柴門。前往芳草遍地的小洲，等待著蘆葦裹屍的結局。

於時西楚霸王，劍及繁陽❶。鏖兵金匱，校戰玉堂❷。蒼鷹赤雀，鐵軸牙檣❸。沉白馬❹而誓眾，負黃龍❺而渡江。海潮迎艦，江萍送王❻。戎車屯於石城，戈船掩於淮泗❼。諸侯則鄭伯前驅，盟主則荀罃暮至❽。剖巢燻穴，奔魑走魅❾。埋長狄❿於駒門⓫，斬蚩尤於中冀⓬。燃腹為燈⓭，飲頭為器⓮。直虹貫壘⓯，長星⓰屬⓱地。昔之虎踞龍盤，加以黃旗紫氣，莫不隨狐兔而窟穴，與風塵而殄瘁⓲。

【章旨】本段是說湘東王蕭繹統領大軍討伐侯景，平定叛亂，感歎京師因戰亂而殘破不堪。

【注釋】❶於時西楚霸王二句　意謂湘東王蕭繹起兵東進討伐侯景。於時，底本作「於是」，據別本改。西楚霸王，項羽，這裡是指蕭繹。蕭繹是荊州刺史，荊州正是楚地，故稱。劍及，行動迅速的意思。《左傳・宣公十四年》載，楚莊王聽說使者被宋國所殺，不及穿鞋、佩劍，就要發兵報復。侍從一直追到外面才給他穿上鞋，佩上劍，稱「屨及劍及」。繁陽，楚國地名，這裡是指江陵。❷鏖兵金匱二句　意謂蕭繹在宮殿裡指揮戰爭。鏖兵，苦戰；激戰。金匱，國家藏書處。玉堂，宮殿的美稱。❸蒼鷹赤雀二句　意謂水面布滿了戰船。蒼鷹、赤雀，船的形制。舳，通「軸」。舟船。檣，桅杆，指代艦船。❹沉白馬　古時行大事前往往要殺白馬沉江以為祭祀。這裡是指討伐侯景的部隊會盟誓師。❺負黃龍　《呂氏春秋・恃君覽》載，大禹南巡渡江時，忽有黃龍從水中頂起船隻，情勢很危險。少頃黃龍遠去，便恢復了平靜。❻江萍送王　傳說楚昭王渡江，有物如斗，入王舟中。楚王派人去問孔子，孔子說是萍實，只有王者能獲。江萍，江中萍實。❼戎車屯於石城二句　這是化用左思〈吳都賦〉中的句子：「戎車盈於石城，戈船掩乎江湖。」戎車，戰車。石城，石頭城，故址在今江蘇南京清涼山。掩，布滿。❽諸侯則鄭伯前驅二句　意謂各路討伐侯景的部隊先後來會。據《左傳・昭公四年》楚王會合諸侯，鄭伯先至。荀罃，春秋晉國統帥。據《左傳・襄公十一年》，諸侯伐鄭，荀罃暮至於西郊。晉國當時是盟主。❾剖巢燻穴二句　意謂搗毀敵巢，擊敗叛軍。燻穴，用煙燻巢穴逼使洞內之人出來。❿長狄　春秋時狄族的一支。這裡指代侯景。魯文公十一年侵魯失敗，長狄僑如被殺，「埋其首於子駒之門。」《左傳・文公十一年》⓫駒門　子駒門的簡稱，魯國城門。⓬斬蚩尤於中冀　蚩尤，傳說中的氏族首領，在與黃帝的戰爭中被殺。這裡指代侯景。中冀，中州；中原地區。⓭燃腹為燈　《後漢書・董卓列傳》載，董卓失敗後，被暴屍於市，因為他比較肥胖，守屍吏在他的臍中點燈。⓮飲頭為器　把仇敵的頭顱製成飲器。一說，此飲器是指尿壺。⓯直虹貫壘　直虹，長虹。古人認為長虹映照壁壘是戰爭的徵象。⓰長星　彗星，古時認為長星出現是不吉利的。⓱屬　連接。⓲昔之虎踞龍盤四句　意謂帝都建康在遭受了兵燹之後一片狼藉，滿眼破敗。虎踞龍盤，形容地勢雄壯險要，這裡是指代建康。相傳諸葛亮出使東吳，對孫權說，秣陵地形，鍾山虎踞，石城龍蟠，此帝王之宅也（《太平御覽》卷一五六引晉張勃《吳錄》）。黃旗紫氣，皆是雲氣，古人認為是帝王之氣。窟穴，這裡是動詞，意思是化為狐兔的洞穴。殄瘁，破敗。

【語譯】彼時西楚霸王，起兵繁陽。激戰於金匱之中，對決於宮殿之上。形如鷹雀的艦船，檣帆高聳的鐵船，遍布大江之上。殺白馬沉江，大軍誓師出發；有黃龍出沒，船隊橫渡大江。海潮起伏迎艦船，江萍漂浮送君王。戰車聚集石頭之城，艦船遍布淮泗之水。諸侯大軍彙聚，鄭伯一馬當先；同心討伐寇仇，盟主荀罃晚到。搗毀巢穴，煙氣燻燒；魑魅魍魎，奪路奔逃。將長狄埋在城門之外，把蚩尤斬殺在中州之野。在惡人的屍體上點燈，取敵酋的頭顱為杯。長虹映照壁壘，彗星光照大地。當年氣勢恢宏的帝都，天邊烜赫祥瑞的雲氣，全都因狐兔出沒而化為巢穴，因風沙侵襲而破敗不堪。

西瞻博望❶，北臨玄圃❷。月榭❸風臺，池平❹樹古。倚弓於玉女窗扉，繫馬於鳳凰樓柱❺。仁壽之鏡徒懸，茂陵之書空聚❻。若夫立德立言❼，謨明❽寅亮❾，聲超於繫表❿，道高於河上⓫。更不遇於浮丘，遂無言於師曠⓬。以愛子而託人⓭，知西陵而誰望⓮。非無北闕之兵，猶有雲臺之仗⓯。司徒⓰之表裏經綸⓱，狐偃⓲之惟王實勤⓳。橫琱戈而對霸主⓴，執金鼓㉑而問賊臣㉒。平吳之功，壯於杜元凱㉓；王室是賴，深於溫太真㉔。始則地名全節，終則山稱枉人㉕。南陽㉖校書㉗，去之已遠。上蔡逐獵㉘，知之何晚。鎮北㉙之負譽矜前㉚，風飆㉛凜然。水神遭箭，山靈見鞭㉜。是以蟄熊傷馬㉝，浮蛟沒船㉞。才子併命，俱非百年㉟。

【章　旨】這一段是對簡文帝蕭綱的懷念和對王僧辯、蕭綸的評價。

【注　釋】❶博望　西漢武帝為太子建造的宮苑。❷玄圃　南朝太子宮苑。這裡是指代太子蕭綱（後為簡文帝）的東宮苑囿。庾信是蕭綱為太子時的重要僚屬，對蕭綱感情很深。❸榭　臺上的高屋。❹池平　池塘乾枯淤塞，被雜物填平了。❺倚弓於玉女窗扉二句　意謂皇宮內苑被叛軍占據。❻仁壽之鏡徒懸二句　意謂從前宮中的寶物和圖書，現在都已煙消雲散了。仁壽之鏡，晉朝仁壽殿前的大方銅鏡。茂陵之書，據《漢武帝內傳》載，武帝臨死，遺詔以雜經三十餘卷隨葬。茂陵，漢武帝的陵園。❼立德立言　古時有立德、立功、立言三不朽之說（《左傳．襄公二十四年》）。蕭綱在功業方面沒有什麼建樹，所以這裡只從德、言兩方面說。❽謨明　謀略英明。❾寅亮　恭敬信奉天地之教。❿繫表　指語言。繫，繫辭，就是用語言表達意思。古人認為，意在言外，語言只能表達淺表的意思，故稱。⓫河上　河上公，西漢人，結草為庵於河濱，注釋《老子》。⓬更不遇於浮丘二句　意謂蕭綱沒有長壽的運氣，又死於非命。蕭綱是被侯景害死的，死時只有四十九歲。浮丘，相傳是黃帝時的仙人。劉向《列仙傳》載，周靈王太子晉好吹笙，作鳳鳴，浮丘公把他接到了嵩山上，也成了仙人。師曠，春秋時晉國的樂師。他曾往見太子晉，太子晉告訴他三年後，自己將上賓於天帝之所，並囑師曠勿言。本句意謂沒有告訴師曠自己將要上天的預言。實際是說，蕭綱死於非命，對去世毫無準備。⓭以愛子而託人　意謂蕭綱在臺城陷落以後，曾把幼子大圜託付給湘東王蕭繹。⓮知西陵而誰望　意謂蕭綱的墳地顯得冷冷清清，沒有人前來弔祭。西陵，本指曹操的墓園，曹操死前囑咐，要親人時時登銅雀臺，望西陵墓田。這裡是指蕭綱的墓地。⑮非無北闕之兵二句　意謂即使是在臺城陷落後，宮禁內仍有可以依靠的將士。北闕，宮殿北面的門樓，是大臣等候朝見的地方。這裡是宮禁的意思。雲臺，本指東漢皇宮中的高臺，漢明帝曾在此臺中圖畫中興功臣三十二人之像。這裡是指可靠的將帥。⑯司徒　指王僧辯，他曾做到司徒的職位。⑰表裏經綸　有統領內外的才幹。⑱狐偃　春秋晉人，從重耳出亡凡十九年，是晉文公的重要謀士。這裡是喻指王僧辯。⑲惟王實勤　為王事盡心盡力。⑳橫琱戈而對霸主　意謂王僧辯一身戎裝去見蕭繹。琱戈，刻有花紋的戈劍。霸主，這裡是指湘東王蕭繹。㉑執金鼓　號令三軍，以示討罪的意思。金，金鉦，用來止眾。鼓，用以進眾。㉒賊臣　這裡是指侯景。㉓平吳之功二句　意謂王僧辯討平侯景，其功高於杜預滅吳。杜元凱，杜預，字元凱，西晉將領，太康元年，率兵伐吳，以功封當陽縣侯，多謀略，人稱「杜武庫」，著有《春秋左氏經傳集解》。㉔溫太真　溫嶠，字太真，曾與庾亮等討平王敦。蘇峻作亂，他又與庾亮、陶侃等出兵討伐。官至驃騎大將軍。㉕始則地名全節二句　意謂王僧辯盡心盡力於國事，節操是好的，但後來卻遭到了冤殺。這是借用地名對王僧辯的評價。全節，地名，在今山東章丘。枉人，山名，在今河南濬縣西北，相傳是殷紂王殺比干處。㉖南陽　地名，今河南南陽。諸葛亮出山前曾躬耕於南陽。㉗校書　以校勘古書自遣的生活。㉘上蔡逐獵　《史記‧李斯列傳》載，李斯為趙高誣陷處以腰斬，行刑那天，父子相見，李斯對兒子說，我想和你一起牽著黃狗出上蔡東門，追逐野兔，這樣的日子再不會有了。王僧辯迎納北齊所立的蕭淵明入建康稱帝，陳霸先發兵攻建康，僧辯父子俱被斬殺。情形與李斯相類。㉙鎮北　指邵陵王蕭綸，他曾任鎮守江北的揚州刺史，故稱。㉚矜前　出頭露面，驕傲自負的樣子。㉛風飈　風度；儀態。㉜水神遭箭二句　這兩個典故大概是說邵陵王蕭綸早年性格暴躁。水神遭箭，《史記‧秦始皇本紀》載，秦始皇欲與海神戰，遂用連弩射死一巨魚。山靈見鞭，《三齊略記》載，秦始皇作石橋，欲過海看日出，見有神人，驅石下海，石去不速，就鞭打至於流血。㉝蟄熊傷馬　《隋書‧五行志下》載，太清年間，侯景叛亂，蕭綸馳援臺城，在鍾山，突然有蟄熊竄出咬齧蕭綸的坐騎。

㉞浮蛟沒船　是說太清二年，蕭綸率軍討伐侯景，渡江至中流遭遇風浪，船翻人溺。㉟才子併命二句　意謂梁武帝的幾個兒子互相猜忌，在攻伐內鬥中死去。才子，這裡是指梁武帝蕭衍的八個兒子。這是化用《左傳・文公十八年》「高陽氏有才子八人」，「高辛氏有才子八人」的典故。併命，同時被殺。

【語譯】西眺博望苑，北望玄圃園。清風明月依然，高臺累榭猶在，然而池塘已被填平，樹木何等蒼老。弓箭倚靠在宮女的窗前，戰馬被繫在鳳凰樓柱上。仁壽殿中銅鏡徒然高懸，茂陵墓中書籍枉自聚集。至於簡文帝品德高尚，著述豐富，謀略英明，敬信天地，名聲超出於語言，境界高過河上公。既沒有遇到浮丘公接引上天的事情，也沒有對師曠留下不久人世的預言。把寶貝兒子託付給別人，身後的墓地有誰會望一眼。其實當時並不是沒有宮中的部隊，仍有身邊的將領可以依靠。司徒有統理內外的才幹，狐偃竭盡心力於國事。他手執佩劍面見霸主，統帥三軍討伐叛臣。平定叛亂的功勞勝過杜元凱，作為王室的依靠超過溫太真。他先前的行為保全了氣節，後來的結局卻遭受了冤屈。避世南陽以校書自樂的生活，已經距離很遙遠；李斯父子想要牽狗打獵而不得的悲劇，為何明白得這麼晚。邵陵王仗著聲譽驕矜自負，威風凜凜。因為水神曾被他用箭射傷，山靈曾遭到他的鞭打，所以山中伏熊會竄出來咬他的乘馬，水中出沒的蛟龍會顛翻他的渡船。皇子們先後死於內鬥，到頭來都沒有得到善終。

中宗❶之夷❷凶靖❸亂，大雪冤恥❹。去代邸而承基，遷唐郊而纂祀❺。反舊章於司隸❻，歸餘風於正始❼。沉猜❽則方逞其欲，藏疾❾則自矜⑩於己。天下之事沒⑪焉，諸侯之心搖矣。既而齊交北絕，秦患西起⑫。況背關而懷楚⑬，異端委而開吳⑭。驅綠林之散卒，拒驪山之叛徒⑮。營軍⑯梁溠⑰，蒐乘⑱巴渝。問諸淫昏之鬼，求諸厭劾之符⑲。荊門遭廩延之戮，夏口濫逵泉之誅。蔑因親以教愛，忍和樂於彎弧⑳。既無謀於肉食㉑，非所望於〈論都〉㉒。未深思於五難，先自擅於三端㉓。登陽城而避險，臥砥柱而求安㉔。既言多於忌刻㉕，實志勇而形殘㉖。但坐觀於時變，本無情於急難。地惟黑子㉗，城猶彈丸。其怨則黷㉘，其盟則寒。豈冤禽之能塞海，非愚叟之可移山㉙。況以沴氣㉚朝浮，妖精夜隕。赤烏則三朝夾日㉛，蒼雲則七重圍軫㉜。亡吳之歲既窮，入郢之年斯盡㉝。

【章　旨】這一段是講蕭繹平定侯景叛軍，在江陵即位稱帝，接著又陷於與其兄蕭紀、蕭綸的內鬥，四分五裂，梁朝敗亡之局已定。

【注　釋】❶中宗　東晉元帝的廟號。這裡借指梁元帝蕭繹。❷夷　削平。❸靖　止息。❹大雪冤恥　指平定侯景之亂。❺去代邸而承基二句　意謂蕭繹在平定了侯景之亂後繼承帝位。代邸，代王府邸。《史記・孝文本紀》載，呂后去世，高祖劉邦中子代王劉恆被擁立為帝。承基，承受基業，繼位的意思。這是說蕭繹即帝位前的身分是湘東王。唐郊，在唐地祭祀天地的活動。纂祀，接替主持祭祀的職位，這裡是繼承帝位的意思。相傳摯封異母弟放勳為唐侯，後來受摯的禪位，為帝堯。這是說蕭繹是蕭綱之弟。❻反舊章於司隸　意謂恢復從前的規章制度。《後漢書・光武帝紀上》載，劉秀任司隸校尉，治理洛陽，「一如舊章」。❼歸餘風於正始　意謂把風氣扭轉到崇尚玄虛的清談風氣上來。正始，三國魏齊王的年號。其時玄學清談盛行。❽沉猜　內心陰沉猜忌。❾藏疾　意思是內心隱藏著見不得人的東西。語出《左傳・宣公十五年》：「川澤納汙，山藪藏疾。」❿自矜　洋洋自得貌。⓫沒　敗亡。⓬既而齊交北絕二句　意謂與北齊和西魏的關係惡化。齊，這裡指代北齊。秦，這裡指代西魏，因其都城長安，是秦舊都，故稱。⓭況背關而懷楚　意謂蕭繹不肯離開江陵到建康去。《史記・項羽本紀》載，項羽入關破秦後，就離開關中，懷戀楚地。⓮異端委而開吳　意謂蕭繹雖然守在江陵，卻和吳太伯在吳地立國，重視禮樂的氣象不一樣。端委，禮服和禮帽。⓯驅綠林之散卒二句　意謂武陵王蕭紀率軍東下，與蕭繹相持。蕭繹便任用還在獄中的侯景將領來抵抗蕭紀的軍隊。綠林之散卒，新莽末年以王匡、王鳳為首的農民起義軍，因以綠林山為據點，故稱綠林軍。這裡指代侯景叛軍。當大寶二年（西元五五一年）蕭紀率軍東下逼迫蕭繹時，蕭繹從獄中將侯景的將領任約、謝答仁放出來，讓他們領軍去抵擋蕭紀，綠林散卒指此。驪山之叛徒，服苦役的罪犯。《漢書・英布傳》載，英布被罰至驪山做苦役，後率驪山之徒數十萬人亡命江中。這裡是指武陵王蕭紀。⓰營軍　為部隊構築營壘。⓱梁溠　在溠水上架橋。溠，水名，源出湖北隨州西北。⓲蒐乘　檢閱車隊。⓳問諸淫昏之鬼二句　《資治通鑑・梁紀二十一》載，蕭紀東下時，蕭繹命方士畫蕭紀像，親自用釘子釘在蕭紀畫像的肢體上，以此來施害蕭紀。淫昏之鬼，不該祭祀的妖神。厭劾，用迷信的方式消災除邪。厭，用詛咒的方式壓服邪惡。劾，以符咒的方式制服鬼魅。⓴荊門遭廩延之戮四句　意謂蕭繹與兄弟互相猜忌爭鬥，沒有一點手足之情。荊門，山名，在今湖北宜都西北。廩延之戮，本指春秋時鄭莊公與弟弟共叔段的爭鬥。共叔段不斷擴大自己的領地，一直到達廩延（《左傳·隱公元年》）。這裡是指蕭繹和其弟武陵王蕭紀的戰爭。夏口，夏水入長江之口。逵泉之誅，《左傳·莊公三十二年》載，魯桓公之子成季騙哥哥叔牙喝下毒酒。叔牙回去的時候，到逵泉毒性發作而死。大寶元年（西元五五〇年）蕭繹以大軍逼迫其兄蕭綸，蕭綸部隊潰敗，居無定處，致為西魏所害（《梁書·高祖三王傳》）。蔑，不。因親以教愛，語出《孝經·聖治章》：「聖人因嚴以教敬，因親以教愛。」意思是聖人依託人人都有的對父母的尊和親的天性，再進一步用敬和愛來加以引導。忍，抑制；克制。和樂，這裡是指兄弟間和睦快樂的感情。語出《詩經·小雅·常棣》：「兄弟既翕，和樂且湛。」彎弧，拉弓，這裡是指戰爭。㉑肉食　權重位高者。語出《左傳·莊公十年》，長勺戰前，曹劌請見魯莊公，說：「肉食者鄙，未能遠謀。」㉒論都　東漢建都洛陽，杜篤作〈論都賦〉，主張應都長安。㉓未深思於五難二句　意謂作為帝王，蕭繹不懂得治國之道，卻以自己的藝術才氣沾沾自喜。五難，《左傳·昭公十三年》：「取國有五難：有寵而無人，一也；有人而無主，二也；有主而無謀，三也；有謀而無民，四也；有民而無德，五也。」三端，底本作「二端」，據別本改。蕭繹是才子，有詩、書、畫三絕。㉔登陽城而避險二句　意謂蕭繹苟安於危難境地，沒有眼光。陽城，山名，在今河南登封，被認為是「九州之險」（《左傳·昭公四年》）。砥柱，山名，原在今河南三門峽市東北黃河中，水深流急，往往舟覆人亡。㉕忌刻　又作忌克，妒忌而好勝。㉖形殘　意思是說不是真正的勇者。《吳越春秋·闔閭內傳》載，要離指斥椒丘訢號稱勇士，但在與水神相鬥中，卻「亡馬失御，又受眇目之病，形殘名勇，勇士所恥。」蕭繹也一目失明，所以說是形殘。㉗黑子　人體上的黑痣，比喻土地狹小。㉘黷　譭謗。㉙豈冤禽之能塞海二句　意謂當時局勢危急，已非人力所能轉移。冤禽之能塞海，《山海經·北山經》載，炎帝少女失足溺於東海，化為小鳥，其名精衛，常銜木石，欲填塞東海。愚叟之可移山，《列子·湯問》載，北山愚公率子孫欲移太行、王屋二山。㉚沴氣　災害之氣。㉛赤烏則三朝夾日　《左傳·哀公六年》載，那一年，有雲如眾赤烏，夾日而飛。赤烏，即赤烏，是指一種狀如赤烏的不祥的天象。㉜蒼雲則七重圍軫　象徵梁朝不祥的天象。軫，星宿名。舊說，楚地上應翼、軫二星。

㉝亡吳之歲既窮二句　意謂西魏大軍攻破江陵，殺害梁元帝蕭繹，梁朝一蹶不振，走到末路了。亡吳，越王句踐臥薪嘗膽，最終滅亡吳國。入郢，是指魯定公四年，吳國大敗楚國，兵入郢都的歷史。

【語　譯】梁元帝平定叛亂，洗雪恥辱。離開封地入京繼承帝位，從唐地到京城主持祭祀。恢復舊有的規章制度，把風氣扭轉到正始的軌道。然而他陰沉疑忌一味放縱欲望，內心陰暗卻又自以為是。天下大事從此敗亡，諸侯之心因此動搖。不久和北面的齊國斷絕了關係，西面秦國的威脅又隨之而起。甚至遠離關中，貪戀楚地，完全沒有太伯以禮制文明立國的氣度。驅使草野的散兵游勇，去抵擋驪山的反叛之眾。構築營壘，水上架橋，在巴渝之地檢閱部隊。卜問不該祭祀的鬼怪，祈求厭勝克妖的符咒。在荊門兄弟相鬥，在夏口又濫殺兄長。不憑藉親情來培養友愛之心，卻昧著良心對兄弟大動干戈。既不徵詢謀士的意見，也不從〈論都賦〉中獲取教益。從來沒有思考過治國的艱難，卻先沾沾自喜於詩書畫的才藝。登上陽城險峰去規避危險，躲在砥柱山腳求取安全。說出來的多是猜忌刻薄的話語，實是一個內心狂妄外形殘缺的人。只是一味地靜觀局勢的變化，本來就沒有救人急難的想法。領地小得像黑痣，城池逼窄如彈頭。心裡有怨恨一定會誹謗，和他結盟友必然會寒心。精衛小鳥怎麼可能填得了汪洋東海，愚公老漢根本移動不了巍巍高山。更何況白天邪氣浮動，夜晚妖氣降臨。狀如紅鳥的雲彩三天遮住太陽，青黑色的濃雲層層包圍軫星。就像越國滅亡吳國，好似吳國兵臨郢都，梁朝的國運實在已走到了盡頭。

周含鄭怒❶，楚結秦冤❷。有南風之不競❸，值西鄰之責言❹。俄而梯衝❺亂舞，冀馬❻雲屯。俴秦車於暢轂，沓漢鼓於雷門。下陳倉而連弩，渡臨晉而橫船❼。雖復楚有七澤❽，人稱三戶❾。箭不麗於六麋❿，雷無驚於九虎⓫。辭洞庭兮落木，去涔陽兮極浦⓬。熾火兮焚旗⓭，貞風兮害蠱⓮。乃使玉軸揚灰，龍文折柱⓯。

【章　旨】這一段是講梁與西魏交惡，西魏大軍進攻江陵，梁軍潰敗，梁元帝蕭繹被俘。

【注　釋】❶周含鄭怒　這是用《左傳・隱公三年》「周鄭交惡」的典故，喻指蕭繹因發兵攻殺侄子河東王蕭譽，因而與蕭譽弟岳陽王蕭詧結仇。❷楚結秦冤　這是用戰國楚懷王和秦國關係惡化，喻指梁與西魏的關係。❸南風之不競　表面意思是說，南方的樂曲不剛勁，實際是說，南方力量不強。南風，南方之曲。競，強盛。古人以為，從樂曲聲中可以判斷力量的強弱。《左傳・襄公十八年》載，晉人聞有楚師，師曠歌南風和北風以判斷晉楚力量的強弱，說南風不競，多死聲，楚一定失敗。❹西鄰之責言　語出《左傳・僖公十九年》：「西鄰責言，不可償也。」這裡是指西魏大興問罪之師。❺梯衝　雲梯和衝車，都是攻城之具。❻冀馬　產於冀州北部的良馬，這裡是指戰馬。❼俴秦車於暢轂四句　意謂西魏大軍來勢洶洶，奔襲江陵。俴，輕便。暢轂，長車軸，這裡指代戰車。俴秦車於暢轂，是化用《詩經・秦風・小戎》中「小戎俴收（車軫）」，「文茵暢轂」的句意。意謂西魏的戰車輕快便捷。沓，邊行進邊擊鼓。雷門，越王句踐所造之會稽城門。相傳句踐曾在雷門擊大鼓以壓吳（《水經注》卷四〇、《隋書・音樂志下》）。陳倉，地名，在今陝西寶雞。楚漢戰爭時，劉邦用韓信計，明修棧道，暗度陳倉就發生在此地。連弩，可以連發數矢的弓弩。臨晉，地名，在今陝西大荔東南，濱臨洛水。

《漢書·韓信傳》載，楚漢戰爭時韓信擊魏，故意陳放大量船隻，擺出欲渡臨晉的態勢，卻從他道偷襲，虜獲了魏王。❽七澤　傳說中的楚地七個大澤藪。澤，水草叢雜之地。語出司馬相如〈子虛賦〉：「臣聞楚有七澤。」❾人稱三戶　意思是楚國即使只剩下三家人家，也一定要和秦抗爭到底，直到消滅秦國為止。三戶，語出《史記·項羽本紀》：「楚雖三戶，亡秦必楚也。」❿箭不麗於六麋　意謂梁軍在西魏軍隊的追擊下，驚慌逃竄，連箭也射不中了。麗，射中。《左傳·宣公十二年》載，楚人追逐晉魏錡，追到熒澤，魏見六麋，遂射一麋以獻楚人。⓫雷無驚於九虎　意謂梁朝軍隊對西魏的將帥完全沒有威懾力。九虎，王莽的九個將軍，皆以虎為號。這是指西魏的將軍。⓬辭洞庭兮落木二句　意謂正當江陵之戰危急之時，自己卻離開了故國，奉使入北。二句化用屈原〈九歌〉中〈湘君〉：「嫋嫋兮秋風，洞庭波兮木葉下」和〈湘夫人〉：「望涔陽兮極浦」的句意。極浦，遙遠的水邊。庾信是在梁元帝承聖三年（西元五五四年）四月受命出使西魏，江陵之戰發生在九月，這時他已在西魏了。⓭熾火兮焚旗　《左傳·僖公十五年》載，當年晉獻公的占卜之辭曰：「車說（脫）其輹，火焚其旗，不利行師，敗于宗丘。」預示發生在魯僖公十五年的秦晉之戰中晉國將會戰敗。這是借用來說梁朝慘敗的景象。⓮貞風兮害蠱　這是借用《周易》的卦辭說梁元帝在江陵之戰中被西魏俘獲。貞風，語出《左傳·僖公十五年》：「〈蠱〉之貞（下卦），風也；其悔（上卦），山也。」意思是，〈蠱〉的下卦是〈巽卦〉，象徵風；〈蠱〉的上卦是〈艮卦〉，象徵山。害蠱，〈蠱卦〉預示的災禍。《左傳·僖公十五年》載，秦晉之戰前，秦人卜筮得〈蠱〉，曰：「千乘三去，三去之餘，獲其雄狐。」意思是戰爭的結果是俘獲晉國國君。⓯乃使二句　玉軸，圖書字畫的美稱。龍文，飾有龍形花紋的寶劍。《資治通鑑·梁紀二十一》載，梁元帝在江陵之戰中失敗，聚圖書十四萬卷付之一炬，又拔劍擊柱歎息道：「文武之道，今夜盡矣。」二句意思指此。

【語　譯】周對鄭國滿懷怨憤，楚和秦國結下冤仇。南方的力量不強盛，又屢遭西邊鄰國的責難。

不一會雲梯和衝車亂晃，北方的戰馬雲集。秦國的戰車輕便快捷，行軍的戰鼓震動城門。裝備著連弩敵人暗下陳倉，舳艫相接敵軍橫渡臨晉。雖然楚國擁有七個遼闊的湖澤，號稱只剩三戶也要戰鬥到底。潰逃時竟射不中六頭麋鹿，雷聲隆隆嚇不倒九虎將軍。秋風落葉中辭別洞庭湖，遠離涔陽那遙遠的灘頭。戰火熊熊焚燒大旗，大風陣陣飽受〈蠱卦〉之苦。才使得萬卷圖書化為灰燼，拔劍擊柱長歎一聲。

下江餘城，長林故營❶。徒思拑馬之秣，未見燒牛之兵❷。章曼枝以轂走，宮之奇以族行❸。河無冰而馬渡，關未曉而雞鳴❹。忠臣解骨❺，君子吞聲❻。章華❼望祭❽之所，雲夢偽遊❾之地。荒谷縊於莫敖，冶父囚於羣帥❿。硎谷摺拉⓫，鷹鸇⓬批⓭攢⓮。冤霜夏零⓯，憤泉秋沸⓰。城崩杞婦之哭⓱，竹染湘妃之淚⓲。

【章旨】本段是講梁朝在江陵戰敗，梁元帝被害，將帥被俘，士兵被活埋、被虐待的慘狀。

【注釋】❶下江餘城二句　下江，長江自今湖北江陵以下地區。長林，在今湖北荊門。兩地皆屬武寧郡，武寧北接襄陽，為江陵門戶。西魏先破武寧，繼陷江陵。❷徒思拑馬之秣二句　意謂在西魏的攻勢面前，梁軍只能玩弄一些小計謀，卻沒有任何積極的行動。拑馬之秣，語出《春秋公羊傳・宣公十五年》，是說兩國交戰，受困的一方資源困竭，以至只好用木條嵌塞馬口，不讓馬食草料。一面卻把肥壯的馬拉出來給人看，表示自己糧草還很充足。燒牛之兵，《史記・田單列傳》載，燕軍圍困齊城，田單集得千餘頭牛，披以五彩之衣，牛角束以兵器，把草料紮於牛尾，用火點燃。牛狂怒衝擊燕軍，齊軍緊隨其後，燕遂大敗。❸章曼枝以轂走二句　意謂國難當頭，梁朝的許多官員只為自己打算，紛紛逃離。章曼枝，又作赤章曼枝，春秋時仇由國人。他看出知伯將伐仇由，就勸諫國君，勿貪小利，以貽大禍。國君不聽，他就斷轂而驅，逃到齊國。不久仇由就被知伯滅亡了。斷轂，切斷伸出轂外的車軸頭，以便車行（《韓非子・說林下》）。宮之奇，春秋時虞國之臣。《左傳・僖公五年》載，晉國向虞國借道去討伐虢，宮之奇勸虞君不要同意，虞君不聽。宮之奇便帶著自己的家族離開了虞。果然，虞不久就被晉滅亡了。❹河無冰而馬渡二句　意謂梁元帝在西魏的攻勢下，倉皇敗退。河無冰而馬渡，《後漢書・光武帝紀上》載，劉秀受到王朗的威脅，南行避難，來到呼沱河邊。時天寒，河面上冰皆破裂，又無船可渡。不一會兒河冰凝結，劉秀就從冰上過去了，剛過了幾輛車，冰面又破裂了。關未曉而雞鳴，這是用《史記・孟嘗君列傳》的典故，孟嘗君出使秦國，秦昭王欲殺之，孟嘗君夜半逃至函谷關。這時關門緊閉，按規定必待雞啼才開關門。孟嘗君門客中有模仿雞啼者，他一學雞啼，群雞皆鳴，關門打開，孟嘗君就這樣逃出了秦國。❺解骨　猶言肢體懈倦。❻吞聲　不敢出聲的哭。❼章華　春秋時楚靈王所造的宮殿。其地可能在今湖北監利西北。❽望祭　祭祀泰山河海。❾雲夢偽遊　《史記・淮陰侯列傳》載，有人向漢高祖劉邦告發，說韓信謀反，於是劉邦便假託遊雲夢，待韓信前來參見時，便逮捕了他。雲夢，在今湖北安陸、雲夢、荊門一帶。❿荒谷縊於莫敖二句　意謂在江陵之戰中，梁元帝被害，梁軍將帥被俘。《左傳・桓公十三年》載，楚國屈瑕領兵伐羅，因驕傲輕敵，被打敗，莫敖自縊於荒谷，群帥被囚於冶父。荒谷，地名，在今湖北江陵西。莫敖，楚國官名，即司馬。冶父，地名，在今湖北江陵南。⓫硎谷摺拉　意謂被拉到坑中活埋。硎，坑。摺，折斷。⓬鷹鸇　這是比喻西魏兇狠的士兵。⓭批　扇耳光。⓮摜　擊打。⓯冤霜夏零　傳說戰國鄒衍盡忠燕王，燕王郤聽信讒言把他下獄，鄒衍仰天而哭。時值盛夏，天為降霜（《文選》卷三九江淹〈詣建平王上書〉李善注引

《淮南子》。零，降；落。⓰憤泉秋沸　《後漢書·耿弇列傳》載，耿恭與匈奴交戰，固守疏勒，水源枯竭。穿井十五丈不得水，他就為戰士祈禱，不一會，水泉奔湧而出。⓱杞婦之哭　春秋時齊襲莒，齊大夫杞梁戰死。其妻迎喪於郊，枕屍而哭甚哀，路人為之揮淚，十日城為之崩（劉向《列女傳》卷四）。⓲竹染湘妃之淚　相傳舜南巡不返，葬於蒼梧之野。舜之二妃娥皇、女英追之不及，相思慟哭，淚水滴在竹子上，即成斑痕，稱湘妃竹。

【語　譯】固守下江殘餘的城池，依憑長林舊有的營地，只想著嵌塞馬口以節約糧草，卻不見火燒牛尾突破圍困。章曼枝駕著輕車逃走，宮之奇帶領家族遠行。大河冰面破裂，車馬卻已通過；天色尚未放亮，關口公雞已啼。忠臣渾身倦怠，君子忍聲哭泣。章華宮那祭祀山川的所在，雲夢澤那劉邦假裝遊獵的地方，莫敖在荒谷自縊身亡，將帥在冶父紛紛被俘。土坑邊上推踢打拉，俘虜飽受掌摑拳擊。冤氣沖天，以至盛夏降霜；怒氣積鬱，弄得憤泉噴湧。悲哀的哭聲要把城牆哭塌，傷心的淚水竟使竹染斑痕。

水毒秦涇❶，山高趙陘❷。十里五里，長亭短亭❸。饑隨蟄燕，暗逐流螢❹。秦中水黑❺，關上泥青❻。於時瓦解冰泮❼，風飛雹散。渾然千里，淄澠一亂❽。雪暗如沙，冰橫似岸。逢赴洛之陸機，見離家之王粲❾。莫不聞隴水而掩泣，向關山而長嘆❿。況復君在交河，妾在青波⑪。石望夫⑫而逾遠，山望子⑬而逾多。才人⑭之憶代郡⑮，公主之去清河⑯。栩陽亭有離別之賦，臨江王有愁思之歌⑰。別有飄颻武威⑱，羈旅金微⑲。班超⑳生而望返，溫序㉑死而思歸。李陵㉒之雙鳧永去，蘇武㉓之一雁空飛。

【章　旨】本段描寫江陵戰敗後，梁朝軍民被一路押送到西魏的慘狀。

【注　釋】❶水毒秦涇　這是化用《左傳・襄公十四年》的典故。當時晉國帶領諸侯各國軍隊討伐秦國，在涇水渡河，秦人在涇水上流放毒，諸侯各國的軍隊飲水後，多中毒而死。❷趙陘　井陘山，在今河北井陘北，戰國時趙地，故稱。❸長亭短亭　舊時於城外設置的供行人休憩和餞別的處所。五里處設短亭，十里處設長亭。

❹饑隨蟄燕二句　意謂梁朝俘虜被押送至西魏一路上的艱苦。饑隨蟄燕，《晉書・郗鑒傳》載，東晉初年，郗鑒有眾數萬。戰爭不息，百姓饑饉，掘野鼠、蟄燕而食。蟄燕，冬季燕子不飛，蟄伏於土穴中，故稱。暗逐流螢，《後漢書・孝靈帝紀》載，漢少帝為宦官劫持，得到解救後，少帝與陳留王劉協連夜追隨螢火蟲步行逃難。

❺秦中水黑　語出《尚書・禹貢》：「黑水、西河惟雍州。」雍州是秦的發源地。黑水，流經秦境的河流名。

❻關上泥青　這裡是說嶢關，在今陝西藍田。因關近青泥城，在北周時改稱青泥關。❼泮　分離；裂開。❽渾然千里二句　意謂在由梁入西魏的跋涉路上，俘虜隊伍中有貴有賤，有官有民，混雜難分。淄澠，兩條河流名，都在今山東境內。相傳二水味異，但一旦合流，則難以分辨。❾逢赴洛之陸機二句　意謂俘虜隊伍中時常能見到梁朝著名文人。陸機，字士衡，西晉著名文學家。他是吳國人，吳亡後，閉門讀書十年，太康末，和弟陸雲

一起到洛陽。王粲，字仲宣，建安七子之一。漢末大亂中，他離開長安到荊州依附劉表。❿莫不聞隴水而掩泣二句　意謂梁朝人民來到西魏後，觸景生情，不勝悲痛。隴水，隴山之水。隴山，在今陝西隴縣至甘肅平涼一帶。關山，在今陝西隴縣西。隴水、關山，在這裡都非實指，只是遙遠的異鄉的代稱。⓫況復君在交河二句　意謂戰爭造成夫妻分離，兩地相思。交河，古城名，故址在今新疆吐魯番西北，車師前王國的首府。青波，泛指楚地。⓬石望夫　望夫石，各地多有。劉義慶《幽明錄》載，武昌北山上有望夫石。相傳昔有婦人，攜子送夫從征，立望夫而化為石（《初學記》卷五）。⓭山望子　《述異記》載，中山有韓夫人愁思臺，望子陵（《太平御覽》卷一七八）。⓮才人　宮中女官名，多為妃嬪的稱號。⓯代郡　戰國趙武靈王所置，為北方要塞。⓰公主之去清河　《晉書．后妃傳上》載，臨海公主起先封在清河，後來在戰亂中被人所掠，賣到異地。清河，封國名，在今河北南部。⓱栩陽亭有離別之賦二句　《漢書．藝文志．詩賦略》著錄〈別栩陽賦〉五篇、〈臨江王及愁思節士歌詩〉四篇。這是借用來說明在梁亡的災難中有許多述說生離死別的詩歌。⓲武威　郡名，在今甘肅武威。⓳金微　山名，中國新疆北部及蒙古國境內的阿爾泰山。⓴班超　字仲升，西漢人。年輕時出使西域，在西域三十一年，官至西域都護，封定遠侯。晚年思念故鄉，上疏求還曰：「臣不敢望到酒泉郡，但願生入玉門關。」㉑溫序　東漢太原人。遷護羌都尉，為人劫殺。賜葬洛陽城旁。後來其子夢見溫序對他說：「久客思鄉里。」便為父遷葬故鄉（《後漢書．獨行列傳》）。㉒李陵　西漢人，漢武帝時任騎都尉。率部擊打匈奴，戰敗投降，終老匈奴。有托名李陵的〈贈蘇武〉詩，句云：「雙鳧俱北飛，一鳧獨南翔。」㉓蘇武　西漢人，漢武帝天漢元年出使匈奴，被扣匈奴十九年。漢昭帝派使者到匈奴，假稱天子射中大雁，雁足上繫著一封信，說蘇武在匈奴荒野中。匈奴無法，只能放還蘇武。

【語　譯】河水比涇水還毒，群山比井陘還高。十里一長亭，五里一短亭。肚中饑餓就去挖掘過冬之燕，黑夜行路便追隨螢火小蟲。秦地的河水墨黑，嶢關的泥土青青。那時如瓦破碎，如冰斷裂，似風飛逝，像雹飛散。俘虜隊綿延千里貴賤不分，就像淄澠合流渾然難別。積雪黯然如泥沙，堅冰橫生似河岸。遇到了來到洛陽的陸機，見到了遠離家鄉的王粲。無人不聽聞隴水聲聲，禁不住掩面哭泣；面對巍峨關山，不由得長歎連連。更何況官人遠在交河，妾身卻居青波。望夫女望丈夫，丈夫卻漸行漸遠；在山上望兒子，望子臺越來越多。才人懷念代郡，公主離開清河。栩陽亭有多少離別之賦，臨江王吟唱出悲怨之歌。更有人飄蕩到武威郡，遠行至金微山。班超晚年渴望返回故國，溫序死後仍然想回家鄉。李陵詩中那雙鳧永遠飛去，蘇武好似孤雁在空中飛翔。

若江陵之中否，乃金陵之禍始❶。雖借人之外力，實蕭牆之內起❷。撥亂之主忽焉，中興之宗不祀❸。伯兮叔兮❹，同見戮於猶子❺。荊山鵲飛而玉碎❻，隋岸蛇生而珠死❼。鬼火亂於平林，殤魂遊於新市❽。梁故豐徙❾，楚實秦亡❿。不有所廢，其何以昌⓫。有媯之後，將育於姜⓬。輸⓭我神器⓮，居為讓王⓯。天地之大德曰生，聖人之大寶曰位⓰。用無賴之子弟，舉江東而全棄⓱。惜天下之一家，遭東南之反氣⓲。以鶉首而賜秦，天何為而此醉⓳！

【章　旨】這一段是對梁朝敗亡的思考。作者認為，梁朝的危機起於宗室之間的內鬥，他對梁朝的敗亡難以接受，說這是天帝在糊裡糊塗中送給西魏的禮物。

【注　釋】❶若江陵之中否二句　意謂江陵的陷落，導致梁朝的覆亡。中否，盛而後衰。否，不順利；窘困。禍始，災禍的原因。❷雖借人之外力二句　意謂梁元帝死後，梁王蕭詧、貞明侯蕭淵明、蕭方智等紛紛稱帝，雖然背後都有西魏、北齊和陳霸先的支持，但歸根結底還是起於梁室內部的紛爭。蕭牆，本指古代宮室用來分割內外的當門小牆，這裡是指家門內的爭鬥。語出《論語・季氏》：「吾恐季孫之憂，不在顓臾，而在蕭牆之內也。」❸撥亂之主忽焉二句　撥亂之主、中興之宗，都是指梁元帝。撥亂，平定禍亂，這是指平定侯景叛亂。忽，滅絕。不祀，沒有人來祭祀，也是子孫滅絕的意思。❹伯兮叔兮　這是化用《詩經・邶風・旄丘》的句子。❺猶子　侄子。這是指蕭詧，他是昭明太子的三子，於梁元帝蕭繹為叔侄關係。蕭詧投降西魏。江陵之戰後，蕭繹被押解到蕭詧軍營，備受侮辱，最後被殺。蕭繹的兒子蕭元良，蕭方略等也先後被害。❻荊山鵲飛而玉碎　意謂投擲名貴的玉器來趕走烏鵲，卻落得玉器破碎，比喻梁朝付出了巨大的代價，卻最終仍然落得國家淪亡。荊山之玉用的是《韓非子・和氏》中和氏之璧的典故。鵲飛而玉碎，桓寬《鹽鐵論・崇禮》：「昆山之旁，以玉璞抵（投擲）烏鵲。」❼隋岸蛇生而珠死　隋侯見大蛇傷斷，便以藥傅之。後來蛇在江中口銜大珠報答隋侯。這裡是用這個典故而又加以變化。意思是蛇倒是活了，但回贈的所謂珠寶卻是毫無價值的。蛇，喻指侯景。侯景是東西魏的叛臣，梁武帝接納了他，結果反給梁朝帶來了大禍。❽鬼火亂於平林二句　意謂在梁末動亂中死亡的人很多。鬼火，磷火。殤魂，戰死者之魂。平林，西漢地名，在今湖北隨縣東北。新莽末，陳收等人起義於此，號平林兵。新市，西漢地名，在今湖北京山縣東，新莽末，王匡等人起義於此，號新市兵。❾梁故豐徙　豐故梁徙的倒語。語出《史記・高祖本紀》：「周市使人謂雍齒曰：『豐，故梁徙也。』」說的是梁（魏國的別名）本來都於大梁（開封），後來大梁被秦國攻克，梁就遷都於豐。這裡的意思是江陵作為都城是從建康遷移過來的。江陵不是國都，但梁元帝在江陵登基，沒有離開江陵，江陵就形同國都了。❿楚實秦亡　戰國時楚國是被秦滅亡的，意謂現在梁也是被西魏打敗的。⓫不有所廢二句　語出《左傳・僖公十年》：「不有廢也，君何以興？」這裡的意思是梁朝不亡，陳朝怎麼會興起。⓬有嬀之後二句　語出《左傳・莊公二十二年》，陳國的敬仲逃到齊國，他的妻子占卜所得結果是「有嬀之後，將育于姜。五世其昌，並于正卿。八世之後，莫之與京。」預言嬀姓（陳國國君之姓）之後將受到齊國的養育，居於高官，最後代姜姓而為齊國國君。這二句是暗喻陳霸先先為梁臣，勢力逐漸強大，最後通過禪讓形式，取梁朝而代之，建立陳朝。⓭輸　交出；獻出。⓮神器　帝位的代稱。⓯居為讓王　這是說梁敬帝蕭方智把帝位禪讓給陳霸先。讓王，在禪讓中讓出帝位的帝王。⓰天地之大德曰生二句　語出《易傳・繫辭下》，這裡的意思是生命和帝位是最重要的，梁朝付出的代價太大了。⓱用無賴之子弟二句　意謂梁朝用人不當，終於導致梁朝的覆滅。無賴，奸詐、刁滑、強橫之人。⓲東南之反氣　顯示有人反叛作亂的雲氣。《史記・高祖本紀》載，秦始皇常說：「東南有天子氣。」《史記・吳王濞列傳》載，漢高祖劉邦擔心吳王劉濞日後作亂，曾經告誡他說，此後五十年東南有亂者，該不會是你吧？⓳以鶉首而賜秦二句　意謂感歎上天竟然糊裡糊塗地幫助西魏打敗了梁朝。這是化用張衡〈西京賦〉的典故。賦曰：「昔者大帝說秦繆公而覲之，饗以鈞天廣樂，帝有醉焉。乃為金策，錫用此土，而翦諸鶉首。」意思是天帝喜歡秦繆公，用鈞天廣樂招待繆公。天帝喝得酩酊大醉後，就把一大塊土地剪下來送給了秦繆公。鶉首，星宿名，古人認為是秦國的分野。

【語譯】至於江陵的盛而復衰，實在是梁朝覆亡的起因。雖然叛亂者借用的是外來勢力，實際上災禍還是起於內部紛爭。平定叛亂的君王一命嗚呼，中興的帝王也斷絕了後嗣。無論是伯伯還是叔叔，都遭遇到侄子的殘殺。投擲荊山之玉來驅趕鵲鳥，鳥雖然飛走，玉也因此破碎。斷蛇倒是活了下來，但回贈的珠寶卻一文不值。磷火點點飄蕩平林，亡魂幢幢出沒新市。豐城是梁朝新遷的國都，楚國實在是被秦國所滅。如果不廢黜陳舊，又怎會興旺昌盛。有媯的後代將受到齊姜的養育。梁帝交出帝位，成為末代君王。天地的本性是生命，聖人最可寶貴的是帝位。起用了那些不三不四的人，結果把江東全部丟棄。可惜天下本來如同一家，卻遇到東南的反叛之氣。天帝把鶉首之地全部送給了秦國，他為何酒醉中幹了這樣一件蠢事！

且夫天道❶迴旋，生民預焉。余烈祖於西晉，始流播於東川❷。洎❸余身而七葉❹，又遭時而北遷。提挈老幼，關河累年。死生契闊❺，不可問天。況復零落❻將盡，靈光巋然❼。日窮於紀❽，歲將復始。逼迫危慮❾，端憂❿暮齒。踐長樂⓫之神皋⓬，望宣平⓭之貴里⓮。渭水貫於天門⓯，驪山⓰迴於地市⓱。幕府大將軍之愛客，丞相平津侯之待士⓲。見鐘鼎⓳於金、張⓴，聞絃歌於許、史㉑。豈知灞陵夜獵，猶是故時將軍㉒；咸陽布衣，非獨思歸王子㉓。

【章旨】這一段是講自己的家世和經歷。作者說，天道運行，周而復始。自八世祖由北而南，到自己已歷七代，又重新來到北方。雖然受到權貴的禮遇，身份地位終究今不如昔。

【注　釋】❶天道　自然的運行。❷余烈祖於西晉二句　意謂庾信的祖先先在西晉任職，而後遷徙到江陵。烈祖，祖先的敬稱，這裡是指庾信的八世祖庾滔。庾滔隨晉元帝過江，官至散騎常侍，封遂昌侯，因家於南郡江陵縣。東川，這裡是指江陵，因江陵在長江邊上，故稱。❸洎　至；到。❹七葉　七代。❺契闊　離合聚散。❻零落　這裡是說親友去世。❼靈光巋然　語出王延壽〈魯靈光殿賦〉：「自西京未央、建章之殿，皆見隳壞，而靈光巋然獨存。」靈光，西漢宮殿名。巋然，高大堅固貌。這裡是用靈光殿巍然屹立比喻自己還活在人世。❽日窮於紀　年終的意思。紀，年歲。❾逼迫危慮　意謂到了西魏以後寄人籬下，被迫出任官職，處境嚴酷。危慮，念及處境險惡。❿端憂　深憂。⓫長樂　漢代宮殿名。⓬神皋　猶言神聖之地。⓭宣平　西漢城門名。⓮里　城市居民聚集之地。⓯渭水貫於天門　《三輔黃圖》卷一說，秦始皇營建咸陽模仿天象，「渭水貫都，以象天漢。」這裡的意思是渭水像銀河一樣從城門穿過。⓰驪山　秦始皇的葬地，在今陝西西安臨潼南。⓱地市　本指秦始皇陵墓中模仿人間集市貿易的所在，這裡就是指一般的市場。⓲幕府大將軍之愛客二句　意謂庾信入北以後受到北朝帝王權貴的禮遇。幕府大將軍，泛指北朝權貴。西漢衛青征伐匈奴有功，漢武帝任衛青幕府中任命他為大將軍。丞相平津侯，西漢人公孫弘，以布衣為宰相，封侯。這裡是指北周丞相宇文護。⓳鐘鼎　名貴的銅器，富貴人家始有。⓴金張　西漢金日磾、張湯兩家後人累世居高官。㉑許史　西漢宣帝許皇后家和宣帝母史家兩家外戚。庾信在北周時得到滕王宇文逌、趙王宇文招等宗室權貴的禮敬。㉒豈知灞陵夜獵二句　意謂自己當年曾做過梁朝的右衛將軍、撫軍將軍。《史記・李將軍列傳》載，李廣被撤職後，有一次打獵回來晚了，灞陵亭門已關。李廣的隨從對灞陵尉說，這是故（前任）李將軍。灞陵尉回答說，就是現任的將軍都不得夜行，更不要說前任的將軍呢。㉓咸陽布衣二句　意謂有很多梁朝權貴現在流落到北方成為一介平民。《史記・蕭相國世家》載，召平原來是秦朝的東陵侯，秦亡後，為布衣，在長安靠種瓜為生。《史記・春申君列傳》載，楚太子為質於秦，秦國不讓他回去繼承王位。春申君黃歇遊說秦人說，如果不讓楚太子回去，他不過是咸陽一布衣而已，不如讓他回去，才對秦國有利。

【語　譯】再說自然的運行周而復始，每一個人都置身其間。我祖先起先任職西晉，後來遷徙到江陵。一直到我已綿延七代，遭遇變故又遷回北方。扶老攜幼，長年跋涉山河。經歷生死離合，原因難以問天。何況很多親友早已紛紛凋謝，我卻像魯靈光殿，依然還在人間。一年行將結束，歲月重新開始。受到逼迫處境危險，深深憂慮暮年生活。走進長樂宮那神祕的地方，眺望宣平門權貴聚居的區域。渭水穿過了長安城門，驪山圍繞著咸陽市場。幕府大將軍賞愛客人，丞相平津侯禮賢下士。在金張之家見識了鐘鳴鼎食，於許史之府領略到絃歌聲聲。有誰知灞陵夜間打獵的，會是從前的將軍；權貴淪為百姓的，遠不止渴望返國的太子。

【研　析】這篇長賦是庾信晚年的力作，在文學史上是享有盛名的。同他早年的徐庾體相比，這篇賦早已跳脫了那種輕倩流麗，珠圓玉潤卻又不夠厚重的特色，寫得蒼涼深沉，很有歷史感。

題目〈哀江南賦〉，取自屈原〈招魂〉中的句子「魂兮歸來哀江南」。庾信所哀的江南就是他的故國——梁朝。庾信對於梁朝有著很深的感情，這不僅是因為他早年深得太子蕭綱的賞識，更主要的是，他對以梁朝為代表的文化有著血肉相連的聯繫。儘管在西魏和北周，庾信一直受到當局的禮遇，但他卻把梁看作他生命的寄託。

這篇賦用一種深沉的筆觸寫了一個王朝的盛衰史，也寫了個人生命的變遷史，是一篇身世之作，傷痛之作，生命之作。大致可以這樣說，念王事和悲身世是全文的兩條線索，而行文的次序則是以時間為順序展開的。如果我們作一個極粗略的劃分的話，可以分為四大部分：

第一部分（第一至二自然段），述先世。

第二部分（第三至十一自然段），作者著重從梁代前期「五十年中，江表無事」的歌舞昇平寫起，中經接納侯景，一直寫到侯景攻陷臺城，梁武帝亡歿。這一部分的重心在寫國事，個人生活很少觸及。

第三部分（第十二至二十自然段），這一部分中作者把個人經歷和國事變遷兩條線結合起來寫，在夾敘夾議中體現了庾信對國事變遷的認識。內分三個板塊：一、庾信江夏之行一路上的見聞遭遇；二、圍繞蕭繹討平侯景，對梁朝君臣的評議；三、梁朝江陵之戰的敗亡。

第四部分（第二十一至二十二自然段），寫作者對家國身世的感慨和思考。

全文的重心在二、三兩個部分，我們發現，在這兩個部分中，作者對時代和個人兩條線索的處理並不相同。第二部分基本上是時代事件的宏大敘事，個人遭遇的分量很輕，因此個人化的特色在這一部分裡是比較欠缺的。相比之下，第三部分在安排這兩條線索的時候，處理得比較好，儘管重心仍在國事變遷，但能以作者的經歷為線索，把相關的歷史事件穿插進來，在對歷史的回顧和評述中體現出更多的個人色彩。

從思想的角度看，這篇賦想要表達的是一種對已經消亡的王朝的哀悼痛惜的心情，同時也抒發了對個人遭遇的感慨。由於這篇作品作於梁亡之後的好多年，作者已經經歷了太多的巨變，他這時的感情已經不是處在激烈緊張的狀態中，而是一種痛定思痛的追懷。他似乎想要通過對歷史的回顧來整理自己的想法，追索歷史變遷的原因。他在追述歷史的時候，常常要褒貶人物，發表看法。所以整篇作品帶著很明顯的思考的色彩。但是，我們發現子山的思考深度其實是不夠的，字裡行間流露出作者對梁朝一朝淪亡的困惑和難以理解。除了人事而外，他似乎覺得天意是一個非常重要的因素。這樣的認識是膚淺的，然而又是感人的，能使讀者真切地感受到作者內心的痛苦程度，也在一定程度上增加了文章的感染力。

賦中寫梁朝軍民被押解到西魏的一段，可能是全篇寫得最好的段落之一，這是一段真切動人的場面描寫。然而當時庾信並不在俘虜隊裡，他在江陵戰前已經到了西魏。我們可以想像，庾信耳聞目睹了這個悲劇，並因此受到了強烈的震撼，他將眼前的場面和自己由南入北的經歷結合起來，為我們復現了這樣一幅慘絕人寰的畫面。

在這樣長的篇幅中，要自由如意地運用典故，表達心中的思想感情，那是很不容易的，但子山卻做得很好，這也是人們讚賞這篇作品的原因吧。

這裡還要簡單地談談序言的特色。本篇序言，交代作賦緣由，然作為獨立的文字觀，亦為佳作。一、從序的角度言，本篇作用是交代作賦的動機。序云：「傅燮之但悲身世」，「袁安之每念王室」，此悲身世，念王室，實為子山作賦緣由。由此而觀，序之於賦，實有籠括凝縮之功；二、情感跌宕，悲慨淋漓。子山屢言窮達其言，勞歌其事，惟以悲哀為主。觀其行文，跌宕起伏，或悲憤，或抑鬱，或無奈，一氣貫注；三、觀其典故、句式，完全信手拈來，左右逢源。駢文的形式感很強，但如果一味拘守形式則易板滯。子山此序將形式的要素化為表達思想感情的手段，隨情感的波動而驅遣自如，表明子山對駢文的掌握已入化境。

詩

奉和山池

【題　解】這首詩描寫遊覽園林的情景，透露出一種安閒悠然的心情，是對當時宮廷生活的描寫。題作「奉和」，當是和人之作。蕭綱為梁太子時，作有〈山池〉詩，庾肩吾、鮑至、王臺卿、徐陵皆有同題奉和應令之作，子山此篇當亦出於同時。

樂宮❶多暇豫，望苑❷暫迴輿。鳴笳陵絕浪，飛蓋歷通渠❸。桂亭花未落，桐門葉半疏。荷風驚浴鳥❹，橋影聚行魚。日落含山氣，雲歸帶雨餘❺。

【注　釋】❶樂宮　長樂宮，西漢宮殿，在今陝西長安東南。❷望苑　博望苑，西漢宮殿，漢武帝為衛太子所建，在今陝西西安。❸鳴笳陵絕浪二句　在音樂聲中泛舟池面，車駕飛速越過溝渠。二句是用互文手法。陵絕浪，凌越於水面上。絕浪，大浪。蓋，車蓋，這裡指代車子。❹浴鳥　飛鳥。浴，飛行忽高忽低貌。❺雨餘　殘雨。

【語　譯】長樂宮中悠然輕閒，博望苑裡暫回車輿。鳴笳聲聲飄蕩水面，車駕飛速越過溝渠。桂花亭外桂花未落，桐樹門前樹葉半疏。風吹荷葉驚飛鳥兒，小橋倒影彙聚游魚。夕陽映照山間水氣，白雲飄飛帶走殘雨。

【研　析】本詩寫的是一次園林的遊歷，基本手法就是以賦入詩，側重描繪和記敘。

從結構看，全詩可分二層。前四句為一層，側重記敘；後六句為一層，側重描繪。

先看第一層。開首「樂宮」二句，點明活動的內容和地點。作者借用「長樂宮」、「博望苑」兩個漢代宮殿、園林名，交代了這是一次皇家園林的遊覽。「鳴笳」二句則擇取兩個典型場景，用來概括一路行程。

「桂亭」之後，轉入第二層，詩歌也漸入佳境。作者分別從幾個角度攝取皇家園林優美寧靜的鏡頭。「桂亭」二句，是寫園林中草木。「花未落」、「葉半疏」，暗示了季節。「荷風」二句，將鏡頭轉向池塘，捕捉住兩個容易被人忽略的細節，栩栩如生，饒有趣味。之後，「日落」二句，將鏡頭拉遠，視線投向群山和長天，畫面顯得開闊又不失秀麗，與之前的纖細風格相映成趣，頗有餘韻。

二層相較，可說第二層是全詩精華所在，最能打動讀者的地方在描寫工細，卻不板滯。作者抓住具有特徵性的場景、細節，能寫出物之神理，讓人過目不忘。尤其「荷風」二句，若非親歷其境，單憑想像，如何能寫得如此真切、生動。

本詩語言精緻圓潤。從表面看，語言很淺近平易，但實際卻經過了錘煉。特別是詩中若干動詞用得頗有韻味，若「荷風驚浴鳥，橋影聚行魚」中的「驚」、「聚」；「日落含山氣，雲歸帶雨餘」中的「含」、「帶」，都頗為傳神。

這首詩的意思很簡單，但在描寫中畢竟也流露出一種欣賞、悠閒的心情，再加上藝術技巧的圓熟，這在奉和詩中可算得上是佳作了。

和宇文內史春日遊山

【題解】春光明媚中和朋友一起遊山，心情閒適悠然，詩中流露出作者對這種遠離塵囂的山居生活的羨慕。宇文內史，李昶，有文才，為宇文化及所賞識，賜姓宇文。累遷內史下大夫、內史中大夫，封臨黃縣公、昌州刺史。李昶之任內史之職，在西魏恭帝三年（西元五五六年），則此詩當作於該年或稍後。

遊客值春輝，金鞍上翠微❶。風逆花迎面，山深雲濕衣。雁持一足倚，猿將❷兩臂飛。戍樓❸侵嶺路，山村落獵圍。道士封君達❹，仙人丁令威❺。煮丹❻於此地，居然❼未肯歸。

【注釋】❶金鞍上翠微　騎馬上山。金鞍，名貴的馬鞍，這裡指代馬。翠微，輕淡青蔥的山色，這裡是指山。❷將　使用。❸戍樓　瞭望樓。❹封君達　名衡，隴西人，東漢方士。常乘青牛，故號「青牛道士」，傳說二百餘歲，入山隱居。❺丁令威　漢代遼陽人。傳說在靈虛山學道成仙。後化鶴歸遼。❻煮丹　煮煉仙丹。❼居然　安然。

【語譯】遊人正逢明媚春光，騎著馬兒來到山上。山風吹花迎面而來，山中雲氣潤濕衣裳。大雁只用一足獨立，猿猴卻用雙臂飛翔。山路上聳立著戍樓，小山村被獵圈包圍。騎牛的道士封君達，化鶴的仙人丁令威。二人都在山中煉丹，平靜安閒忘了回歸。

【研 析】這是一首唱和之作，寫的是一次遊山的經歷和感想。詩分三層。首二句為一層，是總起。「春輝」，扣題中「春日」二字；「翠微」，扣「遊山」二字，起得平平。

但是接下來的第二層（中間六句），則不僅可以說是漸入佳境，而且還寫得曲徑通幽，是全詩最出彩的所在。其佳妙處在，一、不斷變換角度。先寫山行感受：風之大、山之深；次寫山中動物：雁之獨立、猿之攀援；末寫人文景觀：有戍樓、有山村。三個角度簡潔地概括了所遊之山的景致；二、抓住景物的特徵。唱和之作有一定的時間限制，容易寫得落套、一般化。但此六句卻句句都能抓住此山不同他山的特徵，且有著詩人獨特的觀察和體會，所以讀來如同即目所見，極為真切生動；三、語言精工，獨具匠心。如「風逆花迎面，山深雲濕衣。」每句雖僅五字，但細味之，每句中均由兩個短句組成，而這兩個短句間又各自形成了一個具有因果關係的複句，這樣就寫出了景色間的相互關係，頗有層次感。

末四句是全詩的結穴處。在上文作了充分的描寫後怎樣來收束全詩呢？這就自然要引出作者自己的感想。於是作者分別借封君達、丁令威兩個典故，含蓄地傳達出自己對山居生活的羨慕與欣賞，從而給了全詩一個點睛之筆。

像這樣的詩意思很淺，感情也不是很濃烈，但是寫得精緻，很見藝術功力。雖然與〈擬詠懷二十七首〉一類從人生痛苦中發出呻吟的作品不可同日而語，但在一般的唱和應酬之作中，要算是好的了。

奉報窮秋寄隱士

【題　解】周明帝武成元年（西元五五九年），子山正在長安過著鄉居田園生活。據詩的末聯看，似有一位很有地位的客人親自來看望他，卻不遇而返。又據詩題可知，客人回去以後就寫了〈窮秋寄隱士〉詩給庾信，於是作者便有了這首答詩。詩中使用典故，描寫了他在鄉間的田園生活和自然風光，並對客人的枉駕不遇深表歉意。窮秋，深秋。

王倪逢齧缺❶，桀溺耦長沮❷。藜牀❸負日臥❹，麥隴帶經鉏❺。自然曲木几❻，無名科斗書❼。聚花聊飼雀❽，穿池試養魚。小村治澁路❾，低田補壞渠。秋水牽沙落，寒藤抱樹疏。空枉平原騎，來過仲蔚廬❿。

【注　釋】❶王倪逢齧缺　王倪、齧缺，上古隱士名，見《莊子・齊物論》。❷桀溺耦長沮　桀溺和長沮兩位隱士一起耕作。語出《論語・微子》：「長沮、桀溺耦而耕。」耦，二人並耕。❸藜牀　用藜草編織而成的牀。❹臥　底本作「荷」，據別本改。❺帶經鉏　帶著經書去鋤地。❻自然曲木几　把自然形成的屈曲的樹木當作小几。❼科斗書　古文字的一種，因其頭粗尾細，狀似蝌蚪，故名。科斗，即蝌蚪。❽雀　底本作「鶴」，據別本改。❾澁路　高低不平的道路。❿空枉平原騎二句　意謂客人親自來看望主人，卻不遇而返，讓他空走了一遭。平原騎，戰國平原君的車駕，這裡是指客人。仲蔚，張仲蔚，古代隱士，善屬文，好詩賦，所處蓬蒿沒人。這裡借指作者自己。

【語　譯】王倪、齧缺在路上相遇，桀溺、長沮於田間並耕。躺臥在藜牀上曬太陽，帶著經書到田間耕耘。屈曲的樹幹權當小几，寫的是無名的蝌蚪文。聚集起花葉用來餵鳥，開鑿了池塘試著養魚。平整小村中的不平路，修補低田間的壞溝渠。秋水帶下岸邊的細沙，藤蔓緊纏疏落的樹幹。連累平原君空走一遭，來看仲蔚卻不遇而返。

【研　析】這首詩以詩代信，向客人報告自己隱居生活的實況。朋友既稱作者為隱士，他便也以隱士自許。本篇處處圍繞「隱士」二字展開。

劈首二句，即借用《莊子》、《論語》中人名點出隱士之意，領起全篇。

中間十句（從「藜牀」句至「寒藤」句），具體描述了自己的隱居生活，這是向客人報告自己的近況。在這一層裡又可分兩小節。前六句為一節，寫的是隱士的日常生活，突出了這樣幾點：一是貧困，如躺的是藜牀、憑靠的是樹木、還須親自鋤地；二是疏懶，如高臥不起；三是風雅，如帶經而鋤、書寫古字；四是清閒，如聚花飼雀、穿池養魚等等。綜合起來看，這一節描寫真切、生動，使人一望而見一個隱士的真實的生活狀態。不過問題在於，作者對這樣的隱士生活究竟持著怎樣的心態？在他的意識或潛意識中究竟要向客人傳達什麼樣的訊息？

且看後一節。這四句在上文對自身生活狀況描繪的基礎上，把視線稍稍移開，轉到田園景色的描寫上。我們隨著作者的視線，一幅蕭瑟冷落的畫面便漸次呈現了出來：荒涼的小村、高低不平的道路、荒廢的水渠，再加上秋水、落沙、寒藤、疏樹……。總而言之，色調是灰黯的，心情顯然也是低落的。

把前後二節合起來看，我們就要問，作者對這樣的隱居生活究竟是欣賞呢？還是無奈？是自得其樂呢？還是寂寞失意？如果我們把庾信的這首詩和陶淵明的歸隱詩比較一下，其間的差別應該是很明顯的。這首詩在對隱居生活的描寫中，透露出來的是一種失意、寂寥的內心苦悶。

末二句是全詩的結穴，說明本詩的寫作動機。「平原騎」，是指客人，倪璠以為是趙王，雖無確據，但有道理，總之是一位既有地位，又與子山有著良好關係的友人。給這樣一位朋友寫這樣一首詩，是不是希望喚起朋友的同情和關注，對自己施以援手呢？這一點，作者當然不會明言，但從詩歌的效果反推，則這種可能性是存在的。事實上，在作了這首詩的次年，周明帝武成二年（西元五六〇年），庾信即被任命為麟趾殿校書，又遷驃騎大將軍、開府儀同三司，庾信的隱士生活也就隨之結束了。

同州還

【題解】據《周書・宣帝紀》載，北周宣帝於大象二年（西元五八〇年）三月，曾行幸同州（治所在今陝西大荔）。庚子，從同州回長安。這首詩當是作者隨從宣帝從同州回長安後所作。詩中敘述了宣帝君臣回長安後的情景，透露了朝中的人事變動，描寫了君臣打獵歡宴的場面。

赤岸❶繞新村，青城臨綺門❷。范雎新入相，穰侯始出蕃❸。上林❹

催獵響，河橋爭渡喧。竄雉飛橫澗，藏狐入斷原❺。將軍高宴❻晚，來

過青竹園。

【注　釋】❶赤岸　同州有赤岸澤，在今陝西大荔西南。❷青城臨綺門　意謂皇帝車駕已臨近青城門。這句是錯綜句法，應讀為臨青城綺門。青城門，又稱青綺門，是長安東面的城門。❸范雎新入相二句　用范雎、穰侯的典故，可能喻指楊堅拜為大後丞和趙王宇文招等宗室大臣被命回到各自的封地。《史記・范雎列傳》載，穰侯魏冉是秦昭王母親宣太后的異父弟，權勢烜赫。范雎入秦，遊說昭王驅逐穰侯，秦王遂拜范雎為相，將穰侯等人逐至封地。❹上林　秦漢時皇家園林，漢武帝時擴建。苑中養禽獸，供皇帝大臣春秋打獵。❺斷原　原野的盡頭。❻高宴　盛大而熱鬧的宴會。

【語譯】赤岸澤圍繞著同州的新村，車駕距離青綺門越來越近。范睢剛剛被任為國家首相，穰侯就已經被禮送至封地。上林苑迴蕩著打獵的號角，河橋上響起一片爭渡喧聲。逃竄的雉鳥急忙飛過山澗，慌張的狐狸躲到原野盡頭。將軍在晚上舉行盛大宴會，客人們一起來到了青竹園。

【研析】這首詩描寫作者隨侍周宣帝從同州返回京城一路上的情景，其中也透露了若干朝中人事上的變動。就其總體而言，乃是一首紀行詩。

只是三、四兩句，借用典故，透露了朝廷的人事變化，穿插於此，顯得頗為突兀。按《周書・宣帝紀》載，大象元年，楊堅為大後丞，不久便令趙王招、滕王逌等返回封地，這或許就是此二句的意思。如果這個推測成立，則對於子山來說就不是什麼好消息，因為趙、滕二王是子山的崇拜者，也是他在北周的保護者，這消息必定讓子山感到關係重大，所以會在本詩中插入此二句與紀行無關的內容。

若就記敘線索而言，本詩以時間為線索，採用移步換形的寫法。首二句，一句是寫同州風光，一句是寫長安景象，實即交代離開同州，而未到長安的路上情景。「上林」四句，寫皇帝車駕已到長安，正在上林苑中射獵，四句描寫射獵場面頗為生動，既有視覺形象，又有聽覺形象，雉竄狐藏，十分熱鬧。如果說這四句是寫的白天景象，則接下來的二句就寫狂歡一直持續到晚上。白天打獵既畢，晚上又要繼續高宴，達官貴人歡飲達旦。

總而言之，這首詩的基本色調是狂歡的，其中也夾雜著一絲憂慮的情調，不過很快便被主調沖淡，甚至淹沒了。

從駕觀講武

【題解】據《周書・武帝紀》，周武帝於保定二年（西元五六二年）十月戊午，「講武於少陵原」。本篇當係作者隨從武帝觀看演習後的作品。詩歌描寫了軍事演習緊張激烈的場面，也表達了作者躬逢其盛的欣喜和想要效力當局的心情。

校戰❶出長楊❷，兵欄❸入門場。置陣橫雲起，開營雁翼張❹。門嫌
磁石礙❺，馬畏鐵菱❻傷。龍淵觸牛斗❼，繁弱駭天狼❽。落星奔驥騄❾，
浮雲上驌驦❿。急風吹戰鼓，高塵擁貝裝⓫。駭猿時落木，驚鴻屢斷
行⓬。樹寒條更直，山枯菊轉芳。豹略推全勝，龍韜揖所長⓭。小臣欣
寓目⓮，還知奉會昌⓯。

【注釋】❶校戰　軍事比賽。古時練兵、演習的方式。❷長楊　漢代行宮名，在今陝西周至，因有垂楊數畝，故名，是帝王遊獵之所。❸兵欄　放置武器的架子。❹置陣橫雲起二句　橫雲起、雁翼張，都是形容軍陣的氣勢浩大，如濃雲密布，雁翼伸展。❺門嫌磁石礙　此為錯綜句法，應讀為（人）嫌磁石門礙。磁石門，秦

築阿房宮，以磁石為門，以防帶兵器者入內。❻鐵菱　鐵製器具，頭銳，布置在溝塹中，以為防禦。❼龍淵觸牛斗　意謂劍氣直沖雲霄。龍淵，古良劍名。牛斗，牛星和斗星。❽繁弱駭天狼　意謂彎弓射天狼。繁弱，古良弓名。天狼，星宿名。❾落星奔驥騄　此為錯綜句法，應讀為驥騄奔（似）落星。驥騄，古駿馬名。❿浮雲上驌驦　駿馬飛馳，塵土飛揚，好似馬在雲端裡。驌驦，古駿馬名。⓫高塵擁貝裝　戰士的戎裝上積滿了塵土。擁，聚集；堆積。貝裝，貝冑戎裝。⓬駭猿時落木二句　意謂戰士的射術高明，虛弓射擊就使猿猴從樹上掉下，使鴻雁從雁陣中掉隊落地。駭猿時落木，用養由基射猿事，《呂氏春秋‧不苟論》載，養由基射猿，箭尚未發即已把猿射中了，發之則猿從樹上應聲而下。驚鴻屢斷行，用更羸射雁事，《戰國策‧楚策四》載，更羸用不帶箭的弓射下了一隻負傷驚慌的大雁。⓭豹略推全勝二句　意謂演習結束，大家一致推許用兵之術高深者。豹略、龍韜，原為古代兵書《六韜》中的兩篇〈豹韜〉、〈龍韜〉，這裡是指用兵之術。推，推許的意思。⓮寓目　親眼目睹。⓯奉會昌　效力天命所在隆盛發達的朝廷。會昌，會當興盛隆昌的意思。

【語　譯】演習隊伍從那長楊宮出發，兵器裝備被送進了演兵場。布下陣勢像天上濃雲密布，展開陣營如大雁張開翅膀。進出磁石門感覺不很順當，高頭大馬也怕被鐵菱刺傷。刀光劍氣直沖上九霄雲天，彎弓欲射嚇壞那兇狠天狼。駿馬飛馳好比是流星落地，戰馬奔騰又好像凌雲而上。大風應和著戰鼓咚咚聲響，塵土積滿在戰士盔甲戎裝。驚恐猿猴不時從樹上掉下，慌張鴻雁也屢屢掉到地上。寒氣中樹枝顯得既直又長，秋山上菊花發出陣陣幽香。大家推許用兵優勝的帥才，人人讚佩韜略精深的武將。卑臣欣喜地觀看壯觀場面，從此更要效力昌盛的朝邦。

【研　析】詩寫作者隨從周武帝觀看軍事演習的過程和感受，是寫來呈給武帝看的，所以也兼有歌頌和表態的性質。

詩的主體是描寫演習武事的激烈場面，就像一篇詩體小賦，作者用著誇張的語氣，從各個角度作著面面俱到的鋪寫。

開篇二句，一出一入，是演武的序幕。三句開始進入對演武場面的正面描寫。「置陣」二句先寫陣勢的浩大，「橫雲起」、「雁翼張」，顯出不凡的氣勢。「門嫌」二句，寫演武場門禁的森嚴，從側面烘托出此次演武的規格。「龍淵」二句閃爍著刀光劍影。「落星」二句但見駿馬飛馳。「急風」二句直接描寫比武戰士的矯健身影，並用咚咚的戰鼓來加強緊張激烈的氣氛。「駭猿」二句則使用側筆，誇張地襯出戰士武藝的高超。至此，演武的激烈場面，在作者筆下猶如電影中的快鏡頭，一個接著一個閃過，讓讀者有一種目不暇接的感覺，緊張得屏住呼吸，無暇分神。

接下來作者突然筆鋒一轉。「樹寒」二句，把鏡頭從演武場移開，轉向一個更為開闊的空間，節奏也從緊湊快速轉為舒展平緩，使讀者緊繃的心弦因此鬆弛了下來，緊張之餘終於可以緩一口氣，調節一下氣氛，這是庾信詩中常用的筆法。同時也有點明時間的作用。「樹寒」、「山枯」正是秋天景象，與《周書．武帝紀》中所載十月的時間相合。至此演習接近尾聲，「豹略」二句是寫觀武者發出的由衷讚歎，大家一致讚揚指揮官韜略的高超。這既意味著演習的結束，又意味著敘事的終了。

在此基礎上，便自然逼出結末二句，也就是向武帝表白態度。意思是今天親眼目睹了這樣盛大的場面，才終於體會到周朝是天命所在，從此我當盡心竭力侍奉聖朝。雖然全詩絕大部分的篇幅在有聲有色地描寫演兵場面，讀者也容易被這一部分的內容所吸引，但對於庾信來說，篇末這二句才是點睛之筆，是他的用心所在。前面部分是賓，結尾二句才是主，曲流迴旋終究是要歸結到這二句話上的，其所以如此，是因為這首詩原本就是為了寫給武帝看的。這也從一個側面幫助我們理解了庾信的心態和處境。

奉報趙王出師在道賜

【題　解】趙王領兵出征，在途中寫詩給作者，子山就作了這首答詩。詩中描寫趙王大軍出征的雄壯氣勢和途中所見的奇麗風光，也設想了身處絕域的別離之悲，是邊塞詩的雛形。趙王，宇文招，北周宗室，宇文泰七子。好屬文，與庾信交好，學庾信體，詞多輕豔。累官大司馬、益州總管。後因謀刺楊堅被殺。

上將出東平❶，先定下江兵❷。彎弓伏石動❸，振鼓沸沙鳴。橫海將軍號，長風駿馬名。雨歇殘虹斷，雲歸一雁征。暗巖朝石濕，空山夜火明。低橋澗底渡，狹路花中行。錦車同建節❹，魚軒異泊營❺。軍中女子氣，塞外夫人城❻。小人乖攝養，歧路阻逢迎❼。幾月芝田熟？何年金竈成❽？哀笳關塞曲，嘶馬別離聲。王子身為寶，深思不倚衡❾。

【注　釋】❶上將出東平　意謂趙王領兵從東平出發。上將，猶言大將、主將。東平，地名，今屬山東。❷下江兵　西漢末農民起義軍的一支，此處借指敵軍。❸彎弓伏石動　意謂士兵見草中有石，以為猛獸，拉弓射之。❹錦車同建節　用《漢書・西域傳下》「馮夫人錦車持節」之典，喻指趙王夫人隨軍同行。錦車，以錦為飾之車，貴族所乘。建節，手持符節。節，古代使臣所持用來表示徵信的器具，分為兩半，以相合為驗。❺魚軒異泊營　意謂夫人乘坐魚軒不同於士兵的安營紮寨。魚軒，以魚獸皮為飾的車子，為貴婦人所乘。語出《左傳・閔公二年》：「歸夫人魚軒。」❻軍中女子氣二句　意謂趙王夫人隨軍同行。古人認為打仗是男子的事，軍有女子氣，說明軍中有婦女。夫人城，古代邊塞由婦女主持建造或守護的城，如《漢書・匈奴傳上》有范夫人城。❼小人乖攝養二句　意謂自己身體不好，道路不暢，沒能及時迎接趙王。攝養，保養；調養。歧路，岔路。❽幾月芝田熟二句　意謂服食修煉不知何時方有成效。芝田，仙人種芝草的田園。金竈，方士煉丹之竈。❾王子身為寶二句　意謂要趙王以保身為重，小心謹慎，勿履險犯難。不倚衡，不要靠在車子的欄杆上。語出《史記・袁盎列傳》，袁盎諫勸文帝曰：「千金之子坐不垂堂，百金之子不騎衡。」騎，通「倚」。

【語　譯】趙王帶領著兵馬出了東平，先去平定下江的叛亂之兵。拉弓射箭草間石頭都震動，播響戰鼓流沙也發出振鳴。橫海正是將軍的名號，長風才是駿馬的美名。驟雨止歇天邊掛一抹虹霓，白雲飄蕩孤雁向遠方飛行。白天裡陰暗處巖石仍潮潤，到夜晚空山裡火光燃通明。穿過了谷底山澗那低低橋，行走在花草叢中那窄窄徑。錦車裡坐著持節的使節，那魚軒畢竟不同於兵營。軍隊中散發出女子之氣，大部隊駐紮在夫人之城。只因我不善於調護身體，路艱難妨礙我前來歡迎。不知還有幾月芝田能熟？不知還有幾年金竈可成？胡笳聲聲迴響著悲涼的邊塞曲，戰馬嘶鳴彷彿是為別離而悲號。王子的身體才是最可珍貴之寶，須深思百金子不倚車衡的教導。

【研　析】這首詩是對趙王來詩的贈答，有以詩代信的性質。

詩分二層：

第一層（首句至「塞外夫人城」）寫趙王出師。其中又可分為兩小節。「錦車」句之前為一節，之後為一節。前一節寫出師行軍。「上將」二句，開宗明義點明趙王領軍出師的主題。「彎弓」句以下描繪行軍之狀。先用四句，寫出部隊的聲勢，語帶誇飾。「雨歌」六句，轉寫行軍過程。作者既未實際參與行軍，當然無法寫得真切、具體。所以他便用想像代寫實，以側筆烘托行軍過程。此三聯分別取了三個角度：一為雲天；二為山巖；三為行軍。可見三聯中真正用來寫行軍的只有第三聯，其他兩聯均為景語，與行軍並無內在關係，是從外部點綴上去的。雖可見出作者的巧思，實是一種不得已的辦法。後一節（即「錦車」四句）則運用典故暗示此次出師的特點，那就是趙王夫人隨行。意思很簡單，卻衍成四句，純為贈答之需，不免弱化詩意。

第二層（「小人乖攝養」至篇末）是作者的解釋和對趙王的贈言，書信的特點更為明顯，而詩意則更為減弱。「小人」二句在向趙王解釋，趙王出師之際自己何以沒有迎送，也有表達歉意的意思。「幾月」二句，表面在抱怨藥石功效不顯著，實際還是在強調自己的身體不好，是側面暗示。「哀笳」二句表達離別之悲，與前四句的寫實不同，寫得靈動飛揚，是用意象來烘托氣氛，關合出師之意，用的是虛筆，引人遐想。「王子」二句，轉為對趙王的寄言，表達作者對他的關心和祝願，從而收結全詩。

從應酬詩的角度看，詩中把趙王出師的幾層意思安排得井然有序，表達周全而又妥帖，即使無法實寫，他也避實就虛，揚長避短，筆法靈活而不呆滯，可以見出作者的詩藝巧思。不過，應酬的色彩畢竟太重，詩的意味不免受到影響。感受不深、感情膚淺，「做」詩的味道就不免重了一些。

和趙王送峽中軍

【題　解】這首詩描寫趙王部隊行軍途中的情景，寫出了軍旅氣息和悲涼的邊塞風味。詩是奉和之作，詩題既稱「送」軍，則庾信並未參與行軍可知，詩中所寫當出於想像。據末聯，本詩當是北周武帝保定（西元五六一—五六五年）中趙王出任益州總管期間的作品。

樓船❶聊習戰，白羽試撝軍❷。山城對卻月❸，岸陣抵平雲。赤蛇懸弩影❹，流星抱劍文❺。胡笳遙警夜，塞馬暗嘶羣。客行明月峽❻，猿聲❼不可聞。

【注　釋】❶樓船　設有樓層的大型戰艦。❷白羽試撝軍　手執白羽扇，指揮戰鬥，形容從容鎮定的大將風度。撝，指揮。❸卻月　城名，以城形如半月，故名。❹赤蛇懸弩影　這是用杯弓蛇影的典故，意為牆上張掛的弓弩其影似蛇。赤蛇，指弓弩的影子。❺流星抱劍文　意謂劍光閃爍，如流星奔馳。抱，環繞。❻明月峽　峽名，在今重慶市巴南東北，峽首南岸壁有圓孔，狀如滿月，故名。❼猿聲　民間有漁者之歌曰：「巴東三峽巫峽長，猿鳴三聲淚沾裳。」（《水經注》卷三十四所引）

【語　譯】高大的戰船正在演習攻戰，趙王手揮白羽扇指揮大軍。山城與卻月城兩城相對峙，岸上軍陣遙接著天邊白雲。弓弩的影子猶如赤蛇蜿蜒，劍光閃爍如流星環繞劍刃。胡笳聲聲迴蕩在茫茫夜空，邊馬群中時發出悲嘶陣陣。部隊行進在有名的明月峽，卻聽不到猿猴淒清的啼聲。

【研　析】這也是一首奉和詩，題目已經有了，作者要做的只是據題敷衍。詩寫行軍，但作者卻未參預（由題中「送峽中軍」可知），所以也不會有真實的思想感受。

我們且看這首詩的基本特點。首先是短小。全篇在十句之內，這樣可以避免鋪展，但要寫得好，可能更有難度；其次是工巧。那就是作者儘管沒有生活實感，卻可借助想像和有關軍旅邊塞意象，合理布局。如此化實為虛，亦有趣味；再次是扣題。一個「峽」字，一個「軍」字，便是全詩展開的線索，兩方面都點到落實，則本詩在結構上也可稱首尾圓融了。

我們再按順序略加疏解。「樓船」二句，開首即點題。「白羽」句暗讚趙王。「山城」二句筆勢宕開，寫周圍環境，有氣勢，不拘泥。「赤蛇」二句，重新回到對軍事行動的描寫，卻不鋪展，也無法鋪展。既然沒有親身參預，倘要細寫自然吃力不討好。故而只用二句寫武器的精良，以點帶面，也可說是聰明的處理。「胡笳」二句，借用胡笳、塞馬兩個意象，引發讀者想像，烘染出邊塞氣息，也是避實就虛之筆，靈動之筆。以上所寫，皆扣住「軍」字寫。結末二句，則回到題中「峽中」二字，巧用典故。由峽而聯想到猿聲，引人遐想，亦頗有味。

一篇奉和之作，作者又無生活實感，卻能揚長避短，結撰精巧，顯然得力於庾信深厚的藝術功力。

奉和趙王途中五韻

【題　解】這是對趙王原詩的唱和。詩中描繪了趙王統領部隊一路行軍的情景，既寫了部隊行軍的浩蕩氣勢，又寫了途中所見的自然風光。據「峽路」二句看，則本詩作年似同上首。

飄飄映車幕❶，出沒❷望連旗。度雲還翊❸陣，迴風即送師。峽路沙如月，山峰石似眉❹。村桃拂❺紅粉，岸柳被青絲。錦城❻遙可望，迴鞍❼念此時。

【注　釋】❶車幕　車上的帷幕。❷出沒　時隱時現。❸翊　護衛。❹峽路沙如月二句　意謂部隊行進在明月峽、峨眉山間。峽路沙如月，此為錯綜句法，應讀為如月峽路沙。明月峽、峨眉山，均在今四川境內。❺拂　輕染；輕抹。❻錦城　成都的別名。❼迴鞍　掉轉馬頭；回望。

【語　譯】旌旗飄飄遮映著車前帷幕，放眼遠望時見連綿的彩旗。飄動的白雲仍在護衛軍陣，迴旋的風兒似在送別隊伍。穿行在宛如明月的峽路上，眺望遠處彎曲似眉的山峰。小村桃樹似被抹上了紅粉，岸邊柳樹彷彿披上了青絲。當錦城已經可以遙遙在望，您定會調轉馬頭懷想此時。

【研析】從詩中「峽路」二句及「錦城」句看，此詩當作於趙王任益州總管期間。此時部隊正行進在明月峽和峨眉山間，向錦城進發而尚未到達之際。庾信並無入蜀的經歷，所以詩中對行軍的描寫實出於想像。

儘管如此，本詩還是頗有特色。開首四句狀寫行軍的氣勢，境界開闊。「飄飄」二句，是遠望。「度雲」二句，再把鏡頭轉向天空，將「度雲」、「迴風」與地上的大軍連接起來，給人軍容盛大，聲勢烜赫的感覺，也從側面巧妙地讚美了大軍的主帥，卻又不露痕跡。「峽路」二句點出行軍路線，意思是說部隊行進在明月峽和峨眉山間。不管這峽與山是否指實，總點明了此次行軍是在蜀中大地。從構句法來說，這兩句是將明月峽和峨眉山兩個地名拆解重組，化為充滿詩情畫意的兩個句子，雋永有味。

「村桃」二句，將鏡頭拉開轉而攝取路邊景色：桃紅柳綠、小村河岸，色彩明麗輕倩，調子輕鬆柔和，與之前的雄壯陽剛恰成對比。末二句既指明行軍目的地乃是錦城，又點出目前尚在「途中」，所以錦城雖「可望」而仍「遙」，扣題中「途中」二字。「迴鞍」句頗耐咀嚼。細味此「迴鞍」之時，實指錦城已經遙遙可望之際，是將來時；而「此時」則指作詩之時，是現在時。作者的思緒是從現在的「此時」出發，遙想未來即將抵達目的地時，將會如何回思今天「此時」的情景。打破時空界限，思緒飛揚在現實和將來之間，表現出作者構思的巧妙。與後來李商隱〈夜雨寄北〉中「何當共剪西窗燭，卻話巴山夜雨時」有異曲同工之妙。足以見出庾信的才氣，即使是酬酢之作，也照樣能寫得不同一般。

伏聞遊獵

【題　解】這首詩是對遊獵景象的描繪，同時也曲折地表露了作者仕途失意的心情。詩題中「伏聞」二字，說明詩中所寫的遊獵只是想像之辭，同時也說明這是寫給在上者的，有可能是寫給趙王宇文招的。

虞旗❶喜旦晴❷，獵馬向山橫。石關❸魚貫上，山梁雁翅行❹。雪平尋兔跡，林叢聽雉聲。馬嘶山谷響，弓寒桑柘鳴❺。聞弦鳥自落，望火獸空驚。無風樹即正，不凍水還平。誰知茂陵下，願入睢陽城❻。

【注　釋】❶虞旗　虞人所執之旗，其用在彙集獵物。虞人，掌管畋獵的官。❷旦晴　晴朗的早晨。❸石關　山上石築的關隘。❹山梁雁翅行　意謂隊伍沿著山間橋梁通過時，就像大雁飛行排成了整齊的行列。山梁，山間用岩石架起的橋梁。❺弓寒桑柘鳴　意謂在凜冽的寒氣中飛箭發出鳴聲。桑柘，兩種樹木名，製作弓箭的材料，這裡指代箭。❻誰知茂陵下二句　可能意謂自己如司馬相如罷歸茂陵一樣失意，表示願意追隨在趙王左右。茂陵，地名，司馬相如免官後所居之地。睢陽城，地名，在西漢梁孝王所建之東苑內。

【語　譯】虞旗飛揚好像欣喜於晴朗的早晨，獵手們騎著馬兒向那大山中行進。士兵一個接著一個穿過石壘關隘，沿著山間橋梁前行像大雁排成行。在茫茫的雪地上尋覓兔子的蹤跡，在幽深的樹叢中捕捉山雞的啼響。獵馬嘶鳴一聲聲在山谷之間迴蕩，飛箭嗖嗖在寒冷空氣中發出鳴響。驚弓之鳥聽到箭響就從空中掉落，野獸見到熊熊獵火就會徒然驚慌。倘若沒有風兒樹木就會復歸原樣，如果沒有結冰水流依然平靜流淌。有誰知免官退隱茂陵的司馬相如，多麼渴望能回睢陽城追隨梁孝王。

【研　析】這首詩借對遊獵的描寫含蓄地向對方請求幫助，可以說是一首干謁詩。

全詩十四句，前十二句為描寫，是一層。末二句為議論點題，又是一層。第一層用鋪寫法，從不同角度寫出遊獵的場景。首二句點明遊獵的主題，說明天氣晴朗，遊獵是在山間。「石關」二句寫隊伍出發，向山上行進。「雪平」以下六句則直接描寫遊獵場面，緊張激烈，又懾人心魄，也暗寓讚揚對方的意思。「雪平」二句頗為真切，想來庾信也許有過遊獵經歷，故此次雖未參與，卻可調動生活積累加以補充。「無風」二句，宕開一筆，轉寫景色，與上文的激烈緊張形成對比，頗具匠心。末二句實為全詩的點睛之筆。意思是說，自己就像當年被免官退居茂陵的司馬相如一樣，是多麼渴望追隨您啊。讀到這裡，讀者方始明白，本詩的真實用意端在於此。儘管作者沒有直接道明，只是借用典故含蓄地暗示，但意思還是清楚的。只是這兩句話前無鋪墊，與遊獵場面也略無關涉，劈空而來，陡然收尾，不免突兀生硬，不能不說是一個敗筆。

李白〈與韓荊州書〉干謁而豪氣逼人，孟浩然〈臨洞庭湖上張丞相〉干謁而與景色融為一體，若與庾信此詩比較，則庾詩尚未盡其美。

和從駕登雲居寺塔

【題　解】這首詩題目一作〈和趙王遊雲居寺〉，可見是隨從趙王遊覽雲居寺塔所作。詩中描寫了雲居寺的高聳險峻，表現了作者對山中景色的驚喜和欣賞。

重巒千仞塔，危❶磴九層臺❷。石關恒逆上❸，山梁❹乍斗迴❺。階下雲峰出，窗前風洞開。隔嶺鐘聲度，中天梵響❻來。平時欣侍從，於此暫徘徊。

【注　釋】❶危　高。❷九層臺　和千仞塔一樣都是指雲居寺塔。❸逆上　逆勢而上，這裡是高聳的意思。❹山梁　山間由岩石架成的橋梁。❺斗迴　陡然轉折。❻梵響　誦經聲和佛樂聲。

【語　譯】層巒疊嶂間高塔矗立，高高石階連通九層臺。石築的關隘沖天而上，山間的石橋陡然折回。如峰白雲石階下湧出，山風呼呼窗戶前勁吹。隔山越嶺有鐘聲飄來，梵唄佛音在空中蕩回。平時很樂意隨侍大王，到此地不免踟躕徘徊。

【研　析】這首詩寫了一次遊覽的經歷，頗有特色。

本詩扣住山勢的險峻高聳來寫。因寺塔建在山上，要寫塔必寫山。本篇大部分篇幅也是集中寫山之高峻。

開首二句用「千仞塔」、「九層臺」點出寺塔之高，下四句即集中筆墨於山勢之險峻上。「石關」二句是正面描寫，「逆上」、「斗迴」均突出山之險要，讀之令人心驚。「階下」二句寫雲、寫風，但見白雲彌漫於臺階之下，風在窗前勁吹，其用意仍在寫山勢之高。如果作者到此為止，那麼讀者所得的印象仍然只是山而已，並未見出寺塔的特點，這樣就有了「隔嶺」二句。這時在寂寞的群山間，悠揚的鐘聲和虔誠的頌經聲、佛樂聲隨風飄來。悠然寧靜的氣息與前面緊張驚懼氛圍形成對比，有張有弛。在對高山寺塔作了充分描繪之後，便自然逼出結末二句，以感歎議論照應篇首，作為全詩的收束。

這首詩雖然以寫景為主，但我們從作者的描寫中還是能讀出這次歷險的心情。儘管他說，「於此暫徘徊」，把山勢寫得如此險象環生，但讀者還是可以透過這種緊張心理，讀出作者內心的驚喜，在緊張中感受到一種快感。全詩十句，卻有八句對偶，語言平易流暢，風格明淨自然，讀之可喜。

奉和趙王隱士

【題　解】這是對趙王〈隱士〉詩的奉和之作。詩中堆垛了很多典故，並通過想像來描寫隱士的生活。

洛陽徵五隱❶，東都別二賢❷。雲氣浮函谷❸，星光集潁川❹。霸陵採樵路❺，成都賣卜錢❻。鹿裘披稍裂，藜牀❼坐欲穿。阮籍惟長嘯❽，嵇康訝一絃❾。澗險無平石，山深足❿細泉。短松猶百尺，少鶴⓫已千年。野鳥繁絃囀，山花焰火然⓬。洞風吹戶裏，石乳⓭滴窗前。雖無亭長識，終見野人傳⓮。

【注　釋】❶洛陽徵五隱　意謂東漢朝廷徵召五位隱士。洛陽，東漢都城，這裡是以洛陽代東漢。五隱，東漢的五位隱士：徐穉、姜肱、袁閎、韋著、李曇。袁宏《後漢紀》卷二十二載，陳蕃舉薦五處士，朝廷徵召不至。

❷東都別二賢　意謂西漢時人們在長安東門外餞別疏廣、疏受叔侄。《漢書・疏廣傳》載，疏廣、疏受叔侄並為太子師傅，受到朝廷信重，他們急流勇退，辭官歸隱。辭別之日，公卿大夫親友故舊在長安東門外設宴餞行。

東都，長安東門。❸雲氣浮函谷　這是用老子出關的典故。《史記・老子韓非列傳》載，老子見周衰，於是出關隱遁。劉向《列仙傳》載，老子西遊，關令尹喜望見紫氣浮關，果見老子騎牛而過。老子所過之關，人多以為函谷關。❹星光集潁川　這是用堯時隱士許由隱居潁水之濱、箕山之下的典故。舊說雲氣籠罩之處或星光聚集之下，往往有賢人隱居。❺霸陵採樵路　猶言隱遁避世之路。霸陵，山名，在今陝西長安東。《後漢書・逸民列傳》載，梁鴻夫婦、韓康都曾入霸陵山隱居。採樵，打柴。❻成都賣卜錢　這是用《漢書・王貢兩龔鮑傳》中嚴君平的典故。嚴君平卜筮於成都，日閱數人，得百錢足夠自養，就閉門下簾講授《老子》。❼藜牀　用藜草編織而成的牀榻。❽阮籍惟長嘯　意謂阮籍面對蘇門山隱士的長嘯自愧不如，引起思索。惟，思索。《世說新語・棲逸》載，阮籍善嘯，聲聞數百步。他在蘇門山中遇到一個隱士，其嘯聲如數部鼓吹，林谷傳響。❾嵇康訝一絃　意謂嵇康對隱士孫登高超的琴藝非常驚訝。《世說新語・棲逸》注引〈嵇康集序〉說，孫登「好讀《易》，鼓一絃琴，見者皆親樂之。」❿足　多的意思。⓫少鶴　幼鶴。⓬然　通「燃」。⓭石乳　溶洞中自洞頂下垂的石灰質體。⓮雖無亭長識二句　意謂隱士雖然不被官方人士所識，卻與山野百姓熟稔，姓名騰傳人口。《後漢書・逸民列傳》載，韓康為朝廷徵召，不乘政府派來的車子，自乘柴車至亭。這時亭長正調遣農夫修築道路，準備迎接韓康。亭長不認識韓康，以為是普通農夫，就強奪其牛以應役。野人，山野之人；農夫。

【語　譯】東漢朝廷下詔徵召五位隱士，西漢公卿在東門外送別二疏。五色雲氣浮動在函谷關上空，明亮的星光聚集於潁水之濱。隱遁霸陵隱士可以自食其力，賣卜成都君平正好自得其樂。身披著破舊的鹿皮衣，安坐在將穿的破牀榻。面對山中隱士的長嘯，阮籍不禁引起深思；聆聽孫登彈奏獨絃琴，嵇康不覺大吃一驚。山澗坎坷沒有平坦石頭，山谷幽深有著很多細泉。即便短松也有百尺之高，雖是幼鶴也有千年之齡。鳥聲啁啾如同眾弦俱響，山花爛漫彷彿火焰燃燒。洞風強勁直吹到屋裡面，石乳點點滴落在窗戶前。隱士雖不為亭長所認識，姓名卻在老百姓中盛傳。

【研　析】奉和之作因為出於應酬交際，限制因素頗多，往往不是真情實感的自然流露。這首詩也有這個問題，命題作詩，體驗不深，非有感而發，因此只能靠技巧作彌補。

本詩共二十句。細讀全詩，覺得意思很淺，敷衍之法主要是堆垛典故，又輔之以想像。前十句中有八句用典，但意思並無推進，不過是同一意涵典故的簡單疊加。詩貴精煉，不應有可有可無之句，試想在此十句中刪卻若干句，並不見得會影響意思的連貫和完整，這就見出作者有意借學問以彌補情思之不足。

不過庾信畢竟是才子，在緊接的「澗險」以下八句中，作者便轉換筆墨，一改之前堆垛典故的沉悶筆法，調動自己的人生體驗，用想像轉寫隱士的生活環境，頗有意味。在這一層裡，作者側重描寫的是人跡罕至的深山之景：高低不平的山澗、潺潺流動的深山細泉、百尺短松、千年幼鶴……，展現出一幅奇麗不凡、如夢如幻般的境界，極富浪漫色彩，是全詩中最有光彩的部分。其中「野鳥」二句寫出了大自然的勃勃生機，視聽交錯，充滿動感，在人間仙境裡又平添了幾分現實色彩和生活氣息。

結語二句亦頗有味，使用典故既貼切又含蓄，寫出了隱士的特點：官家不認識，百姓卻熟悉，包含著和光同塵的意思。

本篇前後兩半，明顯後勝於前。前半板滯，後半靈動；前半用典，失在堆垛，後半寫景，勝在生動；前半以學入詩，後半以才為詩。又，本篇二十句，句句對仗，且頗工穩；層次清晰，結構完整。至於情感膚淺，堆垛典故，失之沉悶，則是其短。

擬詠懷二十七首（選二十一首）

其一

【題　解】〈擬詠懷二十七首〉是庾信入北之後的作品，也是庾信成就最高的作品之一，詩中抒寫了作者羈留北地不得南歸的苦悶和理想壯志不得實現的痛苦。〈詠懷詩〉原是阮籍的代表作，但庾詩與阮詩並不相像，是否有意擬阮，實是疑問。余冠英先生發現《藝文類聚》中所引〈詠懷詩〉前並無「擬」字，認為「擬」字可能是後人妄衍，誠然。本篇表現了作者入北以後所處的寄人籬下，不得自由的生活環境，也流露出作者驚懼恐慌的失意心態。

步兵❶未飲酒，中散❷未彈琴。索索❸無真氣，昏昏有俗心。涸鮒❹常思水，驚飛每失林❺。風雲能變色❻，松竹且悲吟。由來不得意，何必往長岑❼。

【注　釋】❶步兵　魏晉人阮籍，曾任步兵校尉，善飲酒。❷中散　魏晉人嵇康，曾任中散大夫，善彈琴。❸索索　了無生氣貌。❹涸鮒　困在涸轍中的鮒魚。典出《莊子・外物》，有困在涸轍中的鮒魚向莊子求斗升之水以活命。❺失林　猶言失去方向，找不到歸宿。❻風雲能變色　喻梁代後期發生的巨大變化。❼由來不得意二句　意謂既然一直到處碰壁，那又何必一定要跑到北邊來自找苦吃。《後漢書・崔駰列傳》載，東漢人竇憲屬官崔駰屢次批評竇憲，受到竇憲的打擊，出為長岑長，「駰自以遠去，不得意，遂不之官而歸」。由來，從來；一直，這裡有總是的意思。長岑，地名，在今遼寧瀋陽境內，這裡喻指北朝。

【語　譯】如同阮籍不能酣暢飲酒，又像嵇康不能暢快彈琴。在憂懼冷落中了無生氣，昏昏沉沉俗慮充塞內心。像涸轍中小魚渴望杯水，如驚弓之鳥找不到歸林。風雲突變天地忽然黯然，松竹瀟瀟像在哭泣哀吟。既然一向都是落拓失意，又何必到北邊自尋淒清。

【研　析】這首詩通篇是對作者入北以後的消沉心態的描寫。

開首四句，是借古人自喻，說自己整天無精打采，昏昏沉沉，好像失了靈魂一般，從中我們已可初步窺見作者內心的痛苦狀態。後四句，則進一步揭出此種心態形成的原因，同時也是對這種狀態的具體描述。「涸鮒」二句是說自己的處境猶如處在涸轍中苟延殘喘的小魚，欲求升斗之水而不得；又說自己驚魂不定就像驚弓之鳥一樣每每迷失方向。二句既是對他生活處境的描寫，也是他驚恐心理的展露，由此我們可以感受到他的內心是何等敏感，他的神經是何等緊張，他的精神恐怕也已到了崩潰的邊緣。

「風雲」二句是寫作者眼中看出來的自然景色。因為作者憂懼太深，悲情太強，以至在他眼中看出的自然景色也籠罩著一層濃郁的悲感色彩：風雲變色、松竹悲吟。此處風雲變色既是寫景，又是比興，借喻梁朝的敗亡。至於松竹悲吟可能更多的還是作者直觀的感受，是一種精神高度緊張下的變態反映，並非有意使用比興（儘管也可以作比興理解）。

末二句是全詩點題之筆，以上所寫「索索」、「昏昏」、「涸鮒」、「驚飛」、「悲吟」等等，皆可歸結為「不得意」。這裡所謂的「不得意」固然可以理解為個人事業發展的不順利，但實際所指應比這範圍更廣，是指整個大環境對個人心靈的壓抑，是一種令人窒息的、無所逃於天地之間的絕望感。連起來看，二句意思是說，既然自己一直命運不好，那幹嘛還要不遠萬里跑到這異國他鄉來自討苦吃呢？語氣中充滿著悲憤和身不由己的無奈，曲折地表達了自己被強留北方的荒謬感。

本篇抒發鬱悶心情，借用典故，含蓄深沉，彌漫著濃郁的壓抑感和悲劇氣氛。從這一角度而言，與阮籍的〈詠懷詩〉有相近之處。

其二

【題解】作者在這首詩中撫今思昔，追想早年受到梁帝的賞識，滿懷豪情。又聯想到在現實生活中理想成空，壯志難伸，便充滿失落感，心情頗為低落。

赭衣居傅巖，垂綸在渭川❶。乘舟能上月，飛幰欲捫天❷。誰知志不就❸，空有直如弦❹。洛陽蘇季子，連衡遂不連❺。既無六國印，翻思二頃田❻。

【注　釋】❶赭衣居傅巖二句　意謂自己像傅說之於殷高宗，姜尚之於周文王一樣，曾受到梁帝的賞識和提拔。傳說傅說原是刑徒，在傅巖作苦工，後來殷高宗於夢中得到暗示，把傅說從刑徒中提拔上來，任為國相。姜尚在渭水邊垂釣，周文王打獵時遇見他，發現他的才華，就立他為師。赭衣，赤色的囚衣，這裡指代傅說。傅巖，地名，傳說勞作之地。綸，釣絲。❷乘舟能上月二句　意謂自己有上月、捫天的雄心大志。乘舟能上月，舊說伊尹在受到湯的重用之前，曾夢見自己乘船經過了日月邊上。幰，車子前的帷幔，這裡指代車子。❸就　實現。❹直如弦　比喻耿直的性情。《後漢書・五行志一》載漢順帝末童謠：「直如弦，死道邊。曲如鉤，反封侯。」❺洛陽蘇季子二句　用蘇秦以連衡遊說秦王，沒有被採納的典故，可能喻指子山出使西魏，有意改善梁魏關係，卻因江陵之戰而致南北關係更加緊張。蘇季子，蘇秦，戰國縱橫家的代表人物，起先以連衡說秦王，未得信用。後改以合縱遊說六國，大獲成功，遂佩六國相印。❻既無六國印二句　意謂現在既然不能像蘇秦那樣身佩六國相印，那倒很想擁有二頃田地，過過安穩的小日子。《史記・蘇秦列傳》載，蘇秦佩六國相印，為人側目，於是歎道，如果當年我在洛陽有二頃土地，怎麼會有今天身佩六國相印的顯赫呢？意思是說，正因為當年低下的地位才使蘇秦發憤圖強。這句是反用典故。

【語　譯】傅說身穿囚衣住在傅巖，姜尚持竿垂釣於渭水邊。乘著飛船能夠登上月亮，飛車空中可以手摸蒼天。誰想平生志業竟然不遂，徒有耿介品格正直如弦。我就像當年洛陽的蘇秦，以連衡遊說卻一無所連。既然不能身佩六國相印，我倒渴望守著二頃薄田。

【研　析】本詩通篇借典故抒發自己壯志不得伸展，理想成空的悲憤和無奈。

詩分兩部分。前四句為一層，講的是昔日的壯志豪情。「赭衣」二句用古人先窮後達的典故，表達自己對前途的信心。「乘舟」是用比興手法，誇張地抒寫他當年的凌雲大志，他渴望「上月」、

「捫天」，做出一番轟轟烈烈的大事，語氣中洋溢著激昂奮發的浪漫精神。

後六句為一層，情緒陡然下跌，代之以消沉、黯然和歎息。「誰知」二句，思緒回到現實，便不由發出一聲長歎，空想便被冰冷的現實擊得粉碎，一個「空」字包含著多少辛酸的淚水。「洛陽」四句用蘇秦典故，表達了這樣的意思：既然自己沒有本事（連衡遂不連），無法成就大業（既無六國印），那就老老實實守著幾頃薄田過過小日子吧（翻思二頃田）。表面上看似乎很平靜、很達觀，樂天知命，能正確對待。但透過表層的意思，我們解讀出來的卻是隱含其中的不平、不甘、無奈和自嘲，是壯志成空卻又無力回天的歎息。庾信並不是一個超脫的人。

全篇前後二層有一種對比的關係。當年是何等豪邁，今日又是何等「實際」，前半段的壯語是為了烘托後半段的失意。又通篇用典，既含蓄典雅，又自然貼切。

其三

【題解】作者在詩中表露了自己被迫在北朝仕宦的無奈，抒發了對故鄉的懷念和自傷遲暮，理想成空的消沉情緒。

俎豆非所習，帷幄復無謀❶。不言班定遠❷，應為萬里侯。燕客思遼水❸，秦人望隴頭❹。倡家遭強聘❺，質子❻值仍留。自憐才智盡，空傷年鬢秋。

【注　釋】❶俎豆非所習二句　意謂自己才質低下，既不善於主持祭祀，又不長於指揮打仗。《左傳‧成公十三年》謂：「國之大事，在祀與戎。」俎豆，禮器，這裡指代祭祀之事。俎，放置肉的几。豆，盛放乾肉的器皿。帷幄，軍中帷幕，這裡是說指揮打仗。《史記‧留侯世家》載劉邦讚揚張良的話說「運籌策帷帳中，決勝千里外，子房功也。」❷班定遠　東漢人班超，他年少有大志，出使西域，被封為定遠侯。❸遼水　河流名，流經燕國。❹隴頭　隴山，在今陝西、甘肅交界處，舊在秦地。❺倡家遭強聘　意謂自己被迫仕宦北朝，猶如歌妓被強迫婚配。倡家，歌妓。聘，訂婚、迎娶。❻質子　寄居他國，起抵押作用的王子。

【語　譯】祭禮之學本來非我所長，運籌帷幄我又缺乏智謀。且不去說班超志向遠大，出使西域理應萬里封侯。就好像燕人思念著遼水，又如秦人對著隴山眺望。被留北方猶如歌妓逼嫁，又似質子被迫居留他鄉。為才智耗盡而暗自憐惜，因兩鬢添霜而徒自悲傷。

【研　析】這首詩也是自傷身世的牢騷之作，內中的意思頗曲折。

前四句是自我解嘲，意思是自己沒有什麼本事，豈敢效法班超立功關外，封侯萬里，這是連想也不敢想的。把自己貶得那麼低，實際還是對自己的才能有些許的自負，內心深處的想法是，自己雖不能齊名班超，但也不是庸碌無名之輩。所以要如此自貶，還是因為感到地位太低，不受信任，有無足輕重的感覺，因此失意的悲憤便橫亙心中。這是一層。

「燕客」四句，意思翻進一層，從追求功業理想回到目前所處的狀態、當下的渴望。意思是封侯萬里自然早已不敢奢望了，現在就連作為一個普通人最基本的要求——回返故鄉，與家人團聚都成了可望而不可及的夢想。作者以「燕客」、「秦人」自況，表達自己的思鄉之情，說明這是他此刻心中最大的，卻又是難以實現的願望。「倡家」二句揭示了這痛苦的緣由全在於違背自己的意志，被強留在了北朝，只不過這層意思在詩中沒有直接說出，而是借助比喻，委婉含蓄地表達出來。他把自己比作倡家之遭遇逼婚，質子之被迫寄居他國，可謂溫柔敦厚，怨而不怒。

在這樣層層抒寫的基礎上，最後便逼出了末二句的自嗟自歎。他感歎自己才智耗盡，心勞力拙，卻一無所獲，而年華卻在時光中悄然流逝。隱然有歲月蹉跎，理想成空的慨歎，包含著無限的傷感。

本詩直抒胸臆，或用典故，或用比興，把意思表達得既含蓄典雅，又清晰明瞭。本詩對感情的表達頗有層次，真實地反映了作者內心情感波動的過程，所以能打動讀者。

其四

【題解】作者入北以後，雖然受到北朝統治者的禮遇，但他內心深處始終有一種寄人籬下的感覺。既感到愧對故國，又無勇氣拒絕北朝，矛盾至極，深感行路之難。

楚材稱晉用❶，秦臣即趙冠❷。離宮延子產❸，羈旅接陳完❹。寓衛
非所寓，安齊獨未安。雪泣悲去魯❺，悽然憶相韓❻。惟彼窮途慟❼，知

余行路難。

【注　釋】❶楚材稱晉用　意謂自己本來是梁朝的人才，卻去為北朝服務。《左傳・襄公二十六年》載聲子語曰：「雖楚有材，晉實用之。」稱，適合。❷秦臣即趙冠　秦臣把趙王的王冠隨意戴在頭上，意味著趙已被秦所滅。這是喻指梁朝在江陵之變中被西魏打敗，梁元帝被殺。據《後漢書・輿服志下》引胡廣語曰：「秦滅趙，以其君冠賜近臣。」即，這裡是戴的意思。❸離宮延子產　《左傳・襄公三十一年》載，子產輔佐鄭伯至晉，晉國卻讓他們住在狹小的館舍內，子產拆掉牆垣，指責晉臣。晉君知道後，厚禮接待了他們，並修建了招待外國使者的賓館。本句活用典故，意謂子山入魏受到禮遇，被招待住在高級賓館中。離宮，帝王在正式的宮殿之外，以備遊處的宮殿。延，請。❹羈旅接陳完　《左傳・莊公二十二年》載，陳國公子完避難於齊，齊桓公要任他為卿，公子完婉謝說，羈旅之臣受到款待已經很幸運了，豈敢接受高位。本句以公子完自喻，意謂自己受到西魏的禮遇，被任以高位。❺雪泣悲去魯　這是用孔子離開魯國時依依不捨的心情來比喻自己離開梁朝時的心情。《孟子・萬章下》：「(孔子)去魯曰：『遲遲吾行也，去父母國之道也。』」雪泣，擦眼淚。雪，拭；擦。❻悽然憶相韓　這是借張良父祖五代輔佐韓王的典故比喻自己父子兩代侍奉梁朝。《史記・留侯世家》載，韓亡，張良以家財求刺客謀刺秦王，「為韓報仇，以大父、父五世相韓故。」❼惟彼窮途慟　意謂想到當年阮籍獨自駕車，到無路可走時便慟哭而返的故事。惟，想；思。

【語　譯】楚國的人才卻去為晉國服務，秦國的臣子竟戴上趙王王冠。晉國用離宮來招待鄭國子產，齊國以高位來接待陳公子完。寄住衛國衛不是合適的國度，安定齊國卻談不上任何平安。擦拭眼淚滿懷悲傷離開故國，心中淒涼想起張良五世輔韓。遙想當年阮籍途窮大哭而返，就知今日我的道路何等艱難。

【研析】〈擬詠懷二十七首〉中有相當一部分作品用的是直抒胸臆的寫法，較之間接抒情，有時直抒胸臆在藝術效果方面可能會遜於前者，這是因為過於直露會損害含蓄的意味。庾信解決這一問題的主要方法之一，就是借用典故，把原來要直說的話暗示出來，給讀者提供一個品味、想像的空間，意味也因此變得蘊藉起來。

這首詩要表達的意思，無非是對自己被迫滯留北朝的不滿和對故國的懷念，但沒有一句直說，而是句句用典，這就需要把典故中包含的真意詮解一遍。詩可分三層，前六句為一層，後二句為二層，末二句為三層。

第一層是講自己原是梁朝的舊臣，結果卻跑到北朝來，替北朝服務，實在是荒謬至極。雖然北朝待自己若上賓，禮遇甚厚，然而梁園雖好，終非自己家園，終究只是暫時的寄寓，完全沒有歸屬感和安全感。

第二層筆勢轉折，由第一層的「羈旅」之感轉寫對故國的懷念。「雪泣」二句寫對梁朝的深厚感情。庾信在梁朝深受信任，他是梁太子身邊的重要僚屬，以文才受到禮遇。《周書》本傳上說，他們父子「在東宮，出入禁闥，恩禮莫與比隆。」他在很多詩作中都表達了對梁朝知遇之恩的深深感激。「雪泣」句寫他離開故國時的戀戀不捨。「悽然」句是說自己與梁的淵源關係。二句情深意長，頗能動人，是全詩最佳的句子。

綜合這二層來看，前一層是寫他滯留北朝，後一層是寫他懷念故國。但其潛臺詞則是，梁朝對我有恩，可自己不但沒有報恩，反而跑到敵國去為他們服務。這層意思雖然沒有明確說出來，卻是包含在詩句裡的，透露出作者內心深處的負罪感。

庾信雖然感激梁朝，但他自己並不是一個堅強的人，甚至可以說不是一個有骨氣的人。他很軟弱，又有很強烈的名利欲望，在巨大的壓力和誘惑前，他選擇了屈服，這就需要付出心靈受到譴責的代價。這就有了結末二句，意思是說，面對著殘酷的現實，我作這樣的選擇實在是很痛苦，真是無路可走，沒有辦法，實在是太難太難了。這裡既有自我開脫，又有自我辯解，總之都是在請求原諒，希望能因此減輕心靈的折磨。由此我們看到了一個因備受煎熬而苦不堪言的庾信。

其五

【題解】作者在這首詩中表達了自己對故國淪亡，被迫仕北的絕望心情。他壯志消歇，為自己滯留北地回歸無望而感到無限的遺憾。

惟忠且惟孝，為子復為臣❶。一朝人事盡❷，身名❸不足親❹。吳起嘗辭魏，韓非遂入秦❺。壯情已消歇，雄圖不復申❻。移住華陰下，終為關外人❼。

【注釋】❶惟忠且惟孝二句　意謂作為人臣想要盡忠，作為人子想要盡孝。惟，思。❷人事盡　意謂梁亡了，與梁的君臣關係也隨之終結。❸身名　名聲地位。❹親　接近，這裡有看重的意思。❺吳起嘗辭魏二句這是用吳起辭魏，韓非入秦比喻自己離開故國，進入北朝。❻申　同「伸」。伸展。❼移住華陰下二句　意謂現在生活在北朝，究竟只能算是關外之人。華陰，地名，在太華山以北。關外人，函谷關之外的人。唐李冗《獨異志》卷中載，西漢楊僕自以功高，恥為關外人，想獻出家財請求朝廷把關移到新安。

【語　譯】作為人臣想要盡忠，作為人子想要盡孝。君臣關係既已告終，名聲地位豈值看重。吳起曾經辭魏入楚，韓非也曾自韓入秦。如今豪情早已不在，也不企求實現壯志。現已遷居華陰地區，終究只算關外之人。

【研　析】這首詩裡有三層意思。

前六句為一層，似乎是在為自己屈身仕北的行為作辯解。他先是說，作為庾氏後代和梁朝舊臣，他是努力盡忠盡孝的。接下來一轉，說現在梁朝已經敗亡，自己和梁的名分關係也隨之結束，對名聲地位也已不再看重了。實際的意思是，現在想要盡忠，也已因梁朝不存而無忠可盡了，即便有屈身事敵的不好的名聲也無須太當回事。「吳起」二句更就「身名」句推進一層，借典故直陳自己的辭梁事北，其中隱隱然有借古人為自己開解的意思。似說吳起亦嘗辭魏，韓非亦曾去韓入秦，則己之辭梁仕北原是一平常之事。只是若真是平常事，那又何必在詩中一再分說呢？足見在作者內心深處還是並不以為平常的，是有心理負擔，甚至有負罪感的。

「壯情」二句為第二層，是說自己的「壯情」、「雄圖」早已不存，這也是在曲折地表達他理想壯志不得伸展的苦悶。說是「消歇」、「不復申」，並不是說理想之火真的歸於寂滅，真的已經心如止水了，而應理解為客觀環境已不容他再有伸展壯志的機會，無論怎樣努力也沒用，徒增痛苦而已。所以只能把這種「壯情」、「雄圖」壓抑下去，故作灑脫，以免痛苦，實際上只是自我麻醉，何曾是真正的灑脫呢？

末二句為結語，是抒發他有家難回，回歸無望的苦悶心情。這裡作者反用楊僕恥為關外人的典故，說自己現在住在北邊，看來這一輩子只能做一個關外之人了。這裡所謂的「關外」已經不是地理意義上的概念了，而是從文化意義而言。南朝雖然偏安一隅，卻一向自認中華正統所在，而北朝多為少數民族政權，在重夷夏之辨的中華正統的眼光看來，是一種比較低等的夷狄文化。「終為」句流露出來的，便是流落北朝，置身夷狄之邦，而又回歸無望的絕望心理。

全詩一唱三歎，迴旋曲折地展露了他內心的矛盾和痛苦。

其 六

【題 解】子山早年在梁朝頗受信重，「出入禁闥，恩禮莫與比隆。」（《周書‧庾信傳》）現在流落北朝，寄人籬下，境遇發生巨大變化。詩中撫今思昔，不勝感慨。對梁朝的恩遇深為感激，對敬帝的身世深表同情，表達了他對昔日生活的留戀和對梁帝的懷念。

疇昔國士遇❶，生平知己恩。直言珠可吐❷，寧知炭欲吞❸。一顧重尺璧❹，千金輕一言❺。悲傷劉孺子，悽愴史皇孫❻。無因同武騎，歸守灞陵園（ㄅㄚˋ ㄌㄧㄥˊ ㄩㄢˊ）❼。

【注釋】❶疇昔國士遇　意謂從前自己在梁朝時享受到很高的待遇。《周書・庾信傳》載，庾信、徐陵兩家父子「在東宮，出入禁闥，恩禮莫與比隆。」國士，國中才能傑出者。❷直言珠可吐　意謂那時對梁朝是披肝瀝膽，直言相告。❸寧知炭欲吞　意謂那時哪會想到梁朝敗亡，需要有人像豫讓那樣以死相報。寧，哪裡。《史記・刺客列傳》載，豫讓受到智伯的賞識，後來智伯被趙襄子殺害後，豫讓曾漆身為厲，吞炭為啞，多次行刺趙襄子。豫讓被捕後，趙襄子問他，以前也為范、中行氏服務，為何獨對智伯以死相報。豫讓回答說，范、中行氏都只把我當作普通人，只有智伯以國士待我，所以我也用國士精神回報。❹一顧重尺璧　意謂受到賞識信任比得到寶玉還要珍貴。顧，回頭看，這裡有賞識、垂青的意思。《戰國策・燕策二》載，人有賣駿馬者，久不售，後經伯樂一顧，馬價便上升十倍。❺千金輕一言　一諾重於千金。❻悲傷劉孺子二句　意謂梁敬帝的命運悲慘如同劉孺子和史皇孫。江陵之戰的次年（西元五五五年），陳霸先立時年十四歲的蕭方智為敬帝。越二年（西元五五七年），敬帝被迫遜位於陳，廢為江陰王，不久死去。劉孺子，漢宣帝玄孫，平帝死後，由王莽立為孺子。王莽篡位後，廢為安定公，後在戰亂中被殺。史皇孫，漢武帝孫，在巫蠱事件中與其父戾太子、母史良娣和妻王夫人一起被害。❼無因同武騎二句　意謂現在即使想要為先帝看守陵園也已不可能了。《史記・司馬相如列傳》載，司馬相如曾做過孝文園令的小官。因，這裡是指機會。武騎，司馬相如曾任武騎常侍。灞陵園，漢文帝的陵園，在灞陵。

【語譯】從前梁朝待我以國士之禮，終生銘記先帝的知遇之恩。我也曾披肝瀝膽直言如吐珠，何曾想到如今需吞炭變聲。受賞識信任價值超過珠寶，千金之價怎比得一諾貴珍。劉孺子命運多麼讓人悲傷，史皇孫遭遇真是何等淒涼。沒有機會像司馬相如一樣，做個園令為先帝看守墳場。

【研　析】庾信是矛盾的。他一方面為自己屈身仕北的行為作著種種辯解，另一方面，當他回首往事的時候，又不禁深深感懷梁朝對他的恩遇，懷念著昔日對他看重信任的梁帝。這首詩就是後面這種感情的自然流露。詩分三層，前六句為一層，後二句為一層，末二句為一層。

第一層是憶往感恩。「疇昔」二句是說自己在梁時受到的禮遇之高，自己對梁懷有深深的感恩之情。「直言」二句進一步補足上二句的意思，正因為朝廷以國士相待，自己也披肝瀝膽，盡心竭力，報效梁朝。「寧知」句語勢稍轉，是說自己萬萬沒有想到梁朝竟會敗亡，需要有人像豫讓那樣用吞炭為啞的自殘方式來回報梁朝。用「寧知」一語，雖然表面上說的是自己對此沒有精神準備，但不自覺透露出來的是，他實際上也沒有這樣做的打算。這一點庾信行為本身已經作了證明。「一顧」二句，前句是說梁朝對自己賞識有加，後句則說自己也一諾千金，盡心報效梁朝。

第二層思緒落到梁末的悲劇。江陵戰後，敬帝為陳霸先所廢，不久死去，梁帝家族也多遭殺戮和牢獄之災。二句對梁朝舊主的悲慘命運寄寓了深深同情。

綜合一、二兩層看，其中是否還寓有更深的涵義呢？我們不妨替庾信設身處地作一番推想：昔日梁朝對我既恩重如山，而當此梁朝敗亡，梁帝被欺鬱鬱而死之際，作為受梁重恩的自己究竟為梁做過些什麼呢？不僅沒有做什麼（這尚說得過去），還要在梁的敵國任職為官，儘管這也出於無奈，但在庾信內心深處畢竟是會有糾結、愧疚的。這就自然引出了第三層。

末聯二句，作者借司馬相如為文帝看守陵園的故實，實際要表達的是這樣的意思：我是多麼想要為先帝看守陵園，以此來表達我對先帝的感情，內中可能還含有贖清愧疚的意思，然而就連這一點小小的心願也實現不了，這又是何等的悲哀，何等的殘忍啊！這裡講的既是實情，也是表白，是辯解，更是個人的悲劇，其中包含的意思是頗為複雜的。

其七

【題解】這首詩以一個流落異鄉的女子之口抒發了作者思歸不得的絕望淒哀心情。結末二句，尤其真切地表達了作者明知無望卻仍然存著一絲希望的心情，讀之令人動容。

榆關❶斷音信，漢使❷絕❸經過。胡笳❹落淚曲，羌笛❺斷腸歌。纖腰減束素❻，別淚損橫波❼。恨心❽終不歇，紅顏❾無復多。枯木期填海，青山望斷河❿。

【注釋】❶榆關　榆林塞，地在今內蒙古准格爾旗，這裡泛指北方邊塞。❷漢使　漢朝的使者，這裡借指梁朝的使者。❸絕　斷絕。❹胡笳　古代北方少數民族的管樂器。❺羌笛　古代少數民族的管樂器。❻束素　白色的腰帶。素，白色的生絹。宋玉〈登徒子好色賦〉：「腰如束素。」❼橫波　形容女性目光的清亮動人。傅毅〈舞賦〉：「目流涕而橫波。」❽恨心　愁苦哀傷之心。❾紅顏　青春紅潤的面容。❿枯木期填海二句　意謂南歸的渴望，就像精衛想用木石填平大海，青山崩壞阻斷黃河那樣，是不可能實現的。枯木期填海，用《山海經．北山經》的典故，炎帝之少女溺死東海，化而為鳥，其名精衛，日銜西山木石，以填東海。青山望斷河，意謂盼望青山崩壞以阻斷黃河，表示無法實現的心願。

【語　譯】身居邊塞沒有故國音信，看不到南國使者的身影。胡笳悲鳴令人傷心落淚，羌笛哀怨使人愁腸寸斷。思念故國以至纖腰瘦損，離別的淚水模糊了雙眼。愁苦的心情終不能止歇，容顏的紅潤已所剩無幾。返歸故國的念想呵，就好像精衛銜石想要填沒東海，盼望青山崩壞黃河斷流。

【研　析】「庾信平生最蕭瑟，暮年詩賦動江關。」（杜甫〈詠懷古跡〉）這首詩極為真切地寫出了作者流落異國，盼望南歸而不得的絕望心情。含蓄而又沉痛，讓人悲不自勝，具有很強的感染力。作者在詩中沒有採用直接抒情的手法，而是假借一個女子口吻，通過抒寫她的哀怨，曲折地表現出作者的愁苦和哀怨。前四句是寫那女子的處境。「榆關」、「漢使」含蓄點出她來自中原，身處異域。正因為她來自中原，所以才會時刻關注來自故國的使者和傳來的音信。「胡笳」、「羌笛」見出她羈身北國的身分，異方之樂更襯出她舉目無親的孤獨和無助。「纖腰」四句轉寫女子的外表神態。纖腰瘦損，淚眼婆娑，紅顏不再，皆因為思鄉情切，南歸無望。「恨心」句可謂全篇點睛之筆。末二句借用典故，直接表現女子的絕望心情，也是對「恨心」句的展開。說盼歸之心就像是精衛填海、青山斷河那樣無法實現，表露的是一種絕望心理。然而一個「期」字、一個「望」字又於絕望中見出女主人仍然抱著一絲的希望，這恰恰又加劇了她的內心痛苦，也使讀者感同身受地體會到作者受到的煎熬。

其　九

【題　解】作者由南入北，生活境遇發生了極大的變化。關山阻隔，回歸無期，回想當年在梁朝所受的禮遇，對照今日的客卿地位，心態不僅失落，甚至變得了無生趣。

北臨玄菟郡，南戍朱鳶城❶。共此無期別❷，俱知萬里情。昔嘗遊今尹❸，今時事客卿❹。不特貧謝富❺，安知死羨生❻。懷秋獨悲此，平生何謂平❼。

【注釋】❶北臨玄菟郡二句　意謂作者到北朝出使就如來到北面的玄菟，南面的朱鳶那樣遙遠的地方。玄菟郡，西漢置，在今朝鮮咸鏡道及中國遼寧東部、吉林南部。朱鳶城，縣名，西漢置，屬交趾郡，在今越南河內境內。二地均為古時南北極遠之地。❷無期別　回返無期的離別。❸昔嘗遊令尹　意謂從前在梁朝出入高門，備受尊崇。令尹，春秋時楚國最高官階。❹事客卿　做客卿之事。客卿，請別國人在本國做官，其位為卿，待以客禮，與本土出身的官員終有內外之別。❺貧謝富　生活貧困卻推辭富貴。❻安知死羨生　意謂了無生趣，無法理解瀕死之人渴盼活下來的心情。❼平生何謂平　意謂回想一生遭遇充滿坎坷，又如何能說是平坦呢。

【語譯】就像來到了北面的玄菟郡，又像駐守在南面的朱鳶城。一起承受回返無期的相別，共同體會關山萬里的悲情。從前在故國出入卿相之門，今天在北朝只能身為客卿。不僅不願去追逐榮華富貴，甚至不解瀕死者為何求生。秋意中滿懷著無限的悲涼，這一生怎能說是平坦安穩。

【研析】開首四句是講自己滯留北朝就如同駐守玄菟、朱鳶一樣，是永遠不可能回家的。情緒十分消沉、絕望，這是作者內心不平之一。「昔嘗」二句今昔對比。昔日何等尊榮，備受朝廷禮遇；今日身為客卿，不得不小心翼翼，戰戰兢兢。今昔對比，差距懸殊，不堪回首，此為內心不平之二。有此不平橫亙心頭，鬱鬱不樂，人的精神狀態自然發生變化。「不特」二句即是對此種心態的真實寫照。一般人總是羡富避貧，求生惡死的，但現在自己既回歸無期，又今不如昔，這樣的人生還有什麼趣味可言呢。因此昏昏沉沉，一無所求，不僅不願求富，即連活著也感到沒有什麼意思，以至無法理解瀕死之人為何竟還會有求生的渴望。話說到如此程度，可見他幾乎已經失去了生活的趣味，言外之意竟有生不如死，死也許是對人生痛苦解脫的厭世之想。結末二句，收束全詩，畫龍點睛，點出本詩就是抒寫內心的悲憤和不平。從結構上看，「懷秋」句綰合「不特」二句，「平生」句又勾連開首六句，草灰蛇線，至此歸總。

其十

【題解】詩寫作者離開故國時的黯然神傷和家國阻隔、親友分離的悲傷心情。

悲歌度遼水，弭節出陽關❶。李陵❷從此去，荊卿❸不復還。故人形影滅，音書兩俱絕。遙看塞北雲，懸想關山雪❹。遊子河梁上，應將蘇武別❺。

【注釋】❶悲歌度遼水二句　作者以「度遼水」、「出陽關」喻指自己黯然離開故國，進入北朝。遼水，今之遼河，在今遼寧西部。弭節，放慢行車速度。陽關，關名，在今甘肅西南，古時為通西域之門戶。❷李陵　西漢武帝時人，曾領兵與匈奴戰，兵敗投降，遂留匈奴。❸荊卿　名軻，戰國衛人。為燕太子丹所使，入秦刺秦王，事敗被殺。❹遙看塞北雲二句　意謂身在北方，遙思故國。塞北，指與江南相對的北方地區。關山，在今陝西境內。按諸自然地理，塞北、關山均在北朝境內。此處塞北、關山皆非實指，而是取其遙遠隔絕的意思。懸想，想像。❺遊子河梁上二句　這是用李陵〈與蘇武詩〉意：「攜手上河梁，遊子暮何之。」河梁，橋梁。

【語　譯】吟唱著悲歌渡過了遼水，駕著車子緩緩出了陽關。就像李陵從此告別祖國，如同荊軻一去不再回返。親友的身影在眼前消失，音容書信也都從此斷絕。遠眺塞北那漂浮的白雲，遙想關山那皚皚的積雪。像當年居留匈奴的李陵，在橋頭與蘇武依依惜別。

【研　析】這一首是寫遠離故國的悲哀。詩分前後二層。

前四句為一層，是寫離別故國。用「悲歌」、「弭節」狀其被迫辭國，依戀不捨之狀。「弭節」有拉緊韁繩、減低車速的意思，類乎〈涉江〉中「船容與而不進兮，淹回水而疑滯」，是借物以寫人的方法。以李陵、荊卿自比，目的也在於突出其一去「不復還」的遭遇。

「故人」以下為一層，是寫別後的相思。「故人」二句與「遙看」二句，一實一虛，既然故人不見，那就只能借遠望以寄懸想了。本來「故人」二句已經狀寫了主人公的孤寂心情，作者猶嫌不足，復用塞北雲、關山雪等北地絕域的陌生景象，進一步烘托出一種悲涼氛圍，再以「遊子」二句將此層孤寂的意思進一步做足。

史載北周孝閔帝時，周陳通好，北周將一批羈留北地的官員文士放還陳朝，但庾信、王褒卻因文才優秀而被強留在北。庾信詩中已有多篇送別即將南返朋友的贈別詩，客中送客，以人襯己，更令人生出絕望之情。作者以李陵自喻，其中包含著的悲愴實在是難以言表、令人同情的。

本詩以孤寂為核心，從離別和別後兩方面加以抒寫，層層推進，從而強化了詩中的悲劇意味，有著很強的感染力。

其十一

【題　解】這首詩回憶了江陵之戰中梁朝大敗的遭遇，對梁朝的失敗充滿了同情，痛定思痛，對梁末權貴只顧個人享樂，得過且過的行為表示憤怒。

搖落秋為氣❶，淒涼多怨情。啼枯湘水竹❷，哭壞杞梁城❸。天亡❹遭憤戰，日蹙❺值愁兵。直虹朝映壘❻，長星夜落營❼。楚歌❽饒恨曲，南風多死聲❾。眼前一杯酒，誰論身後名❿。

【注　釋】❶搖落秋為氣　這是化用宋玉〈九辯〉中的句意，「悲哉秋之為氣也，蕭瑟兮草木搖落而變衰」。氣，季節的意思。❷啼枯湘水竹　意謂眼淚都哭乾了。張華《博物志》卷八載，舜死，二妃淚下，染竹即斑。因妃死為湘水神，故曰湘妃竹。❸哭壞杞梁城　劉向《列女傳》卷四載，齊莊公襲莒，齊杞梁殖戰死，其妻迎喪於郊，枕屍而哭甚哀，十日而城為之崩。❹天亡　意謂梁亡是出於天意。《史記・項羽本紀》載項羽對烏江亭長說：「天之亡我，我何渡為？」❺日蹙　國土一天天縮小。《詩經・大雅・召旻》：「今也日蹙國百里。」

❻直虹句　古人認為直虹映壘是兵敗的象徵。❼長星夜落營　古人認為長星落於軍中表示主帥將要死亡。《三國志・蜀書・諸葛亮傳》注引《漢晉春秋》載，諸葛亮最後一次伐魏，屯於渭南時，有長星墜於諸葛亮軍營，不久，諸葛亮死去。《南史・梁本紀下》載，梁元帝承聖三年十一月，江陵之戰時，有流星墜於江陵城中，胡僧祐中流矢死。❽楚歌　這裡是表示大勢已去，受到圍困的意思。《史記・項羽本紀》載，項羽被困垓下時，兵少食盡，夜聞漢軍四面皆楚歌。❾南風多死聲　《左傳・襄公十八年》載，「晉人聞有楚師，師曠曰：『不害。吾驟歌北風，又歌南風。南風不競，多死聲。楚必無功。』」古人迷信，常以樂律、歌聲來預測戰事吉凶。「南風不競，多死聲」，意謂南方的曲子不強勁，多象徵死亡的聲音。❿眼前一杯酒二句　意謂梁朝權貴只顧尋歡作樂，不管身後人們如何議論。《世說新語・任誕》載，張季鷹縱任不拘，有人對他說，你這樣只圖一時快樂，難道就不為你身後名聲考慮嗎？他答道：「使我有身後名，不如即時一杯酒。」

【語譯】秋風蕭瑟中樹葉紛紛凋落，心中淒涼充滿著怨恨之情。悼先帝舜二妃把淚水哭乾，失丈夫杞梁妻把城牆哭平。天意滅梁才遇上怨憤之戰，國土日減又碰到愁懼之兵。白日裡見直虹映照著堡壘，到夜晚有長星隕落在軍營。楚歌中充滿了怨恨的曲調，南曲中有很多死亡的聲音。只知尋歡作樂痛飲杯中酒，有誰去管身後人們的批評。

【研析】這首詩中作者帶著極為沉痛的心情，回憶了梁與西魏的江陵之戰。這場戰爭以梁的失敗而告結束。梁朝經過了之前的侯景之亂和這次的江陵之戰，元氣大傷，從此一蹶不振，終至衰亡。痛定思痛，庾信的心情格外地起伏難平。

開首二句是說又到了秋天，不覺又增添了愁怨之情，此是總起。緊接的二句則進一步補足「怨情」之意。借典故來表達人們對梁之失敗，將士戰歿的傷痛之情：連眼淚都哭乾，把城牆都哭坍。

這是從人們對戰爭的反應來寫梁之失敗，用的是側筆。

「天亡」以下六句則轉而從正面寫梁之失敗。二句一層，用典故從不同角度，聚焦到戰敗這一焦點。「天亡」二句謂梁在大勢已去的情形下，又遇到了強敵，其失敗實在是勢所必然。「直虹」二句則說雙方激戰之時，梁軍又失去主將，其失敗的徵兆早已在天象上顯示了出來，關合前句中「天亡」的意思。「楚歌」二句換一角度，仍然是說梁之失敗實已無可挽回。三個層次，角度不同，但議論的卻是同一個問題。

結末二句，歸結為對梁朝所以失敗的思考。意思是梁廷上下文恬武嬉，只知尋歡作樂，沒有人以國家利益為重，為國事憂心，甚至也不為自己身後的名聲考慮，這樣國家怎麼會不敗亡呢？

全詩結構嚴密，通篇用典，含義豐富，感情表達既沉痛激憤，又含蓄深沉，一唱三歎。

其十二

【題　解】這是對江陵之戰的沉痛回憶。詩中追溯了戰爭的起因，描寫了戰爭的慘烈，並對梁朝的失敗感到痛惜和不解。

周王逢鄭忿，楚后值秦冤❶。梯衝❷已鶴列❸，冀馬忽雲屯❹。武安檐瓦振，昆陽猛獸奔❺。流星夕照境，烽火夜燒原❻。古獄饒冤氣❼，空亭多枉魂❽。天道❾或可問，微兮不忍言❿。

【注　釋】❶周王逢鄭忿二句　意謂梁朝與西魏交惡，導致了江陵之戰。周王、楚后，借喻梁朝。后，君王。鄭、秦，借喻西魏。寃，這裡是怨恨的意思。❷梯衝　雲梯和衝車，都是攻城的器具。❸鶴列　像鶴一樣地排列。❹冀馬忽雲屯　語出《後漢書・袁紹劉表列傳下》贊語：「雲屯冀馬。」意謂戰馬聚集在一起。冀馬，這裡指戰馬。因冀州之北產良馬，故稱。雲屯，如雲之聚集。❺武安檐瓦振二句　意謂西魏大軍壓境，攻城很急。《史記・廉頗藺相如列傳》載，趙惠文王時，秦軍軍武安西，鼓噪勒兵，武安城裡屋瓦盡振。《後漢書・光武帝紀上》載，西漢末，王尋、王邑將兵四十幾萬，驅猛獸以助軍威，圍攻昆陽，後被劉秀以三千兵擊破。❻流星夕照境二句　意謂西魏與梁的戰事正烈。流星、烽火均是戰爭之象。舊說天上有流星墜落，表明星墜之處有戰爭。境，底本作「鏡」，據別本改。❼古獄饒寃氣　意謂江陵之戰中死於戰亂者甚多。《東方朔別傳》載，漢武帝在去甘泉的路上發現了一種紅色的小蟲，東方朔說這種蟲叫怪氣，其產地必是秦朝監獄，漢武帝按圖查驗，果然。東方朔說這種蟲是積憂所致，得酒即解，於是把蟲放到酒裡，就立刻消解了。❽空亭多枉魂　意謂江陵之戰中死於戰亂者甚多。《後漢書・獨行列傳》載，王忳在赴任途中，夜宿斄亭。有女鬼訴寃，稱其一家十餘人過宿此亭時為亭長枉殺，財產悉被盜取。王忳為之審理，亭遂安寧。❾天道　猶言天意。❿微兮不忍言　意謂天意深幽難知，這是對梁之敗亡表示不可理解。

【語　譯】周王碰上怒氣沖沖的鄭主，楚王恰遇滿腹怨恨的秦君。雲梯和衝車如白鶴般排列，敵人的戰馬如密布的烏雲。武安城裡喊聲振動了屋瓦，昆陽城中虎豹犀象狂亂奔。夜空中流星把全境照光明，黑夜中烽火把原野染通紅。古獄中充塞著濃郁的寃氣，空亭裡遊蕩著無告的寃魂。天意或許可以試著問一問，蒼天不回答顯得莫測高深。

【研 析】梁元帝承聖三年（西元五五四年）發生的西魏攻打梁朝的江陵之戰，是繼侯景之亂後，又一次令梁大傷元氣的戰爭。這次戰爭的力量對比顯得更加不對稱，西魏僅用了三個月的時間，就攻下了江陵，俘獲了梁元帝蕭繹，從此梁朝便一蹶不振地加速走向了衰亡。

江陵之戰前的兩個月，庾信剛剛作為梁朝的使臣出使西魏。他自然關注著這場戰爭，對梁朝的失敗有著刻骨銘心的傷痛，這首詩便是這種心態的表露。本詩一如他慣常的風格，通篇借典故來抒發感情，在蘊藉典雅中蘊藏著他沉痛的心情。詩分三層：

開首二句為第一層，是說戰爭的起因，借用周鄭、楚秦的交惡，隱喻梁魏間的關係。江陵之戰是西魏在梁朝實力降低的情況下有意發動的一次入侵，梁朝完全是受害者。句中所謂「鄭忿」、「秦冤」，不是說鄭、秦是因為受了周王、楚后的不公正待遇才去報復周、楚，而是說他們早已對周、楚虎視眈眈，不懷好意，周、楚的任何行動都可以成為觸怒鄭、秦的由頭，從而成為加害對方的理由。在雙方的力量對比中鄭、秦是強者、主動者，周、楚是弱者、受害者，作者借用此典，即在含蓄地揭示江陵之戰的起因。

次八句為第二層，回憶江陵之戰的過程，其中又可分為兩小節。「梯衝」六句為一節，是實寫戰爭的經過。「古獄」二句是寫戰爭的後果。前一節是說戰爭很慘烈，西魏大軍壓境，攻城很猛，以至城內簷瓦振動，猛獸狂奔，寫出梁朝在西魏軍隊猛攻下潰不成軍的慘狀。「流星」二句轉用虛筆，用流星照境，烽火燒原的景象暗示戰爭夜以繼日，令人想見戰爭的酷烈。如果說之前的六句是對戰爭過程的直接描寫的話，那麼「古獄」二句則寫出了戰後的慘狀：但見江陵一帶冤氣沖天，枉魂纏繞。這是說不知有多少人，特別是無辜的百姓在這場戰爭中喪失了生命，這是用側筆來顯示戰爭的惡果，用筆頗為經濟。

末二句為第三層，既表現了作者的困惑，也表達了他對梁亡的痛惜。至少可讀出如下幾層意思：一、對梁朝的失敗極為痛心，不能接受，但又不知其中原因，所以很想問一問天意；二、找不到合理的解釋，只能認為是天數已盡，是所謂「天之亡我」；三、「不忍言」，說明上蒼對梁很有感情，生恐答案太殘酷，故而「不忍」直言相告。凡此種種，足以見出作者對梁的命運既感到無可奈何，又傷痛不已的矛盾心情。

其十四

【題　解】這首詩感歎梁末的巨大變化給百姓和自己帶來的不幸，抒發了自己流落北方，寄人籬下的壓抑心情和理想志業一旦成空的滿腔悲憤。

吉士長為吉，善人終日善❶。大道忽云乖，生民隨事蹇❷。有情何可豁❸，忘懷固難遣。麟窮季氏罝，虎振周王圈❹。平生幾種意❺，一旦衝風❻卷。

【注　釋】❶吉士長為吉二句　意謂照常規好人應該得好報。吉士，好人；善人。❷大道忽云乖二句　意謂忽然間天地間的秩序規矩完全打破，老百姓因此事事不順。大道忽云乖，這裡是指梁朝的敗亡。乖，變化。生民，老百姓。蹇，本指跛足，這裡是指困難、不順利。❸有情何可豁　意謂自己是深情之人做不到豁達，難免痛苦。豁，豁達；忘懷得失。❹麟窮季氏罝二句　這二句是用麒麟和老虎的被捕獲囚禁來比自己在北朝的處境。麟窮季氏罝，意謂麟這種仁獸命運不好時，也會被人捕獲，受到囚禁。《左傳·哀公十四年》載，這一年魯君西狩獲麟。窮，遭遇困厄。季氏，與孟孫氏、叔孫氏同為春秋後期魯國執掌政權的三家大族。獲麟的是叔孫氏，因當時季氏權力最大，故以季氏代之。罝，捕獸之網。虎振周王圈，《穆天子傳》卷五載，相傳周穆王射獵於鄭，蘆葦中有虎，被活捉後獻於周王，王命用籠子把虎關起來。❺意　指理想壯志。❻衝風　大風，這裡是指梁末巨變。

【語　譯】吉相之人總該永遠有福，善德之人也該常有善報。誰想天地運行忽然亂套，黎民百姓因此事事煩惱。既有情感對此怎能豁達，想要忘卻卻又難以做到。麒麟倒楣時被季氏囚禁，老虎在周王籠子裡吼叫。想想我平生追求的理想，就這樣被一陣大風吹跑。

【研　析】「吉士」二句講的是社會的常態，是應然之事。「大道」二句講的是社會的變態，實際是指梁朝的敗亡。連起來講，意思是本來應該如何如何，但沒想到竟然天翻地覆，發生了如此巨大的變化。前後兩層一正一反，突出了一個「忽」字，流露出作者面對突然降臨的變故感到震驚，無法接受的心態。正因為災難是「忽然」降臨的，於是就有了以下二句的心理描寫。「有情」二句是說雖然老莊、佛家都主張忘情，但人究竟是有感情的，面對著如此巨大的變故，如何能做到心如止水，可以豁達開通到無動於衷的程度呢？這是第一層。總的意思是說，面對著巨大的變化，我無法接受，也難以平靜。

接下來四句是第二層，當詩人意識到這是一個無法迴避的現實時，先前的激憤便一下跌入低谷，發為一聲深長的歎息。「麟窮」二句用麟喻梁，用虎喻己，由梁之敗亡聯想到自己，感歎天不我助，命運不濟。麟為仁義之獸，虎為百獸之王，誰能想像得到牠們會遭遇不測呢？可是現在牠們竟然被捕、被關，徒然發出聲聲怒吼，卻一無所用。命運強過人，人在時勢面前是怎樣的無能為力啊！作者就是將反差如此強烈的現象放在一起，製造出強烈的悲劇效果，以此表達他內心濃烈的悲愴和哀歎。

在此基礎上，結末二句又將此層意思推進一步，由「虎振周王圈」引申開去。自己既然像老虎被囚禁在籠子裡，連最基本的人身自由都沒有了，那麼平生追求的功業、理想就更無從談起了。「平生幾種意，一旦銜風卷。」建功立業是古代士大夫的人生追求，可以說是他們的人生支柱，可是現在這一切都隨著梁朝的敗亡，剎那間化為灰燼。可想而知，這對庾信的打擊會有多大。「索索無真氣，昏昏有俗心。」「壯情已消歇，雄圖不復申。」「不特貧謝富，安知死羨生。」「樂天乃知命，何時能不憂？」（均為〈擬詠懷二十七首〉組詩中句）聯繫到他這樣一些詩句，我們甚至可以體會到，人生的支柱被無情地毀折後，庾信陷入的是一種多麼可怕的心理危機。在這種心態控制下，他過的又是一種怎樣的生活呢？

其十七

【題解】作者獨立荒城，見到了戰事吃緊的種種跡象，他不禁為戰爭不能止息而擔憂。

日晚荒城上，蒼茫餘落暉。都護樓蘭返，將軍疏勒歸❶。馬有風塵氣，人多關塞衣❷。陣雲❸平不動，秋蓬卷欲飛。聞道樓船❹戰，今年不解圍。

【注釋】❶都護樓蘭返二句　意謂軍官們從與梁朝作戰的前線返回。都護，官職名，漢置西域都護，為駐西域地區最高長官。樓蘭，漢西域國名，在今新疆羅布泊西，地處西域通道上。疏勒，漢西域國名，在今新疆喀什一帶。樓蘭、疏勒，這裡都指代前線。❷關塞衣　出征的戰衣。❸陣雲　狀如兵陣的雲層。❹樓船　有疊層的大型戰船。

【語譯】傍晚佇立荒涼的古城，夕陽灑照在蒼茫大地。但見都護從樓蘭回來，看到將軍自疏勒返歸。戰馬裹帶著風沙塵土，戰士身穿出征的軍衣。軍陣般雲層平靜不動，秋風卷蓬草漫天飛舞。聽說前方還有大水戰，看來戰事今年不會停。

【研析】這首詩有一種深沉、蒼茫、憂心如焚的意味，抒寫了作者對南北戰爭未得止息的憂慮。

起首二句便不同凡響，刻畫出一個獨立荒城，面對落日的詩人自我形象，在這闊大背景的映襯下，更顯得人是那樣的孤獨和渺小。緊接著的六句，皆為詩人獨立荒城上視線之所及。這時他看到了什麼呢？「都護」四句是寫詩人但見從前線回來的將士匆匆而過，個個身上都帶著戰爭風煙和塵沙氣息。無須直說，這幅畫面即已暗示了南北間的戰爭尚未止息，局勢依然緊張。「陣雲」二句，作者將筆觸拉開，描寫此刻所見的自然景致。只見茫茫長天雲層堆疊如同兵陣一般，狂暴的大風將那細小的蓬草卷到了半空。這是寫景，但在這景色描寫中又灌注著作者的心理感受。比如，雲層堆疊本是尋常景象，但在作者眼中卻如同兵陣一般，這豈不是他憂心戰爭心理的投射嗎？大風揚起飛沙走石，但作者卻偏偏注意到了在空中被大風肆意播弄的可憐小草，這難道不是作者身世之感的無意識流露嗎？再從情景關係的角度看，這兩句景語，是用自然環境的嚴酷來為全詩烘托出一種沉重氣氛，讓人起一種緊張感、危機感。在此基礎上，便自然引出了作者的內心活動，讀者也方始恍然，之前詩中所以會有那麼濃重的憂患情調的緣由。原來詩人正為緊張的局勢而憂心不已，他歎息道，看來今年南北間的戰事還不會結束。雖然只有短短二句十字，但言外之意卻頗耐人尋味。戰事不止，則故國的災難將無盡期；局勢緊張，則自己的歸期更無指望；南北交惡，自己的處境也許將更艱難。總而言之，這一切的一切，都難以讓人開懷，前景也愈來愈黯淡。這種找不到出路的絕望感才是這首詩給人強烈震撼的地方。

其十八

【題解】這首詩表露了作者面對生活的巨大變故，難以接受的惶惑心情和盤踞在他心頭難以開釋的愁緒。

尋思萬戶侯，中夜忽然愁❶。琴聲遍屋裏，書卷滿牀頭。雖言夢蝴蝶，定自非莊周❷。殘月如初月，新秋似舊秋。露泣連珠下，螢飄碎火流。樂天乃知命，何時能不憂❸？

【注　釋】❶尋思萬戶侯二句　意謂想要做一番大事，卻一事無成，以至愁緒滿懷，夜中不寐。萬戶侯，食邑萬戶的爵位，這裡代表理想功業。❷雖言夢蝴蝶二句　意謂自己雖然不是莊子，卻也一樣感到夢境、現實難以分辨，這是極寫自己對生活巨變難以接受的惶惑憂懼。夢蝴蝶，典出《莊子．齊物論》，說莊子夢為蝴蝶，醒來後不知是莊子夢為蝴蝶呢，還是蝴蝶夢為莊子，夢境、現實惶惑難辨。❸樂天乃知命二句　意謂自己雖然知道樂天知命的古訓，但還是憂愁難解。《易傳．繫辭上》：「樂天知命，故不憂。」

【語　譯】心中想要建功封侯，夜中不寐滿懷憂愁。琴聲瀰漫在屋子裡，書卷堆積在眠牀頭。雖也難分夢境現實，然而我卻不是莊周。下弦月如同上弦月，這初秋恰似去年秋。露珠像淚水般滴下，螢火蟲似星火漂流。樂天知命既能免憂，何時才能解除煩愁？

【研　析】這首詩貫穿始終的是一個「愁」字或「憂」字。

前六句是說自己被內心的憂愁壓得喘不過氣來，以至深夜不寐。這是一種怎樣的憂愁呢？首句即點出了原因，就是想要建功立業，致身通顯，然而現在這一切卻已化為泡影。「中夜忽然愁」，可說是全詩的關鍵句，全詩即圍繞此句展開。以下便轉入對夜中不寐情景的具體描繪。他夜深難寐，只能披衣起牀，彈琴消憂，披卷遣愁。「雖言」二句轉入心態的描寫，是說自己恍恍惚惚，分辨不清到底是在現實中還是在夢境裡。這裡所謂的「夢蝴蝶」，不僅是指此刻的失眠狀態，還應包括自己入北以來所經歷的巨大變故，這深刻地表現了作者對這一系列的變化，心理上無法接受，也難以認同，以至懷疑這是不是在夢境之中。

「残月」四句將鏡頭移向戶外，用景物描寫來襯托夜之幽深，同時也隱含著觸景傷情的意味。「残月」二句既點出季節、時間，同時又有景色依舊，人事已非的意味。「露泣」二句則捕捉住露珠和螢火兩個細小景物，進一步強化、烘托出新秋和深夜的特徵，給人一種深夜寂靜的感覺。同時在「露泣」句中又將作者的感情投射到景物上，彷彿露水也因悲傷而哭泣落淚。

經過作者以上不同角度的鋪寫，這才引出了末二句發自內心的深長歎息。意思是說，都說樂天知命可以擺脫憂愁，可是儘管我努力這樣做了，卻為何憂愁仍然擺脫不開呢？到底什麼時候能讓我走出陰影，心情開朗起來呢？從這內心的呼喚中，我們可以體會到在這擺脫不開的憂愁的控制下，作者的痛苦是何等深重啊。

從結構上看，末句「何時能不憂」與首聯「中夜忽然愁」遙相呼應。作者因愁失眠，他在作了種種努力後仍然未能解脫，還在不斷發問：「何時能不憂」，於此可見他心中的愁思之深、之重了。

其十九

【題　解】梁朝的敗亡對於作者是一個沉重的打擊，面對這一生活巨變，他精神不振，憂心忡忡，他無法接受這一現實，以至驚訝於天公的無情和他人的無動於衷。

憒憒❶天公曉，精神殊乏少。一郡催曙雞，數處驚眠鳥。其覺乃于于❷，其憂惟悄悄❸。張儀稱行薄❹，管仲稱器小❺。天下有情人，居然性靈夭❻。

【注釋】❶憒憒 昏亂糊塗。這裡是形容老天沒有感情。❷于于 剛睡醒時慵懶貌。❸悄悄 憂愁貌。❹張儀稱行薄 意謂張儀這樣的人品行不好。《史記·張儀列傳》載，張儀發跡前，曾從楚相飲，楚相丟了璧，大家都因為張儀品行不好懷疑是他偷的，把他抓起來打了一頓。張儀，戰國時著名縱橫家，以連衡策相秦王。❺管仲稱器小 意思是管仲這樣的人器量還是太小。《論語·八佾》：「子曰：『管仲之器小哉！』」管仲，名夷吾，以字行，相齊桓公，九合諸侯，一匡天下。器，器量，這裡包括胸襟、氣度、識見、境界等。❻天下有情人二句 意謂天下的人都喪失了感情與良知，對梁朝的敗亡都無動於衷。居然，安然。性靈，這裡有良知、真情的意思。

【語譯】昏昏沉沉的天正悄悄發亮，可是我精神萎靡興致不高。一郡的雄雞都在揚聲報曉，幾處啁啾的鳥雀把人驚吵。剛睜開睡眼渾身慵懶乏力，內心的憂愁卻在滋長纏繞。秦相張儀被認為品行不好，齊相管仲可說是器量太小。真不解普天下有感情的人，怎麼會麻木不仁把性靈拋。

【研析】詩的前半段是說自己夜裡沒有睡好，在迷迷糊糊中天卻亮了，自己也因此被弄醒了。「憒憒」意思是沒有感情、糊塗昏聵，這裡有埋怨蒼天不體諒人的意思。不僅天是如此的無情，就連雞和鳥也都一樣地不懂人心，在那兒啼叫、啁啾。一夜沒睡好，還想再睡一會兒，卻被無端弄醒，所以精神就顯得萎靡不振。隨著逐漸地清醒，那熟悉而又暫時被壓抑的憂愁又潛滋暗長，重新襲上心頭，再次控制了作者。這幾句描寫因睡眠不好引起精神不振，感覺難受的狀態頗為真切。「其憂」句開啟下文。

「悄悄」襲上心頭的「憂」到底是怎樣一種「憂」呢？作者為何而「憂」呢？本篇中作者沒有直說。從「張儀」二句中我們猜度，應該是對梁朝敗亡的憂思。張儀、管仲究竟是指誰？我們一時也難以確定，大概是對梁或西魏某些當事者的指責，管仲更有可能是指梁朝的領導者。作者說他們缺乏見識、胸襟，無法挽救梁的命運。可見，這是作者所憂的一個方面。

然而作者之憂尚不止此。末二句的意思是面對梁朝敗亡這樣的大事，天下人竟然安之若素，無動於衷，好像什麼事也沒有發生一樣。這就讓作者不僅是「憂」，簡直是詫異了。此二句用對比法將「有情人」與「性靈夭」放在一起，以呈現出強烈的反差，「有情」之人竟然會丟失性靈，這實在是難以讓人接受的。而這樣的感觸恰好說明了作者對梁朝的深厚感情，對梁的敗亡深感痛惜。

其二十

【題解】這首詩表露了作者仕宦北朝的屈辱感。他壯志消弭，歎息命運多舛，渴望能回歸故土，情緒頗為低沉。

在死猶可忍，為辱豈不寬❶。古人持此性，遂有不能安❷。其面雖可熱❸，其心長自寒。匣中取明鏡，披圖❹自照看。幸無侵餓理❺，差❻有犯兵欄❼。擁節時驅傳❽，乘亭不據鞍❾。代郡蓬初轉，遼陽❿桑欲乾。秋雲粉絮結，白露水銀團。一思探禹穴⓫，無用鏖皋蘭⓬。

【注　釋】❶在死猶可忍二句　意謂死尚且不怕，為什麼恥辱就不能忍受。寬，自我寬解。❷古人持此性二句　此性，指不能忍受恥辱的剛正之性。不能安，不能遭受恥辱卻無動於衷。❸其面雖可熱　因羞慚而臉面發燒。❹圖　當指相法圖。❺侵餓理　古代相法稱臉上標示日後餓死的紋路。《史記·絳侯周勃世家》載，相者許負為周亞夫相面，說他臉上有直紋入口，預示他日後會餓死。❻差　略微。❼兵欄　放置兵器的架子，這裡用來指代刀兵之禍。❽擁節時驅傳　意謂自己只是代表朝廷傳達命令的一介使者。擁節，手持代表朝廷的節旄。驅傳，驅使官家驛馬。❾乘亭不據鞍　意謂自己不是帶兵打仗的將領。乘，登上。據鞍，將軍騎在馬上的樣子。❿代郡蓬初轉二句　代郡、遼陽，均為邊遠荒涼之地，這裡借指北朝。⓫一思探禹穴　可能暗寓思歸南朝之意。禹穴，大禹葬地，傳說禹死葬於會稽山。⓬鏖皋蘭　苦戰皋蘭山下。皋蘭，山名，在今甘肅蘭州，漢武帝時霍去病曾在此鏖戰。

【語　譯】既然對死尚且可以忍受，為何對恥辱就不能心寬。古人中偏有那剛正之士，絕不願在屈辱之中苟安。臉面雖因羞慚漲得通紅，內心卻傷痛得如冰之寒。從匣子裡取出一面鏡子，對照相圖仔仔細細察看。幸好臉上沒有餓死的紋路，卻有一點刀兵之災的痕斑。我只是手持節杖一介使者，可以登亭卻不會高踞馬鞍。像蓬草飄蕩在遙遠的代郡，遼陽的桑葉此刻即將枯乾。秋天的雲氣就像花粉棉絮，白露水銀一樣地晶瑩亮閃。多麼想回去尋訪大禹墓穴，從此不用在皋蘭山下征戰。

【研　析】詩分三層，前六句為一層，中十句為一層，末二句為一層。

第一層是說自己仕宦北朝引起的屈辱感。用的是對比手法，以「古人持此性，遂有不能安」為焦點，與前後二聯發生對照，而將重點落在今日自己的感受上。先看前一層的對照，首二句講的是一般人的看法，是把死看作最難忍受的。所以相比而言，忍受一點恥辱而活下來，總歸比死去要好。「古人」二句則正同前二句的看法相反，是說古人中恰有認為受辱較之赴死更讓人承受不起，所以寧可去死也不願受辱。這也就是孟子所說的「死亦我所惡，所惡有甚於死者，故患有所不避也。」（《孟子・告子上》）再看後一層的對照，仍以古人的態度為一方，但比較的另一方卻是自己。正面自然是古人寧死不受辱，反襯的卻是自己的行為。「其面」二句是作者自己對待生死榮辱的看法。雖然自己面熱心寒，感受到了奇恥大辱，但還是忍氣吞聲地苟活下來。雖然這一層中，正面表彰的是古人，但實際「其面」二句才是本層的重心所在，用來強調的乃是作者有著切膚之痛的恥辱感。

第二層由於作者處境不佳，蒙受恥辱，自然也就想到要推究其中的原因，於是便把這一切歸結為命運。「匣中」四句是說自己對著鏡子查看相法圖，知道自己不會有餓死的結果，卻會受到戰爭的影響。「擁節」二句回顧自己經歷，是說自己不過一介使者，並不是帶兵打仗的將領。此二句與上二句相互比照，互為印證。揆諸史實，子山雖非軍人，但他的經歷確與戰爭有著密切關係。

侯景之亂中，梁武帝命他守衛朱雀航，他卻未戰先退；江陵戰後，梁朝失敗，他從此喪失了回返故國的可能。「代郡」四句暗示自己被迫滯留北地，有著濃重的飄零感，秋雲、白露等秋天景象的使用又烘托出一片感傷氣氛。

第三層，借思探禹穴，表達他想要回返故國的強烈願望。

全詩三層，由屈辱之感進而追索命運，再由飄零異國，又落到思返故鄉，層層推進，揭示了子山內心的矛盾和痛苦。

其二十一

【題　解】這首詩寫出了作者屈節仕宦北朝的愧疚，有一種對故國的負罪感，表達了他入北以後深刻的悲哀之情和自責之意。「生意盡」是全詩的點睛之筆。

倏忽市朝變❶，蒼茫人事非❷。避讒猶〈采葛〉❸，忘情遂食薇❹。

懷愁正搖落❺，中心愴有違❻。獨憐生意❼盡，空驚槐樹衰❽。

【注　釋】❶市朝變　市場變朝廷，朝廷變市場。這裡是指時勢、環境發生了巨大的變化。市朝，猶言名利場。市，集市交易之所。朝，朝廷；官府。❷人事非　指自己由南入北人事關係發生了巨大變化。❸采葛　《詩經・王風》中篇名。〈毛詩序〉：「〈采葛〉，懼讒也。」又據鄭玄箋：「桓王之時，政事不明，臣無大小，使出者則為讒人所毀，故懼之。」❹忘情遂食薇　意謂自己到了北邊卻忘掉了梁朝對自己的恩情，食用北朝的俸祿，為北朝服務。食薇，《史記・伯夷列傳》載，孤竹君之二子伯夷、叔齊，認為武王伐紂是以臣弒君的行為，所以不食周粟，采薇而食，終餓死於首陽山上。又有一種說法謂，伯夷、叔齊采薇而食，有人對他們說，薇也是周的草木，於是二人連薇也不食，結果餓死。這裡用的是後說，意思是說伯夷、叔齊不食周薇，自己卻做不到。❺搖落　指秋天。秋天到了，草木搖動，葉子隕落。這是用宋玉〈九辯〉中「悲哉秋之為氣也，蕭瑟兮草木搖落而變衰」的句意。❻違　失意、遺憾貌。❼生意　兼有生活意趣和生機的意思。❽空驚槐樹衰　意謂自己徒然驚歎槐樹衰老，已經沒了勃勃生機，這是以老槐樹自喻。《世說新語・黜免》載，殷仲文心情不好，有一天他對著廳前一棵枝葉扶疏的老槐樹，連連歎道：「槐樹婆娑，無復生意。」

【語　譯】一眨眼的功夫天翻地覆，茫茫人間登時萬事俱異。離開故國擔心有人進讒，忘卻恩情竟然享用周祿。一腔愁緒又逢黃葉秋風，內心悽愴忽忽若有所失。可歎我人生意趣已消盡，徒自驚老槐樹了無生意。

【研　析】這首詩寫得很頹唐，不管子山怎樣自我開釋，屈節仕北對他來說畢竟是內心深處難以擺脫的陰影。由於早年在梁時受到賞識和信任，這就更加重了他對梁的負罪感，這首詩就是這種心態的表露。

開首二句便顯得那樣的沉重，意思是說梁朝的敗亡和自己由南入北，真是一場巨大的變化。二句間前句為因，後句為果。正因為市朝大變，便帶來了人事關係上的大變，暗寓自己由南入北，生活環境隨之發生的變化。緊接著「避讒」二句又就「人事非」三字展開，是對自己由南入北經歷的回憶，同時也流露出不堪回首的沉痛心情。「避讒」句是說自己當年奉命出使，還擔心有人利用這個機會向皇帝大進讒言，說明他原想盡忠梁朝；「忘情」句是說他到了北邊後卻忘了梁朝舊恩，食用北朝的俸祿，腆顏服務敵國。對比伯夷、叔齊不食周粟而死，語氣中包含著對自己行為的指責。

從「懷愁」句始，作者轉入對自己心情的描寫。前二句是說自己內心愁悶悲愴，難以擺脫。後二句是說自己已經了無生趣，身體也像槐樹一樣多病衰老。「憐」、「驚」二字下得極好，寫出了他自我顧惜和為自己年老體衰而擔憂的緊張心理。這四句詩一般被認為是抒情的，但仔細玩味，卻覺得歸於描寫可能更為合適。讀這樣的詩句，使人感覺到作者好似在細細地品味、咀嚼著自己內心的痛苦。

其二十二

【題　解】這首詩是作者對自己飄零孤獨身世的傷悼，抒發了他對故土刻骨銘心的思念。

日色臨平樂❶，風光❷滿上蘭❸。南國美人去，東家棗樹完❹。抱❺松傷別鶴，向鏡絕孤鸞❻。不言登隴首❼，惟得望長安。

【注　釋】❶平樂　漢代宮觀，在上林苑中。❷風光　風景；景象。❸上蘭　漢代宮觀，在上林苑中。❹南國美人去二句　可能比喻江陵戰後的梁和西魏。南國美人去，可能喻指梁元帝蕭繹被害，用美人比喻君王是《楚辭》常用的手法。東家棗樹完，典出《漢書．王吉傳》，王吉年輕時住在長安，東鄰有棗樹延伸到王吉的庭院中，吉妻打棗給王吉吃，被王吉休棄。鄰居知道後，要砍掉這棵樹，被眾人勸阻，並堅請王吉迎還妻子。本句意謂鄰家棗樹雖依然完好，然而主婦卻一去再沒有回來。❺抱　繞著走。❻向鏡絕孤鸞　劉敬叔《異苑》卷三載，罽賓國王買得一鸞，三年不鳴，聽從夫人之言，讓孤鸞照鏡，鸞鳥在鏡子中看到自己，便發出一聲悲鳴，沖霄一飛而死。絕，死去。❼隴首　原指隴山之巔，這裡泛指高山之巔。

【語譯】陽光灑照在平樂觀上，美景彙聚在上蘭宮前。南國美人已黯然離去，鄰家棗樹卻花實滿眼。環繞松樹傷悼那孤鶴，孤鸞對鏡卻一鳴永眠。不必說什麼登上隴山，最多也只能望到長安。

【研析】這首詩是寫對故國的思念。

「日色」二句是說風和日麗，風光無限，似乎一切都很美好。但緊接的二句，卻筆鋒一轉，說在這樣美好的天氣裡，美人卻被迫離開了自己的家園。用香草美人的手法，來比梁元帝的被害，也可能在比自己銜命使北。四句連起來看，是用樂景襯哀情。「抱松」二句表面是對別鶴、孤鸞的傷悼，實則是自傷。別鶴、孤鸞既是客觀之物，又是自己身世的象徵，本欲一瀉而出的憂憤，卻借這兩個畫面婉轉含蓄地表現出來。表面看似很平靜，實則抑鬱黯然，頗為傷感。結末二句，借登山望遠，來表達自己的故國之思。

全詩情調低沉婉轉。滿腔哀怨，卻不放任奔瀉，而是或借典故，或用客觀化的方法，用平靜的語氣抒寫出來，卻內蘊著強烈的抒情氣息。

其二十三

【題解】梁承聖三年（西元五五四年）九月，西魏大軍進攻江陵，這場戰爭以梁朝大敗，梁元帝被俘遭殺告終。戰爭發生前的四月份，子山已受命出使西魏，所以當戰爭發生時他正在西魏，沒有參與戰爭，戰爭之後也一直留在北方。這首詩回憶梁朝與西魏之間的江陵之戰，詩中對梁朝的失敗和元帝的被害充滿了痛悼之情。

鬥麟能食日，戰水定驚龍❶。鼓鞞❷喧七萃❸，風塵亂九重❹。鼎湖
去無返❺，蒼梧悲不從❻。徒勞銅爵妓，遙望西陵松❼。

【注釋】❶鬥麟能食日二句　意謂梁與西魏在江陵惡戰。張華《博物志》卷四：「麒麟鬥而日蝕。」鬥麟，把梁與西魏比作相鬥的麒麟。食日，日蝕，古時認為日月虧蔽有如蟲食草木。❷鼓鞞　古代軍中所用的大鼓和小鼓，行軍時用來鼓舞士氣。❸七萃　原指周穆王的禁衛軍，這裡是指梁朝的精銳部隊。❹風塵亂九重　意謂戰爭驚擾了梁元帝。九重，深邃的宮禁，這裡指代梁元帝。❺鼎湖去無返　這是用黃帝乘龍上天喻指梁元帝被害。舊說黃帝鑄鼎於荊山下，鼎成有龍垂鬍鬚下迎黃帝上天。後世名其處為鼎湖，並以此作為皇帝去世的隱語。❻蒼梧悲不從　意謂自己沒有追隨梁元帝共赴國難。這是用舜巡狩南方，死於蒼梧，其妃未從的典故（《禮記・檀弓上》）。❼徒勞銅爵妓二句　意謂現在自己只能徒勞無功地遙望梁元帝墳墓以寄託哀思。曹操臨終遺令，讓婢妾伎人住在銅雀臺上，月初、月半在帳中奏樂，並要家人部屬「時時登銅雀臺，望吾西陵墓田」（《全三國文》卷三）。

【語譯】麒麟爭鬥能吃掉太陽，水中相打會驚擾蛟龍。戰鼓咚咚聲響徹軍營，風沙彌漫驚擾了

皇上。元帝乘龍上天不回返，慚愧我未跟從同赴難。如今好像銅雀臺上伎，只能遙望先帝西陵墓。

【研　析】前四句回憶江陵之戰的慘烈，好似麒麟相鬥，蛟龍互爭，直打得天昏地暗，江水翻騰，這是用的比喻法。「鼓鞞」二句轉用直接描寫，一用聽覺，一用視覺，從兩個角度突出戰爭的激烈。

後四句是寫戰爭的結果和對梁元帝的傷悼之情。意思是說戰爭的結果是梁打了敗仗，梁元帝也被西魏害死，可是我卻沒有分擔這個災難，以至今天只能徒勞無功地眺望先帝陵墓而獨自悲傷。後四句抒情氣息頗為濃重，卻又用筆簡約，在情感氛圍上有一種迂迴婉轉，悲不自勝的效果。「蒼梧」句尤堪玩味，既有對元帝的深深懷念，又有先帝蒙塵，臣子卻反安然無恙的愧疚，更有對自己屈身仕敵的譴責，多種情感混合在一起，以一「悲」字表出，可意會而難以言傳。「徒勞」二句中「徒勞」二字亦有意味。連同上句，則此二句中的自責意味就更為明顯了。意思是雖然今日哭啼啼，悲不自勝，然而當時你卻沒有出力，那麼即使今天傷悼情深，又有什麼用呢？

借用典故，避免直說，通篇對偶是本篇修辭上的特點。

其二十四

【題　解】這首詩寫作者入北後的愁悶絕望的心情。他昏昏沉沉，左右為難，對太平盛世已經不抱希望。今昔對比，他又感覺落差太大。可以見出，作者的內心是痛苦而又絕望的。從末二句看，似乎寫作此詩時，子山的生活境遇不大好。

無悶無不悶，有待何可待❶。昏昏如坐霧，漫漫疑行海。千年水未清，一代人先改❷。昔日東陵侯，惟有瓜園在❸。

【注釋】❶無悶無不悶二句　意謂內心矛盾，欲隱而心靜不下來，心有所求，卻又得不到。無悶無不悶，典出《易傳・乾卦・文言》：「遯世無悶。」是說君子隱遁避世，故無煩悶。這裡是指雖欲隱遁卻又心情煩悶。有待，有欲求。❷千年水未清二句　意謂太平盛世、理想的生活是遙不可及的。千年水未清，典出《左傳・襄公八年》：「俟河之清，人壽幾何？」改，這裡是去世的意思。❸昔日東陵侯二句　意謂自己在梁時致身通顯，到了北方後地位境遇一落千丈。東陵侯，召平，原為秦東陵侯，秦亡，為平民，種瓜於長安城東謀生。

【語譯】想要避世隱居內心卻騷動不安，心中有所企求所求又難以實現。昏昏沉沉彷彿困坐在雲霧深處，飄飄蕩蕩猶如行進在茫茫海面。要想黃河變清要等上一千多年，一代又一代的人卻已先後不見。顯赫一時的東陵侯已不在人世，只有他的瓜園依然留存到今天。

【研析】前四句是對自己心態的描述。意思是想要避世釋悶，卻又無處不悶，心中有所期待，卻又無法指望。左右為難，進退維谷，天地之大，竟然找不到一條出路，無法使自己的心靈得以安頓。於是生活失去了目標和支柱，人就像失了靈魂一般，昏昏沉沉，茫然不知歸宿。這顯然已是精神發生危機的跡象，可見這時子山已陷入了多麼絕望、痛苦的境地。

後四句是寫在這歷史的巨大變故前，個人的渺小感和無助感。古人云：「俟河之清，人壽幾何？」可見要使社會安定，國泰民安，出現聖人之治，那是需要很長時間的。即使有這一天，自己也是看不到的。這就像要讓渾濁的黃河之水變清一樣，幾乎是不可能的。在這漫長的等待中，一代又一代的人起來了，又凋謝了。「千年」二句所表達的是對前途的絕望心情，只是這裡所謂的前途更多地是指自己往日在梁時的那種生活，在子山看來，這種夢一般的生活顯然已經再也不可能重現了。

結末二句仍然回到現實，借用典故來抒寫今日的落魄感。天地翻覆，昔日的王侯貴人已淪落為自食其力的瓜農。這是作者的自喻，字裡行間彌漫著一種滄桑感，充滿了無限的悲愴情懷，使人感傷不已。

其二十六

【題　解】詩人即景抒情，既傷自己不得南歸的痛苦，又痛惜梁朝的滅亡，個人的身世之感和家國興亡之歎打成一片，有著濃郁的滄桑之感。

蕭條❶亭障❷遠，悽慘風塵多。關門❸臨白狄❹，城影入黃河。秋風蘇武❺別，寒水送荊軻❻。誰言氣蓋世，晨起帳中歌❼。

【注　釋】❶蕭條　冷落蕭索貌。❷亭障　古代邊塞的堡壘。❸關門　邊關上的城門。❹白狄　春秋時北方地區狄族之一部。❺蘇武　西漢武帝時人，出使匈奴，被扣十九年，直到昭帝即位，始得南歸。臨行之際，李陵置酒相送，泣下數行，說：「異域之人，一別長絕。」不勝悲慨。此以李陵不得南歸自比。❻荊軻　戰國時衛人，受燕太子丹之託，入秦刺秦王。臨行之際，送者白衣白冠，相別易水之上。荊軻慷慨歌曰：「風蕭蕭兮易水寒，壯士一去兮不復還。」此以荊軻一去不返自比。❼誰言氣蓋世二句　意謂誰說項王豪氣蓋世，哪裡料得到一覺醒來聽到的竟然是四面楚歌，不由在帳中悲歌一曲。《史記・項羽本紀》載，項羽軍壁垓下，漢軍及諸侯兵圍之數重，夜聞漢軍四面楚歌。大驚，飲帳中，悲歌慷慨曰：「力拔山兮氣蓋世，時不利兮騅不逝。騅不逝兮可奈何，虞兮虞兮奈若何！」此比梁朝滅亡。

【語　譯】疏落的堡壘延伸到遠方，風沙撲面一片愁慘氣象。關門之外即與白狄相鄰，邊城的影子與黃河交映。在衰颯秋風中送別蘇武，易水河畔餞送荊軻入秦。誰曾想豪氣蓋世的項王，清晨帳中悲歌難抑悲情。

【研　析】這首詩前半寫景，後半抒情，寫得蒼涼沉鬱。作者先選取最能代表北方風物的典型景象：亭障、風塵、關門、黃河，勾畫出一派蒼茫、闊大、冷落、蕭條的景象，烘染出一種孤獨陌生的氣氛，景中有情，畫面中已然滲透了作者身處異國的悲愴感。「秋風」二句用典故抒發詩人內心的痛苦，極為含蓄典雅。意思是送別友人，自己的南歸之期卻不知在何年何月；就像荊軻入秦，一旦使北就再也無法返回故國。雖不明說，卻讓人感受到作者南歸無期的絕望心情。「誰言」二句追懷故國，不勝感歎，用的是項羽兵敗垓下的典故，抒發的卻是對梁朝滅亡的傷悼。將項王的蓋世豪氣與英雄末路的悲涼放在一起，造成巨大的反差，藉以詠歎梁朝之亡實乃氣數已盡，非人力可挽。晚唐詩人羅隱〈籌筆驛〉詩中「時來天地皆同力，運去英雄不自由」也有類似的感歎。全篇八句除此二句外，餘皆合律，顯示了作者對聲律掌握的嫻熟。本篇即景抒情，借用典故抒情，既典雅又含蓄，是他晚期的力作之一。

和詠舞

【題解】這首詩是對舞女優美輕盈舞姿的描寫，並讚美說此舞只應天上有，人間是不可能產生的，是一首典型的宮體詩。題為〈和詠舞〉，蕭綱也有〈詠舞〉詩，則此詩當為奉和蕭綱之作，是子山在梁時期的作品。

洞房❶花燭明，燕餘❷雙舞輕。頓履❸隨疏節❹，低鬟❺逐上聲❻。
步轉行初進，衫飄曲未成。鸞迴鏡欲滿，鶴顧市應傾❼。已曾天上學，
詎❽是世中生。

【注釋】❶洞房　深邃的內室。❷燕餘　本指燕地，這裡是指舞女。或謂舞蹈名，《初學記》卷十五引《歷代舞名》有燕餘舞。❸頓履　頓足；以足踏地。❹疏節　緩慢的節奏。❺低鬟　低首。❻上聲　飛揚的曲調。或謂東晉南朝樂府吳聲歌曲中的〈上聲歌〉。❼鸞迴鏡欲滿二句　這是用鸞迴、鶴顧來形容舞女優美輕盈的舞姿。鸞迴鏡欲滿，劉宋范泰〈鸞鳥詩序〉載，罽賓王曾讓一隻鸞照鏡子，鸞鳥照鏡後看見自己的形象，便一鳴而絕。這裡只取鸞鳥照鏡的意思。又，鸞迴也是一種舞蹈。《初學記》卷十五引《歷代舞名》：「古之舞曲，有迴鸞舞。」鶴顧，《吳越春秋．闔閭內傳》載，吳王闔閭為女兒送葬，舞白鶴於吳市，令萬民隨觀之。❽詎

豈；哪裡。

【語 譯】深邃的內室裡燈火通明，舞女雙雙舞姿曼妙輕盈。舞步踩踏著那緩慢節奏，低頭伴隨著那飛揚曲音。舞步轉動行列開始前行，衣衫飄飄曲子尚未奏停。鸞鳥迴旋顧盼鏡中形影，白鶴回首引得一城皆傾。這舞蹈必定從天上學得，人世間怎有這絕妙精品。

【研 析】庾信早年是宮體詩的代表詩人。宮體詩不同於一般豔詩，是一種以觀賞為目的，以描摹女性體態，特別是歌聲舞姿為內容的新型豔詩。這首詩就是宮體詩的代表作。

詩歌通篇以賦體入詩，側重從各個角度來展現舞女那綽約的體態和優美的舞姿。首二句交代時間（夜晚）、地點（洞房）和內容（舞蹈），領起全篇。以下六句轉入具體描寫，不過卻迴避面面俱到式的鋪寫，而是極經濟地抓住最具特徵性的細節來寫。先是說舞女的動作時時處處都應和著樂曲的節奏，配合得恰到好處，顯見得舞技的嫻熟和高妙。接著說行列整齊（是雙舞），見得兩人配合默契。在悠揚的樂曲聲中，但見舞衣飄動，飄飄欲仙。「鸞迴」二句宕開一筆，借用典故，從側面烘托出舞姿的優美。結末二句發出由衷讚歎，說這種舞蹈一定是從天上學來的，人間哪會有呢。

全篇結構嚴密，層次清晰，對舞姿的描寫既簡潔又傳神，頗見功力，是宮體詩中的上乘之作。

同會河陽公新造山池聊得寓目

【題　解】河陽公新開鑿了山池，友朋相聚觀賞，這首詩就是作者寫來向河陽公祝賀的。詩中描寫了山池的環境、景致，並為能結識河陽公而欣喜。河陽公，李綸，北周遼東襄平人，位至司會中大夫，封河陽郡公。

橫階仍❶鑿澗❷，對戶即連峰。暗石疑藏虎❸，盤根似臥龍。
沙洲聚亂荻，洞口礙橫松。引泉恒數派❹，開巖即十重❺。
北閣聞吹管，南鄰聽擊鐘。菊寒花正合，杯香酒絕濃。
由來魏公子❻，今日始相逢。

【注　釋】❶仍　是。❷鑿澗　開鑿而成的澗水，這裡是指山池。❸暗石疑藏虎　意謂陰暗處的石頭看起來像潛伏的老虎。《史記・李將軍列傳》載，李廣見草中有石，誤以為虎，拔箭射之，箭鏃埋於石中。❹派　支流。❺開巖即十重　意謂鑿開數層巖石始成山池。❻魏公子　戰國時魏國信陵君，以禮賢下士著稱於世，這裡是指河陽公。

【語　譯】當階橫臥新鑿山池，對門就是連綿群峰。暗處石頭像潛伏猛虎，盤纏樹根似躺臥巨龍。沙洲上堆聚荻葉，山洞口橫擋老松。引來泉水好幾脈，開鑿山巖好幾重。聞聽北樓簫管音，又聆南鄰擊鼓鐘。天寒菊花正閉合，杯中美酒香又濃。久聞魏國信陵君，今日有幸始相逢。

【研 析】這首詩就其性質而論，是一首應酬詩，是祝賀河陽公新開鑿山池的。既是應酬詩，當然要盡可能地說好話，所以本篇在寫作上就可分成兩部分：賀山池和讚主人。

前十二句是就山池落筆。若要細分，還可分成兩小節。前八句皆直接寫山池。「橫階」二句開篇即點出山池位置。「暗石」四句抓住山池周圍細小之景，寫了暗石、盤根、亂荻、橫松，頗為形象、傳神。「引泉」二句仍然回到新造山池這一景象。「北閣」以下四句宕開筆勢，沒有直接寫山池，實際卻關合題中「同會」二字，寫朋友相聚，共同慶祝河陽公山池開竣。先用「北閣」二句烘托出一派熱烈氣象，然後用「菊寒」句點出節令，說明此時正是深秋時節。「杯香」句寫出友朋相聚，觥籌交錯，一片熱烈歡快的氣氛。

「由來」二句始歸結到讚揚主人河陽公的主題上。意思是河陽公的大名早已如雷貫耳，直到今天始得一睹風采。從賀山池開竣，到讚美主人，從應酬交際的目的來說，頗為得體合宜。

歸田

【題解】這首詩大約作於北周初年子山在長安鄉居時期。詩中描寫了他返歸田園後的日常生活，在表面悠閒灑脫的筆觸中，卻寓有懷才不遇，不被理解的苦悶。

務農勤九穀❶，歸來嘉一廛❷。穿渠移水碓❸，燒棘起山田❹。樹陰逢歇馬，魚潭見酒船。苦李無人摘❺，秋瓜不直錢。社雞❻新欲伏❼，原蠶❽始更眠。今日張平子❾，翻為人所憐。

【注釋】❶九穀　九種穀物，這裡泛指農作物。❷嘉一廛　意謂以自己的家園為美。一廛，一夫所居之地。❸水碓　利用水力舂米的工具。❹燒棘起山田　播種前焚燒田裡的雜草當作肥料營造山田。山田，山上之田。❺苦李無人摘　《世說新語・雅量》載，王戎少時與小兒遊，見道旁李樹果實累累，諸兒競取之，唯戎不取。人問，答曰：樹在道旁而多果實，必是苦李。取之果然。❻社雞　春分日啼鳴的鳥。❼伏　孵化。❽原蠶　夏秋第二次孵化的蠶。❾張平子　張衡，字平子，東漢文學家，作有〈歸田賦〉，這裡是作者自指。

【語譯】田地裡辛勤播種耕作，回家後欣賞自家園田。疏浚管道再移動水碓，燒草化肥又營造山田。樹蔭下遇到休息的馬，魚塘裡見到載酒的船。苦澀的李子無人採摘，秋天的瓜果不值一錢。

社雞將到孵化小雞時，原蠶才開始進入休眠。我這個今天的張平子，反被人看輕受人可憐。

【研　析】周明帝二年（西元五五八年）至武成元年（西元五五九年），子山在長安過著鄉居田園生活，這首詩可能就是作於這一時期的。詩寫他回歸田園後的日常生活和感受。詩分三層：

首二句為第一層，扣題，交代自己回歸田園，辛勤務農的情狀，領起下文。

中間八句為第二層，具體描寫務農狀況。「穿渠」二句是說他參加了並不輕鬆的體力勞動。「樹陰」二句是寫田園生活的悠閒意趣，與前二句形成對照。「苦李」四句通過對田園環境的描寫，突出其寧靜淳樸的特點，讓人有一種世外桃源的感覺。

末二句為第三層，詩筆至此陡轉。意思是說，我回歸田園以後，想不到竟被誤認為是沒有本事的人，受到別人的可憐了。若無此二句，則本詩尚可被理解為內心寧靜，熱愛田園的隱逸詩。表現在有了這二句，再來回看中間八句，則會感受到字裡行間有一種無奈選擇下的自我寬慰。表面上似很閒逸，實際上流露出來的卻是孤寂和不甘。綜觀全詩，可以說結末二句才是本篇的點睛之筆。

也正因如此，我們才認為本篇實非隱逸詩或田園詩，而是一首以隱逸為外殼，抒吐寂寞和不平的牢騷之作。

寒園即目

【題解】這首詩描寫作者眼中所見寒園蕭條冷落的景象，從中透露出他寂寞、孤獨的心緒，也表現了他想要避世全身的初衷。

寒園星散居，搖落❶小村墟❷。遊仙半壁畫，隱士一牀書❸。子月泉心動❹，陽爻地氣舒❺。雪花深數尺，冰牀❻厚尺餘。蒼鷹斜望雉，白鷺下觀魚。更想東都❼外，羣公別二疏❽。

【注釋】❶搖落　零落、凋敝貌。❷村墟　村落。❸遊仙半壁畫二句　此為錯綜句法，應讀為半壁遊仙畫，一牀隱士書。❹子月泉心動　意謂天氣雖然寒冷，但泉水深處已開始湧動。子月，農曆十一月。❺陽爻地氣舒　意謂十一、十二月間陽氣在地下開始萌動。陽爻，《周易》中象徵陽性之爻，狀為「一」。據《易傳・乾卦・文言》的說法，〈乾卦〉六爻與十二個月份相配，每一爻代表兩個月份。〈乾卦〉初九（底下第一爻），代表十一、十二月份，爻辭「潛龍勿用」，〈文言〉釋為「陽氣潛藏」。❻冰牀　厚冰。❼東都　是指長安的東門，不是指洛陽。❽二疏　西漢人疏廣、疏受叔侄，並為師傅，因年老同時辭官，公卿大夫在東都門外設宴歡送。

【語譯】冷落的小園裡幾家散布，凋敝的小村中寒氣蕭疏。一半牆上畫著遊仙的畫，眠牀上堆滿了隱士的書。歲末泉水深處開始湧動，陽爻顯示地下陽氣發舒。雪花覆蓋大地深可數尺，厚厚冰塊超過一尺長度。蒼鷹盤旋雙眼斜視野雉，白鷺下飛密切觀察游魚。遙想當日長安東門之外，公卿大夫正在送別二疏。

【研　析】這首詩主要使用的是描寫手法。

起首二句先從總體入手，寫出遠望中所見之寒園景象。次二句視線由外移至室內，遊仙畫和隱士書隱隱點出寒園主人的身分、趣味：一個避世的隱士。這四句所取之景，無論室外抑或室內無不是蕭疏、冷落之景，使人聯想到主人公內心的孤寂、落寞。

「子月」以下六句境界逐漸變化，仍然是在寫嚴寒之景，卻有了一些生動的氣象。儘管「雪花深數尺，冰牀厚尺餘」，仍然是嚴寒的冬天，但在冷冽的泉水中已能感受到泉水的湧動，大地深處暖氣已開始萌發，春天正在悄悄孕育中。如果這幾句還只是一種感覺，還不能明顯見諸表象的話，那麼緊接著，忽然拓開的一筆，出現了一幅開闊而又生動的畫面：「蒼鷹斜望雉，白鷺下觀魚。」頓時使這幅小村寒園圖充滿了生氣。這二句構句簡單，卻頗為傳神，傳達出大自然的勃勃生機。短短的二句十字中，將蒼鷹、白鷺與雉鳥、小魚分別用一個動詞「望」、「觀」勾連起來，是全詩中最光彩奪目的詩句，也流露出詩人內心的喜悅。

讀解至此，我們始發現，隨著景色的變化，作者的情感也隨之發生變化。開始是寂寞、感傷的，慢慢當他看到或感覺到生命的跡象時，心情便不由得興奮起來，由低落逐漸轉為欣喜，好像他從大自然中找到了若干安慰。當然還須指出，不管主人公的情緒如何變化，卻仍有不變者在，那就是他畢竟是孤獨、寂寞的，否則他何以能在一般人不注意的地方，能如此清晰、如此真切地感受到泉心在湧動，地氣在舒展呢？在普通的情形中，一個人怎麼可能會有如此敏銳的感受力呢？

在對上文作了充分的鋪敘後，結末二句點出了題意，表示想要追步西漢的疏廣、疏受，急流勇退，避世隱居。只是讀到這裡，我們不免有一個疑問：這到底是子山真心的期盼呢？還是失意中的自我寬解？因為終其一生，子山一直表現出一種強烈的功名心。在可能作於同時期，同樣也是寫幽居生活的〈幽居值春〉中，他還有這樣的不平：「長門一紙賦，何處覓黃金？」顯然，他是不安於這種寂寞生活的。

幽居值春

【題解】這首詩可能作於北周初年，他在長安鄉居時期。詩中感歎春天來了，但是他生活困難，必須親自耕作。作者自傷空有文才，卻不能改善處境，雖寫幽居，卻有不平之氣在焉。可見作者之幽居非出本願，實為無奈的選擇。

山人❶久陸沉❷，幽逕忽春臨。決❸渠移水碓❹，開園掃竹林。欹❺橋久半斷，崩岸❻始邪侵❼。短歌吹細笛，低聲泛❽古琴。錢刀不相及❾，耕種且須深。〈長門〉一紙賦，何處覓黃金❿？

【注釋】❶山人　隱士，因隱士多居山林，故稱。這裡是作者自指。❷陸沉　無水而沉，喻隱居。❸決　疏通；開挖。❹水碓　利用水力舂米的工具。❺欹　坍塌。❻崩岸　坍壞的河岸。❼邪侵　這裡是指河水彎彎曲曲地蔓延到岸上。邪，斜。❽泛　彈奏。❾錢刀不相及　錢財不夠用。錢刀，錢幣，古時錢幣有作刀形者。❿長門一紙賦二句　意謂自己雖有文才，卻不切實用，不知到什麼地方換取錢財。傳說陳皇后失寵於漢武帝，她聽說司馬相如工為文章，便奉黃金百斤為酬，請相如作文。相如因作〈長門賦〉，武帝讀後，受到感動，便與陳皇后重續舊好。

【語譯】隱居山林已很長久，明媚春光忽臨小徑。疏通水渠移動水碓，打開園子清掃竹林。斜橋早已一斷為二，河岸坍塌河水漫岸。笛聲幽幽吹起短歌，古琴琤瑽飄著輕音。只因錢財不敷日用，便須耕作努力辛勤。自問也有相如文才，未知何處可覓黃金？

【研析】我們在〈奉報窮秋寄隱士〉的研析中已經指出，子山的隱居實非出於本願，而是一種無奈的選擇，這一點在本詩中體現得尤為明顯。

起首二句扣題，「山人」扣幽居，「幽逕」扣值春，二句冒頭。中六句寫他的幽居生活。「決渠」二句就「值春」落筆，因為春天來了，所以要開渠移碓，開園掃林，多少顯示了一點萬象更新的景象。接下去「欹橋」四句則筆鋒一轉，緊扣「幽居」鋪寫，欹橋、崩岸，側重視覺；細笛、古琴，側重聽覺，視聽結合，總體上製造出一種冷落、寂寞的效果，與「決渠」二句的明朗色調恰成對比，從中透露出作者內心的孤寂，使人感覺到幽居對於作者而言並不是一件愉快的事。

這一層意思如果說在第二層裡是含而不露的話，那麼在第三層裡作者已是克制不住地直接道出了。「錢刀」二句意謂錢財不夠，所以只能努力耕作，抱怨生活的貧困。「〈長門〉」二句則更為明白地說，空有文才，卻換不來黃金。這是用典故明白地表達了自己的懷才不遇，字裡行間透露著內心的不平。由此看來，庾信之幽居實不同於陶淵明的歸隱。我們結合子山生平看，可以說他並不是一個超脫、瀟灑的人。他的幽居應該不是出於主動的追求，更有可能的是一種無奈的選擇。好詩常能在不經意間流露出作者內心深處的祕密，本詩也是如此，使我們得以在千年之後，還能讀出子山那孤寂痛苦的靈魂。

詩中「欹橋」四句雖然色彩灰暗，但吟詠自有味道。殘破相對於完美因帶有一種悲感，常能喚起人更多的對生命的聯想。

臥疾窮愁

【題解】這首詩感歎自己窮愁交困，貧病交加，想要有所作為，卻一事無成，流露出作者的消沉悲傷情緒。此詩當作於留北時期，可能是北周初年，他在長安鄉居時期的作品。詩中所寫生活狀況或有誇大之處。

危慮風霜積，窮愁歲月侵❶。留蛇常疾首，映弩屢驚心❷。稚川求藥錄，君平問卜林❸。野老❹時相訪，山僧或見尋。有菊翻無酒，無絃則有琴❺。詎知長抱膝，徒為〈梁父吟〉❻。

【注釋】❶危慮風霜積二句　此為錯綜句法，應讀為慮風霜（之）危積，愁歲月（之）窮侵，意謂為環境嚴酷和遭遇窘困而憂心忡忡。侵，逼近。❷留蛇常疾首二句　意謂自己身體不好，常常頭疼、心慌。這是用杯弓蛇影的典故。應劭《風俗通義》卷九載，杜宣飲酒，見杯中有蛇，酒後胸腹作痛，多方醫治無效。後知為壁上所懸赤弩投影所致，病即癒。留蛇，意思是杯中蛇影常留腦際。❸稚川求藥錄二句　意謂自己屢屢向人求藥治病，卜問吉凶。稚川，葛洪，字稚川，東晉思想家，儒道兼綜，並精醫術，有《金匱藥方》、《附後要急方》，代表作有《抱朴子》。君平，嚴君平，西漢人，卜筮於成都街市，每日只閱數人，得錢百足以自養，就閉簾下帷教授《老子》。❹野老　鄉野老人。❺有菊翻無酒二句　意謂自己很窮，菊花雖然開了，卻沒有酒喝，想要彈琴，卻只有一張無絃的破琴。用的都是陶淵明的典故。蕭統〈陶淵明傳〉稱，陶淵明嘗於九月九日在宅邊菊花叢中坐，滿手把菊，正逢王弘送酒至。又說陶淵明不解音律，卻藏有無絃琴一張，每當飲酒時輒撫弄以寄其意。翻，卻；反而。❻詎知長抱膝二句　意謂自己雖有諸葛亮經邦濟世之大志，但時運不濟，徒然而已。《三國志・蜀書・諸葛亮傳》載，諸葛亮微時常抱膝長吟〈梁父吟〉以寄其志。詎，豈；哪裡。徒，有白白、枉自的意思。

【語　譯】憂慮風霜嚴寒日積月累，擔心窘迫愁慘步步逼近。杯中蛇影常常令人頭疼，弓弩倒影令我膽戰心驚。身體多病備有葛洪藥方，憂愁疑慮常常問卜君平。鄉野老人經常前來探訪，山間僧人不時親來看望。菊花盛開卻無美酒可喝，雖然有琴無絃難成琴音。哪知我空有經邦濟世志，卻只能抱膝吟誦〈梁父吟〉。

【研　析】這首詩實際也是一首隱居詩。我們前面已經說過，庾信之隱居乃是一種無奈的選擇。如果說這層意思在前幾首詩中還表現得比較含蓄的話，那麼在這首詩中就可以說是表露無遺了。

我們看這首詩中的隱居有些什麼內容，這種隱居是不是令人賞心悅目，恬靜悠閒？不是的。詩中通篇所寫無非三個字：疾、窮、愁。起首二句領起全篇，風霜襲人，窮愁逼人，足見其生活環境之惡劣。聯繫到西魏時期，庾信尚在朝中任職，一入北周，在開初的一段時間內卻竟無職守，在長安過起了鄉居生活。我們推想這大約是因為他在朝廷上失去信任，因而受到冷遇，讓他感受到風霜的嚴酷和窮愁的逼人。

以下四句是寫其有病，是頭痛和心慌。這當然是身體上的病，但詩人是敏感的，他在政治上處境不佳，必然會引起他許多的聯想，這也會反過來增加他身體上的病情，使人如驚弓之鳥般膽戰心驚，心慌頭痛了。所以這疾仍然可以說是「窮」（就是失意、不得志）的反映。「野老」二句表面上看似乎很灑脫超逸，但聯繫全詩，特別是對照末聯看，卻無論如何得不出這樣的結論。試想一個自許很高（希望像諸葛亮那樣做出一番大事業）的人，現在竟生活在這種無所事事的狀態中，那豈不是寂寞痛苦得難以忍受嗎？這有點像鮑照〈擬行路難〉中「弄兒牀前戲，看婦機中織」一樣，包含著多少不平和無奈啊！「有菊」二句是說他的貧困。菊花開了卻沒有酒喝，想要彈琴卻只有斷了絃的破琴，用的是陶淵明的典故，卻反其意而用之。陶是曠達、超逸的，而庾則滿腹怨恨。

走筆至此，方逼出末二句，將歎窮也就是政治失意、理想壯志不得伸展的主題表露無遺。試想一個抱著諸葛亮經邦濟世大志的人，怎麼可能安於這種與世隔絕的隱居生活呢？

本詩語言亦有特色。首二句為了強調危、窮，便打破正常語序，頗有生新警醒的效果。善用典故，十二句中除末聯外，餘皆對偶工整，這也是本詩的特色。

山齋

【題解】這首詩寫作者一路尋訪山齋的所見所感，突出的是山間的靜謐安閒，似乎遠離塵囂，但實際上景雖靜而心不寧，流露出的是寂寞中的苦悶和對際遇不佳的焦慮。

寂寥尋靜室，蒙密❶就山齋。滴瀝❷泉澆路，穹窿石❸臥階。淺槎❹全不動，盤根惟半埋。圓珠墜晚菊，細火落空槐❺。直置❻風雲慘❼，彌憐心事乖❽。

【注釋】❶蒙密　草木茂盛貌。❷滴瀝　水下滴貌。❸穹窿石　當中高四周低的大石頭。❹淺槎　擱淺於水中的竹筏或木筏。❺細火落空槐　《淮南子・氾論訓》有「老槐生火」的說法。❻直置　只是。❼風雲慘　際遇不好，未得信用。語出《周易・乾卦》：「雲從龍，風從虎，聖人作而萬物睹。」後人常以風雲會稱君臣遇合，則風雲慘意思正相反。❽心事乖　事與願違的意思。

【語譯】在寂靜的山中尋找靜室，穿過茂密樹叢訪求山齋。點點山泉澆濕了山間路，穹窿大石橫臥在臺階前。竹筏在淺水邊紋絲不動，樹根糾纏土中半露半埋。露珠從深秋的菊花墜落，火星從枯老的槐樹下墜。只是感歎自己際遇不佳，尤其惋惜心願難以實現。

【研析】全詩寫一路尋訪山齋，用的主要是描寫與敘述的筆法。寧靜、寂寥是前八句的基調。首二句交代緣起。「寂寥」二字應是本詩的詩眼，既是鏡像，又是心理感受。此下便是一個個空鏡頭的漸次展現，先是山路，接著是巨石，然後是淺槎、樹根。除了滴瀝的山泉外，皆為靜物。勾畫出的是一個無人世界，是一個過於寂靜的世界。「圓珠」二句捕捉的是一個極細微的細節，也是一連串靜物中的動景。寫的是那露珠從菊花上墜落，細小的火星從老槐樹上悄然落地。此二句在全篇中洵為佳句，雖然寫的是動態，卻以動襯靜，更強化了周遭寂靜的氣氛。這些意象到底透露出作者怎樣一種心態呢？倘若初讀，我們也許會被作者所描寫的山間美景所吸引，以為這是作者熱愛自然的表現。但若細讀玩味，卻可發現情況恐不如此簡單，在對寂寥的山間景色的描寫背後，透露出來的恐怕是作者內心的孤寂感，這也是我所以要把首句「寂寥」二字作為詩眼的理由。

結末二句是點題之句。大概的意思是自己際遇不好，沒能像在梁時那樣君臣遇合，風雲際會，理想壯志因此不能伸展，這與之前對山間美景的描寫形成了對比。由此我們推測，前八句中對山間寂寥之景的描寫實是他失意心情的流露，而「風雲慘」、「心事乖」才是導致他內心孤寂的原因。

望野

【題解】這首詩寫作者登覽遠眺，在寫景中表達了他渴望君臣遇合，受到信任的願望，反映了他流落北朝後，得不到賞識的寂寞心態。

試策千金馬❶，來登五丈原❷。有城仍❸舊縣，無樹即新村。水向蘭池❹泊，日斜細柳園❺。洄渚通沙路，寒渠塞水門。但得風雲賞❻，何須人事論❼。

【注釋】❶千金馬　名貴的駿馬。這是用《戰國策・燕策一》中郭隗對燕昭王說古代君主以千金求千里馬的故事。❷五丈原　古代地名，在今陝西眉縣西南斜谷口西側。西元二三四年諸葛亮伐魏，出斜谷，駐軍屯田，相持百日後病卒於此。❸仍　是。❹蘭池　即蘭池陂，秦始皇引渭水修建，池中築蓬萊山，刻石為鯨魚，在今陝西咸陽東。❺細柳園　細柳是西漢周亞夫屯兵之處，地在今陝西咸陽西南，這裡只是以細柳名園。❻風雲賞　君臣遇合，受到君王信任賞識。語出《周易・乾卦》：「雲從龍，風從虎，聖人作而萬物睹。」❼何須人事論　何必在名利地位等人事問題上計較呢。

【語譯】揮鞭驅策名貴的駿馬，登上了高高的五丈原。有城的所在是舊郡縣，無樹的地方是新村落。渭水向著蘭池陂流聚，夕陽朝著細柳園墜落。河流乾涸渚岸之間成沙路，渠水寒涼水門被泥沙堵住。只要能君臣遇合受到賞識，又何必斤斤計較人事得失。

【研　析】這首詩寫登高遠望的所見所感，表達的是君臣遇合，壯志伸展的渴望。

首二句交代登高事由。用五丈原之典，藉以暗示功業。以下三聯皆寫登高所見。「有城」二句著眼郡縣、村落，「水向」二句織入名勝古跡。「蘭池」、「細柳」雖是地名，亦暗示功業。「涸渚」二句則將視線轉向近處，呈現出的是一個蕭疏冷落的畫面，隱然透露出作者的寂寞心態。以上八句通過作者眼中所見之景，展現了一個獨立高原，縱目四望的詩人自我形象。內涵的意味隱微卻又有所暗示，讀者能感覺，但又難明白道出。盤馬彎弓，蓄勢待發。行文至此，乃逼出末聯，點明作者心中所感：只要能得君臣遇合，個人的小小得失又何必去計較呢？這既是一種渴求，也說明此時的子山境遇不佳，未得信重，透露出他內心的壓抑與苦悶。子山早年深受梁廷信任，有了這一經歷，他對身在北朝的處境當然會特別敏感了。

全詩用典恰切自然，而又富有暗示意義，通篇對偶，自然工整。

同顏大夫初晴

【題解】這是一首寫景詩。在對雨後初晴景色的描寫中，流露出作者輕鬆愉快的心情和齊同萬物，超脫達觀的人生態度。顏大夫，顏之儀，字子升，初仕梁，江陵之戰後北遷長安。北周宣帝時，官儀同大將軍、御正中大夫，卒於隋代。之儀之任御正中大夫在宣帝大成元年（西元五七九年），本詩既稱顏大夫，當作於本年或稍後。

夕陽含水氣，反景❶照河隄。濕花飛未遠，陰雲斂尚❷低。燕燥還
為石❸，龍殘更是泥❹。香泉酌冷澗，小艇釣蓮溪。但使心齊物❺，何愁
物不齊。

【注釋】❶反景　夕陽反照。❷尚　底本作「向」，據別本改。❸燕燥還為石　意謂天氣由雨轉晴。舊說零陵有狀如燕子的石塊，遇風雨即化為燕，雨止風停復化為石。❹龍殘更是泥　意謂天氣由雨轉晴。龍，土製之龍，古人用來求雨。現在雨後初晴，土龍已無用，故被棄而化為泥。❺齊物　《莊子・齊物論》中的思想。認為世間萬物本質上是一樣的，差異是相對的。因此要人們以「道」觀物，齊同萬物。

【語譯】西下的斜陽裡滿含著水氣，落日的餘暉灑照在長河堤。濕潤的花朵在風中飛不遠，陰

雲凝聚在頭上感覺很低。雨止風停燕子重又化為石，土龍被棄田埂再次化為泥。在清冷的澗水裡酌取香泉，蕩起小船垂釣在蓮花小溪。只要用齊物的眼光看世界，何必擔心世間萬物會不齊一。

【研　析】這是一首唱和之作，在子山同類型的作品中要算是寫得好的，因為詩中流露的是真性情。

從內容來看，這首詩是一篇寫景為主的作品，但在寫景中透露出來的卻是一種寧靜閒適的心情，與〈擬詠懷二十七首〉中表現的那種刻骨銘心的痛苦不同。本篇的特點有二：

一是以賦為主。始終扣住「初晴」，也就是剛剛由雨轉晴的特點來寫。所以夕陽的餘暉中才會含著水氣，才會有風中飛不遠的濕花，有雖斂仍低的陰雲。即便用的兩個典故，也點明了雨後初晴的特點。「燕燥還為石」，一個「還」字說明先前曾在雨中飛舞的燕子，如今仍然恢復為石頭。「龍殘更是泥」，既曰「龍殘」、成「泥」，說明不久前還是雨天，所以才把土龍淋濕成泥。

二是本詩又非純客觀的寫景。雖然詩的大部分篇幅寫景，但從景色描寫中透露出的是，對雨後初晴景色的欣喜和悠然平靜的心情。結末二句很自然地借用莊子思想來議論，收結全詩。意思是說只要你用齊物的眼光看待這個世界，不拘執於細枝末節的差異，那在你的眼中此和彼都是一樣的，就不會固執於事物表面的差別，而想不開了。如果這樣的話，心態就自然平靜，為人也就豁達開通，也就不會有痛苦了。

在這首詩裡已經沒有了〈擬詠懷二十七首〉中那樣令人絕望的痛苦，他似乎超脫了入北之初的那種固執而痛苦的階段。如果我們在注❶中確定的作年能夠成立的話，則本詩的寫作應在庾信入北的第二十五年。再過一年，或稍多，他就去世了。只是我們不知道，這到底是庾信經歷了艱難苦恨後所達到的一種解脫呢？還是故意在用莊子的齊物思想來麻醉自己。

郊行值雪

【題解】詩寫作者在漫天大雪中驅馬郊行的情景。北國雪景的壯麗景象在作者筆下得到了傳神體現，結末二句暗寓懷念故國，不得南歸的苦悶和惆悵。

風雪俱慘慘❶，原野共茫茫。雪花開六出❷，冰珠映九光❸。還❹如驅玉馬，暫似獵銀獐。陣雲全不動，寒山無物香。薛君一狐白❺，唐侯兩驌驦❻。寒關日欲暮，披雪上河梁❼。

【注釋】❶慘慘　昏暗貌，這裡是指天色漸暮。慘，通「黲」。❷六出　雪花的結晶，其狀為六角形。❸九光　五光十色，色彩斑斕貌。❹還　迅疾、快速。❺薛君一狐白　這是借孟嘗君的典故來形容作者大衣上蒙上了一層雪花。《史記・孟嘗君列傳》載，孟嘗君有狐白裘，價值千金，天下無雙。薛君，孟嘗君，因其封地在薛，故稱。狐白，以狐狸腋下白毛製成的裘皮大衣。❻唐侯兩驌驦　這是借唐成公的典故形容作者所騎的馬毛色素白。《左傳・定公三年》載，唐成公如楚，有兩肅爽馬。驌驦，即肅爽，是毛色雪白如霜的駿馬。❼上河梁　這是暗用李陵〈與蘇武詩〉中句意：「攜手上河梁，遊子暮何之。」梁，橋。

【語譯】風雪交加天地一片昏暗，一望無邊原野四顧茫茫。雪花綻放出六角形菱花，冰珠閃耀著繽紛的亮光。迅疾如驅使玉馬，快速似獵取銀獐。兵陣般的雲層凝然不動，萬物寂然群山披上銀裝。身披白色的大氅，驅策雪白的駿馬。嚴寒中邊關太陽漸西沉，頂風冒雪驅馬來到橋上。

【研　析】庾信大部分的詩寫得比較精緻細微，但是這首詩卻有著一種渾樸蒼茫的風味，可以說是庾詩中的別調。

詩寫作者雪天驅馬的所見所感，寫出了北國雪景的壯麗景象。全詩前十句皆為寫景，末二句點題。開首二句起得極富張力，先從大處落筆，寫出北國風光的渾厚闊大氣勢，先聲奪人，為後面寫雪作了很好的鋪墊。

接下去八句，則從不同角度聚焦於雪。先是一個特寫鏡頭，描寫雪花的狀貌。如果說首二句是寫其大者，那麼「雪花」二句則是注目於細小者。「還如」二句仍然是寫雪，不過筆法略有變化，與前二句的直接描寫不同，而是通過馬匹和獵物來寫雪。大雪中馬和獐身上都蒙上了一層雪花，因而變成了「玉馬」、「銀獐」。「陣雲」二句又宕開一筆，將筆觸轉到茫茫天地之間，仰觀則雲層堆疊，遠眺則群山皚皚。雖無一字直接寫雪，卻將雪置於開闊遼遠的背景之中，蒼茫之氣撲面而來，與前四句的工細筆法恰成對比，而與首二句的渾樸相呼應，增加了全詩的韻味。「薛君」二句復又轉為工筆，借典故以代描寫，想要表達的無非是身披白大氅，腳跨白駿馬的意思，只是這種過於精緻的筆法不免與全詩的北國氣息微有不合。

然而末二句的結語卻筆力雄渾，餘味繞梁。表面看這二句只是說天快晚了，我頂風冒雪來到橋上。可是他到橋上去幹什麼呢？實際上作者在這裡暗用了李陵〈與蘇武詩〉的典故，「攜手上河梁，遊子暮何之。」我們這才知道，作者所以驅馬雪中，原來是要去送別。用事而不使人覺，這才是用典的最高境界。此外，寒關、日暮再一次在渾樸蒼茫的境界中注入了一絲悲涼。試想在暮色四起的茫茫雪地裡，只見作者一人踽踽獨行於天地之間，這會讓人感到何等的渺小、孤獨和無助呵。

和裴儀同秋日

【題解】這首詩在對秋日的吟詠中，表露了作者對北地生活不如意的無奈和不滿，抒發了年屆遲暮，猶歸期無望的飄零感和絕望感，是牢騷之作。裴儀同，裴政，字德表。早年仕梁，江陵之戰後，被俘至長安，入北周為刑部下大夫。隋開皇元年（西元五八一年），轉率更令，加位上儀同三司。題中既稱儀同，又考子山逝於開皇元年，則本篇當作於是年。

蕭條依白社❶，寂寞似東皐❷。學異南宮敬❸，貧同北郭騷❹。蒙吏❺觀秋水❻，萊妻紡落毛❼。旅人嗟歲暮❽，田家厭作勞❾。霜天林木燥，秋氣風雲高。棲遑❿終不定，方欲涕沾袍。

【注釋】❶白社　在今河南偃師，因其地有叢祠，故名。晉時道士董京曾寄宿乞食於此，這裡作者隱以董京自喻。❷東皐　水邊高地。古人常以東皐為隱居的象徵。❸南宮敬　春秋時魯人，孔子學生，曾向孔子學禮。❹北郭騷　《晏子春秋．雜上》載，北郭騷是齊國人，窮得不能奉養自己的母親，晏子曾派人接濟他。❺蒙吏　指莊子。莊子曾任蒙漆園吏。❻秋水　這裡有雙關意思，既指河流，又可指《莊子．秋水》中的思想。〈秋水〉主旨在闡發相對主義的思想。❼萊妻紡落毛　這是用老萊子妻勸夫歸隱的典故。劉向《列女傳》卷二載，楚王禮請老萊子出山從政，老萊子答應了。其妻不願為人所制，夫婦倆便逃到江南隱居起來。老萊子妻說：鳥獸脫落的毛，可用來織布做衣。拾取穀粒，足以吃飽。紡落毛，用鳥獸脫落的毛來紡織。❽嗟歲暮　感歎一年將盡，卻不能回家。❾作勞　耕作的辛勞。❿棲遑　忙碌奔波貌。

【語　譯】境況蕭條似寄居白社，人事寂寞如置身東皋。講學問比不上南宮敬，論貧困卻好比北郭騷。雖像莊子般觀覽秋水，妻卻只能用獸毛織袍。遊子歎息歲末難回家，農夫厭倦耕作的辛勞。秋天的林木格外乾燥，風清氣爽又雲淡天高。忙碌奔波終難以安定，涕淚欲湧要沾濕衣袍。

【研　析】這首詩題詠秋日，但實際抒吐的是一腔牢騷，全詩十二句，唯「霜天」二句關合秋日，餘皆與秋無涉。可見這是一首抒憤之作，作者久蓄胸中的不滿只是藉著唱和的觸發一瀉而出。

詩中表露的是對自己生活處境的不滿。前六句為一層，狀寫他的貧困失意。「蕭條」二句重在失意，兼寓貧困。「學異」句顯為反語，內含激憤和委屈。其餘幾句皆用典故，極寫其貧困之狀，不免語涉誇張，難以信從，其用意顯然在強調所處境遇之不合理。「旅人」以下六句又進一層，訴說身世之悲。旅人、棲遑，皆指其羈留北方，有家難歸，缺乏歸屬感、安全感。特別是年已遲暮，卻歸期無望，飄零之感時時橫亙心頭，這才是最為悲哀，也最讓人同情的。就中「霜天」二句，因題涉「秋日」，故於此著一閒筆，暗寓悲秋意蘊。

由此可見，本詩抒吐的怨恨牢騷實因生活不如意和歸期無望而起。但此二者實有深淺之別，前因固然有之，但非根本原因，後者才是刻骨銘心，揮之不去，又難以言表的深刻悲愁，才是子山後半生痛苦不堪的根本原因。因為此一問題得不到根本解決，遂至事事不如意，處處不順心，所以語多憤激，本詩恰為此種心理的最好證明。儘管我們讀本詩前半，感覺他的歎窮嗟貧不免誇張失真，但讀至後半，懂得了他痛苦的深層根源，就會對子山其人產生一種同情之理解。

和王少保遙傷周處士

【題解】周弘讓是庾信的老朋友，死於陳朝。消息傳來，庾信不勝悲痛。詩中既傷逝者，又悲自身，對朋友的去世表達了深切的懷念。王少保，王褒，字子淵，與庾信同為由南入北的著名文人。入北周後，曾官太子少保、小司空。題中既稱王褒為少保，則本篇必作於周宣帝為太子的建德元年（西元五七二年）至宣政元年（西元五七八年）間。周處士，周弘讓，早年出仕不得志，隱於句容茅山，累徵不至，故稱處士。陳文帝時，官至光祿大夫。

冥漠爾遊岱，淒涼余向秦❶。雖言異生死，同是不歸人。昔余仕冠蓋❷，值子避風塵❸。望氣求真隱，伺關待逸民❹。忽聞泉石友❺，芝桂不防身。悵然張仲蔚❻，悲哉鄭子真❼。三山❽猶有鶴，五柳❾更應春。遂令從渭水，投弔❿往江濱。

【注釋】❶冥漠爾遊岱二句　意謂周處士去世了，我卻留在了北周。冥漠，幽暗無聲之地，這裡指陰間。遊岱，死亡的代稱。岱，泰山的別名。舊說泰山為人死後魂魄歸聚之地。秦，這裡指代北周。❷仕冠蓋　做官。

冠蓋，官員的禮帽和車乘，指代官員。❸避風塵　避世隱居。風塵，指京都。陸機〈為顧彥先贈婦二首〉其一：「京洛多風塵，素衣化為緇。」這裡指代名利場。❹望氣求真隱二句　用老子出關，關令尹喜求書的典故讚周處士為真隱、逸民。皇甫謐《高士傳》卷上載，老子見周衰，騎青牛離去。關令尹喜望氣先知，就等在關口。老子要過關，尹喜就請老子著書，遂成《老子》一書。逸民，隱士。❺泉石友　山林泉石之友，指隱士。❻張仲蔚　東漢隱士。❼鄭子真　西漢隱士。❽三山　古代神話謂，東海上有三座神山，名蓬萊、方丈、瀛洲。❾五柳　隱居之地。陶淵明〈五柳先生傳〉載，因其宅邊有五柳樹，故自號五柳先生。❿投弔　投送祭文。

【語　譯】在昏暗中您魂歸泰山，在淒涼中我走向秦國。雖然說我們一死一生，卻都是不歸路上的人。當年我出仕謀求前程，可您卻隱居躲避風塵。望氣可以求得真隱士，在關口期待遇見高人。忽然聽說久隱泉石的老友，像蘭芝桂花一樣突然凋亡。就像張仲蔚之死讓人悵惘，就像鄭子真亡故令人悲傷。三神山上應該還有仙鶴飛，五柳村裡應該春意依舊濃。且讓我將祭文投在渭水裡，就請水流把它帶到長江中。

【研　析】這首詩是對友人去世的傷悼。「冥漠」四句頗為沉痛。意思是說雖然你死我生，但我有家難歸，實際和你一樣，都是不歸之人。雖是悼友，實則傷己，「昔余」四句回憶往事，落實題中「處士」二字，以自己之「仕冠蓋」來襯托朋友之「真隱」。「忽聞」二句謂獲聞朋友死訊，關合第三句中「異生死」三字。一個「忽」字，突出了詩人毫無思想準備，噩耗突降，情感上難以接受的心理。「悵然」以下六句，落實題中「遙傷」二字，表達詩人的哀傷心情。意思是處士雖死，然人亡物在，睹物思人，更增悲慨。「三山」、「五柳」，借用典故喻指處士身前居處。「猶有」、「更應」，為猜度之辭，意思是想必如何如何。既表達了作者對朋友的懷念和關切，又暗寓作者身處北周，無法南歸，只能託之於遐想。這樣就自然引出結末二句的投祭之意，以此遙寄哀思。

全詩重在傷悼友人，但也兼寓自家身世。「不歸人」和「投弔」均隱然透出有家難回的悲哀，傷友和自傷打成一片，是本詩寫作上的特點。本詩多用故實，尚稱恰切，但悼友人，卻避實就虛，堆垛故實，亦可見出作者之於處士，感情實為一般。

仰和何僕射還宅懷故

【題　解】這首詩寫作者回到故宅所見的情景，著意描繪了故宅荒涼、頹敗的蕭瑟景象，從中透露出作者頹廢孤寂的心態。從「寧知洛城晚」句，可知是子山在北時期所作，可能是北周武帝建德五年（西元五七六年）至宣政元年（西元五七八年）間他任洛州刺史時的作品。何僕射，其人不詳。僕射，職官名。

紫閣❶旦朝罷，中臺❷夕奏稀。無復千金笑❸，徒勞五日歸❹。步簷❺朝未掃，蘭房❻晝掩扉。苔生理曲處❼，網積迴文機❽。故瑟餘絃斷，歌梁❾秋雁飛。朝雲雖可望，夜帳定難依❿。願憑甘露入，方假慧燈輝⓫。寧知⓬洛城晚，還淚獨沾衣。

【注　釋】❶紫閣　皇帝與群臣理政之所。❷中臺　尚書省。❸千金笑　意謂千金難買的喜悅。❹五日歸　官員放假。古時官員每五日休假一次，故稱。❺步簷　長廊。❻蘭房　精緻的屋子。❼理曲處　彈琴的地方。❽迴文機　織布機。❾歌梁　為歌聲繚繞的屋梁。❿夜帳定難依　意謂所思之人的形象難以在帷帳中再現。

《漢書・外戚傳》載，漢武帝悼念李夫人，方士少翁說能致李夫人之神。乃夜張燈燭，設帷帳，讓武帝在另外的帳中觀察，果見夫人姍姍而來。依，憑靠。⓫願憑甘露入二句　意謂清晨露水入屋，晚上借燈照明。甘露、慧燈，又借喻佛教智慧。⓬寧知　豈知；哪知。

【語　譯】禁闈之中早朝完畢，尚書省裡奏章少稀。臉上沒有由衷笑容，白白浪費休假之期。長廊不見有人打掃，蘭房白天大門緊閉。彈琴處長滿了莓苔，蜘蛛網布滿織布機。舊琴殘存幾根斷絃，梁上但見秋雁翻飛。早晨可見白雲飄動，晚上帷中故人不歸。但願聽憑露水入屋，正想借助燈光照明。哪知洛城天色已晚，獨自夜歸淚下沾襟。

【研　析】據詩題可知這是一首奉和之作，詩中所寫未必實有其事，表現出來的是一種頹廢的情緒，心態似乎有些灰暗和扭曲。

「無復」二句可看作全詩的總領，意思是此次還宅的結果很不愉快，白白浪費了休假時間。以下即以此為基點展開描寫，展現在讀者眼前的是一個破敗、荒涼、死寂、蕭瑟的老屋。作者的視線由步簷、蘭房，轉到理曲處、迴文機、斷絃的破琴、繞梁的大雁，畫面一個接著一個，使人感受到一種森然的陰氣，散發著死亡的氣息。從藝術效果而言，這幾句中「苔生」四句頗有餘味，引人沉思。從今之破敗可反推當日的風光，實有昔盛今衰的對比作用。「歌梁」句則用秋雁繞梁來反襯出老屋破敗的程度，渲染出周遭的一片死寂，益發增人悲感。結末二句以洛城已晚，灑淚獨還，完成了一天的活動，同時收結全篇，與篇首呼應。

詩中所寫是否實有其事，頗有疑問。詩題既曰「仰和」，則有可能是依原詩敷衍而成，詩中所寫可能出於想像。不過集中筆墨於此種荒蕪之景，且一再回味吟詠可能是子山不如意生活導致的扭曲心態的反映。可知後來唐代韓孟詩派喜以死亡、醜陋入詩的風氣，子山實已開其端。

對宴齊使

【題解】天和四年（西元五六九年）夏，北齊遣使者訪問北周。這首詩便是子山在送別北齊使者宴會上的應酬之作。意思很膚淺，但寫得很工致。「林寒」二句，倪璠說是自傷顏厚，恐非，似為一般寫景之句。

歸軒❶下賓館，送蓋❷出河堤。酒正❸離杯促❹，歌工❺別曲悽。林寒木皮厚，沙迴雁飛低。故人儻相訪❻，知余已執珪❼。

【注釋】❶歸軒　返歸的車。這是指北齊使者的車。❷送蓋　送行的車，是指庾信所乘的車。蓋，車蓋，指代車。❸酒正　酒味醇正。❹離杯促　頻頻舉杯的意思。促，次數多；頻率高。❺歌工　歌曲唱得好。❻訪　探問；詢問。❼執珪　高官的意思。春秋時國君賜功臣執珪上朝。珪，同「圭」。玉器的一種，用於朝聘、祭祀等活動的禮器。

【語譯】齊使的車子離開了賓館，送行的車子駛出了河堤。酒味醇別宴上頻頻舉杯，聲腔美離別歌唱得悲淒。林中嚴寒樹皮格外厚實，沙地迂遠大雁緩緩低飛。倘若有老朋友向您問起，就說我在朝堂手執玉珪。

【研　析】這首詩純屬應酬之作，沒有什麼深意。無非是說，離別在即，大家都很悲傷，如果各位回去後，有人問起我，就說我已在北周為高官。沒有什麼真性情，純為敷衍之作。特別是「知余」句，語氣中還帶著一點誇耀，顯得有些俗氣，所以不宜評價太高。

但這首詩也恰恰體現了庾信詩歌的一個特色，就是即使出於應酬，他也能「做」得很精巧，有時也會有一些佳句。首二句點出送別之意，是說離別的悲哀。「酒正」二句，雖然只是應酬之語，但構句工致，每一句中各含意思轉折的兩個分句。酒雖醇正，卻離杯頻舉；歌雖動聽，卻格外淒涼。這樣的句子雖然不見得有多少深情，但構句的藝術是頗具功力的。特別值得稱賞的是第五、六句，在前二句的基礎上，突然宕開一筆，轉將視線投注於開闊的遠景，展現出一幅北國嚴寒，長空雁飛的畫面。乍看似乎與送別主題毫不相干，但這種空闊蒼涼的畫面卻頗能增加一種悲涼的況味。也許在此一筆中，突然觸發了作者的身世之悲，間接地流露出自己流落北朝的孤淒之感吧。總之，在全詩中這二句才是最值得咀嚼回味的句子。結末二句又將宕開之筆收攏，回到對宴齊使的主題上，從而收結全詩。

這樣一個膚淺的意思，經過庾信的處理，卻顯得首尾圓融，詩藝精巧，這也是庾信詩歌的一個特點。

和靈法師遊昆明池二首

【題解】這兩首詩是寫與朋友共遊昆明池的觀感。既寫出了作者與靈法師的友誼，更著重描寫了秋色中昆明池的美麗景色，表現出作者悠閒輕鬆的心情。靈法師，其人不詳。法師，對僧侶的尊稱。昆明池，湖名，在今陝西西安西南，西漢武帝元狩三年（西元前一二〇年）開鑿，周圍四十里。

遊客重相歡，連鑣❶出上蘭❷。值泉傾蓋❸飲，逢花駐馬看。平湖泛
玉舳❹，高堰❺歇金鞍。半道聞荷氣，中流覺水寒。

【注釋】❶連鑣　並駕齊驅的意思。鑣，馬嚼子露出口外的部分，這裡指代馬。❷上蘭　上林苑中宮觀，在今陝西長安西。❸傾蓋　兩車靠得很近，比喻關係很親密。❹玉舳　船的美稱。舳，底本作「軸」，據別本改。❺堰　擋水壩。

【語譯】遊人再享同遊的歡樂，騎馬並行出了上蘭宮。遇泉水大家一起暢飲，逢花叢共同駐馬觀賞。在平靜的湖面上泛舟，在高高的水壩上駐馬。半路上聞到了荷花香，河中央始覺得河水涼。

秋光麗晚天，鷁舸❶泛中川。密菱障浴❷鳥，高荷沒釣船。碎珠縈斷菊，殘絲繞折蓮。落花摧斗酒❸，棲烏送一絃❹。

【注釋】❶鷁舸　船的美稱，古時畫鷁首於船頭，故稱。❷浴　鳥飛上飛下貌。❸落花摧斗酒　落花飄落到酒杯中。摧，到；至。❹棲烏送一絃　意謂彈起了〈烏棲曲〉的調子。〈烏棲曲〉，東晉南朝樂府詩西曲歌的一種。

【語譯】秋色把薄暮的天空染得絢爛，我們乘著畫船漂浮在河中央。密密菱花阻擋著撲飛的鳥兒，高高荷葉遮沒了釣魚的小船。細碎水珠在斷菊上欲滴不滴，斷而相連的藕絲纏繞著折蓮。繽紛的落花飄落到酒杯之中，琴聲幽幽彈奏出一支〈烏棲曲〉。

【研析】這樣的詩淺近易懂，精緻流麗，真可當得好詩「圓美流轉如彈丸」《南史・王筠傳》的評語。詩寫與靈法師共遊昆明池的經歷。第一首側重記敘過程，好似一篇遊記，移步換景，一句一景，組接起來，便是完整的遊歷過程。「遊客」、「連鑣」、「傾蓋」，點出二人共遊的歡樂。「平湖」以下四句雖無直接的心情描寫，卻在對畫面的描寫中流露出作者喜悅、欣賞的心情。比較而言，第二首更側重遊歷中泛舟中川場景的描繪。中間二聯，攝取蓮花叢中的特寫鏡頭尤為傳神。作者觀察細密，再加精心提煉文字，頗能得物之神理。「密菱」二句，一句寫水中密菱，一句寫水上荷花，一動一靜，畫面生動。「碎珠」二句又將鏡頭推進，聚焦於斷菊、折蓮，那水珠欲滴未滴，殘絲似斷還連的景象宛然在目。此種語句已經宛然唐風，清新可喜，令人不得不讚佩子山的語言功力。

別周尚書弘正

【題解】周明帝武成二年（西元五六〇年），陳朝派遣周弘正出使北周，迎還後來的宣帝陳頊。弘正在北周滯留了三年，於周武帝保定二年（西元五六二年）回陳，作者前往送別。想到友人即將南歸，而自己則回歸無期，從此與故人南北異途，內心的悲哀便不由自主地湧現出來。周弘正，字思行，南朝陳汝南人，歷仕梁陳，甚為梁元帝賞識。累遷都官尚書、尚書右僕射。

扶風❶石橋北，函谷故關❷前。此中一分手，相逢知幾年？黃鵠一

反顧，徘徊應愴然❸。自知悲不已，徒勞減瑟絃❹。

【注釋】❶扶風　秦漢以來京畿地區，轄境相當今陝西中部地區。❷函谷故關　古代關塞。原在今河南靈寶東北。西漢武帝元鼎三年（西元前一一四年），徙關於今河南新安東。此後函谷關便有新古之分。❸黃鵠一反顧二句　這是說本來比翼齊飛的黃鵠，其中一隻中途因病掉隊，遂使能飛的一隻欲飛不忍，徘徊顧戀，這是用來比喻作者和周弘正即將分別。〈豔歌何嘗行〉：「飛來雙白鵠，乃從西北來。十十五五，羅列成行。妻卒被病，行不能相隨。五里一反顧，六里一徘徊。」（《樂府詩集》卷三九）❹自知悲不已二句　意謂自己的悲哀實在太深了，即使拉斷琴絃，還是止不住地在琴聲中流瀉出來。減瑟絃，拉斷琴絃。《史記・封禪書》載，太帝伏羲氏因素女演奏的曲子太悲，所以將原本五十根絃的琴，拉斷了二十五根。

【語　譯】佇立在扶風郡石橋北面，徘徊在函谷關舊址跟前。我們就在此地揮手分別，但不知再見將會在何年？黃鵠單飛時時回首顧盼，徘徊踟躕心中充滿悲念。知道心中哀傷難以自已，拉斷絃索悲情也難稍減。

【研　析】周弘正是南朝派來的使者，本來就與庾信交好。他在北朝停留了三年，終於要陪伴後來的宣帝陳頊回陳朝去了。庾信前來送他，自知一別之後從此天南地北，心中的悲哀便難以抑制地湧了出來。

首聯點離別之地，頷聯表達相見無期之悲。頸聯將筆觸轉向對方，借用樂府古辭，狀寫對方離別時戀戀不捨的心情。作者把自己比作因病掉隊的雌鵠，把周弘正比作可以展翅高飛的雄鵠。這雄鵠面對著中途掉隊的伴侶，心中充滿了矛盾，牠既不能帶著雌鳥一同飛行，又不能留下來陪伴雌鳥。最後牠只能一步一回頭，漸行漸遠，把雌鳥拋在身後。用這樣一個充滿了傷感的故事來比喻周、庾關係是頗為貼切的。尾聯轉寫自己之悲，意思是說自己內心的別離之悲太強烈了，就是想要克制也實在克制不了，只要一有機會便會迸發出來。

全詩一氣流轉，語言平易而不事雕琢。

別張洗馬樞

【題解】這首詩大約作於陳周通好時期，這時被羈北朝的許多文人、官員都可以回到陳朝了，但庾信則因為文才太高，受到了北周的阻留，不能回到南方。這首詩是送別張樞之作。詩中表達了自己與朋友離別的悲哀，對自己不能回返故土流露出無限的惆悵，情緒頗為感傷。張樞，生平不詳。洗馬，官職。

別席慘無言，離悲兩相顧。君登蘇武橋❶，我見楊朱路❷。關山負❸

雪行，河水乘冰渡。願子著朱鳶，知余在玄菟❹。

【注釋】❶君登蘇武橋　意謂張樞還有幸可以像蘇武一樣南歸。蘇武橋，非實指，這是暗用李陵〈與蘇武詩〉其三中「攜手上河梁」的句意。❷我見楊朱路　意謂我卻只能徘徊於去留之間，不能作出決斷，實際是說自己不能回歸南朝。楊朱路，有面對歧路不能決定該走哪條路的意思。《淮南子・說林訓》：「楊子見逵路而哭之，為其可以南，可以北。」❸負　冒著；頂著。❹願子著朱鳶二句　意思是一經離別，從此天南地北，惟存思念而已。著，到。朱鳶，地名，在今越南河內東南。玄菟，地名，在今朝鮮咸鏡道和中國遼寧東部、吉林南部。朱鳶、玄菟，均非實指，這裡表示兩地遙遠，關山阻隔。

【語　譯】餞別宴會上大家傷心無言，別離之際彼此都相視黯然。您登上蘇武橋將回返故國，我佇立歧路口不知該怎辦。頂風冒雪行進在關隘群山，乘河冰未解趕緊渡到對岸。但願您平平安安到達朱鳶，別忘記有老友在遙遠北藩。

【研　析】友人即將南歸，而自己卻無法回家，送別友人之際，子山的心情是頗為複雜的。

首聯開宗明義，點出離別主題。「慘無言」、「兩相顧」，抓住兩個細節準確寫出了餞別宴上籠罩著的一片愁慘氣氛。頷聯從主客兩方面落筆，借用典故寫出主客雙方一去一留的兩種狀態。「蘇武橋」是喻指客人即將南歸；「楊朱路」是比自己不得回家。兩相比較，則客人雖然也有離別之悲，但畢竟得以南歸，可與家人團聚，終究是喜劇勝於悲劇。可是對子山來說呢，情況就大為不同了。他只能一次又一次地送別別人，而永遠不可能被別人送行，也就真正是回歸無望了。所以對子山而言，每一次的送行實際上都在反襯、強化他的不幸，加劇他難以言表，又刻骨銘心的痛楚，所以這二句內含著的悲劇意味是極為深刻的。頸聯二句則由前句之「君登」句生發，想像友人南歸途中頂風冒雪，乘冰而渡，千里跋涉的艱難旅程。既寫出了北地的嚴寒，又烘托了全詩的悲愁氣氛，給全詩籠罩了一層壓抑的氛圍。尾聯是對客人提出的懇切願望。包含著這樣的意思：一別之後，從此天涯海角，若要再見，恐已無緣；惟因如此，希望友人回國之後，不要忘了遠在天涯的我。既是臨別贈言，又有自傷身世的意味。

全詩感情哀傷沉痛，卻又婉轉含蓄，語言淺易，又自然工致。八句中除首聯外，餘皆對仗工穩，結構嚴整，首尾呼應。

別庚七入蜀

【題　解】庚七即將遠赴蜀地，作者作詩相送。詩中描繪了蜀道的艱險，表達了分別之際體會到的手足之情。庚七，子山同族兄弟，其名不詳。

峻嶺拂陽烏❶，長城連蜀都❷。石銘❸懸劍閣❹，沙洲聚陣圖❺。山長半股折❻，樹老中心❼枯。由來兄弟別，共念一荊株❽。

【注　釋】❶拂陽烏　摸到太陽，這是極言其高。陽烏，太陽的別名。舊說太陽裡有三足烏，故稱。❷蜀都　古代蜀國的都城，在今四川成都。❸石銘　指〈劍閣銘〉，西晉張載作，晉武帝派人將銘文鐫刻在劍閣石壁上。❹劍閣　古代棧道名，在今四川劍閣東北大、小劍閣之間，地形險要，是川陝間的交通要道。❺沙洲聚陣圖　諸葛亮在魚復（今重慶市奉節）的平沙之上堆壘石塊成八陣圖。❻半股折　一半的人因登山股骨折斷。股，大腿。❼中心　底本作「半心」，據別本改。❽一荊株　一株三枝的紫荊樹，比喻同胞兄弟。吳均《續齊諧記》載，田真兄弟三人，雙親並亡，共議分家。家產均已平分，唯剩堂前一棵紫荊樹，擬斫為三片，樹即枯死。田氏兄弟受到震動，遂不分家，樹即復活。

【語　譯】高高的山嶺靠近了太陽，綿綿的長城連著那蜀都。張載的〈劍閣銘〉高懸在劍閣上，沙洲上諸葛亮堆出了八陣圖。山路漫漫行人半數累斷腿骨，古樹蒼老得連樹心都已空枯。從古到今手足兄弟臨當分別，都會感念那一株三枝的荊樹。

【研　析】這庾七應該是子山的同祖兄弟，未必是同父兄弟，其人莫詳。從詩題可知，詩為送別庾七入蜀而作，只是不知作於梁時，抑北朝時。

品讀全詩，私意只是一般的應酬之作。為什麼呢？主要還是詩藝的因素要超過感情的因素。作者無非扣住兄弟和入蜀兩點落筆。前六句側重寫蜀地風光。首二句即從蜀地的險峻落筆，一狀其高，一寫其遠。次二句連用兩個典故點出蜀地的人文景觀。「山長」句落筆於蜀地的景致，突出的是蜀道艱險。「樹老」句頗有味，令人生出怪異、恐怖之感。以蒼老、醜陋入詩，子山實已開其端。結末二句則借用典故點明主旨，告訴讀者本詩所寫實為兄弟相別，由此自然收束全篇。

章法清晰，語言精微，結構前後呼應。詩藝誠然是圓熟的，但讀下來的感覺，總覺得在情感方面不免顯得膚淺了一些，敷衍的感覺更強於抒發的感覺，所以也就缺乏一種動人的力量，這也是相當一部分庾詩的特點。

奉和永豐殿下言志十首（選二首）

其八

【題解】這首詩對自己早年在梁備受信任的經歷不勝懷念，對梁的衰敗既感到痛惜，又感到不可理解，表現了他對故國的深切懷念和失國之痛。永豐殿下，蕭撝，字智遐，南朝梁宗室，封永豐縣侯。西魏攻蜀時，他以城降。入北周，官至少傅，封蔡陽郡公。這裡永豐殿下是從梁稱。

弱齡參顧問，疇昔濫吹噓❶。綠槐垂學市❷，長楊映直廬❸。連盟翻滅鄭❹，仁義反亡徐❺。還思建鄴水，終憶武昌魚❻。

【注釋】❶弱齡參顧問二句　意謂自己在年少時就受到梁朝帝王、太子的信任賞識。庾信少年得志，曾為蕭綱東宮學士之一，「出入禁闥，恩禮莫與比隆。」（《周書·庾信傳》）弱齡，年少時。疇昔，過去；從前。濫吹噓，濫竽充數的意思。濫，這裡有名不符實地混跡其間的意思，這是謙詞。吹噓，吹奏。❷綠槐垂學市　這是回憶當日從學情景。學市，指槐市。漢代長安市場，因其地多槐，故名。《三輔黃圖》載，諸生每於朔望會於此市，或作交易，或相議論。❸長楊映直廬　這是回憶早年在宮中值日的情景。長楊，長楊宮，漢代行宮，因宮有長楊樹得名。故址在今陝西周至東南。直廬，皇宮中值宿的處所。❹連盟翻滅鄭　這是用戰國時鄭國與負黍的關係喻指梁與侯景的關係，意謂梁與侯景結好，反而引狼入室。《史記·鄭世家》載，戰國時負黍（在今河南登封西南）在鄭國與韓國間依違不定。先為韓地，後歸鄭有，復反鄭依韓，最後鄭國為韓國所滅。情形有類梁朝與侯景的關係。侯景本為東魏將領，後以河南地降梁。梁武帝輕信侯景，結果侯景引兵南下，導致梁朝趨於衰亡。❺仁義反亡徐　意謂徐偃王因行仁義反被楚國所滅。這裡借指梁武帝篤信佛教，縱容子侄，似乎很有仁愛之心，實際治國無方，最終導致梁朝的覆亡。《韓非子·五蠹》：「徐偃王處漢東，地方五百里，行仁義，割地而朝者三十有六國，荊文王恐其害己也，舉兵伐徐，遂滅之。」❻還思建鄴水二句　這是化用東吳童謠表示對故國的懷念。三國吳童謠曰：「寧飲建業水，不食武昌魚。」建鄴、武昌，均為梁朝故地。

【語　譯】少年時就已參預顧問，年輕時混跡謀士當中。綠槐樹垂拂長安學市，長楊樹掩映值宿禁宮。結盟負黍致鄭國滅亡，徐王行仁卻葬送了徐。多麼思念建鄴的江水，何等懷念武昌的鮮魚。

【研　析】這首詩撫今思昔，感觸萬端，內涵豐富，又一往情深。

「弱齡」二句是說自己少年得志，受到梁帝的恩寵。史載徐庾父子並以文才受知於梁帝，他們出入梁廷，享受到很高的待遇。開篇即拈出「弱齡」、「疇昔」之事，可見他對當年舊事是如何的銘感五內，視為一生的榮耀，同時又隱隱然有與今日處境對比之意。「綠槐」二句既是寫景，又是用典，實際仍是回憶往事。「綠槐」句是回憶學生時代事，「長楊」句是回憶入仕之初情景。用真切的景物描寫來寫對往事的回憶，可見留存於腦海中的記憶是那樣鮮活和親切，可以想見他對從前在梁時的生活是何等的一往情深。

如果說以上四句都是充滿溫馨的回憶的話，那麼緊接著的「連盟」二句便陡然變化，一下子落到不堪回首的傷痛記憶中。此二句的實際意思是對梁朝遭遇的侯景之亂的回顧。只是往事不堪回首，也難以細說，所以作者借用典故，以「滅鄭」、「亡徐」暗寓梁朝遭遇的巨大變故。作者連用「翻」、「反」二字表達出子山對梁的慘敗難以理解、無法接受的心態，有事出意外，始料不及，卻竟然如此的意思。以上六句中，同樣都是對往事的回憶，卻有著溫馨與慘痛、一往情深與不堪回首之別，二者構成了強烈的對比，互相映襯，突出了作者對現實難以接受的心態。

末二句「還思」、「終憶」，意思相同，歸結到對故國、故土的深切懷念，也與前六句對往事的回憶構成了對比。

其九

【題解】這是一幅江村歸隱圖，詩中描寫了江村一派蕭颯的氣象，表現了作者的落寞心情；同時也寫出了隱居中瀟灑自由的情趣。

崩堤壓故柳，衰社❶臥寒樗❷。野鶴能自獵，江鷗解❸獨漁。漢陰逢荷蓧❹，緇林見杖拏❺。阮籍嘗思酒❻，嵇康懶著書❼。

【注釋】❶社　社廟。❷樗　一種樹木。在《莊子・逍遙遊》中被認為是一種無用之樹。❸解　懂得；知道。❹漢陰逢荷蓧　意謂在此地常常能遇到隱士。漢陰，漢水南岸。荷蓧，這裡是指肩扛農具的老人。蓧，除草的農具。語出《論語・微子》：「子路從而後，遇丈人，以杖荷蓧。」❺緇林見杖拏　意謂在此地常常能遇到隱士。《莊子・漁父》載，孔子遊於緇帷之林，有漁父對子貢、子路批評孔子，孔子知道後，趕去求見老人，這時老人「方將杖拏而引其船」。在孔子的請求下，對孔子講了一番道理。緇林，即緇帷之林，假託的地名。杖拏，這裡指手持船篙的漁父。❻阮籍嘗思酒　意謂自己像阮籍一樣嗜酒。❼嵇康懶著書　自己像嵇康一樣懶於著書。《世說新語・文學》注引〈向秀別傳〉中稱，嵇康傲世不羈，向秀將注《莊子》，遭到嵇康反對，認為《莊子》是無須作注的。

【語　譯】坍塌的堤岸壓倒了枯柳，冷落的社廟前躺著寒樗。野鶴能夠自己獵取獵物，江鷗自會獨自捕撈遊魚。漢水邊遇到扛蓧的老丈，緇林中見到撐船的漁父。我像阮籍一樣喜歡喝酒，又像嵇康一樣懶於寫書。

【研　析】這首詩寫在一片蕭颯的景象中，隱士逍遙自在，疏放曠達的生活態度。詩分前後兩部分：

前四句是寫自然景觀。首二句展現的是一派衰颯景象，崩堤、故柳、衰社、寒樗，讓人引起一種沮喪之感。「野鶴」二句卻在這一片冷落中顯出生機，是說野鶴、江鷗並不以故柳、寒樗為意，逍遙自在地自獵自漁。前後二聯一動一靜，以靜襯動，相映成趣，對全篇的主題已有一種隱喻的意味。

後四句是寫人的活動。前二句借用《莊子》、《論語》中的人名，點出隱居主題。意思是在這遠離塵囂的世界裡，不時能見到那些避世的隱士。後二句則借用阮籍、嵇康的典故以自況，是說自己疏懶成性，唯求自適瀟灑，表現出作者的生活態度，從而點出本詩的主題。

這首詩的寫作年代，我們還無法確知。從詩中前四句展現出的景象來看，似有可能是北周初年作者鄉居時期的生活寫照。詩中表現出來的那種疏放自適的態度到底是他一貫的生活態度呢？還是出於無奈的一種心理應對？實堪玩味。

慨然成詠

【題解】新春降臨，萬象更新，但作者感受到的卻是一種有家難回的傷痛之情。作者用比興手法寫出了他寄人籬下的抑鬱和不平，同時也流露了他雄心未滅，渴望一伸壯志的期待。情感跌宕迴旋，是他在北生活的真實寫照。

新春光景麗，遊子離別情。交讓❶未全死，梧桐唯半生。值熱花無氣，逢風水不平。寶雞❷雖有祀，何時能更鳴？

【注釋】❶交讓　楠木樹的別名。這種樹兩樹對生，一樹枯，則一樹生，若相謙讓，故稱。❷寶雞　神物名，傳說秦文公於陳倉（今陝西寶雞東）得一石塊，立祠祭祀。其神狀若雄雞，一鳴則群雞皆應。

【語譯】新春風光是如此的美麗，不由觸發了遊子離別情。就好像交讓樹還沒死絕，又好似梧桐樹半死不醒。熱風吹來花兒無精打采，風拂水面泛起層層漣漪。祠堂裡的寶雞雖被供奉，不知何時才能揚聲一啼？

【研析】景色雖然美好，但境遇卻不佳，有家難歸，有志難騁，這首詩表達的就是這樣一種傷痛不平之情。

首二句即景寫情。新春的美麗風光和遊子的離別之情恰相對照，景色雖美，卻勾起了詩人的一腔愁緒。後四句則抒寫了作者滯留北地的傷感消沉情緒。作者借對草木風水的描寫，以此為比，寫出了他半死不活，萎靡不振的精神狀態和有志不騁的不平之氣，頗為形象生動。末二句承「逢風」句而來，借典故自喻，表達了自己不甘平淪，渴望一伸壯志的心願。「何時」句既有對功業的期待，又包含著對此生能否實現壯志的困惑和遭受壓抑的憤懣，感情頗為複雜。

全詩對內心情感的描述不平鋪直敘。如果說前六句中洋溢著低沉哀婉情調的話，後二句則充滿了高揚激憤的調子。兩種調性交戰，真實地展現了彼時彼地作者的思想感情。

就蒲州使君乞酒

【題　解】這是一首以詩代信之作，意思是向蒲州使君索酒。從中可以見出子山與蒲州使君的親密關係。蒲州使君，蒲州最高長官，庾信入北時期任蒲州刺史、蒲州總管一職者多人，未詳何氏。

蕭瑟❶風聲慘，蒼茫雪貌愁。鳥寒棲不定❷，池凝聚未流。蒲城桑葉落❸，灞岸菊花秋❹。願持河朔飲❺，分勸東陵侯❻。

【注　釋】❶蕭瑟　風聲。❷棲不定　棲息得不安穩。❸蒲城桑葉落　此時蒲城正是桑落酒熟之時，這是就蒲州使君而言。《水經注》卷四載，蒲阪（舊名蒲城）有劉墮者，於桑葉落時釀製美酒，故稱桑落酒。蒲城，又名蒲阪，北周蒲州治所，在今山西永濟。❹灞岸菊花秋　意謂此時長安正當菊花盛開的秋天，子山時在長安。灞岸，灞水之岸，灞水在今陝西中部，流經長安。❺河朔飲　這裡是指使君的酒。河朔，黃河以北地區。❻東陵侯　秦朝東陵侯召平，秦亡，種瓜於長安城東，這裡是指流落北周的梁朝權貴。

【語　譯】風聲蕭蕭多麼淒涼，白雪愁慘天地蒼茫。嚴寒中鳥兒棲欲飛，寒冬裡池水結冰霜。蒲州城裡桑葉隕落，灞水岸邊秋菊開放。但願敬奉使君贈酒，分勸諸位故人品嘗。

【研　析】詩歌的意思很簡單，無非是向蒲州使君索要美酒，說是要和以前梁時的老朋友一起分享。

詩大約作於秋冬之交，而仍在秋季。前四句分別從風聲、雪貌、鳥棲、池水四個方面狀寫北國的嚴寒。表面看似與索酒主旨了不相干，但聯繫末句，大家要聚在一起喝酒助興，則此四句景語就有了一種烘托氣氛，以景襯情的作用。試想在天寒地凍之時，大家相聚暢飲，其樂融融，那是何等愉快。故此四句看似閒筆而實則不閒。「蒲城」四句始進入主題。向人索酒原無詩意，但作者以此入詩，話說得典雅，便可化俗為雅，產生出一定的詩意。且看他是如何說的。「蒲城」二句，不直說酒，卻句句關合酒字。表面說的是時節：此刻正當桑葉落時，菊花開際，但實際上這裡已經暗喻兩種酒名：桑落酒和菊花酒。索酒之意已寄寓其中，不直說，但對方已能領會。在此基礎上，才逼出末二句，點明乞酒之意。但即使點明，仍然是借用典故表意，話依然說得典雅、委婉，很有雅趣，不失身分。這也是子山對詩歌的妙用，是他應酬詩的一個特色。

晚秋

【題　解】這首詩描寫晚秋景致。淒清冷落是本詩的基本色調，從中也透露出作者的孤寂心緒。雖然通篇景語，但情語實寄寓其中。

淒清臨晚景，疏索❶望寒階。濕庭凝墜露，摶風❷卷落槐。日氣斜還冷，雲峰晚更霾❸。可憐數行雁，點點遠空排。

【注　釋】❶疏索　冷落、蕭索貌。❷摶風　盤旋直上的大風。❸霾　因空中雜有灰沙塵土而形成的陰暗渾濁的現象。

【語　譯】孤寂中面對著黃昏，蕭索中凝望著臺階。濕潤庭院凝結落露，旋風捲起凋落槐葉。夕陽西下天氣寒冷，雲層低垂天色黯淡。可喜天邊幾行大雁，星星點點長空飛遠。

【研　析】全詩通篇寫景，但作者的心境還是可以通過畫面顯示出來，我們仍能感受到濃郁的情感氛圍。首先，我們看全詩所取之景無不是冷落、蕭索之景。時節是晚秋，時間是薄暮，看到的是墜露、落槐、西下的斜陽、昏暗的山峰。整個畫面是黯淡的。其次，表面上詩歌似乎全為景語，但在這一連串畫面中，我們還是能讀出作者那孤寂、苦悶、迷惘的感情基調。例如夕陽餘暉中透露出來的寒冷，實際折射出的乃是作者內心的孤獨感和無助感。那被搏風席捲而起的落槐，那無邊長空中的幾行歸雁，也必定喚起了作者內心深處的共鳴，投射著作者的身世之感，是一種個人的渺小和無助的象徵。

詠畫屏風詩二十四首（選六首）

【題解】〈詠畫屏風詩〉共有二十四首，是作者根據屏風上的圖畫所作。描寫工細，清麗精緻，但並無深意。本詩是一幅泛舟蓮塘圖。

其二

停車小苑外，下渚長橋前❶。澀菱❷迎擁楫❸，平荷直❹蓋船。殘絲繞折藕，芰❺葉映低蓮。遙望芙蓉影，只言水底然。

【注釋】❶下渚長橋前　在長橋前的水邊下船。渚，水邊。❷澀菱　有尖角的菱。❸迎擁楫　糾纏住沉重的船槳。迎，這裡是糾纏、纏結的意思。擁，被圍裹。❹直　竟然。❺芰　菱。

【語譯】在庭院外面停下了車，在長橋前水邊下了船。水中菱角纏結著船槳，平展荷葉竟蓋住小船。殘絲纏繞折斷的蓮藕，菱葉映襯低垂的清蓮。遠望那一片荷花倩影，只道它們在水底一般。

【研析】這組詩詠的都是屏風畫，但已不是對畫面的機械複製，而是將畫面作為一個觸發想像的媒介，藉著神思之功，啟動原本靜止的畫面，將空間的藝術轉化為時間的藝術。第一首詠的是屏風畫上女子泛舟蓮塘的畫面。「停車」二句用的是敘述手法，交代的是一個過程，這已不是原畫中所可能有的了。「澀菱」二句把鏡頭推到蓮塘深處。「澀菱」句是說菱角把船槳給纏住了，划不動了。「平荷」句是說荷花叢中那一葉葉寬大的荷葉把小船也給淹沒了。不必用很多語言，由於抓住了事物的特徵，便將泛舟蓮塘的情景生動逼真地展現在讀者眼前。「殘絲」二句更將鏡頭推近，聚焦於殘絲繞藕、芰葉低蓮的畫面，描寫既精細，又能得物之神理。如果說這二句是用工筆刻畫細節的話，則末聯二句筆鋒一轉，復將鏡頭推向遠處。這時呈現在讀者眼前的竟是那一片在風中搖曳生姿的田田荷葉，畫面也頓時從先前的精細變得闊大起來，透露出一種豪放的氣象。

本詩語言既清新流暢，又精緻有味，「殘絲」二句尤堪咀嚼。

其六

【題解】本詩寫豪富人家輕歌曼舞，極意娛樂的場景，有一種及時行樂的末世情調。

高閣千尋❶起，長廊四注❷連。歌聲上扇月❸，舞影入琴弦。澗水纔窗外，山花即眼前❹。但願長歡樂，從今盡百年。

【注釋】❶尋　長度單位，八尺為一尋。❷四注　四面環繞。注，底本作「柱」，據別本改。按，作「注」是，枚乘〈七發〉有「連廊四注」。司馬相如〈上林賦〉有「高廊四注」句。注是連接、周匝的意思。❸扇月狀似團扇之月。❹澗水纔窗外二句 意謂舞女迴旋迅疾，她透過窗戶才見澗水，又睹山花。

【語 譯】高樓拔地千尋高，長廊環繞四周連。歌聲飛揚團扇上，舞姿翩翩伴琴絃。才見窗外澗水流，倏爾山花在目前。只求心情永歡樂，開開心心度百年。

【研 析】這首詩把縱情歌舞的情景寫得生動極了。首二句是寫環境。高閣、長廊顯然是富貴之家。中四句寫輕歌曼舞，寫法上很有特點。「歌聲」二句用的是印象疊加的方法，將歌聲與扇月，舞影與琴聲疊加在一起，給人造成歌聲舞姿，急管繁絃交織一片的熱烈感覺。「澗水」二句是寫舞女嫻熟的舞技，寫法同樣奇特。從表面看，作者是用舞者的眼睛來看周遭景物的變化：一會兒映入眼簾的是窗外的澗水，一會兒看到的是爛漫的山花，瞬息萬變，畫面跳躍，令人目不暇接。實際目的則是要借此寫出舞女那快速旋轉的曼妙舞姿，這種通過描寫人物主觀感覺來寫客觀形態的手法，還頗有點現代派的味道。「但願」二句點題，揭示出籠罩全篇的那種縱情聲色，及時行樂的頹廢心態。雖然是詠畫，卻注入了作者的主觀感情，是借題發揮之作。

其十二

【題 解】這首詩描繪的是橋頭看採蓮的畫面。

玉柙❶珠簾捲，金鉤翠幔❷懸。荷香薰水殿，閣影入池蓮。平沙臨浦口❸，高柳對樓前。上橋還倚望，遙看采菱船。

【注釋】❶玉柙　玉製的簾押，是用來壓簾子的器具。❷幔　牀帳。❸浦口　水流匯入江河之處。

【語譯】玉柙壓住那捲起的珠簾，金鉤掛起了翠綠的帳幔。荷花香彌漫於臨水宮殿，高樓影投映在蓮花池面。平平沙地連接著入河口，高高柳樹正對著樓閣前。步上橋頭獨自倚欄遠望，只見湖面飄著採菱小船。

【研析】這一首詩寫得很雅致。一開始用的都是空鏡頭，只見鏡頭緩緩地推過來，先是室內：捲起的珠簾、掛著的牀幔；然後又慢慢轉到室外：臨水的宮殿、滿池的蓮花，真是安靜極了。作者還充分地調動起感官的功能，視覺上炫目的金鉤和溫潤的玉柙相交映，然後又有嗅覺摻雜進來：荷花散發出陣陣幽香。再接下去，只見高閣的影子倒映在蕩漾的池水裡，一個「入」字，使一個幽靜的畫面頓時有了幾分生意，這真是一幅唯美的畫面。「平沙」二句筆勢放開，從大處落筆。「平沙臨浦口」，視線伸展到遠處，作者和讀者都一下從小世界裡跳了出來，畫面頓時變得開闊，人們的心胸也因此而舒展起來。「高柳對樓前」，在一個宏觀的視野裡，再回過頭來看那高樓的位置，便與先前的感覺有了不同。鏡頭慢慢地推搖，畫面一個接著一個移過，終於出現了詩的主人公。那個女子正倚靠在橋頭，目不轉睛地注視著那採菱的小船。真是千呼萬喚始出來，一直要到最後一筆，真正的主人公才正式登場。畫龍點睛，這一筆是那樣的簡潔有力，也因有了這一筆，上面那些工筆的描畫才有了一個結穴，整首詩才有了一條貫穿的主線。否則縱然畫面再美，也只能算是一堆色彩斑斕的散珠。

其十四

【題　解】這是寫一個遊俠豪傑騎馬渡河的場面。

河流值❶淺岸，斂轡❷暫經過❸。弓衣❹濕濺水，馬足亂❺橫波。半城斜出樹，長林直枕❻河。今朝遊俠客，不畏風塵多。

【注　釋】❶值　碰到；相遇。❷斂轡　拉緊轡繩。❸暫經過　且過河的意思。暫，且。經過，這裡是過河的意思。❹弓衣　裝弓的袋。❺亂　橫渡河流。❻枕　臨近；靠近。

【語　譯】河水流淌浪花拍打河岸，拉緊轡繩涉水渡過河面。河水濺濕了他的弓箭袋，他騎馬涉水渡到河對面。樹叢外露出了半城輪廓，長樹林枕靠在清清河邊。今日但見我們遊俠豪傑，不畏懼一路上塵土滿面。

【研　析】詩的一頭一尾交代了遊俠騎馬渡河的內容。中間兩聯是對渡河場面的描繪。前二句是直接描寫渡河情景，後二句是跳出去轉寫背景，寫的是遠景。在描寫一個特定景象時宕開一筆，展現一個開闊境界，是庾信常用的筆法。此二聯構句用詞頗為精緻。「弓衣」二句一為被動式，一為主動式，工筆細描，何等細微。「半城」二句大筆寫意，又何等疏闊，「斜」字、「直」字尤覺有味。

這只是看圖作詩，原不必寄寓深意，能將畫意轉化為詩意，讀之引人遐想，即有趣味。

其十九

【題解】這是寫登高山，突出的是山之高峻，也有一點避世的意思。

三危上鳳翼，九坂度龍鱗❶。路高山裏樹，雲低馬上人。懸巖泉溜❷響，深谷鳥聲春。住馬來相問，應知有姓秦❸。

【注釋】❶三危上鳳翼二句　意謂登上了盤旋曲折的高山。三危，神話中山名。九坂，九折坂，在今四川滎涇西邛崍山，因山路曲折，故名。鳳翼、龍鱗，形容山勢險峻如鳳翼之張，高下排列猶如龍鱗。❷泉溜　泉水。❸住馬來相問二句　這是化用漢樂府〈陌上桑〉古辭「使君從南來，五馬立踟躕。使君遣吏往，問是誰家姝？秦氏有好女，自名為羅敷」的句意。住，同「駐」。

【語譯】登上了形如鳳翼三危山，行進在齊如龍鱗九折坂。山路高出於山間的樹木，白雲卻低於騎馬的行人。懸崖絕壁上泉水叮咚響，幽深山谷裡鳥兒在鳴唱。停下馬來前去向人打聽，大山裡應該有秦姓人家。

【研析】這首詩的好處，在借助想像著力寫出了山之高峻幽深，遠離塵囂。

起首二句不過是借用典故和比喻寫登山的過程，一筆帶過而已。寫得最好，最堪玩味的是中間二聯。這二聯有分工，前聯是寫視覺形象，狀其高峻；後聯是寫聽覺形象，顯其深幽。「路高山裏樹，雲低馬上人。」用語雖不尖新，卻能抓住山中的景物特徵。用路高於樹，雲低於人這種從一般眼光看來反常的現象，來突出山之高聳險峻，便覺格外生動和真切。「懸巖泉溜響，深谷鳥聲春」二句，是用聲響襯托出山間的寂靜。說是「泉溜」，可見不是瀑布，只是潺潺細流。如果在一般的環境裡或許難以聽到它的聲響，但現在這叮咚的泉水聲卻像輕柔的樂曲那樣不絕於耳，這正好襯托出深山的寂靜。「深谷」句亦然，鳥語啁啾，此和彼應，匯成了一曲美妙的鳥聲交響曲，也反襯出這是一個人跡罕至的高山深谷。寫深山的寂靜深幽，唐代王維最為著名，現在看來在他之前，庾信已開其端。單從這四句看，庾信的成績絕不在王維之下。在此基礎上，遂轉出尾聯。「任馬來相問，應知有姓秦。」用的是漢樂府〈陌上桑〉的典故，是向路人打聽，這裡有沒有姓秦的人。「應知」是揣測，是猜想。到底有沒有，不知道，但照理應有。用這種語氣來設置懸念，其妙用就在引人遐想。所以語雖終，餘味卻無窮。

其二十四

【題解】這首詩可以說是一幅春臺觀景圖，幽靜明朗，又富有生趣。

竟日❶坐春臺❷，芙蓉❸承酒杯。水流平澗下，山花滿谷開。行雲數番過，白鶴一雙來。水影搖叢竹，林香動落梅。直上山頭路，羊腸能幾迴。

【注釋】❶竟日 整天。❷春臺 登眺觀覽的高臺。❸芙蓉 樹名，不是指荷花。

【語譯】一整天坐在遊觀臺上，芙蓉樹葉飄落酒杯中。溪水潺潺從山澗流過，山花爛漫開滿了山谷。白雲屢屢從眼前飄過，白鶴雙雙從遠方飛來。竹林倒影在水中蕩漾，林中幽香伴隨著落梅。沿著捷徑直登上山頂，少走了多少羊腸小徑。

【研析】這是寫春日坐在高臺上觀賞山景的畫面。

詩的結構自然是完整圓融的。首聯是說，春天裡主人坐在高臺之上，正在斟酒自飲。尾聯則揭出這「春臺」是在「山頭路」上。首尾兩聯分別把時間、地點交代清楚。中間三聯，則借主人公的視線觀覽這春日山間的美好景色。如果說「水流」、「山花」是俯視的話，那麼「行雲」、「白鶴」就是遠眺，「叢竹」、「落梅」便是近矚，視角有變化，這是一；其二，這幾句勾畫出一片寧靜安閒的氛圍。這裡遠離塵囂，行雲流水、花叢池塘、白鶴翩翩、暗香浮動……一切都是那麼和諧寧靜，身處其間唯覺身心安寧，沒有絲毫緊張感；其三，詩中展現的畫面雖然寧靜，卻又不是死寂，而是充滿了生機。水在潺潺流動，花在悄悄開放，白雲飄浮，白鶴雙飛……每一幅畫面都充滿了動感，充滿了生命的活力，讓人感到欣喜。同時也能體會到作者對這山間美景的由衷欣賞和他輕鬆、恬靜的心態。

寄徐陵

【題　解】徐陵是子山的老朋友，他們在梁朝時都是蕭綱身邊的著名文士，也是徐庾體的代表作家。這首詩中表露了子山對徐陵的思念和對相聚的迫切心情。

故人倘思我，及此平生時❶。莫待山陽路，空聞吹笛悲❷。

【注　釋】❶平生時　在世時。❷莫待山陽路二句　意謂不要等到我死後，再來看我，如果這樣，只能徒增悲哀。這是用向秀〈思舊賦〉的典故。向秀是嵇康的朋友。嵇康被殺後，向秀曾到嵇康的山陽舊居憑弔。這時聽到鄰人吹笛，清越寥亮，撫今思昔，倍增傷感。山陽，在今河南焦作東。

【語　譯】老朋友倘若真的想念我，就請趁我在世時多相訪。切莫要空等在山陽路上，只聽得慘淒淒笛聲悲涼。

【研　析】這首詩是寄給老朋友徐陵的。在梁朝時，徐陵父子和庾信父子並為蕭綱的重要僚屬，以文才受到朝廷的重視，享有重名，他們都是徐庾體的代表人物。

詩中寫道，如果要見面，那就趁我還在人世的時候。不要等到朋友去世，才想起見面。到那時就會像向秀憑弔嵇康故居那樣，即便思念情切，也只能在清越寥亮的笛聲中留下遺憾，徒增悲哀。前二句直言相告，略無修飾。可想而知，這是發自肺腑的呼喚。後二句則借用典故，從反面強調前二句的意思。前半為正，後半為副；前半實寫，後半虛寫；前半平實，後半典雅，前後交錯，把作者渴望友朋相聚的迫切心情，表現得極為真切，語短情長，頗為動人。

寄王琳

【題　解】這首詩流露出作者身居北朝的孤寂之情，表達了接到友人來信後感觸萬端的激動心情。語短情長，十分動人。王琳，字子珩，南朝梁人。江陵之戰時，梁元帝被困，他率軍馳援，為湘州刺史。戰後他先是割據一方，與陳霸先抗衡。後奔北齊，為陳將吳明徹所殺。

玉關道路遠❶，金陵❷信使疏。獨下千行淚，開君萬里書。

【注　釋】❶玉關道路遠　意謂自己身在北朝，好像是玉門關外的人。玉關，玉門關，古代邊關名，為通西域的要道，在今甘肅敦煌西北。❷金陵　南朝都城建康的別名，這裡指代南朝。

【語　譯】玉門關是如此偏僻遙遠，南朝信使實在難得見到。獨個兒驟然間淚流滿面，展讀您歷經萬里的信稿。

【研　析】這首詩寫作者接到友人來信後的複雜心情。

前二句講書信抵萬金，接獲友人書信的不易。「玉關」句是講地域的阻隔，突出一個「遠」字。「金陵」句是講南北分裂。後二句是講接獲書信剎那間的感情波蕩。作者於此要言不煩，未對捧讀書信時的感情細加描繪，到底是喜、還是悲、是激動、還是遺憾，五味雜陳的感情剎那間襲上心頭，一時也說不清，道不明。作者也就避實就虛，僅抓住一個神態：淚流滿面的細節，以此激發讀者的想像力。真是此時無聲勝有聲，千言萬語盡在不言中。

本詩語言很有特色，用詞平易淺近，沒有刻意鍛煉之辭。四句渾然一體，一氣呵成，略無雕煉之痕，前後二聯均為對偶（「獨下」與「開君」微有不工），在渾樸中又見精工。

和劉儀同臻

【題解】這首詩是寫想像中作者南登廣陵岸的情景，寫出了今日廣陵岸邊烽火滿江，充滿著一片緊張的戰爭氣氛。劉儀同，劉臻，字宣摯，梁時任中書舍人。後入北周，授大都督。隋開皇元年（西元五八一年），進位儀同三司。題中既稱儀同，庾信又卒於是年，則本詩當作於該年。

南登廣陵岸❶，迴首落星城❷。不言❸登舊浦❹，烽火照江明。

【注釋】❶廣陵岸　在今江蘇揚州東北，位於長江北岸。❷落星城　就是建康，今江蘇南京，三國吳曾在此東北建落星樓，故稱。❸不言　不料；沒想到。❹舊浦　這裡是指廣陵岸。浦，水邊。

【語譯】向南登上廣陵岸，回頭眺望落星城。哪知身臨舊時岸，烽火映照江天明。

【研析】劉臻，和庾信一樣也是由南入北而不能回歸故國的人士，他們有著共同的家國之愁是可想而知的。據詩題可知，本詩是與劉臻的唱和之作。可能劉詩寫到了廣陵，所以才引出了子山的這篇作品。

廣陵岸、落星城、長江水都是帶有南朝意味的符號，對於滯留北地不得南歸的人來說，此時此刻就有了一種特殊的涵義。全詩四句。首二句化用王粲〈七哀詩〉：「南登霸陵岸，回首望長安」的句意，點出登岸地點。並由落星城帶出以下二句。意謂當他回首眺望落星城時，原想見到的應該是高樓聳立，燈光璀璨的景致。孰料映入眼簾的竟是烽火通明，映照江水的景象，充滿了一派戰爭氣氛。烽火照江的現實場景代替了落星滿江的想像之景，暗示昔日的歌舞繁華地已成今日南北交戰場，語氣中透出無限的傷感和黯然。

和庾四

【題解】本詩可能作於子山入北之初。詩中流露出作者去國懷鄉的憂愁和對前景的絕望心態。庾四，當是庾信的同祖兄弟，倪璠疑為庾季才，但無確據。季才在江陵之戰後被擄至長安。入北周後，與庾信、王褒等常為文酒之會。他和子山一樣被迫滯留北朝，無法回歸，所以這首詩有同病相憐的味道。

離關❶一長望，別恨幾重愁。無妨對春日，懷抱只言秋❷。

【注釋】❶離關　離開故國的意思。關，邊關。❷無妨對春日二句　意謂從此以後即使在明媚的春光裡，也將愁緒滿懷。秋，悲秋的意思。

【語譯】走出邊關回首凝望，離愁別恨堆積幾重。即使此後春光明媚，悲秋意緒充溢胸中。

【研析】這首詩有同病相憐，互相安慰的味道。庾四，當是庾信的同祖兄弟，和庾信一樣都是由南入北，被迫滯留北朝的南朝人士。留在北方非出本願，想要回家又回歸無望，這種處境是令人絕望的。人在悲愁之中就需要發洩，需要尋求安慰，這首詩就是這樣慰己慰人的作品。全詩四句，前二句寫已然之事，那就是被迫離國。雖非本願，但已成無奈之現實，無法改變。只是每當眺望邊關，便無端增添重重愁怨。後二句則想像以後的日子。意思是離國既已成愁，歸國又遙遙無期，那此後的日子又該如何度過呢？就只能日坐愁城了。即便在明媚的春光裡也高興不起來，只能吟唱著悲秋之歌，來抒泄內心的哀傷。看不到一點希望，彌漫著一片絕望的氣息，是一首從心底自然流瀉出來的哀傷之歌。詩風樸素，不事雕飾卻自然感人。

和侃法師三絕

【題解】朋友即將南歸，子山卻歸期無望，執手相送。既有送別友人的悲傷，也有為故人南歸而起的欣喜，又有自己滯留北地歸期無望的苦悶，心情複雜。侃法師，其人不詳。

秦關望楚路，灞岸想江潭❶。幾人應淚落，看君馬向南。

【注釋】❶秦關望楚路二句　意謂身在北朝懷想故國。秦關，函谷關。灞岸，灞陵岸，指長安。江潭，江邊，這裡是指梁朝。

【語譯】身在函谷關遙望楚國路，人在長安城想往長江畔。不知有多少人淚如雨下，全因為目送您騎馬南返。

客遊經歲月❶，羈旅故情多。近學衡陽雁❷，秋分俱渡河❸。

【注釋】❶經歲月　經過了很長時間。❷衡陽雁　湖南衡陽有回雁峰，傳說大雁飛至此峰便不再南飛，到春天始北歸。❸秋分俱渡河　意謂在秋天裡回到南朝。因為是在北方，秋天南行，同大雁南飛是一樣的。

【語　譯】客居他鄉已經有很長時間，漂泊異地對故國情思眷眷。可喜您近來效法衡陽歸雁，秋分時人雁相伴渡河南返。

迴首河隄望，眷眷❶嗟離絕。誰言舊國❷人，到❸在他鄉別。

【注　釋】❶眷眷　情意深長貌。❷舊國　猶言舊朝，這裡是指梁朝。❸到　同「倒」。反而的意思。

【語　譯】回過頭來凝望大堤，情意綿綿感歎離別。誰想同是南國老友，反在異鄉揮手分別。

【研　析】這三首詩都是送別侃法師的。

第一首首二句直抒心情，表達自己身在北朝，心懷故國的迫切心情。後二句抒寫送別友人時的複雜情緒。前句是果，後句是因。意思是離別那天，目送您騎馬遠行的身影，不知有多少人會淚如雨下。僅用「淚落」這一細節，即寫出了送別者此時此刻的複雜心情。友人離別，相見何期，這是一層；友人終於可以回到故國，可是自己卻只能留在北邊，這又是一層；由人之南歸，想到自己歸期無望，由人之幸反襯出自己的不幸，這是三層。幾重意味卻只用「淚落」這一細節表現，可謂語短情長，言約意豐。

第二首不及上一首富有情韻，意思也一般。無非是說，您經過了客遊的歲月後，終於可以像衡陽的大雁一樣回家了。是向朋友道喜，為朋友高興的意思，但作者在說這番話的時候，對自己的生活前景卻有著一種絕望心態，所以字裡行間總有一種黯然沉重的意味，禮節的成分似乎更多一些。不過，他的話說得很藝術，不說很高興您終於可以回家了，卻說您倒像衡陽的大雁一樣，到了秋分時節，便和大雁作伴一起渡河南歸了。一點平常的意思，卻化成了饒有詩味的畫面。

第三首寫得很沉痛。前二句寫依依惜別之情。從「回首」句看，則此時客人早已遠去，可能連身影也已消失在遠處。故而他雖回頭，也只能望著河堤——分別之地，一面走，一面不斷歎息離別的悲愁，寫出了作者與朋友間的眷眷深情。後二句則直抒感歎，是說同是南國人，想不到竟會在異鄉作別，傷痛之情溢於言表。「誰言」二字突出了他對於此種狀況難以接受的心態。

送周尚書弘正二首

【題解】這兩首詩都是送別友人的。第一首是對友人分別，相見無期的哀傷；第二首抒發了詩人歸期無望，終老北方的絕望心情。周弘正，參見〈別周尚書弘正〉題解。

交河❶望合浦❷，玄菟❸想朱鳶❹。共此無期別❺，知應復幾年。

【注釋】❶交河　西域地名，西漢時車師前國首府，地在今新疆吐魯番西北。❷合浦　西漢地名，武帝元鼎六年（西元前一一一年）置，地在今廣東、廣西一帶。❸玄菟　西漢郡名，地在今遼寧東部以東至朝鮮咸鏡道一帶。❹朱鳶　古代地名，在今越南河內東南。❺無期別　相見無期的分別。

【語譯】猶如身在交河遠望合浦，好像人在玄菟懷想朱鳶。共同分擔相見無期之苦，若要再見誰知會在哪年。

離期定已促❶，別淚轉無從❷。惟愁郭門外，應足數株松❸。

【注釋】❶促　快；近。❷別淚轉無從　離別的淚水因別期漸近反而少了。轉，反而。❸惟愁郭門外二句意謂自己最憂心者，歸期無望，最終老死北方。數株松，墳塚之象，古人墳前常植松柏、白楊。

【語　譯】離別的日子越來越近，分別的淚水反而越來越少。最憂心的是終老北方，城外墳塚前蒼松蕭蕭。

【研　析】第一首是說，周弘正即將回南，從此作者就要與他南北阻隔，只能彼此思念，再要見面是不可能的了。前二句從地域落筆，用交河之於合浦，玄菟之於朱鳶來比南北的懸隔。後二句則從時間落筆，是說經此一別，相見無期。一個「共」字，點出此種相見無期之悲是由兩人共同承擔的。「知應復幾年」，似乎還會有再見這一天，只是不知道再見之期需要等多久，但實際的意思卻是重新見面的這一天是遙遙無期的。這樣無論從空間還是從時間看，在作者心目中，這分別也就意味著永別，語氣中包含著沉痛而絕望的意味。

如果說前一首側重寫的是離別之悲，那麼第二首則由送別聯想到自己的處境，詩歌也就在不知不覺間變成自傷身世了。前二句是說隨著離別的日子越來越近，悲傷的淚水卻越來越少了。這種話實非身臨其境者不能道。後二句著重抒寫自己回歸無望的愁怨和恐懼。想到友人終於可以回到故國，可是自己卻只能終老北地，內心的悲哀再度襲上心頭。只是這種愁怨和恐懼，詩人是通過畫面表現出來的：城郭外，秋風中，一抔黃土，幾株蒼松，很淒清，也很絕望。

重別周尚書二首

【題　解】這兩首詩都是寫故國之思的。第一首是用人雁對比的手法，來反襯自己被拘留北，無法南歸的痛苦。第二首是用一種美好的想像來安慰自己無法回歸的苦悶，流露的是一種近乎絕望的心情。周尚書，即周弘正。

陽關萬里道，不見一人歸。惟有河邊雁，秋來南向飛。

【語　譯】在漫長的陽關古道上，從不見有人可以南歸。只有黃河岸邊的大雁，秋風中倒可以往南飛。

河橋兩岸絕❶，橫歧數路分。山川遙不見，懷袖遠相聞❷。

【注　釋】❶河橋兩岸絕　意謂河橋不通把兩岸隔斷。❷山川遙不見二句　似暗用〈古詩十九首・庭中有奇樹〉中「馨香盈懷袖，路遠莫致之」句意。意謂故國雖遙不可見，但懷袖中的馨香卻定能傳遞到故鄉。

【語　譯】河橋不通竟然兩岸隔斷，面對歧路我不知該怎麼辦。故國的山河雖然遙不可見，懷袖中馨香定可傳到那邊。

【研　析】 寫到與朋友的分別，庾信總止不住內心的哀傷，特別是聯想到自己無法南歸，就更流露出一種絕望的心情。

第一首用的是對比、反襯法。前二句是說一出陽關，便不見人歸，突出的是南北對峙下人們不能自由來往，作者無法南歸之苦。後二句用大雁北去南來逍遙自由，反襯出人南北阻隔有去無歸的不自由，更強化了「不見一人歸」的痛苦現實。後來南宋楊萬里〈初入淮河〉詩云：「兩岸舟船各背馳，波痕交涉亦難為。只餘鷗鷺無拘管，北去南來自在飛。」立意、構思均相近似。

第二首不是重在寫分別，而是寫明知自己回不到故國，就用一種美好的想像來自我安慰。全詩四句，末句「懷袖遠相聞」才是主腦，此前三句都是為引出此句所作的鋪墊。「河橋」句是說雖有橋卻不通，則河橋反成邊界。「橫歧」句暗用楊朱歧路的典故，用來狀寫自己欲歸不能的心態。「山川」句是說自己遠眺故鄉卻一無所見。那麼這鄉愁又該如何寄託呢？至此始有「懷袖」之句，希望可以讓懷袖中的馨香傳遞到遠方，讓故鄉的親人聞到。這一舉動自然是徒勞無功的，卻讓人真切地感受到作者對故國和親人的思念，感受到他的真誠和無奈。

徐報使來止得一見

【題解】徐報使使北，得與子山相見。但相見即分別，子山在詩中感歎，若要重相見，恐怕如重尋桃花源一樣是不可能的了，情感真摯而又沉痛。徐報使，倪璠以為徐陵，然《陳書》本傳及《南北史》、《周書》中均不見有庾信入北後徐陵出使北朝的記載。恐是別一徐姓使者。

一面還千里，相思那得論。更尋終不見，無異桃花源❶。

【注釋】❶更尋終不見二句　意謂要再相見就像重尋桃花源一樣不可能。陶淵明〈桃花源記〉中說，武陵人從桃花源中出來後，就向太守報告，太守派人前去尋找，卻迷失方向，無法找到。

【語譯】相見一面竟要跋涉千里，這相思之情還能怎麼講。若要重相見根本不可能，就像無法重訪桃花源一樣。

【研析】這種詩才真是從人生的體驗中迸發而出的，語短情長，感人至深。

全詩四句，核心在題中「止得一見」四字，是說見一次面不容易。徐報使，推測起來，總是庾信的朋友。一般情況下，朋友相見總不至於十分困難。但時當南北分裂，庾信又被迫滯留北方，幸而有南朝使者到來，則見面也就意味著分別。所以這裡包含的心情是既歡欣，又悲涼，甚至這悲涼的成分可能還要更濃重一些。

倘若將全詩一分為二，則前二句是講相見，後二句是講別後。兩相對舉，而歸總於這一次相見的不易，這也就是題中為何要用「止得」二字來形容這次見面的特殊。那麼從哪裡可以見出這「一見」的不易呢？先看相見之難，見上「一面」尚且要跋涉「千里」。更何況這裡所謂的「千里」，不僅是空間上的睽隔，而且是兩個政權間的阻隔。在這樣的重重阻礙下，相思不相見倒是正常的，相思得相見才是難得的。

然而問題還不止於此，相見的不易還體現在，倘要別後再見，那是絕無可能的。庾信既然歸期無望，南北對峙又非短期可以消除，則一別之後究竟還有什麼可能重新見面呢？所以在末二句中子山用了〈桃花源記〉中的典故，當年那個誤入桃花源的武陵人出來後，一路上作了標記，但當後來再要重尋桃花源，想要沿著舊路尋找標誌時，卻再也找不到了，因而也就無法找到桃花源。子山用這個典故是說，倘若別後再要重相見，是絕無可能的。見面之後重又燃起的思念，也只能讓它慢慢去燒，只能讓痛苦咬齧自己的內心。

這首詩的語言很樸素、平易，與庾信大部分精緻工巧的語言不同，這也是本篇的一個特點。

送衛王南征

【題　解】北周與陳朝發生戰爭，子山寫詩為北周主帥壯行，用誇張的語氣寫出了北周軍隊的聲勢。衛王，宇文直。周武帝天和中，陳湘州刺史華皎舉州附周，他率軍為援，與陳朝軍隊戰，失利，免官。建德三年（西元五七四年），由衛公進爵為王，後因謀反被殺。此詩當作於周武帝天和年間。惟此時宇文直尚未封王，題稱衛王者，或係後人所改。

望水初橫陣，移營寇未降。風塵馬足起，先暗廣陵江。

【語　譯】先在江邊布下軍陣，移動軍營敵人尚未投降。戰馬馳驟捲起沙塵，一片昏暗籠罩廣陵江上。

【研　析】這是寫北周與陳朝的戰爭。對於子山而言，陳朝雖與他沒有君臣關係，但畢竟是他的故土。對於這場戰爭子山究竟是怎麼看的？是不是還有當年他在〈擬詠懷二十七首〉其十七「聞道樓船戰，今年不解圍」中表露出來的那種深沉的憂慮，我們不得而知，但這首詩中顯然沒有。

詩是寫給衛王的，本質上還是屬於應酬交際性質，不見得是真實思想感情的表露。寫給衛王當然要說好話，誇揚軍容聲勢便是此篇的唯一內容。前二句是寫北周大軍的布陣、移營，既是描寫，又是敘述，橫陣和移營間有先後關係。後二句轉用虛筆，不說人多勢眾，武器精良，單用馬蹄揚起的塵土把大江都籠罩了，就足以顯現出衛王大軍來勢洶洶，黑雲壓城了。詩既然是寫給衛王的，則誇飾軍容的盛大，自然也是從側面來讚頌大軍主帥的，受者當然是受用的。但對於子山而言，則不過只是客觀描述而已。至於自己對戰爭的態度、感情，則在詩中是迴避的，而這是值得玩味的。

山齋

【題解】這首詩描繪山中景色，優美恬靜，頗有趣味。

石影橫臨水，山雲半繞峰。遙想山中店，懸知❶春酒濃。

【注釋】❶懸知　預知；料想。

【語譯】石影橫斜水面上，白雲繚繞山峰間。遙想山中小酒店，料想春酒正淳甜。

【研析】這首詩寫得頗有味道。詩分前後兩部分，前半實寫，後半虛寫。實寫部分就像一幅水墨畫。「石影」是近景。著一「橫」字，則影臥水上，水影搖漾的情景宛然在目。「山雲」是遠眺。雲霧繚繞，若隱若現，有一種朦朧美。與前句的清晰，在視覺上形成一種對比。那麼，這山齋究竟在哪兒呢？作者沒有明說。也許是在「石影」所在之處，也許是在雲峰半露的山間，不知道，只能猜，這也是本詩朦朧的所在。「遙想」二句筆意空靈，係從「山雲」句生發而來。詩人思緒飛揚，想像那深山中的小酒店，此刻或許正飄散出陣陣酒香。是不是真的如此呢？也沒有回答，卻引人遐想，也給詩增加了趣味，表現了作者對山中生活的喜愛。

秋日

【題解】這是一首悲秋詩。作者在對秋日晚景的描寫中，抒寫了他難以言表的鄉愁和孤寂。

蒼茫望落景，羈旅對窮秋❶。賴有南園菊，殘花足解愁。

【注釋】❶窮秋　深秋。

【語譯】蒼茫大地上遠望落日，漂泊的遊子面對深秋。所幸還有南園的菊花，那殘花足以解除鄉愁。

【研析】這是寫羈旅之愁的，秋日只是情緒觸發的因素。

這裡的羈旅不同於一般的異地漂泊，而是被迫滯留，回歸無望。所以相對於故國而言，他有著很重的飄零遊蕩，無法歸根的不安定感；相對於北周而言，則是一種無法認同，只是暫時棲居的過客感。

全詩的基本線索就是愁和解愁。前二句刻畫了獨立蒼茫，滿懷愁緒的詩人自我形象。蒼茫大地，一輪夕陽，映照著作者那孤獨的身影，廣闊的背景更襯出了人的渺小和無助。「羈旅」一句便是對本詩內容的高度概括，是說這秋日之愁壓得人氣也喘不過來。後二句筆鋒一轉，口氣似乎變得輕鬆了一些。說是所幸還有園子裡盛開的和滿地堆積的黃花，寂寞中還能安慰我那孤獨的心靈，使我可以暫時忘卻哀愁。表面上看，詩人似乎要求不高，只要一點殘花就足以排遣他的愁悶，似乎他已找到了擺脫痛苦的出路。但實際上，他只不過是將自己的身影投射於殘花，將自我物化，製造出一種同病相憐的感覺，用幻覺來暫時逃避孤寂。但這也正好說明了他的痛苦之深之重，難以真正擺脫。

望渭水

【題解】作者遠眺渭水，但眼前呈現的卻是南方景象：每當日暮時分，便會有船兒從遠處歸來。詩從一個側面表現了作者強烈的故國之思。渭水，即渭河，黃河的支流。

樹似新亭❶岸，沙如龍尾灣❷。猶言吟溟浦❸，應有落帆❹還。

【注釋】❶新亭　亭名，故址在今江蘇南京南，東晉時為朝士的遊宴之所。❷龍尾灣　當在今南京附近。儲光羲有〈臨江亭五詠〉：「晉家南作帝，京鎮北為關。江水中分地，城樓下帶山。金陵事已往，青蓋理無還。落日空亭上，愁看龍尾灣。」❸溟浦　江邊。❹落帆　是歸舟的意思。船隻攏岸，往往落下船帆。

【語譯】遠樹好似矗立在新亭岸，平沙一片彷彿是龍尾灣。真以為在江邊獨自沉吟，此時應有歸舟靠岸下帆。

【研析】這首懷念故國的詩構思很特別。說得更確切些，可能不是構思的問題，而是作者心理狀態的真實寫照。

詩中沒有從正面去寫他如何地思念故土，而是寫出了這樣一種奇特現象：明明是在遠眺渭水，但眼前看到的卻分明是長江邊上那如此熟悉的情景：新亭、龍尾灣、流淌的江水、過往的船帆……

一切的一切都是那樣親切、那樣熟悉，彷彿又回到了從前。如果說前二句中「似」、「如」二字，顯示著此時的詩人還有著清醒的意識，知道這一切景象雖「似」而實不是的話，那麼後二句中作者的意識顯然已發生錯位，沉迷到幻覺中去了。「猶言」句說明作者於剎那間時空倒錯，彷彿自己正徘徊於滔滔東去的長江邊上，目睹那歸舟落帆停泊。意識的迷幻正反映出作者對故土的思念已到了何等程度。這樣一種寫法，與其說是構思的巧妙，還不如說是彼時彼地作者心態的真實寫照。

塵鏡

【題　解】這首詩借詠塵鏡來抒發他的身世之感，情緒甚為消沉。

明鏡如明月，恒常置匣中。何須照兩鬢，終是一秋蓬❶。

【注　釋】❶秋蓬　秋天的蓬草。

【語　譯】鏡子雖然像月亮般明亮，卻久置鏡匣蒙上了灰塵。何必用鏡看我衰颯鬢毛，終究是秋風中一堆亂蓬。

【研　析】在這首詩裡可以窺見晚年庾信的精神狀態：處境不佳，看不到希望，想回歸故土卻又遙遙無期，平生志業都已成空，而年華卻在歲月的遷逝中老去。

鏡子而冠以「塵」字，說明這鏡子不用已經很長久了。詩的前二句是對題目的展開。正因長期擱置匣中，明月般的鏡面上才會蒙上厚厚一層灰塵。可是為何有明鏡卻不用呢？這種反常的行為對於讀者而言就是一個懸念。緊接的二句便是對這一問題的回答。詩人說，還有什麼必要去照鏡子呢？鏡中照出來的我不就是形容憔悴，首如飛蓬的樣子嗎？既然一切都是那樣的沮喪，那又何必再用鏡子呢？詩人不願見到鏡中的自己，實際是對自己生活狀態的否定。即此一端即可見出作者晚年蒼涼孤寂的心緒，此種心態對於子山這樣敏感的詩人來說，常常是不由自主，難以擺脫的，因而也是痛苦萬分的。由此看來，像這樣的詩真可以說是蚌病成珠，是個人不幸詩家幸了。

移樹

【題解】這首詩借對移樹的吟詠來發洩自己被輕率對待的不滿。子山在北朝雖然表面上受到禮遇，但終究寄人籬下，並未受到信任。

酒泉移赤柰❶，河陽徙石榴❷。雖言有千樹，何處似封侯❸？

【注釋】❶酒泉移赤柰　從酒泉移出赤柰。酒泉，古代西域地名，在今甘肅境內。移，移出。赤柰，一種果木，據《廣志》載，赤柰生於酒泉（《初學記》卷二八引），故知此處之「移」係從酒泉移出。❷河陽徙石榴　將石榴從外面引入河陽。河陽，在今河南孟州西，西晉潘岳嘗為河陽令，作有〈河陽庭前安石榴賦〉。石榴，一名安石榴，西漢張騫從西域帶回，故知此處之「徙」係引入的意思。❸雖言有千樹二句　意謂自己雖然表面上地位高，但實際人家並不把自己當回事。《史記・貨殖列傳》載，家有大產業，若「安邑千樹棗；燕、秦千樹栗；蜀、漢、江陵千樹橘；淮北、常山已南，河濟之間千樹萩；陳、夏千畝漆；齊、魯千畝桑麻；渭川千畝竹；……此其人皆與千戶侯等。」

【語譯】好似從酒泉移出赤柰，又像把石榴引入河陽。雖然擁有千樹的家業，可哪有半點封君模樣？

【研析】詩題〈移樹〉，前二句也寫移樹，但本詩實非詠物，而是借題發揮。似對自己受到的輕率對待，或者自己的實際地位不滿，是牢騷怨憤之作。「雖言」二句是全詩的眼目，用的是《史記・貨殖列傳》的典故，是說一個人若擁有千樹，就是有了一筆偌大的家產。如此，其人雖不是王侯，卻也與王侯相當了。子山在這裡反其意而用之，是說自己雖然擁有千樹，卻無一點封侯的樣子。子山當然沒有千樹的家產，他只是借用典故以作比喻，意思是說自己雖然表面上受到禮遇，可實際上人家根本沒有拿他當一回事。詩中的移樹是否指把他移任地方官，未可確知，但總是比喻，而非實寫。通篇為比是本詩基本特色，即使用典，也是作為比喻使用的。雖有怨語，卻表達含蓄，合於溫柔敦厚的詩教。

傷往二首

【題　解】題為〈傷往〉，說明寫的是離愁別緒。第一首是寫別離之悲，第二首是寫別後的孤寂。倪璠說第一首是寫鄉關之思，無確據，二首都是代言體的閨怨詩。往，這裡指的是離別，是離開主人公遠行的意思。

見月長垂淚，花開定斂眉。從今一別後，知作幾年悲。

【語　譯】看到月亮便流淚，見到花開便愁眉。自從今日分別後，不知要有幾年悲。

鏡塵言苦厚，蟲絲定幾重。還是臨窗月，今秋迥照松。

【語　譯】鏡面上蒙著厚厚的灰塵，屋角邊掛著層層的蛛網。依舊是窗前那一彎月亮，月光灑在秋夜的松樹上。

【研　析】齊梁宮體詩中有大量描寫女子閨怨的詩歌，作者抒寫的目的多為欣賞、同情（一定程度的）女性的悲哀。這兩首詩就是此類詩的代表作。寫的是閨中思婦的哀怨。

第一首是寫別離之悲。前二句描寫女子神態。見月垂淚，看花斂眉，一個愁緒滿懷的思婦形象宛然在目。後二句則借女子的自言自語，點出她愁怨的原因。原來是夫婦別離，不知歸期。「知作幾年悲」，實際意思是，只要丈夫不回來，則悲哀將永無窮期。通篇都是描寫，不僅前二句是描寫，即便後二句也可理解為是心理的描寫。作者實際不是詩中的人物，他只是置身事外的觀察者，他只是藉著攝影鏡頭把這女子的悲傷場面攝取下來。

第二首是寫別後的孤寂。前二句仍是描寫，不過選取的鏡象頗有特徵性。處處顯示著思婦的孤寂。「鏡塵」句的效果不言自明。丈夫遠行，無心打扮，所以鏡面上才會積滿灰塵。「蟲絲」句，用屋角蛛網這一細節，折射出女主人無精打采的精神狀態，透露出一種了無生氣的氣息。「還是」二句筆觸轉向窗外，借今晚的月亮來作今昔對比。月亮還是那一輪月亮，但今晚月色所照之景與先前所照之景已迥然不同了。可見，本詩寫作上的基本手法乃是對比。但與一般對比不同的是，作者沒有將對比的雙方一起展示出來，而是明寫今日，暗寫往日，用明月將今昔兩方勾連起來，用以突出今日之冷寂，顯示別離之後那思婦的愁悶狀態。

秋夜望單飛雁

失羣寒雁聲可憐，夜半單飛在月邊。無奈人心復有憶，今暝將渠❶俱不眠。

【題　解】這是一首閨怨詩。作者用孤雁來映襯閨婦，寫出了她長夜難眠的相思之苦。

【注　釋】❶將渠　和牠。渠，這裡是指單飛的寒雁。

【語　譯】掉隊的孤雁發出聲聲悲鳴，深更半夜獨自盤旋在月邊。怎奈人家心裡牽掛一個人，今夜裡我和雁都將難入眠。

【研　析】詩中寫一個女子因為丈夫遠行，孤棲獨宿以至長夜難眠，痛苦萬分。它的構思很特別。前面二句是寫雁，說牠掉隊了，孤孤單單地在月下空中發出聲聲悲鳴。把這隻孤雁置於茫茫長空中，又是在寂靜的夜半，再讓牠的鳴聲劃破長空，處處烘染、突現出這隻孤雁的「可憐」。讀到這裡，讀者可能以為這是一首詠雁之作。然而並不，接下來的兩句筆鋒一轉，寫到了詩中人物，用閨婦之口發出怨言。意思是人家心裡本來就煩，誰知被你這樣淒涼地一叫，就更煩了，一整夜就無法入睡了，既如此只好和你一起熬到天亮了，這是埋怨的語氣。明明自己心中有事，睡不著，卻無端地怪罪孤雁，看似全無道理，實則透露出主人公長夜難眠的內心焦燥，也使人們體會到她痛苦之深。讀解至此，讀者始恍然，原來作者寫雁乃是為了寫人。因為孤雁與閨婦的命運相似，所以作者才會以孤雁來映襯閨婦。

代人傷往二首

【題解】這二首詩都是悲傷往事的。第一首是用黃鶴與鴛鴦的對照來寫離別之悲；第二首是寫今昔之悲，有昔盛今衰，人世滄桑的意味。

青田松上一黃鶴，相思樹下兩鴛鴦。無事❶交渠❷更❸相失，不及從來莫作雙。

【注釋】❶無事　不要；不用。❷交渠　讓牠們。交，通「教」。讓的意思。渠，這裡指鴛鴦。❸更　再次。

【語譯】青田松上盤旋著一隻黃鶴，相思樹下棲息著一對鴛鴦。可別讓鴛鴦鳥走失又成單，若如此反不如從來沒成雙。

雜樹本惟金谷苑❶，諸花舊滿洛陽城。正是古來歌舞處，今日看時無地行。

【注釋】❶金谷苑　西晉石崇的園林。

【語譯】雜樹叢生處本是金谷苑，繁花從前曾開滿洛陽城。此地正是從前的歌舞場，如今卻無路可走野草生。

【研析】這兩首詩都是用的對比手法。

第一首祝禱夫婦相守，不離不棄。通篇為比，避免直說。前二句以黃鶴和鴛鴦作對比。這裡有沒有哀黃鶴的意思呢？根據末句「不及從來莫作雙」，似乎沒有。黃鶴本來就是單棲獨宿的，倒也自在悠然。這二句一賓一主，重點落在鴛鴦上。後二句直接出之以議論，是專對鴛鴦而發的。既然相親相愛，那就要千萬小心，不要離失了對方。倘若真有這樣不幸的事發生，那還不如像黃鶴一樣從來沒有在一起好呢。可見，黃鶴有反襯鴛鴦的作用。我們猜想，詩人所「代」的主人公應是一位有著半途相失的遭遇，因而獨守空閨的女子。詩全是用她的眼睛在看，用她的口吻在訴說。她對鴛鴦的關切，實則映照了自己的慘痛經歷，表面上寫的是鴛鴦，實際上寫的卻是自己。

第二首有一種昔盛今衰，人世滄桑，往事不堪回首的意味，好像是一篇濃縮了的〈蕪城賦〉。前二句是抒寫即目所見，暗含對比。雜樹、諸花既是眼前之景，又連通往昔。金谷苑、洛陽城則是往昔繁華之地。作者將現實與往昔放在一起，產生出強烈的反差，引人深思。雜樹和諸花過去曾盛開在金谷苑中、洛陽城裡。今天花樹依舊，但昔日的名城、豪苑又在哪裡呢？這是一種帶有哲學意味的深沉感喟。只是這層意思在前二句中還含而不露，僅僅暗寓在看似平靜的敘述中，直到後二句才抑制不住地發為一聲長歎。古來歌舞地，就是今日荒涼場，這是何等觸目驚心啊！往事悠悠，白雲蒼狗，高岸為谷，深谷為陵，任何富貴榮華都是暫時的，在歷史的長河中沒有永恆不變的東西。

昭君辭應詔

【題　解】〈昭君辭〉，又名〈王昭君〉，樂府相和歌辭，以王昭君辭漢入匈奴的故事為題材。本詩寫昭君出塞一路上的所見所聞所感，以此表現昭君的悲劇人生。

斂眉光祿塞❶，還望夫人城❷。片片紅顏❸落，雙雙淚眼生。冰河牽馬渡，雪路抱鞍❹行。胡風入骨冷，夜月照心明。方調琴上曲，變入胡笳聲。

【注　釋】❶光祿塞　漢代邊塞城名，又稱光祿城，漢武帝時光祿徐自為所築，故稱。在今內蒙古巴彥淖爾境內。❷夫人城　漢代邊塞城名，為范姓漢將所築，將亡，其妻率眾保全之，故稱。❸紅顏　這裡是指臉上塗的脂粉。❹抱鞍　雙腿夾鞍，就是騎馬的意思。

【語　譯】面對光祿塞雙眉緊鎖，離開夫人城不時回首。臉上的紅粉片片凋落，眼中的淚水雙雙湧流。牽馬渡過結冰的河面，騎馬走在茫茫的雪路。北風寒冷得砭人肌骨，夜月明亮得照徹肺腑。手撥琴絃彈奏起樂曲，不覺流瀉出胡笳之聲。

【研　析】西漢王昭君被迫遠嫁匈奴的遭遇令人同情，引起了歷代文人的題詠。在眾多的〈昭君辭〉中，庾信的這首詩是比較出色的。

作者在這首詩中調動了自己的人生體驗，想像昭君入塞路上的見聞感受，表達了作者對昭君的同情。起首二句，作者用了兩個富有特徵性的地名，點出昭君正向胡地進發。「斂眉」、「還望」，交代了昭君所處位置，兼寓胡地荒涼，人煙稀少的意思。「片片」二句由事到情，寫昭君身入胡地時心理的變化。茫茫大地，滿目荒涼，舉目無親，一個孤獨的弱女子，怎會不起恐懼之感呢。對此作者僅以「紅顏落」、「淚眼生」的神態變化來反映她內心的變化。

「冰河」以下四句既是敘述，又是描寫。冰河、雪路、胡風、夜月，勾勒出匈奴之地蒼茫、遼闊、嚴寒的環境特徵。既寫出了昭君一路行程的艱難，更突出了環境的陌生感、巨大感，反襯出昭君的柔弱，不由讓人為昭君的命運擔心。尾聯結得很巧，表面上作者仍在繼續寫昭君的行程，說她在冰天雪地裡一邊艱難跋涉，一邊彈琴遣愁。實際上通過琴聲由漢音到胡樂的變化，暗示昭君已經進入了匈奴之地，從而也就呼應了首聯。

本詩雖出想像，但子山因有入北經歷，所以能體察深切。對北地景色的描寫尤其真切，很好地烘托出昭君的孤獨、柔弱，渲染出濃濃的悲劇意味。

怨歌行

【題　解】〈怨歌行〉，一作〈怨詩行〉。樂府相和歌辭楚調曲名。這首詩假託一個嫁給北朝小伙子的南朝姑娘，抒寫了她對故鄉的思念和早日結束戰爭、天下太平的期盼，從中寄託了作者自己的家國之感。

家住金陵縣前，嫁得長安少年❶。回頭望鄉淚落，不知何處天邊。
胡塵❷幾日應盡？漢月何時更圓？為君能歌此曲，不覺心隨斷弦。

【注　釋】❶家住金陵縣前二句　意謂南朝的女孩嫁給了北朝的小伙子。金陵、長安，分別是南朝和北朝的都城。❷胡塵　胡地兵馬揚起的塵沙，這裡是指戰爭。

【語　譯】從前我的家在南朝金陵，現在我嫁給了長安少年。回頭望家鄉眼淚奪眶而出，不知家鄉在天的哪一邊。胡地塵沙何時才能止息？漢朝明月何時可以更圓？我且為您唱起這首歌曲，心緒不覺隨著琴絃繃斷。

【研　析】這首詩通篇都用女子口吻，在傾訴中抒發家國之思，從而也寄託了作者自己的身世之感。寫作的年代當在子山入北以後。

首二句交代主人公身分。意思是自己是南朝人，卻嫁給了北朝的小伙子。中間四句抒寫女子的悲怨。「回頭」二句是寫思鄉之情。回頭望鄉，卻不知家在何處。「天邊」二字寫出女子目極千里，卻一無所見的情態。這樣思鄉便不覺空泛，「淚落」也便顯得自然合理。「胡塵」二句又推進一層，寫出怨歌之怨的一層含義。原來那女子不僅怨的是鄉國路遙，而且還抱怨戰爭不斷，生靈塗炭，人為阻斷了南北的來往。「幾日」、「何時」，作者用問句表達女子對國家安寧，南北和親的期盼，但語氣中又有看不到希望實現的焦慮和絕望，心情頗為複雜。另外，「胡塵」、「漢月」二句實有因果關係。「胡塵」借喻戰爭自不待言。這二句的潛臺詞是胡塵彌天，以至遮蔽了天上的明月，語氣中還是把戰爭的挑起者歸在「胡」人這一邊。如此則只要胡塵不起，天朗氣清，自然就明月在天，漢月團圓了。如果戰爭止息，南北和平，即便嫁在長安，也可常回金陵，與娘家人自由來往。末二句收束全詩，告訴讀者歌曲雖已結束，但聲斷情未斷，留下了一個餘音繞梁，情韻綿綿的尾聲。

讀完全詩，我們益發確信，這是子山在借他人之酒杯，澆自己心中之塊壘，是借用女子的遭遇，來抒發自己的身世之感。本詩語言平易樸素，有民歌風味。

烏夜啼

【題解】〈烏夜啼〉，東晉南朝樂府西曲歌中的一種，內容多寫男女相思，題材往往與夜聞烏啼有關。這首詩借用一連串典故，抒寫獨守空閨女子的哀怨。

促柱繁絃❶非〈子夜〉❷，歌聲舞態異〈前溪〉。御史府中何處宿❸？
洛陽城頭那得棲❹？彈琴蜀郡卓家女❺，織錦秦川竇氏妻❻。詎不自驚長
淚落❼，到頭啼烏恒夜啼。

【注釋】❶促柱繁絃　節奏急促，多絃齊撥。❷子夜　與下句的〈前溪〉同為東晉南朝樂府吳聲歌曲中的曲名，內容多詠男女愛情。❸御史府中何處宿　意謂如今御史府中已不見有烏。《漢書・朱博傳》載，當時御史府中有柏樹成行，常有野烏數千棲宿其上，晨去暮來，號曰「朝夕烏」，後來烏鴉一連幾月不來。❹洛陽城頭那得棲　意謂現在洛陽城頭已無烏來棲。《後漢書・五行志一》載，桓帝初年京城童謠曰：「城上烏，尾畢逋。」❺彈琴蜀郡卓家女　蜀郡善於彈琴的卓文君。《史記・司馬相如列傳》載，司馬相如到臨邛富人卓王孫家作客，其時卓王孫女文君新寡，又喜音樂，相如便彈琴打動文君。宴會之後，相如通過文君侍女表達愛意，於是文君便夜奔相如，兩人一起到成都生活。又據《西京雜記》卷三載，後來司馬相如將聘茂陵人女為妾，卓

文君作〈白頭吟〉以自絕，相如乃止。蜀郡，漢代郡名，在今四川一帶，治所在今成都。❻織錦秦川竇氏妻　秦川織錦為詩的竇滔妻。《晉書・列女傳》載，竇滔妻蘇蕙善屬文，滔為秦州刺史，被徙流沙，蘇氏思念不已，織錦為迴文旋圖詩贈滔，詞甚淒惋。❼詎不自驚長淚落　意謂像卓文君、蘇蕙那樣單棲獨宿的女子聽到烏啼後怎會不觸動心境，淚流滿面呢。詎，豈；怎。

【語　譯】急促多絃之曲不是〈子夜歌〉，歌聲舞姿與〈前溪歌〉有異。御史府中烏鴉不知宿哪裡？洛陽城頭哪還有烏鴉棲息？蜀郡那善於彈琴的卓文君，秦川那織錦為詩的竇滔妻。怎麼會不傷心悽惶淚水流，只因為城頭烏夜夜在悲啼。

【研　析】這首詩屢屢被古今詩論家提到，主要是因為它的聲律比較接近於近體，可視為後來七律的先聲。若就詩的情韻而言，實為平平。

據《樂府詩集》卷四十七云，〈烏夜啼〉為樂府舊題，其稱名之由與烏啼有關。則子山此詩不過因襲舊題，據題發揮而已。

觀本詩之作，無非堆垛有關烏啼典故，並織入閨怨題材，用烏啼反襯人泣。手法上有巧思，從內容看則比較一般。

全詩八句，可分前後兩半。前半四句作用在點明題意。首二句是講本曲不是什麼，目的在引出後二句。「御史」二句連用二典，實際意思不過是說，本曲為烏啼之曲。意思很簡單，卻用四句鋪開，未免句繁而意疏。後半四句意思較前略有拓展，引入的「卓家女」、「竇氏妻」二典，也只是很膚淺地表達了閨婦思夫的意思。那麼閨怨題材與烏啼之曲有何關聯呢？作者的巧妙就在他從閨婦的落淚與棲烏的啼鳴間找到了連接點，用烏啼來反襯閨婦的悲涼，從而推進了詩意。末二句是因果倒置的寫法。先寫結果「淚落」，後寫原因「烏啼」。四句連起來看，意思是說，像卓文君、蘇蕙這樣為丈夫拋棄的女子，在夜深不眠中聽到了呱呱不休的烏啼聲，怎會不傷心落淚呢？這樣一來，烏啼就成了人悲的襯托，兩個原不相干的題材就因此被牽合起來，這首詩也就成了閨怨詩，由此可見子山組織技藝的巧妙。相對而言，詩歌的內涵和情感，則不免單薄了一些。

燕歌行

【題解】〈燕歌行〉，樂府相和歌辭平調曲名，多寫男子行役，閨婦思夫。本篇前半寫邊塞征戰的艱辛，後半寫思婦的哀怨苦悶心情，表達了作者反對戰爭，珍惜人生的思想。

代[1]北雲氣晝昏昏，千里飛蓬無復根。寒雁邕邕[2]渡遼水[3]，桑葉紛紛落薊門[4]。晉陽山頭無箭竹[5]，疏勒城中乏水源[6]。屬國征戍久離居，陽關音信絕能疏[7]。願得魯連飛一箭，持寄思歸燕將書[8]。渡遼本自有將軍[9]，寒風蕭蕭生水紋。妾驚甘泉足烽火[10]，君訝漁陽少陣雲[11]。自從將軍出細柳[12]，蕩子空牀難獨守[13]。盤龍明鏡餉秦嘉[14]，辟惡生香寄韓壽[15]。春分燕來能幾日，二月蠶眠[16]不復久。洛陽遊絲[17]百丈連，黃河春冰千片穿[18]。桃花顏色好如馬[19]，榆莢新開巧似錢[20]。蒲桃一杯千日醉[21]，無事[22]九轉[23]學神仙。定取金丹作幾服，能令華表得千年[24]？

【注　釋】❶代　戰國時國名，在今河北蔚縣一帶。❷邕邕　大雁鳴聲。❸遼水　古代河流名，即今渾河、遼河，在今遼寧境內。❹薊門　薊丘，地在今北京市德勝門外。❺晉陽山頭無箭竹　意思是形勢嚴峻，得不到神人幫助。《史記·趙世家》載，春秋末，晉國知、韓、魏三家攻趙，趙襄子退據晉陽。這時有三位神人託人轉贈趙襄子竹子二節，內有書信稱將幫助襄子消滅知氏，並預言趙氏前途。後襄子結好韓、魏，共滅知氏，遂成三家分晉之局。晉陽，春秋晉邑，由趙氏家臣所築，地在今山西太原南古城營。❻疏勒城中乏水源　《後漢書·耿弇列傳》載，耿恭有一次與匈奴作戰，駐紮在疏勒城。匈奴將疏勒城下的水源切斷，城中飲水發生困難。耿恭拔刀刺山，掘井取水，於是飛泉湧出。疏勒，漢代西域國名，在今新疆喀什一帶。❼屬國征戍久離居二句　意謂丈夫遠在邊關，音信稀少。屬國征戍久離居，意謂像蘇武這樣的人長年出征，不能與家人團聚。屬國，典屬國的簡稱，這裡是指蘇武。陽關，漢代關名，在今甘肅敦煌西南，通西域的要隘。絕能疏，猶言非常稀少。疏，稀少。❽願得魯連飛一箭二句　意謂希望有像魯仲連一樣的人物出來，化解危機，早日結束戰爭。《史記·魯仲連列傳》載，燕將攻下聊城，聊城人向燕王進讒，燕將不敢回國，因固守聊城。田單久攻不克，士卒死亡頗多。魯仲連知道後，給燕將寫了一封信，將信綁在箭桿上射進城去。信中分析利害，促其投降。燕將猶豫再三，乃自殺，聊城遂破。魯仲連，戰國齊人，高蹈不仕，喜為人排難解紛，功成不受賞。❾渡遼本自有將軍　漢代有渡遼將軍的名號。❿妾驚甘泉足烽火　意謂思婦擔心前方有戰事。甘泉，西漢宮殿名，在今山西淳化西北甘泉山。西漢文帝時，匈奴侵擾北邊，有一次匈奴的偵查兵甚至深入到甘泉宮附近，引起京城的恐慌（《漢書·匈奴傳下》）。烽火，古代邊防用來報警的信號。⓫君詠漁陽少陣雲　意謂丈夫嫌仗還打得不多。漁陽，秦漢郡名，治所在今北京市密雲西南。西漢時漁陽屢為匈奴侵擾，時有戰爭。陣雲，如軍陣般疊起的雲層，這裡借指戰爭。⓬細柳　西漢地名，在今陝西咸陽西南。漢文帝時，周亞夫為將軍，駐兵於此。⓭蕩子空牀難獨守　這是化用〈古詩十九首·青青河畔草〉中「蕩子行不歸，空牀難獨守」的句意。⓮盤龍明鏡餉秦嘉　這是用秦嘉贈婦詩的典故。盤龍明鏡，鏡架上雕有龍形的鏡子。秦嘉，字士會，東漢人，桓帝時舉郡上計掾，其妻徐淑有病回家，未能面別，作詩贈妻。有句云：「何用敘我心，遺思致款誠。寶釵可耀首，明鏡可鑒形。」⑮辟惡生香寄韓壽　這是用賈充女兒與韓壽的典故。《晉書・賈充傳》載，韓壽，字德真，美姿容，賈充辟為司空掾。充女賈午見而悅之，呼壽夕入，贈以西域所貢奇香。充僚屬聞壽身有奇香，於是告訴賈充，充始知女兒與韓壽有私情，就把女兒嫁給了他。辟惡，避除臭氣。⑯蠶眠　蠶蛻皮時不食不動，其狀如眠，故稱。⑰遊絲　春天時飄揚在空中由蜘蛛和其他蟲類吐出的絲線。⑱穿　這裡是裂開的意思。⑲馬　這裡是指桃花馬，一種白毛紅點的馬。⑳榆莢新開巧似錢　榆莢，榆樹的果實。榆樹生葉前，先生莢，形似錢而小，連綴成串，也稱榆錢。㉑蒲桃一杯千日醉　蒲桃，這裡是指葡萄酒。千日醉，形容酒味醇，酒力足，一飲久醉不醒。《搜神記》卷十九載，中山人狄希能造千日酒，飲後能醉千日。劉玄石好飲酒，求飲一杯，遂醉眠千日。㉒無事　不需；不必。㉓九轉　道教煉丹的最高境界。葛洪《抱朴子・金丹》：「九轉之丹，服之三日得仙。」㉔定取金丹作幾服二句　意謂究竟要服用多少金丹才能長生不老？定，究竟。華表，古代立於宮殿、城垣或陵墓前的石柱。華表、千年，積久不壞，長生不老的意思。《搜神後記》卷一載，丁令威本遼東人，學道成仙，後化鶴歸遼，停在城門華表石柱上。有少年舉弓欲射，鶴飛且言曰：「有鳥有鳥丁令威，去家千年今始歸。城郭如故人民非，何不學仙塚壘壘。」

【語　譯】代北陰雲籠罩白晝昏沉沉，蓬草無根隨風千萬里飄遊。雁叫聲聲雁陣渡過了遼水，桑葉飄零紛紛隕落在薊丘。晉陽山上得不到神人相助，疏勒城中更沒有一點水流。蘇武出征與家人分別太久，駐守陽關的音信又太稀疏。但願能請魯仲連飛箭一支，寄給那想家燕將一封家書。橫渡遼河本就有渡遼將軍，寒風飄飄吹動了河上紋路。妾身擔心甘泉宮邊烽火燃，良人卻嫌邊地戰爭不夠數。自從將軍領兵出發去打仗，留下妾身我這空牀實難守。飛龍盤繞的鏡子送給秦嘉，避除惡氣的奇香贈送韓壽。春分時節雙燕飛來能幾天，早春二月蠶眠時間不會久。洛陽城裡遊絲飄蕩有百尺，黃河上結冰的河面已開裂。桃紅柳綠顏色勝過桃花馬，榆莢開花形狀恰似那銅錢。不如痛飲葡萄美酒千日醉，何必苦煉金丹想要做神仙。那金丹究竟要服用多少次，才似華表長生不老存千年？

【研　析】〈燕歌行〉是樂府舊題，本來就是寫征戰之事的。

詩以「妾驚甘泉足烽火」為界，在此之前為前半部分，之後為後半部分。前段為邊塞詩，後段為閨怨詩。這兩種題材本有天然聯繫，本詩則合二為一。

先看前半部分。子山沒有從軍征戰的經歷，所以他描寫軍旅生活多借用典故，並輔以想像，作一般性的描寫。前四句是寫邊地嚴寒。「代北」、「遼水」、「薊門」等帶有朔北風味的地名，一開始便在人們心中造成一種恐懼的感覺。昏暗的雲氣、隨風捲起的蓬草、大雁的驚塞和桑葉的飄零，又強化了讀者邊地苦寒的感覺。「晉陽」二句，一句是說形勢嚴峻，一句是說環境惡劣，進一步補足了上面四句之意。「屬國」以下六句逐漸轉到征人與家人的關係方面，暗寓希望早日結束戰爭的意思。出征的官兵與家人離別日久，音書稀少，久而久之，便渴望能有魯仲連這樣的人物出來，尋找結束戰爭的辦法。反戰、厭戰便是詩歌前半段的主題。

詩的後半部分，筆觸轉至留在家裡的思婦，用代言手法抒寫她的思夫之苦。「妾驚」二句綰合前後兩段，一句寫女方，一句寫男方，同樣對戰爭，男女雙方的想法並不一致。女的感覺戰爭已經夠多了，言下之意是可以回家團聚了；男的卻覺得仗還沒打夠，還要尋找建功立業的機會。「自從」句後遂完全轉到思婦這一方面來，尤其是「蕩子空牀難獨守」更是後半段之眼目。「春分」六句是說春天來了，一切都充滿著盎然生機。春燕飛來，河冰融化，桃花盛開，遊絲飄蕩。這種明媚春光既與前半段北方嚴寒的景象形成對比，同時也在反襯思婦的痛苦。大自然充滿了勃勃的生機，可是女主人卻過著單棲獨宿的生活，一切都是那樣的令人沮喪。「蒲桃」四句是寫女主人的心理活動。既然夫婦分離，空牀難守，自己的青春年華白白流逝，那就只能借酒澆愁，過一日算一日。煉丹服藥既如此煩難，人生又是如此痛苦，那又何必再去求取長生呢？透過女主人這種看似頹唐的傾述，人們不難感受到她內心痛苦的程度。

前後兩段比較起來，後半部分對女子心理捕捉得比較細緻、真切，也較能打動人。前半部分，因為作者缺乏生活實感，所以對軍旅生活只能作淺表的描寫，缺乏具體性。

文

賀平鄴都表

【題解】北周武帝建德六年（西元五七七年），周武帝率軍攻克北齊都城鄴（故城在今河北臨漳北），北齊滅亡，北方統一。時庾信在洛州刺史任上，獲知這一消息後，他撰寫本表上奏武帝，祝賀平定鄴城。文章用誇張的語氣，歌頌周武帝滅齊的功業，內容並無可取，但文風壯麗，氣勢壯大，是駢文傑作。

臣某言：臣聞太山梁甫以來，即有七十二代❶；龍圖龜書❷之後，又已三千餘年。雖復制法樹司❸，禮殊樂異❹，至於天離武落❺，剡木弦弧❻，席卷天下之心，包含八荒❼之志，其揆❽一矣。

【章旨】本段說統一天下的心願是古來帝王所追求的目標。

【注釋】❶臣聞太山梁甫以來二句　自從舉行封禪大典以來，已經過了很長時間。太山梁甫，這裡是指封禪典禮。古代帝王在泰山上築壇，報天之功，曰封；在泰山下的梁父山上闢場祭地，報地之功，曰禪。相傳古時舉行封禪大典者有七十二家。太山，就是泰山。梁甫，又稱梁父。❷龍圖龜書　河圖洛書。傳說遠古時代，有龍馬（傳說中龍頭馬身的神獸）從黃河中負圖而出，伏羲氏據以發明八卦。夏禹時有神龜出於洛水，背有文字，禹據以製成《洪範》九疇（九種治國大法）。❸樹司　確立君王。❹禮殊樂異　意思是朝代更替。古人認為，各個時代的禮樂制度是不一樣的。❺天離武落　天離，底本作「文離」，此從高步瀛《南北朝文舉要》改，是大綱的意思。武落，高步瀛以為，「武」是「虎」之訛變。落，通「絡」。虎落，用來縛虎的粗繩。❻剡木弦弧　削木為矢、張弦為弓的意思，是對《易傳・繫辭下》：「弦木為弧，剡木為矢」的簡化。剡，削。❼八荒　八方極遠之地。❽揆　道理。

【語譯】臣下庾信陳述：臣下聽說自古代帝王在泰山梁甫舉行封禪大典以來，已經有七十二代；從黃河中龍馬負圖而出，洛水裡神龜出現，已經過了三千多年。其間雖然制定法律確立君長，禮樂制度屢經變遷，至於施用天網大繩，削木為箭，張弦為弓，想要吞併天下的雄心，囊括八方的志向，則無論哪一朝代都是一樣的。

伏惟皇帝陛下，握天樞，秉地軸❶，駕馭風雲，驅馳龍虎。沉雄內斷，不勞謀於力牧❷；天策勇決，無待問於容成❸。是以威風所振，烈火之遇鴻毛；旗鼓❹所臨，衝風❺之卷秋葉。竊聞伊、洛戎夷，幽、并僭偽❻。抱圖載籍，已歸丞相之府❼；銜玉繫綬，並詣中軍之營❽。百年逋❾誅，遂窮巢窟；三代敵怨❿，俄然⓫掃蕩。昔周王鮪水之師，尚勞再駕⑫；軒轅上谷之戰，猶須九伐⑬。未有一朝指麾，獨決神慮，平定宇內，光宅天下⑭。二十八宿，止餘吳、越一星⑮；千二百國，裁⑯漏鱗洲⑰小水。若夫咸康之年，四方始定⑱，建武⑲之代，諸侯並朝，不得同年而語矣。雖復八風⑳並唱，未足頌其英聲；六樂㉑俱陳，無以歌其神武。坐釣臺㉒而誓眾，姒啟㉓繼夏禹之功；入商郊而問罪，姬發成周文之志㉔。無改之道，大孝也與㉕。

【章　旨】本段讚頌平鄴之戰的勝利。說這樣的偉業是歷史上諸多著名勝仗所難以比擬的，稱讚平鄴之功是完成了先帝的遺願，周武帝是真正的大孝。

【注　釋】❶握天樞二句　掌握乾坤的意思。天樞，北斗第一星。地軸，大地之軸。天樞、地軸，在這裡都是比喻國家權柄。❷力牧　傳說中的黃帝之將。黃帝曾夢見有人手執千鈞之弩，驅羊數萬群。便依照占卜的結果，在大澤中發現力牧，舉以為將。❸容成　傳說中黃帝的大臣，有智慧，是曆法的發明者。❹旗鼓　這裡是指軍隊。❺衝風　猛烈的風。❻竊聞伊洛戎夷二句　伊洛戎夷、幽并僭偽，都是指北齊。北齊是少數民族政權，所以以戎夷僭偽稱之。僭偽，不合法的偽政權。❼抱圖載籍二句　意謂有助於管理天下的圖籍轉入北周，說明北齊滅亡了。《史記．蕭相國世家》載，劉邦率部攻下咸陽後，諸將都爭先恐後進入財富之府瓜分財物，唯獨蕭何將秦丞相御史府中的律令圖書彙聚收藏起來。❽銜玉繫綬二句　意謂國君出降。古代帝王出降往往口銜玉器，象徵國亡當死，用綬帶掛在頭頸上，象徵被綁。❾逋　逃亡的人。因為北齊的奠基者高歡是從東魏分離出來的，故稱。❿三代敵怨　指北齊。如果從高歡算起，直到北齊亡，共歷三代帝王。⓫俄然　一下子；頃刻。⓬昔周王鮪水之師二句　意謂北周滅齊的順利超過周武王伐殷。據《史記・周本紀》、《太平御覽》卷八十四注引《帝王世紀》、《呂氏春秋・慎大覽》，周武王舉兵伐紂，有前後二次。第一次與諸侯會於盟津，他認為時機不成熟。兩年後，他再次舉兵。先臨鮪水，與殷使膠鬲相見，約定進軍殷郊時間，然後兵臨牧野，一戰擊敗殷軍。⓭軒轅上谷之戰二句　意謂北周征齊之戰的成效超過黃帝涿鹿之戰。《史記・五帝本紀》載，軒轅之時，蚩尤作亂，軒轅與蚩尤戰於涿鹿之野，擒殺蚩尤，諸侯遂尊軒轅為天子，是為黃帝。《史記集解》引曰：「涿鹿在上谷。」九伐，多次征戰的意思。⓮光宅天下　擁有天下。光，廣泛。宅，據有。⓯二十八宿二句　意謂只剩下南方陳朝還沒有統一。古人認為，天上的星宿與地上的行政區劃相應。⓰裁　才。⓱麟洲　鳳麟洲的簡稱。古代傳說，八方大海中有十洲，皆為神仙所居。鳳麟洲在西海中央。⓲咸康之年二句　咸康，東晉成帝年號。在此之前，東晉朝廷已平定蘇峻之亂，又收復襄陽，故可誇大其辭地說是四方始定。⓳建武　東漢光武帝年號。⓴八風　八方之風。《呂氏春秋・有始覽》：「何謂八風？東北曰炎風，東方曰滔風，東南曰熏風，南方曰巨風，西南曰淒風，西方曰飂風，西北曰厲風，北方曰寒風。」㉑六樂　黃帝、堯、舜、禹、湯、周武王時期的六種古樂，即〈雲門〉、〈咸池〉、〈大韶〉、〈大夏〉、〈大濩〉、〈大武〉。㉒鈞臺　疑為「鈞臺」之誤，是夏代的樓臺。《左傳・昭公四年》：「夏啟有鈞臺之享。」㉓姒啟　大禹的兒子，繼禹為夏朝國王。姒，禹、啟之姓。㉔入商郊而問罪二句　意謂周武王率領諸侯大軍進入商郊牧野，指責殷紂王暴虐無道，繼承文王遺志。姬發，周武王的姓名。㉕無改之道二句　意謂北周武帝消滅北齊是完成了先帝的遺願，是大孝的表現。語出《論語・學而》：「子曰：『父在，觀其志；父沒，觀其行；三年無改於父之道，可謂孝矣。』」

【語　譯】竊思皇帝陛下上握天之樞紐，下持地之軸要，駕馭著風雲，驅趕著龍虎。沉毅雄健，無需與力牧商議就暗下決心；謀略英明，不必諮詢容成就毅然決斷。所以威風振動之所，就像大火吞噬鴻毛；大軍所到之處，有如烈風捲起秋葉。聽說伊洛一帶的野蠻人、幽并地區的偽政權已將圖書簿冊手抱車載彙聚到丞相府中；亡國之君口含珠玉頸繫綬帶，也已到我軍指揮部請降。百年逃犯終歸誅滅，敵人巢穴一併剷清。三代宿敵，頃刻消滅。當年周武王伐紂尚且兩次出征，黃帝討伐蚩尤還須經多次戰爭。從來沒有一旦下令，獨下決心，就平定全國，擁有天下的。現在二十八顆星宿，只剩下吳越之星；一千二百個國度，僅漏了鳳麟小洲。至於像咸康之年，天下才剛剛安定；建武之代，各路諸侯都來朝拜，這樣的盛事根本不能和我們今日的勝利相提並論。即使四面八方同聲歌唱，也不足以歌頌我們的偉大聲名；六種古樂同時演奏，也難以唱出我們的神勇威武。坐在鈞臺之上向大眾發誓，姒啟延續了大禹的功業；進軍牧野責問紂王，姬發繼承了文王的遺志。可見沿著父親的道路走下去，那才是真正的大孝啊。

當今鹿臺已散，頃宮已遣，兵藏武庫，馬入華山❶，立明堂❷之制，奏〈大武〉❸之樂。盛矣哉！上天降休❹，未之有也。政須東南一尉，立於比景之南；西北一候，置於交河之北❺。然後命東后❻，詔蒼冥❼，衢壇琬碑❽，銀繩瓊檢❾，告厥❿成功，差無慚德⓫。

【章　旨】本段是向周武帝提出平鄴後的治國建議。

【注　釋】❶當今鹿臺已散四句　這四句連起來就是偃武修文的意思。鹿臺已散，《史記·周本紀》載，周武王滅殷後，命人「散鹿臺之財，發鉅橋之粟」，賑濟貧窮。頃宮已遣，頃，底本作「離」，此據高步瀛《南北朝文舉要》改。頃宮，又作傾宮，殷紂王所作之宮。《後漢書·陳王列傳》注引《帝王紀》曰：「紂作傾宮，多采美女以充之。武王伐殷，乃歸傾宮之女於諸侯。」前二句意謂周武帝滅北齊後，開倉濟貧，遣散宮女。馬入華山，語出《尚書·武成》。說周武王伐商歸來，「乃偃武修文，歸馬于華山之陽，放牛于桃林之野，示天下弗服（用）。」後二句意謂天下太平，不再打仗了。❷明堂　古代帝王舉行朝會、祭祀、慶賞、選士、教學的地方。❸大武　見上段注㉑。❹休　福澤；吉慶。❺政須東南一尉四句　意謂正需要在邊遠地區設置管理機構。政，同「正」。東南一尉、西北一候，語出揚雄〈解嘲〉。尉，都尉，掌管軍事的官員。比景，地名，漢時屬日南郡（在今越南境內）。候，負責接待遠方來朝賓客的官員。交河，車師前王國都城，故址在今新疆吐魯番西北。❻東后　東方的國君，這裡指諸侯。❼蒼冥　蒼天。❽衢壇琬碑　大道上的祭壇和玉石的碑刻。《竹書紀年》載，桀伐岷山，岷山莊王將兩個女兒琬和炎嫁給了桀。桀將二女名刻於苕華之玉上。琬刻在苕玉上，炎刻在華玉上。琬，這裡指代玉石。❾銀繩瓊檢　用銀製成的繩子編連玉簡，並將簡書安放在玉製的函套中。這是在封禪典禮上用的。瓊檢，玉製的書套。❿厥　代詞，其。⓫差無慚德　差，稍可。慚德，慚愧的心情。

【語　譯】現在鹿臺的財物已分發完畢，頃宮的美女也已統統遣歸，武器收歸到武庫，戰馬縱放於華山，建立了明堂制度，演奏起〈大武〉的音樂。偉大啊！蒼天降下了福祉，這是從未有過的盛事啊。如今正須在東南地區設立都尉一職，機構置於比景縣以南；在西北地方設立候官，官府設在交河以北。之後再命令天下諸侯，詔告茫茫青天，大道上建祭壇，用玉石刻碑文，用銀繩將玉簡連綴起來，置放於玉製的函套裡面，向天地神靈報告勝利的消息，這才勉強可以消除愧疚的心情。

臣忝竊榮幸，蒞政東藩❶，不獲躬❷到闕庭❸，預觀大慶，不勝鳧藻❹踴躍之至。謹遣主簿陪臣❺曹敏奉表以聞。

【章　旨】本段解釋自己不能親到朝廷祝賀的原因。

【注　釋】❶東藩　位於東面的地區，時子山任職洛州刺史，洛州在都城長安以東，故稱。❷躬　親自。❸闕庭　京城；朝廷。闕，皇宮前兩側有高臺，中間有道路。❹鳧藻　如鳧之戲於水藻，用來形容歡悅。❺陪臣　對天子而言諸侯的大臣，這裡是指子山的下屬。

【語　譯】臣下有幸沾染了這份光榮，只是因為要在東邊的轄區內處理公務，不能親自來到朝廷，見證這偉大的慶典，實在克制不住自己歡欣鼓舞的心情。敬派主簿陪臣曹敏手捧賀表敬獻皇上。

【研　析】這是一篇官場文章，祝賀周帝平鄴之功。就其本質而言，無非歌功頌德，極易寫得文氣卑弱，但子山此篇卻氣勢壯大，不落俗格。首段即言一統天下實為歷代聖君追求的理想，雖然講的是前代君王，但實際意思卻是在頌揚周帝，為下文張本。第二段順勢而下，頌讚平鄴之功。子山連用反襯之法，托出周帝平鄴之不同凡響，功高往烈。四六駢語，連貫而至，尤增氣勢。頌聖而不露卑弱之氣，鋪張揚厲至極。至第三段則作一收斂。向周帝建言獻策，謂雖平鄴功盛，然長期管理尚需究心。既可見出作者之盡心王事，又可免頌揚太過之嫌，說話分寸掌握有節。最後表達自己不能親到京城祝賀的歉意。首尾呼應，一氣流貫，是官場應用文中的佳作。

謝滕王集序啟

【題　解】滕王宇文逌是庾信在北周的崇拜者和保護者，他為庾信的集子撰寫了一篇序言。這篇啟便是庾信向滕王表示感謝的文章，是一篇應酬之作。文中有「春陵之侯，便是銷憂之地」，用的是袁宏《後漢紀》卷一劉孝侯遷移新封的典故，似乎是暗喻大象元年（西元五七九年）五月，宇文逌以荊州新野為滕，出就封地的事。如此，本文作年的上限就應在周宣帝大象元年五月。啟，臣下寫給君王的書信，和表、奏接近。

信啟：伏覽制❶垂賜集序。紫微❷懸映，如傳闕里之書❸；青鳥遙飛，似送層城之璧❹。若夫甘泉宮裡，玉樹一叢❺，玄武闕❻前，明珠六寸，不得譬此光芒，方❼斯燭照。有節有度，即是能平八風❽；愈唱愈高，殆欲去天三尺❾。

【章　旨】本段讚頌滕王所賜集序，以表自己的驚喜和感激。

【注　釋】❶制　一種帝王使用的文體。❷紫微　星宿名。❸闕里之書　珍貴的經典。闕里，孔子住地，在今山東曲阜城內，洙泗之間。相傳孔子曾在此授徒講學。❹青鳥遙飛二句　青鳥，古代神話中替西王母傳遞書信的鳥。層城，古代神話中昆侖山的最高層，為太帝所居。傳說昆侖山產玉，所以說青鳥送來璧玉。❺甘泉宮裡二句　甘泉宮，秦漢宮殿名，又名雲陽宮，故址在今陝西淳化西北甘泉山。東漢揚雄作〈甘泉賦〉，有「翠玉樹之青蔥兮」之句。❻玄武闕　北闕的意思。因玄武為北方太陰之神，故凡處北方者多稱玄武。❼方　比喻。❽有節有度二句　《左傳・襄公二十九年》：「五聲和，八風平，節有度，守有序，盛德之所同也。」節、度，都是節奏、節拍的意思。平，協調。八風，八方之風。❾去天三尺　響入雲霄的意思。

【語　譯】信啟：拜讀制書，得知殿下恩賜文集序言。紫微星天穹閃爍，好像傳來了闕里的經典；青鳥從遠處飛來，又似送來了昆侖之玉。至於甘泉宮裡叢生的玉樹，玄武闕前明亮的珠寶，都不能用來比集序的光芒，喻集序的燭亮。您的賜序就像美妙的音樂，合乎旋律節奏，協調八方之風；又好比動聽的歌聲，越唱越高，離天只有三尺。

殿下雄才蓋代，逸氣橫雲，濟北顏淵❶，關西孔子❷。譬其毫翰，則風雨爭飛；論其文采，則魚龍百變❸。蒲桃繞館，新開碣石之宮❹；修竹夾池，始作睢陽之苑❺。琉璃泛酒❻，鸚鵡承杯❼。鳳穴歌聲，鸞林舞曲。況復行雲逐雨，迴雪隨風。湖陽之尉，既成為喜之因❽；舂陵之侯，便是銷憂之地❾。

【章　旨】本段讚美滕王其人。

【注　釋】❶濟北顏淵　可能是指東漢人戴宏。《後漢書・吳延史盧趙列傳》注引《濟北先賢傳》曰，戴宏為郡督郵，曾因工作問題受到批評，府君要打他。戴宏說，現在一郡老百姓都把你看做是孔子一樣的長官，把我看做是顏淵，有誰聽說過孔子打顏淵的道理呢？❷關西孔子　東漢楊震，字伯起，華陰人。少好學，明經博覽，無不窮究。諸儒為之語曰：「關西孔子楊伯起。」華陰在函谷關之西，故稱關西。❸魚龍百變　變化多端、層出不窮的意思。魚龍，古代的魔術表演。❹碣石之宮　戰國燕昭王為鄒衍所築之館。❺睢陽之苑　即梁苑。西漢梁孝王劉武的林苑，因其地在睢水之陽，故稱睢陽苑。故址在今河南開封東南。❻琉璃泛酒　琉璃，指玻璃杯。泛，溢出。❼鸚鵡承杯　用鸚鵡杯盛酒的意思。鸚鵡，用鸚鵡螺製成的酒杯。鸚鵡螺，海螺的一種，外殼旋尖處狀如鸚鵡嘴，古人用來製杯。❽湖陽之尉二句　《後漢書・光武帝紀上》載，劉秀起兵之初，曾殺湖陽尉。軍中因分財物不均，引起矛盾。劉秀便收斂宗人所得財物，分配給眾人，解決了矛盾。《周書・滕王傳》載，周武帝宣政元年，「伐陳，詔（宇文）逌為元帥，節度諸軍事。」二句是借劉秀的典故說宇文逌出任元帥受命伐陳，能輯合軍心，振作士氣。❾春陵之侯二句　袁宏《後漢紀》卷一載，漢武帝以冷道縣封劉買為春陵節侯。到了元帝時，劉買之孫孝侯以南方潮濕為由請求遷徙南陽。朝廷遂以蔡陽白水鄉為春陵侯封邑，孝侯宗族便遷移到新的封地去了。《周書・滕王傳》載，「大象元年五月，詔以荊州新野郡邑萬戶為滕國。」這二句是以孝侯徙封喻宇文逌受封新野出就滕國。

【語　譯】殿下才華蓋世，英氣貫雲，真是濟北顏淵，關西孔子。若要比喻您的筆墨，那就是風雨交作；若要形容您的文采，那就是魚龍變化。蒲桃開滿了賓館，那是新落成的碣石宮；長竹沿池挺立，那是才築成的睢陽苑。琉璃杯中美酒滿溢，鸚鵡杯裡盛滿佳釀。鳳凰穴內有歌聲，鸞鳥林中響舞曲。何況飄雲追雨，飛雪伴風。殺掉了湖陽尉，成了軍中將士歡喜的原因。遷徙到新封地，好似來到了遺憂散愁的地方。

某本乏材用，無多作述❶。加以建鄴陽九，劣免儒硎；江陵百六，幾從士壠❷。至如殘編落簡，並入塵埃；赤軸青箱❸，多從灰燼。比年❹痾恙彌留❺，光陰視息❻，桑榆已迫，蒲柳方衰❼，不無秋氣之悲❽，實有途窮之恨❾。是以精采瞀亂❿，頗同宋玉；言辭蹇吃，更甚揚雄⓫。一吟一詠，其可知矣。好事者不求，知音者不用。非有班超之志，遂已棄筆⓬；未見陸機之文，久同燒硯⓭。至於凋零之後，殘缺所餘，又已雜用補袍，隨時覆醬⓮。聖慈憐愍，遂垂存錄。始知揄揚過差，君子失辭⓯；比擬縱橫，小人⓰迷惑。荊玉抵鵲，正恐輕用重寶⓱；龍淵⓲削玉，豈不徒勞神慮？匠石迴顧，朽材變於雕梁⓳；孫陽⓴一言，奔踶㉑成於駿馬。故知假人延譽，重於連城㉒；借人羽毛，榮於尺玉。溟池九萬里，無踰此澤之深；華山五千仞，終愧斯恩之重㉓。

【章旨】這段是感謝滕王賜序。作者說，自己的文章本來平庸，滕王之序，猶如點鐵成金，因此感恩不盡。

【注釋】❶作述　作指獨創新見，述是傳承舊說。這裡是指作品。❷加以建鄴陽九四句　這四句意謂在侯景之亂和江陵之戰中，自己僅僅只能做到苟全性命。建鄴陽九，指侯景之亂。陽九和下文的百六，都是指災難和厄運。按照術數家的說法，太乙數以四百五十六年為一「陽九」，二百八十八年為一「百六」。陽九是奇數，為陽數之窮；百六是偶數，為陰數之窮。劣，僅僅。儒硎，活埋儒生的坑。秦始皇於焚書之後，又密令種瓜驪山陵谷溫暖處，瓜實成，詔博士諸生往視，因填土殺之。這裡是指士人遭受的災難。硎，同「坑」。江陵百六，是指梁元帝承聖三年西魏大軍進攻梁朝的戰爭。士壠，讀書人的墳墓。❸赤軸青箱　這裡是指收藏的書畫和書籍。赤軸，指代書畫。古時書畫多為卷軸，兩端紅色，故稱。青箱，收藏書籍、字畫的箱子。❹比年　近年。❺痾恙彌留　久病不癒。❻視息　目僅能視，鼻僅能呼吸，偷生苟活的意思。❼桑榆已迫二句　意謂自己遲暮體衰。桑榆已迫，夕陽照在桑樹和榆樹的樹端，是日暮的意思，這裡是指暮年。蒲柳，蒲樹和柳樹。因二樹落葉早，故以喻未老先衰。❽秋氣之悲　對秋天萬物開始凋零的悲哀。宋玉〈九辯〉：「悲哉秋之為氣也，蕭瑟兮草木搖落而變衰。」❾途窮之恨　《史記・伍子胥列傳》載伍子胥的話說，「為我謝申包胥曰，吾日莫（暮）途遠，吾故倒行而逆施之。」這裡是有生之年不多的意思。❿精采瞀亂二句　意謂自己精神不振，頭腦昏亂有如宋玉。宋玉〈神女賦〉：「目略微眄，精彩相授。」精采，精神光彩。〈九辯〉：「慷慨絕兮不得，中瞀亂兮迷惑。」瞀亂，昏亂。⓫言辭蹇吃二句　是說自己口吃超過揚雄。《漢書・揚雄傳上》載，揚雄「為人簡易佚蕩，口吃不能劇談。」⓬非有班超之志二句　意謂自己沒有班超的大志，卻和他一樣不事寫作了。《後漢書・

班梁列傳》載，班超家貧，為官府鈔書以養母。嘗投筆歎曰：大丈夫當效法傅介子、張騫立功異域，以取封侯，怎麼能總是在筆硯間討生活呢？後出使西域三十一年，官至西域都護，封定遠侯。⑬未見陸機之文二句　意謂自己已經久不寫作，但也不是因為見到別人文章寫得比自己好的緣故。《晉書・陸機傳》載，陸雲曾寫信給陸機說：「君苗見兄文，輒欲燒其筆硯。」燒掉筆硯，是自愧文章不如人，表示不敢妄作的意思。⑭又已雜用補袍二句　意謂自己的文章沒有價值，只能用來補綴棉袍，覆蓋醬缸。⑮始知揄揚過差二句　意謂滕王對自己的讚譽言過其實。差，限度；界限。⑯小人　猶言鄙人，對自己的謙稱。⑰荊玉抵鵲二句　意謂滕王賜序是輕用其寶，高看了自己。荊玉抵鵲，投擲寶玉來驅趕烏鵲，比喻貴物賤用，這裡是指滕王為子山集作序。《鹽鐵論・崇禮》：「南越以孔雀珥（裝飾）門戶，昆山之旁以玉璞抵烏鵲。」荊玉，春秋楚人卞和於荊山所得之璞玉。抵，投擲。⑱龍淵　寶劍名，相傳春秋時歐冶子、干將二人所作。⑲匠石迴顧二句　《莊子・人間世》載，匠石到齊國，見一大樹，觀賞者如市。匠石以為是無用的散木，不顧而去。這裡是反用其意，意思是只要一經行家注意，賤物也成寶貝。這是喻指自己的文章得到滕王的賞識。匠石，名石的木匠。⑳孫陽　就是伯樂，古代善相馬者。㉑奔踶　這裡是指普通的馬。㉒故知假人延譽二句　意謂滕王賜序讚美，分量很重。假，借助，這裡是請的意思。連城，連城之璧，價值很高的寶貝。㉓溟池九萬里四句　意謂滕王對自己的恩澤之深，難以言表。溟池，《莊子・逍遙遊》中講的北方極遠之地的大海。九萬里，《莊子・逍遙遊》中講有一飛九萬里的大鵬鳥。

【語譯】我本來就缺少才幹，也沒有多少作品。再加遭遇建鄴的災難，僅僅只是逃脫了死亡；遇上江陵的厄運，差一點性命不保。至於那殘缺的文稿，統統變成了塵土；書畫典籍，很多都化為灰燼。這些年久病不癒，苟活而已，遲暮之年漸漸迫近，蒲柳般的身體正在衰弱，怎會沒有悲秋的感歎，多的是窮途末路的遺憾。所以我精神昏亂，就像宋玉；結巴口吃，超過揚雄。縱然有吟詠之作，水準也可想而知。所以多事者不會要，知音人也不需用。沒有班超投筆從戎的雄心大志，卻早已像他那樣扔掉了筆墨；沒有見到陸機那樣的好文章，卻燒掉了筆硯已經停筆許久。至於喪亂以後，舊作散失之餘，又已用來補綴衣袍，覆蓋醬缸。現在閣下憐憫，收錄拙文。才知您對我讚揚過頭，這是君子說話失了分寸；比擬迭出，實在讓我迷惑不解。好比投擲荊山之玉來驅趕烏鵲，恐怕是輕率地使用了珍貴的寶物；用龍淵寶劍削玉，豈不是讓您白費了心思？名石的匠人回頭注視，即使爛木頭也會變雕花的棟梁；只要伯樂一句話，普通的奔馬也會成為千里馬。可見借他人讚譽，價值要高於連城之璧；向人借一根羽毛，情分必重於一尺之玉。九萬里之外的溟池，比不上尊王的恩澤深；高聳五千仞的華山，面對君王的重恩不免慚愧。

即日金門細管❶，未動春灰❷；石壁輕雷❸，尚藏冬蟄❹，伏願聖躬，與時納〈豫〉❺。南陽寶雉，幸足觀瞻；酈縣菊泉，差能延壽❻。伏遲至鄴可期，從梁有日❼。同杞子之盟會，必欲瞻仰風塵❽；共薛侯而來朝，謹當逢迎冠蓋❾。魚腸尺素❿，鳳足數行⓫，書此謝辭，終知不盡⓬。謹啟。

【章　旨】本段是對滕王表示祝福，希望能追隨滕王，表示要到京城拜見他。

【注　釋】❶金門細管　用金門山出產的竹子做成的律管（一種用來測候季節變化的竹管）。❷未動春灰　春天尚未到來的意思。古代候氣之法，用葭孚灰填在律管內，某一氣節至，相應律管內的灰就會自行飛出。❸石壁輕雷　山岩間有輕雷震響，說明陽氣發動，春天將至。❹尚藏冬蟄　說明冬天尚未過去。冬蟄，尚處冬眠中的昆蟲。❺與時納豫　隨季節變化，接納《周易．豫卦》顯示的卦象。《周易》：「豫，利建侯行師。」意思是〈豫〉是吉卦，對於建侯出兵均有利。《易傳．豫卦》：「〈彖〉曰：『豫，剛應而志行，順以動，豫。』」「天地以順動，故日月不過，而四時不忒。聖人以順動，則刑法清而民服。」大概的意思是，〈豫卦〉顯示的卦象表明，只要順應變化而動，則萬事自然順暢。❻南陽寶雉四句　這四句皆用有關南陽的典故，這是因為宇文逌以荊州新野郡邑為滕封地。荊州新野，古屬南陽。南陽寶雉，雄雉之神。《史記．封禪書》載，秦文公於陳倉北阪城立廟祭之。其神或終年不來，或一年數來，來時常在夜間，光輝若流星，啼聲響亮，稱為陳寶。酈縣菊泉，《藝文類聚》卷八十一引《風俗通》佚文載，南陽酈縣有甘谷，谷水甘美。山上有菊，水從山上流下，得其滋液。谷中人悉飲此水，皆得長壽。差，頗。❼伏遲至鄴可期二句　意謂盼望到京城追隨滕王。遲，等待。鄴，曹操為魏王時的都城，在今河北臨漳西南。曹丕當年曾在鄴下團聚了一批文人。這是把滕王比作曹丕。從梁，追隨西漢梁孝王。梁孝王愛好文學，鄒陽、枚乘、司馬相如等文人皆從之遊。這是把滕王比作梁孝王。❽同杞子之盟會二句　意謂要到京城來拜見滕王。《春秋》、《左傳》中曾有多次杞子（侯）來朝、來盟的記載。這裡是把自己比作杞子。瞻仰風塵，望塵的意思，表示對人的敬仰。風塵，原指車行揚起的塵土，這裡是指代滕王。❾共薛侯而來朝二句　意謂自己必當在京城迎接滕王等貴戚。《左傳．隱公十一年》：「滕侯、薛侯來朝，爭長。」這裡以滕侯比滕王。❿魚腸尺素　魚腹中藏著的信函，書信的代稱。《文選》卷二十七〈飲馬長城窟行〉：「客從遠方來，遺我雙鯉魚。呼兒烹鯉魚，中有尺素書。」⓫鳳足數行　指代書信。鳳足，疑當作「雁足」，古人常繫書信於雁足。⓬不盡　言不盡意的意思。

【語　譯】現在竹製的律管裡，春灰還沒有飛動；山岩間雷聲輕響，蟄伏的冬蟲尚未蘇醒。但願閣下，隨順季節變化，接納〈豫卦〉的昭示。南陽神雉足夠可以觀賞，酈縣的菊花泉水頗可延長壽命。我期待著有來鄴城的一天，盼望著追隨梁孝王的日子。就像當年杞子來盟，我定要到京師拜謁尊王；也似當年滕侯與薛侯一起來朝，我必定恭謹地迎接您。魚腹中藏有一尺素帛，雁腿上繫著簡短的信函，寫了這封感謝信，自知還沒有充分地表達我的感激之情。謹啟。

【研　析】這是一篇感謝信，感謝的對象滕王逌既是子山的崇拜者，又是保護者。二人可以說是朋友，但這個朋友又有著身分上的高低之別。現在滕王親自為子山的集子寫了一篇序，子山該如何給這樣一位特殊的朋友寫感謝信呢？

一二兩段中，子山毫不吝嗇地對滕王作了頌揚，先是用一連串比喻來誇讚滕序，接著又對滕王的文才風流、權勢地位作了頌揚。第三段中講了滕序與子山文章的關係。作者用反襯手法，先是把自己貶得很低。說自己免於一死，久已不寫文章了。即使還有一些殘稿，也非佳作，只堪用來覆瓿，也就是說都是一些廢紙。現在身體精神都不好，也早已棄筆不作了。這樣一層一層地加碼，把自己的文章貶得一無是處，但這不是筆墨的重心所在。接下去說，您將我的那些拙文收集起來，還寫了序，在您是揄揚過度，在我是困惑慚愧。又說經過了您的表彰，點石成金，拙文便由腐朽化為神奇了，這樣的恩情是無法回報的。在這一段裡，作者盡其騰挪縱橫之功，把滕王作序編集的作用作了充分的鋪寫，從而也把自己的感激之情盡情表達出來了。結末祝福滕王，表示要親赴京城拜謁滕王。全篇圍繞感謝二字展開收束，神完氣足，一氣呵成。

本篇表達對對方的感謝，不惜作大幅度誇張，在今人看來似乎有些過分。然而要知道此為駢文，駢文表意往往借用典故，誇大其辭自屬難免，在當時並不足怪。駢文受形式制約很強，然而在這篇書信裡，我們看到子山對典故、句式駕馭自如，非常自由地把心中的意思表達了出來，誠為駢文大家。

謝趙王示新詩啟

【題　解】 趙王宇文招愛好文學，學庾信體。他有了新作，就派人送給庾信閱讀。這篇文章便是收到並讀了趙王的詩後，寫給趙王的回覆。文中對趙王的詩歌作了很高的評價，同時也表示了自己要追隨趙王的意願。

某啟：鄭叡至，奉手教累紙，并示新詩。八體六文，足驚毫翰❶；四始六義，實動性靈❷。落落❸詞高，飄飄意遠，文異水而湧泉，筆非秋而垂露。藏之山巖，可使雲霧鬱起；濟之江浦❹，必當蛟龍繞船。首夏清和❺，聖躬❻怡裕❼。琉璃彤管，鵲顧鸞迴；婉轉綠沉，猿驚雁落❽。下風❾傾首❿，以日為年。犍為舍人，實有誠願；碧雞主簿，無由遂心⓫。寂寞荊扉，疏蕪蘭徑，驂駕來梁，未期卜日⓬，遣騎到鄴，希垂枉道⓭。

【注　釋】❶八體六文二句　意謂趙王的字寫得漂亮。八體，秦廢除六國文字後，確定的八種字體，即大篆、小篆、刻符、蟲書、摹印、署書、殳書、隸屬。六文，王莽時改定的六種字體，即古文、奇字、篆書、佐書、繆篆、鳥書。❷四始六義二句　意謂趙王的詩歌抒發心靈，打動人心。四始六義，在這裡就是指詩歌。四始，有兩種說法。鄭玄認為，《詩經》中〈風〉、〈小雅〉、〈大雅〉、〈頌〉四者是王道興衰之所由始，故稱。司馬遷認為，〈關雎〉是〈風〉之始，〈鹿鳴〉是〈小雅〉之始，〈文王〉為〈大雅〉之始，〈清廟〉是〈頌〉之始。❸落落　高超不凡。❹濟之江浦　放在江面上。濟，渡過。江浦，江河。❺首夏清和　首夏，初夏，農曆四月。清和，天氣清明暖和，也可作農曆四月的別稱。❻聖躬　君王的身體，這裡是指趙王。❼怡裕　高興和從容。❽琉璃彤管四句　意謂趙王的詩歌有很強的感染力，以至鵾鸞猿雁都受到打動。琉璃彤管，猶言五色彩筆，這裡是指趙王的詩。琉璃，一種有色半透明的玉石。彤管，筆的美稱。綠沉，綠色的弓弩。猿驚雁落，意謂不用注箭，只用虛弓發射就能把猿和大雁給打下來。參見〈從駕觀講武〉注⓬。❾下風　謙詞，說自己處在下位，是在風向的下方。這裡指代自己。❿傾首　仰頭，表示敬仰的意思。⓫犍為舍人四句　意謂很想做趙王的屬員，卻沒有如願。犍為舍人，犍為郡守的屬員。犍為，地屬益州的郡。碧雞主簿，碧雞祠的主簿。碧雞，神名，相傳西漢時益州有祭金馬碧雞之神的風俗。北周武帝保定中趙王（當時還是趙國公）出任益州總管。⓬驂駕來梁二句　意謂想要前來拜謁趙王，卻還沒決定日期。驂駕，三馬同駕的車子。中間的馬稱服，兩旁的馬稱驂。梁，西漢梁孝王的封地，在今河南開封一帶。這是把趙王比作梁孝王。期，約定。卜日，占卜所得的日子，古人大事須卜而後行。⓭遣騎到鄴二句　意謂要派人送信給趙王，希望趙王接納。這是用曹丕〈與朝歌令吳質書〉「今遣騎到鄴，故使枉道相過」的句意，而稍加變異。這裡說「到鄴」就是到趙王的轄地來。到鄴，底本作「致鄴」，據別本改。希垂枉道，希望對方開放道路的意思。

【語　譯】某啟：鄭叡來，手捧您的親筆信好幾頁紙，並展示了您新作的詩歌。龍飛鳳舞，您的書法讓人驚歎不已；風雅比興，您的詩歌實能打動人心。高卓不凡的文詞，含蓄悠遠的意蘊，文思不是水流，卻像泉水般湧流；筆墨無關秋天，詩意卻像垂滴的秋露。把您的詩收藏在山岩之間，將會使濃雲密霧籠罩；安放到江面上，定會讓蛟龍圍繞大船。四月的天氣清明和暖，大王的心情愉悅寬和。五色彩筆，讓鵲鳥鸞鳳流連忘返；秀美的綠色弓弩，使猿猴大雁應聲落下。下官仰首期盼，度日如年。做犍為舍人，實出於我的誠心；任碧雞主簿，卻沒有實現的可能。靜靜的柴門，荒蕪的小路，想要駕車前來拜訪，卻還沒確定日子。所以就派人前來送信，期盼您給予進見之路。

【研　析】文章先是用誇張的語言盛讚趙王的詩歌，這既是禮儀的需要，在很大程度上又是駢文特性的體現。駢文使事用典，駢四儷六，語氣誇張，形式上的要求往往成為寫作中很大的制約因素。繼則表示作者的仰慕之意，說是願為隨從而不可得，遺憾之至。全文氣勢充沛，句式整飭而靈活，連用四言，間雜六言，一氣貫注，正所謂「斂轍入規，促其音節，辨要輕清，文而不侈」（《文心雕龍・奏啟》），是一篇駢體佳作。

趙國公集序

【題解】這是為趙國公集子所寫的序，無非是稱讚作者的文才風流，誇讚他的文章，內容很單薄，顯見得是一篇應酬之作。即便如此，文章還是寫得氣勢充沛，對典故驅遣自如，句式調配靈活，可以見出作者的駢文功力。趙國公，宇文招，字豆盧突。好屬文，學庾信體。拜太師，封趙王。後為楊堅所殺。

竊聞平陽擊石❶，山谷為之調❷；大禹吹筠❸，風雲為之動。與夫含吐性靈，抑揚詞氣，曲變〈陽春〉❹，光迴白日，豈得同年而語❺哉？

【章旨】本段以舜禹為比，讚趙國公寫的詩不同凡響。

【注釋】❶平陽擊石　舜擊打石磬以為節奏。平陽，舜的都城，以地在平水之陽（北面），故稱。擊石，語出《尚書・舜典》：「予擊石拊石，百獸率舞。」❷調　和諧；協調。這裡是指迴響。❸筠　竹皮，這裡是指竹製的樂器。❹陽春　古代的一種高雅樂曲。❺同年而語　猶言相提並論。

【語譯】我聽說大舜在平陽擊打石磬，山谷因此發出迴響；大禹吹奏起竹簫，風雲因此發生變動。這與那些一般地抒發性情，跌宕辭情，奏出〈陽春〉之曲，好似太陽重放光芒的情形，怎麼可以相提並論啊？

柱國趙國公發言為論，下筆成章，逸態❶橫生，新情振起，風雨爭飛，魚龍❷各變。方❸之珪璧❹，塗山之會❺萬重；譬以雲霞，赤城❻之巖千丈。文參曆象❼，即入〈天官〉之書❽；韻涉絲桐❾，咸歸總章之觀❿。論其壯也，則鵬起半天⓫；語其細也，則鷦巢蚊睫⓬。豈直熊熊⓭旦⓮上，增城⓯抱⓰日月之光；欿欿⓱宵飛，南斗觸蛟龍之氣⓲。

【章旨】本段正面讚美趙國公的作品。

【注釋】❶逸態　放逸不羈的風格。❷魚龍　古代的魔術表演。這裡是說趙國公的文章才氣縱橫，變化多端。❸方　比。❹珪璧　古代諸侯朝會時所用的玉器。❺塗山之會　《左傳・哀公七年》：「禹合（召集）諸侯於塗山，執玉帛者萬國。」塗山，在今安徽懷遠東南。❻赤城　山名，在今浙江天台北，為天台山南門。因土色皆赤，狀似雲霞，望之似城牆得名。❼文參曆象　文章的效應上達天象。參，參與；加入。曆象，天文星象。❽天官之書　指《史記・天官書》，專記天文星象的變化。❾絲桐　琴的別名，古代多用桐木製琴，練絲為絃。❿總章之觀　這裡是指主管音樂的機構。⓫鵬起半天　大鵬沖天而起的意思。《莊子・逍遙遊》：「鵬之徙於南冥也，水擊三千里，摶扶搖而上者九萬里，去以六月息者也。」⓬鷦巢蚊睫　焦螟在蚊子的眼睫毛上做巢。《列子・湯問》：「江浦之間生麼蟲，其名曰焦螟，群飛而集於蚊睫，弗相觸也。棲宿去來，蚊弗覺也。」鷦，倪璠疑作「焦」，就是焦螟，一種小蟲。⓭熊熊　光氣盛大貌。⓮旦　天天。⓯增城　神話中昆侖山上的層迭之城。⓰抱　環繞。⓱燄燄　火苗飛動貌。⓲南斗觸蛟龍之氣　劍氣上沖斗宿。南牛，星宿名，即斗宿。《晉書・張華傳》載，張華發現斗牛之間常有紫氣，雷煥認為這是寶劍之精上徹於天，劍在豫章豐城。於是便到豐城監獄發掘，入地四丈，得一石函，中有雙劍，一曰龍泉，一曰太阿。便將一劍贈張華，一劍自佩。張、雷死後，雙劍不知去向。

【語　譯】杜國趙國公開口說話就是有條有理的議論，握筆作文就是一篇華美的篇章。真是放逸的姿態縱橫交錯，新鮮的情思陡然興起，好像風雨交加，彷彿幻象瞬變。如果用玉器來比，那就是塗山之會上萬層珪璧；如果用雲霞來喻，那就是赤城巖上的千丈彩霞。您的文章影響到天象的運行，可以記錄在〈天官書〉中；樂曲的聲韻借琴聲傳出，都歸總章觀掌管。若論風格的雄壯，就像大鵬突起半天；若論風格的細膩，就像焦螟在蚊睫上做巢。這豈止是光氣盛大，好像增城環繞著日月的光芒；火苗夜飛，猶如寶劍之氣與斗星的光芒相交。

昔者屈原、宋玉，始於哀怨之深；蘇武❶、李陵❷，生於別離之世。自魏建安之末，晉太康以來，雕蟲篆刻❸，其體三變❹。人人自謂握靈蛇之珠，抱荊山之玉矣❺。公斟酌〈雅〉〈頌〉，諧和律呂。若使言乖❻

節目❼，則曲臺❽不顧；聲止操縵❾，則成均❿無取。遂得棟梁文囿，冠冕詞林⓫，〈大雅〉扶輪⓬，小山⓭承蓋⓮。

【章　旨】這是讚美趙國公的詞章出類拔萃，稱讚他是文壇棟梁，詞林冠冕。

【注　釋】❶蘇武　字子卿，西漢人，出使匈奴，被留十九年，回國後，拜典屬國。❷李陵　字少卿，西漢軍事家，浚稽山之役戰敗降匈奴，在匈奴二十餘年卒。《文選》中收錄李陵〈與蘇武詩三首〉、蘇武〈詩四首〉。後人多以為出於偽託，實為漢末作品。❸雕蟲篆刻　本指秦代書體中蟲書和刻符二種字體，這裡是指辭章的寫作。❹其體三變　是說文學寫作的風格發生了三次變化。《宋書・謝靈運傳論》中說：「自漢至魏，四百餘年，辭人才子，文體三變。」本文中的三變可能只是借用的說法，多變的意思。❺人人自謂握靈蛇之珠二句　典出《文選》卷四十二曹植〈與楊德祖書〉：「當此之時，人人自謂握靈蛇之珠，家家自謂抱荊山之玉。」靈蛇之珠，即隋侯之珠。《淮南子・覽冥訓》高誘注曰，隋侯見大蛇傷斷，以藥敷之。後大蛇於江中銜一大珠來答謝隋侯。荊山之玉，即和氏之璧。《韓非子・和氏》載，楚人卞和得玉璞於楚山中，奉獻於王，先被認為是欺誑。後文王使人治其璞而得寶。❻乖　違背；背離。❼節目　這裡是指準則。❽曲臺　秦漢宮殿名，漢時作天子射宮，又立署，置太常博士弟子。故自漢以來，有關禮制的著作，常以曲臺為名。❾操縵　調琴。❿成均　古代的最高學府。⓫遂得棟梁文囿二句　意謂趙國公是文壇的支柱和詞界的領袖。⓬扶輪　扶翼車輪，在旁擁進。⓭小山　西漢淮南王劉安的門客，有〈招隱士〉詩。⓮承蓋　張開車蓋。

【語　譯】從前屈原、宋玉，他們的詩歌產生於深刻的哀怨；蘇武、李陵，生活在生離死別的時代。自從曹魏建安末年，西晉太康以來，文學寫作，風格三變，人人都自以為手中握有靈蛇的寶珠，各各都覺得自己懷抱著楚山的寶玉。趙國公取捨〈雅〉、〈頌〉，協調音律。如果說的話真的背離了準則，那麼曲臺就不可能看得上；假如演奏只會調絃，那麼成均也不會採錄。所以您才會成為文壇的棟梁，詞界的領袖，〈大雅〉為您推車輪，小山為您張車蓋。

【研析】駢文的一個特點是，有時即使沒有什麼充實的內容，只要調度安排得法，有時也能給人很有氣勢的感覺。這篇文章就是如此。從內容看，本文要說的只是趙國公文才高，文章好這一個意思。沒有什麼具體的內容，但作者的巧妙在於，他連綴了一連串的典故，拋出了一個又一個的比喻，來誇讚趙國公。又輔之以駢體句式，很能產生氣勢磅礡的感覺。這是一篇應酬之作，作者也許有不得已的苦衷。

為梁上黃侯世子與婦書

【題　解】這是代人擬寫的寄婦書。作者在信中表達了夫婦離別，天各一方的愁怨悲淒。新婚的溫馨甜蜜和今日的兩地相思互為映襯，更增強了文章的抒情力量。梁上黃侯世子蕭慤，北齊天保年間入北齊，夫婦分離可能因此造成。蕭慤善詩，曾有〈秋詩〉云：「芙蓉露下落，楊柳月中疏。」為顏之推激賞。世子，長子。

昔仙人導引，尚刻三秋❶；神女將梳，猶期九日❷。未有龍飛劍匣，鶴別琴臺，莫不銜怨而心悲，聞猿而下淚❸。人非新市，何處尋家❹？別異邯鄲，那應知路❺？想鏡中看影，當不含啼；欄外將花，居然俱笑❻。分杯❼帳裡，卻扇❽牀前。故是不思，何時能憶❾？當學海神，逐潮風而來往；勿如織女，待填河而相見❿。

【注　釋】❶昔仙人導引二句　意謂仙人導引求長生，雖然時間很長，猶有一定期限。導引，古代的一種養生術，主要通過呼吸俯仰、屈伸手足的方法求得延年益壽。刻，限定。三秋，三年。❷神女將梳二句　意謂神女將要遠行，還以九月九日為相見之期。《搜神記》卷一載，神女成公知瓊下嫁弦超，後因事泄離去。五年後，夫妻重逢，至洛陽，共同生活，但不天天往來。只於每年三月三日、五月五日、七月七日、九月九日、旦、十五日，才夫婦相見，住一夜就離去。梳，倪璠疑作「疏」。❸未有龍飛劍匣四句　這四句都是比喻夫婦離別的悲傷。未有龍飛劍匣二句，從未有像龍飛劍匣，鶴別琴臺那樣一去不返。龍飛劍匣，《拾遺記》卷十載，雷煥在豐城掘得寶劍干將、莫邪後，與張華各得其一。張華被害後，劍失所在。雷煥兒子佩戴一把，在經過延平津時，劍突然離開主人，飛入水中。鶴別琴臺，傳說商陵牧子娶妻五年無子，父母想要替他另娶。他的妻子半夜起來啼哭，牧子就用琴鼓應和著唱出了一首歌，叫〈別鶴操〉。琴臺，有多處，今四川成都有琴臺，相傳是司馬相如彈琴處。聞猿而下淚，語出《水經注》卷三十四，記三峽風光，「每至晴初霜旦，林寒澗肅，常有高猿長嘯，屬引淒異，空谷傳響，哀轉久絕。故漁者歌曰：『巴東三峽巫峽長，猿鳴三聲淚沾裳。』」❹人非新市二句　意謂今日所居乃一陌生之地，找不到往日你我共居之家。語出樂府詩相和歌辭〈長安有狹斜行〉：「長安有狹斜，狹斜不容車。適逢兩少年，挾轂問君家。君家新市傍，易知復難忘。」新市，大都市中繁華的所在，非指具體地名，這裡是說主人舊日所居「易知復難忘」的地方。❺別異邯鄲二句　意謂不同於漢文帝、慎夫人之能辨識路徑，自己不知道回家該怎麼走。別異邯鄲，《史記・張釋之列傳》載，有一次漢文帝到霸陵，指著前面的路對慎夫人說，這是通向邯鄲的路啊。❻欄外將花二句　意謂和欄外的花一起笑。將，共；和。居然，安然。❼分杯　用法術將一杯酒一分為二，實際是同喝一杯酒的意思。傳說左慈能分杯飲酒。曹操知道後，請左慈演示給他看。左慈就用髮簪把杯子劃開來，喝完一半，另一半還是滿的（《太平御覽》卷六八八引《神仙傳》）。❽卻扇　新娘用扇子遮住臉，這是古代結婚時習俗。❾何時能憶　猶言還能回憶什麼呢？時，語氣詞。曹丕〈與朝歌令吳質書〉：「每一念至，何時可言。」句法、意義相同。❿勿如織女二句　《淵鑒類函》卷五引《淮南子》曰，烏鵲填河而渡織女。民間傳說，牛郎織女受到王母干預，被天河隔開，不得相見。只有到了每年七月七日，才被允許在鵲橋相會。

【語　譯】從前仙人導引養生，也只有三年之期；神女將要離別遠去，還約定九月九日相見。從未有像寶劍出匣化為蛟龍而去，白鶴悲鳴辭別琴臺不來。無不讓人滿含怨恨而傷心，聽聞猿聲就掉淚。不是居住在熟悉的地方，到哪裡去尋找舊日的家？不像漢文帝那樣熟悉道路，怎麼認得清回家的路徑？我猜想你以鏡自照，一定沒有哭哭啼啼；在欄干外欣賞園花，必定和花一起開顏歡笑。在帳子裡同喝一杯酒，在眠牀前用扇遮住臉。如果這些情景不去回憶的話，那又能回憶些什麼？應該學習海神，隨著潮水大風來來往往；不要像那織女，要等到填沒了河流夫婦才得以相見。

【研　析】代人擬寫寄婦書，作者需要作角色的轉換，調動自己的人生積累來想像和對方的關係。像這樣的作品，在六朝文壇中並不鮮見。不能認為這真的是在為人代寫家信，更大的可能是，作者對這類題材有興趣，便用代言的方式來寫一篇文章。這篇文章主要用反襯的手法，將新婚的甜蜜和離別的痛苦交織起來，用來突出對愛人的思念。全文氣韻流動，四言為主，累如貫珠，間用五、六言，又於整飭中顯出變化。文無首尾，當係從他書中輯出之殘篇。

終南山義谷銘并序

【題解】開鑿山路是一項造福於民的大工程，現在竣工了，庾信便寫了這篇銘文并序。序與銘文通過對終南山地理位置的描述，顯示了開鑿義谷的意義，也借此歌頌了晉國公的功業。終南山，秦嶺山峰之一，在陝西西安南，又稱南山、中南山、周南山等。

周保定二年，歲次壬午，七月己巳朔，大冢宰、晉國公❶命鑿石關之谷❷，下南山之材。維公匡濟❸彝倫❹，弘敷庶績❺，燮理❻餘暇，披閱山經❼。以為終南、敦物❽，日月虧蔽❾，杶幹栝柏，椅桐梓漆❿，年代蘊積，於何不有？乃謀山澤之官⓫，兼引衡虞之匠⓬。東出藍田⓭，則控灞乘滻⓮；西連子午⓯，則據涇浮渭⓰。派別八溪，流分九谷⓱。銅梁四柱，石關雙啟⓲。青綺春門⓳，溝渠交映。綠槐秋市⓴，舟檝相通。蓄之則為屯雲㉑，泄之則為行雨。青牛文梓，白鶴貞松，運以置宮，崇斯雲屋㉒。千櫨㉓抗㉔殿，龍首㉕干雲。萬頃疏苗，蟬鳴再熟。川后㉖讓德㉗，山靈景從㉘。豈如運石甘泉，纔通櫟陽之殿；穿渠穀水，直繞金墉之城㉙。將事未勞㉚，為功實重，國富人殷，方傳千載。因功立事，敢勒山阿㉛。銘曰：

【章旨】這是銘文之序，講了開鑿終南山路的緣起和意義，讚美了主持其事的晉國公的功績。

【注釋】❶晉國公　宇文護，字薩保，北周權臣，擁立孝閔帝，建北周。任大冢宰，封晉國公。專權驕恣，多行廢立，後為周武帝所殺。❷鑿石關之谷　開通山路的意思。❸匡濟　助成。❹彝倫　天地人的正道。❺庶績　事功；業績。❻燮理　協調治理，這裡是指處理公務。❼山經　記載山脈的地理書籍。❽敦物　山名，在今山西武功東。❾虧蔽　半遮半掩。❿杶幹栝柏二句　八種樹木名。⓫山澤之官　虞人，管理山林的官員。⓬衡虞之匠　山林官吏手下的工匠。衡虞，山虞林衡之官，也就是掌管山林川澤的官。⓭藍田　縣名，治所在今陝西藍田灞河西岸。⓮控灞乘滻　灞，即今渭河支流灞河，源出終南山金谷，東經臨潼，流入渭河。滻，即今灞河支流滻河，源出藍田，北流入灞河。控、乘，本是駕馭馬的意思，這裡有掌控的含義。因為二水源出終南山，所以如此說。⓯子午　古道路名，從關中直接向南通向漢中的通道，中間要經過終南山。⓰據涇浮渭　意謂終南山與涇渭二水相通。涇、渭，兩條河流名，開始分流，後由涇水流入渭河，東流入海。⓱派別八溪二句　派，支流。八溪、九谷，語本張衡〈東京賦〉：「濯龍芳林，九谷八溪。」泛指眾多支流。⓲銅梁四柱二句　意謂終南山上石梁橫亙，石柱挺立，關門也被打通了。銅梁，山名，在今重慶市合川區南，山頂有石梁橫亙，其色如銅，這裡只是借用字面的意思。⓳青綺春門　長安城門。⓴綠槐秋市　即槐市，漢代長安市場名，因其地多種槐樹，故名。㉑屯雲　積聚的雲層。㉒青牛文梓四句　意謂運送山上的梓樹、松樹來建造宮殿高樓。青牛文梓，指老梓樹。青牛，舊說萬歲樹精化為青牛。《列異傳》載，秦文公伐梓樹，梓樹化為牛，逃入水中不出（《藝文類聚》卷九四）。文梓，有斑紋的梓樹。白鶴貞松，千年老松的意思。白鶴長壽，和松樹相配，突出年長的意思。貞，堅定挺拔。置宮，構造宮室。崇，這裡是擴大、造高的意思。㉓櫨　斗拱。㉔抗　抬高。㉕龍首　古山名，在今陝西西安舊城北，漢築長安城於山北坡。㉖川后　水神名。㉗讓德　謙讓、順從的意思。㉘景從　如影隨人，緊隨的意思。景，通「影」。㉙豈如運石甘泉四句　開鑿終南山谷工程的偉大，不是當年秦獻公建造宮殿，魏明帝穿渠穀水所可比擬的。豈如，哪像。甘泉，山名，在今陝西淳化西北，秦漢甘泉宮即建於此山上。櫟陽，在今陝西臨潼東北，戰國時秦獻公以此地為都。穀水，今河南澠池南澠水及其下游澗水，東流至洛陽市西注入洛河。金墉之城，三國魏明帝時築，為當時洛陽城（今河南洛陽東）西北角上小城。魏晉時被廢帝后都被安置於此。㉚將事未勞　這是讚美晉國公能力強，主持如此大的工程，卻舉重若輕。將事，辦事；做事。㉛山阿　山曲。

【語譯】大周保定二年，歲在壬午，七月己巳朔，大冢宰、晉國公下令開鑿終南山谷之路，把山上木材運送下來。晉國公助成天人大道，廣布事功業績，治理國事之餘，開卷閱覽山經。認為終南、敦物二山，把日月擋住，杶幹栝柏，椅桐梓漆等樹木，積年累代，終南山中什麼樣的樹木沒有？於是便和山林官員商量，同時招來山林工匠。東面從藍田出來，可以掌控灞滻二水；西面接通子午道，可以據有涇渭二河。支脈分出八條，旁流分出九支。石梁橫亙，四柱挺立，石關大門，雙雙打開。青綺門邊，水溝管道交錯；槐樹市旁，水面船隻往來。積聚儲存就成為凝集的濃雲，放散流瀉就成為天降的大雨。萬年梓樹，千年老松，運送過來建造宮殿，擴建高樓。無數斗拱抬高了宮殿，龍首山峰直插到雲天。萬頃良田中疏落的禾苗在蟬鳴聲中再熟。水神謙讓，山神跟從。哪裡像秦獻公從甘泉山運石頭，只能通到櫟陽宮；魏明帝引穀水入管道，直接環繞金墉城。辦事雖不算太辛勞，功用卻實在很重要，國家百姓富足，功業千年流傳。根據功業宣揚事蹟，敬在山石鐫刻銘文。銘文曰：

寥廓上浮，崢嶸下鎮❶。壁立千丈，峰橫萬仞。桂月❷危❸懸，風泉❹虛❺韻。乘輿嶺阪，舉插❻雲根❼。八溪分注，九谷通源。北涵桐井，南浮石門❽。模象〈大壯〉❾，規繩百堵❿。膠葛⓫九成⓬，徘徊千柱。桂棟凌波，柏梁乘雨⓭。疏⓮川奠⓯谷，落實摧柯⓰。事均刊木，功侔鑿河⓱。

【章　旨】這段是銘文，是說終南山的高峻、位置的險要、建築的宏偉，也讚美了晉國公的功績。

【注　釋】❶寥廓上浮二句　意謂高可入雲，下臨無地。語出《楚辭・遠遊》：「下崢嶸而無地兮，上寥廓而無天。」寥廓，天空高遠貌。崢嶸，深不可測貌。❷桂月　月亮的別名，因神話傳說月中有桂樹，故稱。❸危　高。❹風泉　風聲和泉水聲的交響。❺虛　這裡是空中的意思。❻插　鐵鍬。❼雲根　高山上白雲濃郁處。❽北涵桐井二句　意謂終南山北連桐井，南通石門。涵，包容；包含。桐井，疑是地名。石門，地名，在今河南滎陽北。❾模象大壯　意謂山上的宮殿建造得高大雄偉。模象，取法。大壯，《周易》中卦名，《易傳・象》的解釋是：「〈大壯〉，大者壯也。剛以動，故壯。」❿規繩百堵　意謂統一規劃，建造了很多宮室。規繩，制定標準。百堵，語出《詩經・小雅・鴻鴈》：「之子于垣，百堵皆作。」堵，牆壁，這裡指代房屋。⓫膠葛　高遠貌。⓬九成　九層；高聳貌。⓭桂棟凌波二句　意謂山上宮殿高聳入雲，好像凌駕於雲雨之上。桂棟，用桂木做的棟梁。凌波，在水面之上的意思。柏梁，以柏木為屋梁。乘雨，施雨；降雨。乘，在……之上。⓮疏　疏通。⓯奠　定；打造成。⓰柯　樹的枝莖。⓱事均刊木二句　意謂宇文護開鑿終南山義谷的功業可同大禹敷土治水的事業相提並論。刊木，砍削樹木，這裡是指代大禹治理山川的事業。《尚書・禹貢》：「禹敷土，隨山刊木，奠高山大川。」是說禹治理九州大地，順著山勢，砍削樹木，開通道路，以高山大河作為疆界。鑿河，疏通河流。語出《尚書・禹貢》：「導河積石，至于龍門。」是說禹從積石山開鑿河道，疏通河流，將黃河水引到龍門山。

【語　譯】漂浮在高遠飄渺的雲端，穩紮在深不可測的大地。石壁聳立千丈，險峰橫亙萬仞。月亮高高地掛在天空，風聲泉聲在空中交響。乘車行進在山路上，鐵鍬揮動在雲霧中。八條溪流由此分流，九道谷水通向源頭。北面包容桐井，南面浮動石門。取法〈大壯卦〉的宏大壯麗，規範無數宮室的體制規模。雲端裡有層樓高聳，漫步在宮殿的千柱之間。桂棟殿凌駕雲海，柏梁臺高居雨層。疏通河流打通山谷，落下果實砍削樹枝。事業等同於大禹伐樹通路，功績相當於大禹疏通河流。

【研　析】古人刻石勒銘，表彰功德。這篇銘文并序，也是意在讚頌晉國公開鑿終南山谷的業績。序文先述鑿谷的緣由，繼則敘述終南山的地理位置，特別強調鑿通山路之後出現的面貌。雖沒有直接誇讚晉國公，卻是對他最好的頌讚。文章鋪張揚厲，寫得頗有氣勢。銘文從內容論可以看做是序文的濃縮，但更精煉，富有詩意。「桂棟凌波，柏梁乘雨」二句想像奇妙。

溫湯碑

【題解】這篇碑文對溫泉的特性、功效作了描寫，並把溫泉的出現與忠孝人倫聯繫起來，高度誇讚了溫泉的地位。王褒也有〈溫湯碑〉。其銘文曰：「挺此溫谷，驪岳之陰。」「華清駐老，飛流瑩心。」可知，此溫泉在今陝西驪山之北，與唐代之華清池當為一池。又子山於北周武帝保定三年至保定四年間（西元五六三－五六四年）曾任弘農郡守。弘農治所在今河南靈寶北，地近驪山。則此篇的作年，當在子山任職弘農郡守期間。

咸池浴日❶，先應綠甲之圖❷；砥柱浮天，始受玄夷之命❸。仁則滌蕩埃氛，義則激揚清濁❹，勇則負山餘力❺，弱則鴻毛不勝❻。仲春則榆莢同流❼，三月則桃花共下❽。其色變者，流為五雲之漿❾；其味美者，結為三危之露❿。煙青於銅浦⓫，色白於鉛溪⓬。非神鼎⓭而長沸，異龍池⓮而獨湧。洒胃湔腸⓯，輿羸起瘠⓰。秦皇餘石，仍為雁齒之階⓱；漢武舊陶，即用魚鱗之瓦⓲。山間湧水，實表忠誠；室內江流，彌彰純孝⑲。豈獨⑳醴泉消疾㉑，聞乎建武之朝；神水蠲痾，在乎咸康之世㉒？嵩岳三仙之館，不孤擅於天池；華陰百丈之泉，豈獨高於蓮井㉓。

【注釋】❶咸池浴日　這是用來比喻溫泉，太陽洗浴之池，水溫必高。咸池，神話中太陽洗浴的天池。❷綠甲之圖　河圖。舊說堯時有龍馬（傳說中龍頭馬身的神獸）從黃河中銜甲圖而出，圖是赤色文字綠色底板，狀如龜甲，故稱。❸砥柱二句　《吳越春秋·越王無餘外傳》載，大禹東巡，登衡山，夢見赤繡衣男子，自稱玄夷蒼水使者。受其指點，大禹得金簡玉字之書。砥柱，山名，即三門山，原在今河南三門峽市東北黃河中，因修三門峽水庫，山已不見。❹激揚清濁　激濁揚清，遏制惡行，表彰善行。激，阻遏。❺負山餘力　輕鬆地背負大山。《交州記》載，海中有浮石山高可數十丈，浮在水面上。❻弱則鴻毛不勝　傳說昆侖山下有弱水，水無浮力，即使一根羽毛都承載不動。❼榆莢同流　這裡是指陽春三月。《藝文類聚》卷八十八引《春秋元命苞》曰：「三月榆莢落。」榆莢，榆樹的果實。❽桃花共下　農曆二三月時，桃花盛開，冰化雪融，河水猛漲，俗稱桃花水。❾五雲之漿　五色雲彩化成的仙藥。《漢武帝內傳》說食之可以百日飛升（《藝文類聚》卷八一）。❿三危之露　傳說中在三危山上的露水，被認為是世上最好的露水。三危，神話中的仙山（《山海經》卷二〈西山經〉）。⓫銅浦　有銅礦的水濱。⓬鉛溪　富含鉛之溪流。⓭神鼎　指禹鑄造的九鼎，據王嘉《拾遺記》卷二，當夏桀之世，鼎水忽然沸騰。⓮龍池　語出左思〈蜀都賦〉：「龍池浩瀑漬其隈。」在今四川宜賓西南。⓯洒胃湔腸　將腸胃洗乾淨。洒、湔，都是洗的意思。⓰興羸起瘠　使瘦弱有病的人變得強壯起來。⓱秦皇餘石二句　意謂石階是用秦始皇造驪山墓多出來的石頭做成的。秦皇餘石，秦始皇造驪山墓，因其地無石，要從遠處運來，民怨而歌曰：「運石甘泉口，渭水不敢流。千人唱，萬人謳。今陵下餘石大如堰。」仍，乃；於是。雁齒之階，排列得像雁行那樣整齊的臺階。⓲漢武舊陶二句意謂屋面上的瓦片用的是漢武帝時代的產品。漢武舊陶，漢武帝時製作的舊陶片。魚鱗之瓦，屋頂上的瓦砌得像魚鱗般齊整。⑲山間湧水四句　意謂溫泉的湧流是由於人的忠孝之心所感而致。室內江流，因溫泉在室內，所以如此說。江流，這裡就是指溫泉。⑳豈獨　底本作「豈若」，據《初學記》卷七〈地部下〉改。㉑醴泉消疾　《後漢書・光武帝紀下》載，東漢光武帝建武中元元年，京城有醴泉湧出，飲用者除了盲人和跛者外都痼疾全消。㉒神水蠲疴二句　《三秦記》載，驪山溫泉必須以三牲祭祀才可進入，洗浴可以消除疾病。傳說秦始皇與神女遊，違背了神女的意願。神女唾之，始皇生瘡。始皇謝罪後，神女才用溫泉水洗掉了瘡。蠲疴，消除疾病。咸康，疑是「咸陽」之誤。㉓嵩岳三仙之館四句　意謂自從有了溫湯，嵩岳的三仙之館和華山的百丈山泉就不能算是獨一無二的了。嵩岳，中岳嵩山，在今河南登封北。三仙之館，出處不詳。孤擅，獨自擁有的專長。天池，疑指山上的水池。華陰，西岳華山的北面。蓮井，華山有蓮花峰，由山頂俯視，群峰壁立，其狀如井，故稱。

【語譯】太陽在咸池洗澡，先應驗了赤字綠底的河圖；天柱直插雲天，禹才接受了玄夷使者的天命。仁表現為清除塵埃，義體現在揚善懲惡，勇就是背負大山綽有餘力，弱則是連一根鴻毛都承載不起。仲春時節榆莢紛紛流入泉水，陽春三月桃花一起飄入溫泉。論顏色之變，則是五色雲彩化成的漿水；論味道之美，則是三危山上凝結成的白露。水煙要比銅浦更青，顏色要比鉛溪更白。不是神鼎卻常年沸騰，不是龍池卻湧流不息。洗乾淨了腸胃，使瘦弱變得強壯。用秦始皇多餘的石頭，砌成雁行般的臺階；用漢武帝時的陶片，排成魚鱗狀的屋瓦。山間湧出泉水，實在是表達忠誠；室內溫泉流動，特別要彰顯孝心。像醴泉消除疾病這樣的事情，怎麼會只聽說出於建武年間；像神水除病這樣的奇蹟，哪裡會只發生在咸康的年代？嵩山上的三仙之館，從此不會再因獨擁天池而驕傲得意；華山北面的百丈山泉，難道還會因有蓮花峰而號稱最高。

【研　析】這篇文章用誇張的手法，從不同角度來讚美溫泉。大致可分三層。首先是說溫泉不凡的來歷和兼具的四種特性；接著對溫泉作正面直接的描寫。交代了這樣一些特點：它的色、味、溫度，以及對人身體的治療作用；最後一層是用反襯手法烘托出溫泉的價值。「秦皇餘石」四句，不過是環境描寫，卻穿越時空，將不同時代的符號交織在一起，讓讀者產生一種奇妙的聯想。《紅樓夢》第五回，寫秦可卿的居室，「案上設著武則天當日鏡室中設的寶鏡，一邊擺著飛燕立著舞過的金盤，盤內盛著安祿山擲過傷了太真乳的木瓜。上面設著壽昌公主於含章殿下臥的榻，懸的是同昌公主製的聯珠帳。」也是用的同樣的寫法。這大約也是來源於駢文和賦。

周大將軍懷德公吳明徹墓誌銘

【題　解】這篇墓誌銘歷述了死者的生平、功績，對他戰敗入周的經歷作了含蓄的交代，對他降周的遭遇、處境和客死他鄉的結局寄寓了深切的同情。抒情氣息比較濃烈。吳明徹，陳朝將領，任司空，都督南兗州刺史。封南平郡公。後在與北周的戰鬥中，兵敗降周。周封他為懷德公，位大將軍。這個大將軍只是一個空的名號，並無實權。

公諱明徹，字通昭，兗州秦郡人也。西都❶列國，長沙王❷功被山河；東京❸貴臣，大司馬❹名高霄漢。豈直西河有守❺，智足抗秦；建平有城，威能動晉而已也❻。祖尚，南譙太守。父標❼，右軍將軍。抗拒淮、沂❽，平夷濟、滲❾，代為名將，見於斯矣。

【章　旨】本段敘明徹家世。

【注　釋】❶西都　西漢國都長安，因在洛陽之西，故稱。這裡指代西漢。❷長沙王　秦鄱陽令吳芮，在秦末大亂中舉兵，西漢立國時被封為長沙王。❸東京　東漢國都洛陽，因在長安之東，故稱。這裡指代東漢。❹大

司馬　東漢吳漢，西漢末追隨劉秀，位至大司馬，封廣平侯。❺西河有守　戰國衛人吳起，曾任魏西河守。西河，戰國魏郡。❻建平有城二句　疑指三國吳建平太守吾彥。《晉書・王濬傳》載，晉謀伐吳，王濬在蜀造船，木柹（削下的木片）蔽江而下，引起吾彥警覺，他向孫皓建議，晉有攻吳之計，宜增建平兵。建平不下，晉終不敢渡。吾彥，一本作「吳彥」，子山所讀恐已作「吳」。❼標　《陳書》、《南史》均作「樹」。❽淮沂　今淮河、沂河。❾濟滲　疑作「濟漯」。《尚書・禹貢》：「浮于濟、漯，達于河。」濟，濟水，古「四瀆」之一，源出今河南濟源。漯，漯水，黃河支流。

【語譯】吳公名明徹，字通昭，兗州秦郡人氏。西漢分封，長沙王吳芮的功業籠罩山河；東漢重臣，大司馬吳漢的名聲響徹雲霄。豈止西河之地有太守，吳起的智慧足以抵抗秦國；建平之城安然無恙，吳彥的威力連晉朝也不敢輕視。祖父吳尚，官任南譙太守。父親吳標，身為右軍將軍。守衛淮河、沂河，平靜濟、漯二水。吳家每代都出名將，於此可見啊。

公志氣縱橫，風情❶倜儻。圯橋取履，早見兵書❷；竹林逢猿，偏知劍術❸。故得勇爵❹登朝，材官❺入選。起家❻東宮司直，後除❼左軍。葛瞻始嗣兵戈，仍遭蜀滅；陸機纔論功業，即值吳亡❽。公之仕梁，未為達也。

【章　旨】本段敘明徹仕梁經歷。說他早年以勇武見用，不久梁亡，才華未得施展。

【注　釋】❶風情　懷抱；志趣。❷圯橋取履二句　意謂吳明徹早年熟讀兵書。《史記・留侯世家》載，張良早年嘗步遊下邳圯上，有老父故意踢脫鞋子於橋下，命張良為他拾鞋、穿鞋，張良一一照辦。後老人贈張良《太公兵法》，說讀此書可為王者師。圯橋，圯，本來是橋的意思，後來變成張良和老父相遇的那座橋的專名。❸竹林逢猿二句　意謂吳明徹劍術高超。《吳越春秋・句踐陰謀外傳》載，越有處女善劍術，道遇一老翁，自稱袁公。二人比劍，處女舉杖擊之，袁公騰飛上樹，化為白猿而去。❹勇爵　為招納勇士而設立的爵位。❺材官　由勇武有力者擔任的武職。❻起家　仕歷中最早擔任的官職。❼除　任命。❽葛瞻始嗣兵戈四句　意謂吳明徹剛出任官職，正當謀立功名之年，梁朝卻亡國了，他也沒了施展抱負才能的機會。葛瞻始嗣兵戈二句，諸葛瞻是諸葛亮的兒子，諸葛亮死後，他官至行都護衛將軍，執掌朝政。鄧艾伐蜀，他戰死，蜀國也在此役中滅亡。始嗣兵戈，意思是接替諸葛亮指揮部隊。陸機纔論功業二句，《晉書・陸機傳》載，陸機年二十而吳國滅亡。纔論功業，猶言剛到建功立業的年齡。

【語　譯】吳公志量非凡，抱負遠大。有如張良圯橋取鞋，他早年就熟讀兵法；又似處女在竹林與袁公比劍，他尤其精通劍術。所以他才會以勇爵的地位入朝，憑材官的身分錄用。仕歷從任東宮司直開始，後來做到左軍。就像諸葛瞻才接掌兵權，就遭遇蜀國滅亡；陸機正要建功立業，卻遭逢吳國淪喪。吳公出仕梁朝，實在不算順利啊。

自梁受終，齊卿得政❶，禮樂征伐，咸歸舜後❷。是以威加四海，德教諸侯，蕭索煙雲❸，光華日月。公以明略佐時，雄圖贊❹務，鱗翼更張❺，風飈遂遠。冠軍侯之用兵，未必師古❻；武安君❼之養士，能得人心。擬❽於其倫，公之謂矣。為左衛將軍，尋遷鎮軍、丹陽尹。北軍中候，總政❾六師❿；河南京尹，冠冕百郡，文武是寄，公無愧焉。

【章　旨】本段是說明徹入陳仕歷，讚揚他的文韜武略。

【注　釋】❶齊卿得政　這是指陳霸先代梁立陳。《左傳·莊公二十二年》載，陳國敬仲的後代在齊國任正卿之職，掌握齊國之政，最後通過篡位成為齊國國君。這句是化用《左傳·莊公二十二年》「成子得政」句。❷舜後　指陳氏。舊說陳為舜之後裔。❸蕭索煙雲　祥雲飄流貌。❹贊　輔佐。❺鱗翼更張　如鯤之鼓鱗，鵬之展翅。❻冠軍侯之用兵二句　意謂吳明徹打仗靈活變通，不拘泥兵法。冠軍侯，指西漢軍事家霍去病。《漢書·霍去病傳》載，皇帝曾想向他談論孫、吳兵法。他回答說，關鍵在指揮是否得當，不必照搬兵法。❼武安君　戰國秦名將白起。❽擬　相比；類似。❾總政　統領。❿六師　天子之軍。

【語　譯】自從梁朝禪讓，陳氏執政，禮樂征伐之權，都歸舜之後裔執掌。所以威勢遍於四海，德行教於諸侯。祥雲飄流，日月放光。公以明達的謀略輔佐時事，用宏大的志向贊助實務，有如鯤鵬張鱗展翅，乘風遠遊。冠軍侯霍去病指揮打仗，不一定拘守古人套路；武安君白起愛護士兵，能贏得人心。倘若用此二人作比，好像說的就是吳公啊。任左衛將軍，不久調任鎮軍、丹陽尹。

身為北軍中候，統帥全軍；官拜河南京尹，百郡第一，文治武功寄於一身，吳公對此並無愧色。

蕭湘之役❶，馮陵❷島嶼。風船火艦，周瑜有赤壁之兵❸；蓋舳襜艫❹，魏齊❺有橫江之戰。仍為平南將軍、開府儀同三司、都督湘衡桂武四州刺史。遂得左廣❻迴扃❼，轔車反暢❽，長沙楚鐵❾，更入兵欄❿，洞浦⓫藏犀⓬，還輸甲庫⓭。雖復戎歌屢凱，軍幕猶張⓮，淮南望廷尉之囚⓯，合淝稱將軍之寇⓰，莫不失穴驚巢，沉水陷火。為使持節、侍中、司空、車騎大將軍、都督南北兗青譙五州諸軍事、南兗州刺史、南平郡開國公，食邑八千戶，鼓吹一部。中臺在玄武之宮⓱，上將列文昌之宿⓲。高蟬臨鬢，吟鷺陪軒⓳，平陽之邑⓴萬家，臨淄之馬㉑千駟㉒，坐則玉案推食㉓，行則中分麾下㉔，生平若此，功業足焉。

【章旨】本段是敘明徹在陳時平華皎、擊王琳，軍功顯赫，身居高位，深受陳帝信任。

【注釋】❶蕭湘之役　指陳廢帝光大元年（西元五六七年），陳湘州刺史華皎謀反，吳明徹與戰之事。❷馮

陵　即憑陵，侵凌；進逼。❸風船火艦二句　這是用三國周瑜在赤壁火燒曹操船艦致曹戰敗的故事，借指吳明徹與華皎的水戰。《陳書・華皎傳》載，當時華皎以大艦載薪，因風放火，俄而風轉自焚，華軍大敗。❹蓋舳襜艫　有頂蓋和帷幔的艦船。❺魏齊　戰國有魏齊，但與橫江之役無涉。倪璠以為當作「賀齊」。〈三國志・吳書・賀齊傳〉載，黃武初，魏曹休來攻，賀齊駐紮在新市抵禦。其時諸軍在江面上遭遇大風，損失很大，獨賀齊的部隊得以保全。又說他兵器精良，艦船華麗龐大，使曹休不敢攻打。❻左廣　楚國軍制，兵車十五乘為一廣，部隊分左右二廣。這裡的左廣是指吳明徹率領的部隊。❼扃　兵車前用來固定軍旗的橫木，這裡指代兵車。❽轔車反暢　意謂吳明徹率領部隊凱旋而歸。轔，車行聲。《詩經・秦風》有〈車鄰〉，「鄰」、「轔」通。暢，車轂，車輪中車軸貫入的圓木，這裡指代車輛。❾楚鐵　劍的代稱。❿兵欄　兵器架。⓫洞浦　地名，在今安徽和縣南。⓬犀　犀牛皮製的戰甲。⓭甲庫　儲藏甲冑的倉庫。⓮雖復戎歌屢凱二句　意謂雖然屢獲勝利，但戰事仍未結束。軍幕，行軍宿營的帳篷。⓯淮南望廷尉之囚　《晉書・蘇峻傳》載，東晉蘇峻擁兵萬人，朝廷疑嫉，屢徵其入朝，蘇峻不從，曰：「我寧山頭望廷尉，不能廷尉望山頭。」廷尉，掌刑獄之官。意謂寧居外郡可得安全，不願入朝致陷牢獄。蘇峻後因謀反被殺。蘇峻，借指王琳。⓰合淝稱將軍之寇　指吳明徹於陳宣帝太建五年（西元五七三年）統軍伐齊，圍攻壽陽，擊殺王琳事（《陳書・吳明徹傳》）。《晉書・陳敏傳》載，西晉陳敏因北方大亂，擁兵據有江東，自命揚州刺史、都督江東軍事、大司馬等職。永嘉初，擊敗被殺。合淝，即合肥，地屬揚州。陳敏，借指王琳。⓱中臺在玄武之宮　意謂吳明徹身居高位，執掌政要。中臺，尚書省。玄武之宮，北宮。玄武，有北方的意思。⓲上將列文昌之宿　意謂吳明徹上應將星。文昌，星座名，共有六星，上將是其中的第一顆星。⓳高蟬臨鬢二句　意謂吳明徹身居高位，享受高級待遇。蟬，這裡是指貂蟬冠，是古代顯貴戴的以貂尾蟬文為飾的官帽。吟鷺，會吟詩的鷺鳥。⓴平陽之邑　《漢書・曹參傳》載，漢高祖六年，劉邦賜曹參列侯，食邑平陽一萬六百三十戶。㉑臨淄之馬　指皇帝賞賜的馬匹。㉒千駟　四千匹馬。古代一車套四馬，因稱四馬為駟。《論語・季氏》：「齊景公有馬千駟。」㉓玉案推食　皇帝把自己的食物推給對方，表示對對方的重視。㉔中分麾下　皇帝或主帥將一半的部隊分給別人指揮，表示對其人的信重。

【語　譯】蕭湘之戰，華皎侵凌島嶼。順風放火燒船，周瑜擁赤壁大軍；船艦連成一片，魏齊有江上之戰。當時吳公任平南將軍、開府儀同三司、都督湘衡桂武四州刺史。這才使得部隊返回，戰車掉頭，長沙寶劍，再次放還兵架；洞浦戰甲，重又送入武庫。雖然凱旋的戰歌屢屢唱響，然而行軍的帳篷仍然張起。那些不願入朝恐陷牢獄的囚徒，在合肥擁兵作亂的強盜，無不巢穴傾覆，沉溺水火。任使持節、侍中、司空、車騎大將軍、都督南北兗青譙五州諸軍事、南兗州刺史、南平郡開國公，享用八千戶賦稅的供奉，獎賞鼓吹樂隊一個。尚書省在北方的宮中，上將星在文昌六星之列，頭戴高高的貂蟬冠，吟鷺陪伴在車邊，賜封平陽之邑萬家，受賞臨淄之馬四千。安坐時，皇帝把几案上的食物推送給他；出行時，天子分一半軍隊讓他指揮。人生如此，功成業就。

既而金精氣壯❶，師出有名；石鼓聲高❷，兵交可遠❸。故得舳艫❹所臨，蓋於淮、泗；旌旗所襲❺，奄有龜、蒙❻。魏將已奔，猶書馬陵之樹；齊師其遁，空望平陰之烏❼。俄而南仲出車❽，方叔莅止❾，暢轂文茵❿，鉤膺鞗革⓫，遂以天道在北，南風不競⓬。昔者裨將失律，衛將軍於是待罪；中軍爭濟，荀桓子於焉受戮⓭。心之憂矣，胡以事君？

【章　旨】這段是說吳明徹領兵北代，打敗了北齊的軍隊，在與北周軍隊的交戰中卻被打敗了。

【注　釋】❶金精氣壯　猶言士氣高昂。金精，太白星。舊說此星若有非常之象，則預示人間將有戰爭。❷石鼓聲高　舊籍中多有石鼓鳴，預示有兵事的記載。《漢書．五行志上》載，成帝鴻嘉三年五月乙亥，天水冀南山大石鳴，隆隆如雷，石長丈三尺，去地二百餘丈，民俗名曰石鼓。石鼓鳴，有兵。❸兵交可遠　意謂打到遠處去，指吳明徹領兵北伐。兵交，雙方交戰。❹舳艫　指船艦。舳，船尾。艫，船頭。❺襲　遮蓋。❻奄有龜蒙　奄，覆蓋；包括。龜蒙，龜山、蒙山，在今山東境內。語出《詩經．魯頌．閟宮》：「奄有龜蒙，遂荒大東。」❼魏將已奔四句　意謂吳明徹北伐擊敗了北齊軍隊。魏將已奔二句，《史記．孫子列傳》載，魏、趙攻韓。齊軍救韓，直走大梁，魏將龐涓去韓而歸。孫臏於馬陵設伏，削去大樹樹皮，在樹幹上寫道：「龐涓死于此樹之下。」龐涓夜至樹下，鑽火照之，被齊軍萬箭射死，魏軍大敗。齊師其遁二句，《左傳．襄公十八年》載，晉、宋、衛、魯諸國攻打齊國，攻入平陰之後，齊師夜遁。師曠報告晉侯說：「烏鳥之聲樂，齊師其遁。」叔向也向晉侯報告說：「城上有烏，齊師其遁。」烏鳥棲鳴，意味著城內平靜無軍隊。❽南仲出車　南仲，周文王的大臣，這裡指代北周將帥。語出《詩經．小雅．出車》：「王命南仲，往城于方。」❾方叔莅止　方叔，周宣王大臣，這裡指代北周將帥。莅止，來到。止，語氣詞。語出《詩經．小雅．采芑》：「方叔蒞止，其車三千。」❿暢轂文茵　暢轂，長車轂。文茵，虎皮墊蓐。語出《詩經．秦風．小戎》：「文茵暢轂，駕我騏馵。」⓫鉤膺鞗革　鉤膺，馬腹帶飾，套於馬胸前頸上的器具，用寬帶製成，帶上有鉤，下飾垂纓。鞗革，飾有銅製掛器的馬籠頭。語出《詩經．小雅．采芑》：「路車有奭，簟茀魚服，鉤膺鞗革。」⓬遂以天道在北

二句　意謂天時不利，吳明徹在與北周的交戰中失敗。《左傳・襄公十八年》載，晉人聽說楚國發動戰爭，師曠便用樂律來預測吉凶，說「南風不競，多死聲。楚必無功。」董叔也說，「天道多在西北，南師不時，必無功。」天道在北，天時有利於北方。南風不競，南方的曲調不強勁，顯示南方軍隊士氣不振。風，曲調。⑬昔者裨將失律四句　意謂吳明徹於陳宣帝太建九年北伐，在與北周的交戰中戰敗。昔者裨將失律二句，意謂部屬戰敗，主帥也有責任，這是對吳明徹戰敗的含蓄說法。《史記・衛將軍驃騎列傳》載，漢武帝元朔六年，衛青率軍從定襄出發擊匈奴。右將軍蘇建與匈奴戰，盡亡其軍，脫身獨歸。有人建議，自大將軍出戰，還沒有斬過裨將。現在蘇建棄軍，可斬之以明將軍之威，衛青沒有採納。裨將，副將。衛將軍，西漢軍事家衛青，官至大將軍，曾多次出擊匈奴。待罪，犯罪之後等待處罰。中軍爭濟二句，《左傳・宣公十二年》載，晉楚邲之戰中，楚軍在邲突然進兵，晉軍主帥荀桓子指揮失當，中軍、下軍爭舟渡河，以至失敗。戰後荀桓子請死，但實際未被處死。

【語譯】不久部隊士氣高昂，出戰理由正大，石鼓聲聲響亮，戰事打到遠方。所以才能船艦駕臨，覆蓋淮水、泗水；旌旗遮蔽，籠罩龜山、蒙山。魏將龐涓已經逃離韓國，孫臏還在馬陵道旁的樹幹上書寫告示；齊軍連夜逃遁，晉軍但見平陰城上烏鳥棲鳴。很快南仲乘車出戰，方叔來到前線，長長車轂，虎皮墊蓐，馬腹上套著帶鉤的帶，馬籠頭上垂掛著銅鈴鐺。因為天時有利於北方，所以南方的曲調不強。從前副將戰敗，大將軍衛青因此等待處罰；晉軍敗逃時，中、下軍爭船渡河，荀桓子準備接受死罪。內心憂慮啊，拿什麼來侍奉皇上？

宣政元年，屆於東都之亭，有詔釋其鸞鑣❶，蠲其舋社❷。始弘就館❸之禮，即受登壇❹之策❺。拜持節大將軍、懷德郡開國公，邑二千戶。歸平津之館❻，時聞櫪馬之嘶❼；舍廣成之傳❽，裁❾見諸侯之客。廉頗眷戀，寧聞更用之期❿；李廣盤桓，無復前驅之望⓫。霸陵醉尉，侵辱可知⓬；東陵故侯，生平已矣⓭。

【章　旨】這一段是說吳明徹在與北周的交戰中戰敗被俘，雖受北周官職，但不被信任，處境不好。

【注　釋】❶釋其鸞鑣　從兵車上解下馬銜，這是戰敗被俘的隱晦說法。鸞鑣，繫鸞鈴的馬銜。❷蠲其亹社　意思是免除死罪。亹，倪璠疑作「釁」。釁社，殺牲取血祭祀社神，這裡是處死的意思。❸就館　赴任所任職。❹登壇　升登壇場接受任命，古時舉行隆重儀式往往要設壇場。❺策　帝王對臣下有所任命或命令的文書。❻平津之館　西漢公孫弘為丞相，封平津侯，起客館，開東閣，招待士人。這裡是指招待高級官員的賓館。❼櫪馬之嘶　曹操〈步出夏門行〉：「老驥伏櫪，志在千里。烈士暮年，壯心不已。」這裡暗用其典，意謂吳明徹壯志不得舒展。❽廣成之傳　《史記・廉頗藺相如列傳》載，秦王舍相如廣成傳。這裡是指高級賓館。傳，傳舍；客舍。❾裁　通「才」。❿廉頗眷戀二句　意謂吳明徹歸降北周後懷念故國，但已無再為故國服務的機會了。《史記・廉頗藺相如列傳》載，廉頗亡趙走魏，既不得魏之信用，又思復用於趙。趙王曾派人至魏，觀察廉頗是否還可一用。使者回來報告說，廉將軍年老，吃一頓飯卻多次起身大便。於是趙王就不再考慮召用他了。⓫李廣盤桓二句　意謂吳明徹得不到北周信任。《史記・李將軍列傳》載，李廣以前將軍從大將軍衛青出擊匈奴，衛青因為漢武帝的告誡，不讓李廣獨當匈奴，把他的部隊併入其他部隊，引起李廣不滿。他向衛青請戰，願為前驅，先死單于，衛青沒有同意。⓬霸陵醉尉二句　意謂吳明徹入周後境遇不好，受到輕侮。《史記・李將軍列傳》載，李廣廢為庶人，有一次夜出晚歸，要過霸陵亭，霸陵尉醉酒，不讓李廣過亭。李廣隨從告訴他，這是前任李將軍。霸陵尉回答道，現任將軍都不允許夜行，更不要說是前任將軍了。硬是讓李廣在亭下過了一夜。霸陵尉，霸陵縣縣尉。⓭東陵故侯二句　意謂吳明徹入周後地位一落千丈。東陵故侯，召平，秦東陵侯，秦滅後為民，在長安種瓜謀生。這裡以東陵侯指代吳明徹是一種誇張的說法。

【語譯】宣政元年，到達東都之亭，皇上降詔，命令從他的兵車上解下馬銜，免除將他處死祭神的死罪。這才隆重舉行就職典禮，登壇接受拜將的任命。官拜持節大將軍、懷德郡開國公，享用二千戶賦稅的供奉。回到平津館中，常能聽到伏櫪之馬的悲鳴；住到廣成客舍，才作為諸侯客人受到召見。廉頗雖然懷念故國，怎會聽到重新任用的消息；李廣盤桓不進，再也沒有擔當先鋒的希望。遭受過霸陵醉尉的呵斥，所受的侮辱可想而知；昔日貴族竟淪為平民，此生也只能如此而已。

大象二年七月二十八日，氣疾暴增，奄然❶賓館，春秋七十七❷。即以其年八月十九日寄瘞❸於京兆萬年縣之東郊。詔贈某官，謚某，禮也。江東八千子弟，從項籍而不歸❹；海島五百軍人，為田橫而俱死焉❺。嗚呼哀哉！毛修之埋於塞表，流落不存❻；陸平原敗於河橋，死生慚恨❼。反公孫之柩❽，方且未期；歸連尹之屍，竟知何日❾？遊魂羈旅，足傷溫序之心❿；玄夜思歸，終有蘇韶之夢⓫。遂使廣平之里，永滯冤魂⓬；汝南之亭，長聞夜哭⓭。嗚呼哀哉！乃為銘曰：

【章旨】本段是說吳明徹去世，為他客死他鄉而感到無限悲哀，並寄予深深的同情。

【注釋】❶奄然　去世。❷春秋七十七　《陳書・吳明徹傳》謂卒年六十七。《資治通鑑・陳紀七》繫明徹卒年在陳宣帝太建十年，即北周武帝宣政元年。❸寄瘞　埋葬於異地。❹江東八千子弟二句　意謂吳明徹死後，他的部下從此留在北周，再不能回到故鄉了。《史記・項羽本紀》載，項羽從楚地率兵起義，擊潰秦朝，在楚漢戰爭中，兵敗垓下。死前他對前來接他的烏江亭長說，我與江東子弟八千人渡江而西，今無一人還，即使江東父老同情我尊我為王，我有什麼臉面再去見他們呢。❺海島五百軍人二句　《史記・田儋列傳》載，楚漢戰爭中，田儋、田榮等相繼立為齊王，田橫為相國。韓信破齊，田橫自立為齊王，率部屬逃往海島。劉邦稱帝後，遣使招降，田橫前往洛陽。未至三十里，羞為漢臣，自殺。消息傳來，島中五百徒眾亦皆自殺。❻毛修之埋於塞表二句　意謂吳明徹客死他鄉。毛修之，字敬文，初在東晉為官，後為夏兵所俘。宋文帝元嘉中，北魏大破夏軍，修之被俘入魏，累遷尚書、光祿大夫，封南郡公，身死於魏。塞表，塞外。❼陸平原敗於河橋二句　意謂吳明徹在與北周的戰爭中失敗，留在北周，臨死也有不能返回故國的遺憾。《晉書・陸機傳》載，八王之亂中，成都王穎命陸機統兵二十萬討長沙王乂。陸機列軍自朝歌至於河橋，聲勢浩大，卻慘遭失敗。後被成都王穎所殺，死前歎息道：「華亭鶴唳，豈可復聞乎！」陸平原，陸機曾官平原內史。❽公孫之柩　春秋魯人公孫敖嘗奔莒，不得返國，後來死在齊國，齊人歸還了公孫敖之喪（《左傳・文公十五年》）。❾歸連尹之屍二

句　意謂吳明徹的靈柩返歸故國遙遙無期。《左傳・宣公十二年、成公三年》載，晉楚邲之戰中，楚軍俘獲知罃，晉軍射死連尹襄老，載其屍歸。後來晉軍歸還連尹襄老之屍，以交換知罃。❿遊魂羈旅二句　意謂吳明徹的亡魂漂泊無歸。溫序，東漢人，仕護羌校尉。行部至襄武，隗囂別將茍宇逼其從己，溫序義不從命，伏劍而死（《後漢書・獨行列傳》）。⓫玄夜思歸二句　意謂吳明徹即使死後，仍時刻希望魂歸故里。玄夜，深夜。蘇韶之夢，王隱《晉書》載，蘇韶死後曾託夢給兒子，要求改葬洛陽邙山（《太平御覽》卷五五四引）。⓬遂使廣平之里二句　據倪注可能是用戰國樂毅去燕降趙，客死趙國的典故。廣平，戰國趙國地名，在今河北境內。⓭汝南之亭二句　出典不詳，意謂死者因不能歸葬故鄉，而失聲痛哭。汝南，郡名，治所在今河南上蔡西南。據《南史》本傳載，吳明徹卒於長安，後其故吏將他的靈柩運歸陳朝。

【語譯】大象二年七月二十八日，因呼吸疾病突然加重，在賓館去世，享年七十七歲。當年八月十九日寄葬於京城萬年縣東郊。詔書賜贈某官，諡號某，這是符合禮制的。江東八千子弟，跟隨項羽一去不回；退據海島的五百戰士，追隨田橫一起自殺。哎，多麼悲哀啊！毛修之埋葬於塞外，漂泊喪命於異地；陸平原河橋戰敗，臨死生出無限悔恨。送歸公孫敖的靈柩，日子正遙遙無期；歸還連尹襄老的屍體，誰知要到何年何月？孤魂飄零遊蕩，太傷溫序的心；深夜思念故鄉，終究還有蘇韶的夢。這就使廣平里中，冤魂聚集不散；汝南之亭，常常深夜聽到哭聲。悲哀呀！

於是寫下了銘文：

九河宅土❶，三江❷貢職❸。彼美中邦❹，君之封殖❺。負才矜❻智，乘危❼恃力。浮磬戢鱗，孤桐垂翼❽。五兵旱竭，一鼓前衰❾。移營減竈❿，空幕禽飛⓫。羊皮詎贖？畫馬何追⓬？荀罃⓭永去，隨會⓮無歸。存沒俄頃，光陰悽愴。岳裂⓯中臺⓰，星空上將⓱。眷言⓲妻子，悠然亭障⓳。魂或可招，喪⓴何可望。壯志沉淪，雄圖埋沒。西隴足抵㉑，黃塵碎骨。何處池臺？誰家風月？墳隧㉒羈遠㉓，營魂㉔流寓。霸岸無封，平林不樹㉕。壯士之隴，將軍之墓。何代何年，還成武庫㉖？

【章　旨】本段是銘文，概括了明徹一生事迹，尤其對他戰敗入周，身死異域，致意遙深。

【注　釋】❶九河宅土　九河，古代黃河自孟津而北，分為九道，故名。宅土，住在平地上。語出《尚書・禹貢》：「九河既道」，「是降丘宅土」。❷三江　岷江、漢水、彭蠡。語出《尚書・禹貢》：「三江既入，震澤底定。」❸貢職　向朝廷進貢物產和賦稅。❹中邦　這是指吳明徹坐鎮南北兗青譙五州而言，其地北有九河，南有三江，位置居中。❺封殖　修治封疆，種植穀物，這裡是指疆域。❻矜　依仗。❼乘危　依仗險要的地勢。乘，憑依。❽浮磬戢鱗二句　浮磬，浮於泗水上可以用來製磬的石頭。這裡浮磬、孤桐都是暗喻徐淮一帶。戢鱗，魚兒收鱗不動。語出《尚書・禹貢》：「嶧陽孤桐，泗濱浮磬。」嶧，嶧山，在今江蘇邳州。❾五兵旱竭二句　意思是士氣衰竭。五兵，五種兵器。一鼓前衰，《左傳・莊公十年》載曹劌論戰曰：「夫戰，勇氣也，一鼓作氣，再而衰，三而竭。」這裡是說還沒敲第一通鼓，士氣就已不振了。❿移營減竈　《史記・孫子列傳》載，孫臏為了麻痺龐涓，率齊軍入魏地時，逐日減少竈頭的數量，製造部隊減員的假象。這裡是說吳明徹在與北周的戰事中，傷亡慘重。⓫空幕禽飛　參見本文第五段注❼，這裡是說吳明徹被北周打敗。⓬羊皮詎贖二句　意謂吳明徹戰敗入周，即使用重金也無法把他贖回。羊皮詎贖，春秋時百里奚從秦國逃到宛，被楚人拘留。秦穆公知道後，用五張羊皮把他贖回，並授予國政。畫馬何追，《左傳·宣公二年》載，鄭宋大棘之戰，宋國主將華元為鄭人所俘，「宋人以兵車百乘、文馬百駟以贖華元於鄭。」畫馬，就是文馬，謂毛有文彩者。追，這裡是贖還的意思。⓭荀罃　春秋晉人，亦稱知罃。晉楚邲之戰中，他沒於楚軍，其父荀首以交換戰俘的方式，向楚國索還知罃（《左傳·成公三年》）。這裡是指代吳明徹。⓮隨會　春秋晉大夫，亦稱士會。他曾以事奔秦，後來晉派人把他從秦接引回晉，主持國政（《左傳·文公十三年》）。這裡是指代吳明徹。⓯岳裂　山岳崩裂，喻指吳明徹死。⓰中臺　星宿名，漢以後多比司徒、司空。吳明徹嘗為陳司空，周懷德郡公，故稱。⓱星空上將　上將，文昌六星中位居第一的上將星，吳明徹入周位大將軍，故稱。⓲眷言　滿懷依戀的回顧。⓳亭障　邊塞上行人停留宿食的處所和險要處的堡壘。⓴喪　死者的遺體。㉑西隴足抵　意思是長眠墳墓。隴，墳墓。足抵，雙腿伸直靠著土。㉒隧　墓道。㉓羈遠　寄居遠方。㉔營魂　魂魄。㉕霸岸無封二句　意謂吳明徹的葬地沒有任何標記。霸岸，霸河岸邊，這是指漢文帝陵墓霸陵，在今陝西長安東。封，聚土為墳。樹，植樹以為墳墓的標記。封樹是古代士以上人的葬禮。㉖壯士之隴四句　意謂吳明徹生前願望不知何時才能實現。《史記·樗里子列傳》載，秦國樗里子卒，葬於渭南章臺之東。臨死說，百年以後，當有天子之宮夾我墓。後來西漢時，果然長樂宮在其東，未央宮在其西，武庫正好對著他的墳墓。

【語　譯】在九道黃河流經的平原上居住，據守著三江地區貢奉財物。那個美麗的中原之地，乃是吳公的疆土。憑靠著才幹與智慧，依仗著地形與實力。浮磬石好像魚兒收鱗，孤桐樹猶如鳳凰垂翅。眾多兵器早已用完，戰鼓未敲士氣已衰。行軍中戰士不斷減員，空帳上鳥兒盤旋飛翔。五羊皮怎麼能換回百里奚？五花馬如何能贖回宋華元？荀罃一去不回返，隨會遠行不歸來。剎那之間生死永隔，時光黯淡淒慘悲涼。中臺星如山岳崩裂，天空中不見上將星。回首望妻兒，路遠亭障隔。魂魄或許可招還，遺體怎能望得見。壯志消沉，抱負沉埋。墳墓中才夠伸足，塵土裡白骨碎裂。是哪裡的池塘樓臺？是誰家的清風明月？墳墓寄居在遠方，魂魄流蕩在異域。霸河岸邊樹林中，不見墳地不見樹。壯士之墳，將軍之墓，不知要到何代何年才能被漢家宮闕所夾護？

【研　析】死者吳明徹是一位先在梁陳任職，戰敗後又留在北周的將領。從本篇的敘述中可以發現，吳明徹入周以後的境遇是不大好的，這就使作者產生了同病相憐的感覺。本篇在歷述吳明徹平生經歷的部分，大體也是一般墓誌銘的寫法，歷敘其功業和仕歷。由於是駢文，所以多借用典故來寫實，造成一種氣勢，寫他戰敗投降，則比較委婉含蓄。本文寫得最好的在序文的末尾二段和銘文。寫出了吳明徹英雄末年，壯志未酬的悲憤和寄人籬下，飽受冷遇的悲哀，特別對他客死異域的遭遇寄寓了深深的同情。顯然這是因為死者的經歷和遭遇，觸動了子山的心弦，所以情不自禁地將感情融入其中，因而寫得一唱三歎，盪氣迴腸，有著很強的抒情性。

擬連珠四十四首（選二十七首）

其五

【題解】連珠是一種遊戲性的文體。它採用比喻手法，委婉含蓄地表達主旨，結構上多以因果的推論關係分成前後兩部分。篇幅短小，組合起來，猶如貫珠，故稱連珠。它起源於東漢，現存最早的連珠是揚雄所作，《文選》所錄的是陸機的〈演連珠〉。庾信的〈擬連珠〉是此類文體中的傑作，在這一組作品中，作者用含蓄隱晦的筆法寫出了對梁代後期歷史巨變和個人遭遇的思考，感情豐富而又複雜，是晚年庾信心路歷程的記錄。與〈哀江南賦并序〉合觀，有助讀者瞭解庾信其人及其時代。但因連珠多用比興，假物陳義，因此每段文意雖可意會，卻又常常很難坐實。這則是說微弱的人力改變不了衰敗的大勢。

蓋聞邯鄲已危，徒思馬服❶；薊城去矣，空用荊軻❷。是以竹杖扶危，不能正武擔之石❸；蘆灰縮水❹，不能救宣房之河❺。

【注釋】❶邯鄲已危二句　意謂國家危急，卻無良將，無法挽救敗亡。邯鄲，戰國時趙國都城。馬服，趙國軍事家趙奢的封號。趙惠文王二十九年秦軍攻韓，包圍閼與。趙奢奉命援救，大破秦軍，因功封馬服君。趙奢死後，其子趙括領兵，被秦擊敗。後來秦軍包圍邯鄲一年多，賴楚、魏來救才得以解圍。❷薊城去矣二句　荊軻入秦行刺秦王失敗後，秦發兵攻燕，攻拔了薊城，不久燕國也就被秦滅掉了。本來燕太子丹是擔心秦國侵燕才派荊軻入秦行刺的。現在行刺未成，燕國倒要亡了，所以說是空用了荊軻。薊城，戰國時燕國都城，在今北京市西南。❸武擔之石　疑是武擔石折的意思。《後漢書・方術列傳》載，東漢任文公有智慧。武擔山石折斷，他便知道自己死期不遠，果然過了三個月他就死了。這句意謂不能避免死亡的宿命。武擔，山名，在今四川成都西北。揚雄《蜀王本紀》載，武都丈夫化為美女，蜀王納以為妃，不久死去。蜀王發卒到武都擔土，葬於成都城中，高可七丈，這就是武擔山的來由。❹蘆灰縮水　《淮南子・覽冥訓》中說，女媧補天的同時，還積蘆灰來止住大水。蘆灰，蘆葦的灰。❺宣房之河　這裡是指黃河大水。西漢武帝元光年間，黃河在瓠子河決口。漢武帝率眾在此堵塞決口，並在其上建造了宣房宮。宣房宮的故址在今河南濮陽西南。

【語　譯】我聽說邯鄲局勢非常危急，馬服君已死空自想念於事無補；薊城已經淪陷，白白動用了荊軻卻一無所獲。所以竹杖雖能輔助老人站立，卻不能阻止一個人的死期；蘆灰雖然能夠吸水，卻無法遏制黃河的大水。

【研　析】連珠通常分前後兩部分，前半多指陳事象，用作比喻；後半推出結論，表明旨意。只是這個旨意往往比較含蓄隱晦。這一則前半部分用的都是國家危亡，難以挽救的典故，後半部分的結論是什麼呢？作者沒有直接說出來，但是所用比喻的含義則不難明白。意思是說，人為的努力是改變不了走向敗亡的大勢的。「山岳崩頹，既履危亡之運；春秋迭代，必有去故之悲。天意人事，可以悽愴傷心者矣。」（〈哀江南賦序〉）可見，這是一曲哀悼梁朝敗亡的輓歌。

其六

【題解】這則是說錯誤的決策導致了大局無可挽回地崩潰。

蓋聞穴蟻銜泉❶，未知遠慮；玄禽❷巢幕❸，何能支久。是以大廈既焚，不可灑之以淚；長河一決❹，不可障之以手。

【注釋】❶穴蟻銜泉　螞蟻洞築在正對著泉水的地方。銜，對著；朝著。❷玄禽　燕子。❸巢幕　在布幔上做巢。❹決　水沖出或溢出堤岸。

【語譯】我聽說螞蟻把穴築在泉水邊上，是沒有遠見；燕子在幕布上做巢，怎麼能支持得長久。所以大廈已經火燒了，就不可用淚水來滅火；大河一旦決堤了，就不能用雙手來阻擋。

【研析】和上一則比較起來，這一則更有痛定思痛的意味。「是以」之後四句和上一則的意思是一樣的，大局已定，微小的人力是於事無補的。但與上一則哀歎宿命的意味相比，這一則的前半部分裡，透著一種反思的精神。儘管從結果看，敗局已定，但這個局面的形成是不是不可避免的呢？照前半部分所用比喻看，答案顯然是否定的。換句話說，當局者對梁朝的敗亡也負有相當的責任。

其九

【題解】這是哀悼故國淪喪，有家難回，相比於周大夫和殷箕子，遭遇不如他們遠甚。

蓋聞彼黍離離，大夫有喪亂之感❶；麥秀漸漸，君子有去國之悲❷。是以建章❸低昂，不得猶瞻灞岸❹；德陽❺淪沒，非復能臨偃師❻。

【注釋】❶彼黍離離二句　《詩經・王風・黍離》中的句子。離離，紛披繁茂貌。喪亂之感，〈毛詩序〉謂，周大夫行役來到周的京城，經過宗廟時，看到宮室周圍都種滿了莊稼，感歎王朝覆滅，就作了這首詩。喪亂，死喪動亂。❷麥秀漸漸二句　《史記・宋微子世家》載，箕子朝周，過故殷墟，感宮室毀壞，生禾黍，乃作麥秀之詩以歌詠之。麥秀，麥子吐穗。漸漸，麥芒的樣子。箕子是殷紂王叔父，殷亡後，被封朝鮮，舊地重遊，所以會有去國之悲。❸建章　西漢宮殿，故址在今陝西長安西。❹灞岸　漢文帝陵墓，因在灞河西岸故稱。王粲〈七哀詩〉曰：「南登霸陵岸，回首望長安。」❺德陽　東漢宮殿名，倪注引《三輔黃圖》說是漢景帝的宗廟德陽宮。恐誤。張衡〈東京賦〉曰：「逮至顯宗，六合殷昌。乃新崇德，遂作德陽。」明言崇德、德陽二殿都是東漢明帝建於洛陽的宮殿。《藝文類聚》卷八引《漢官典職》說，德陽殿可容萬人，「自偃師去宮四十五里，激洛水於殿下。」可見德陽殿與偃師鄰近。❻偃師　縣名，在今河南境內。

【語譯】我聽說《詩經》中「禾苗繁茂」的詩句，那是周朝大夫興發的亂世興亡之感歎；箕子所唱「麥苗吐穗」的歌曲，抒發的是君子遠離故國的悲哀。所以即使建章宮高低起伏，我也再不能回眺灞水之岸；德陽宮殘毀破損，我也不可能重來偃師。

【研析】前半段的盛衰興亡之感，和後半段去國懷鄉之愁，交織成一派濃烈的家國之恨。同時，周大夫、箕子儘管命運多舛，究竟還有機會故地重遊，但是子山則連這一可能都已不存在了，叫他怎能不臨風浩歎，徒喚無奈呢？前後兩段構成了一種對比反襯的關係。這一則充溢著強烈的悲愁氣息，讓人感受到子山內心深處的絕望和無助。

其十

【題解】觸景興感，慨歎昔盛今衰，滄桑巨變，人世間沒有永恆的繁盛。

蓋聞市朝❶遷貿❷，山川悠遠。是以狐兔所處，由來❸建始之宮❹；荊棘參天，昔日長洲之苑❺。

【注釋】❶市朝　市場和官府。❷遷貿　相互變化。❸由來　從來；自那時以來。❹建始之宮　即建始宮。曹魏時宮殿，在洛陽。❺長洲之苑　即長洲苑。西漢苑囿，故址在今江蘇蘇州太湖北。

【語譯】我聽說市場和官府常常互相變化，山川互易其位也由來已久。所以現在狐狸、野兔的聚集之處，就是當年的建始宮殿；眼前長滿荊棘的所在，竟是從前的長洲苑囿。

【研析】這一則當是子山對梁末動亂的感慨。戰亂年代最容易讓人引發興亡之感，產生人生如夢的聯想。將昔盛今衰兩個畫面並列，必然會引起讀者感官和情感上的強烈衝擊，激蕩起層層複雜而又難以言說的感情波瀾，具有一種生命哲學的震撼力。

其十一

【題解】面對著喪亂不斷的局面，僅僅只是憑著壯志豪情，沒有切實可行的方略，所成畢竟有限。

蓋聞天方薦瘥，喪亂弘多❶；空思說劍，徒聞枕戈❷。是以劉琨❸之英略，莫知自免；祖逖❹之慷慨，裁❺能渡河。

【注釋】❶天方薦瘥二句　語出《詩經・小雅・節南山》。薦，一再。瘥，疫病。❷空思說劍二句　意謂說劍、枕戈用意都是好的，但如果只限於此，沒有切實的謀劃措施還是枉然。說劍，《莊子・說劍》謂，趙文王好劍，莊子以天子之劍、諸侯之劍、庶人之劍說王，趙王幡然醒悟。枕戈，枕著兵器，等待天亮，形容殺敵心切。《晉書・劉琨傳》載，劉琨少負志氣，聽到朋友祖逖被任用，給朋友寫信說：「吾枕戈待旦，志梟逆虜，常恐祖生先吾著鞭。」❸劉琨　字越石，西晉將領。任大將軍，并州刺史。在西晉末年大亂中堅守并州，為石勒所迫，投奔段匹磾。素有重望，匹磾嫉之，為所害。《晉書》本傳上說他「少負志氣，有縱橫之才，善交勝己，而頗浮誇。」❹祖逖　字士稚，東晉名將。任豫州刺史，率部渡江，中流擊楫誓曰：「祖逖不能清中原而復濟者，有如大江！」收復黃河以南地區後，欲再收復河北。因擔心晉室內難，憂憤而卒。❺裁　才；僅僅。

【語　譯】我聽說上天一再降下疫病，死喪災禍實在很多。只是一味空想用劍的大道理，只聽聞枕戈待旦的話語，終究還嫌欠缺。所以劉琨雖然謀略出眾，終究不能免除禍害；祖逖激憤悲壯，也僅僅只能做到渡河而已。

【研　析】這一則顯然是有所指的。大意是說，徒有壯志，空談廟略，而少切實的謀劃，到底難有所成。文中引用的劉琨、祖逖兩個典故，都有批評的意思。說劉琨「莫知自免」，祖逖「裁能渡河」，一個自身不保，一個所成有限，意氣固然可嘉，但實際成績卻有限。這裡所指為誰，讀者不得而知，但必定是有針對性的。這也為今天的讀者，在文獻所載的歷史情境之外，提供了一個可供想像的富有生活氣息的場景。

其十二

【題　解】哀歎梁帝死於非命，深愧自己受梁重恩，卻無以為報，只能在心中默默追懷。

蓋聞穀林長送❶，蒼梧不從❷；惟桐❸惟葛❹，無樹無封❺。是以隋珠日月，無益驪山之火❻；雀臺❼絃管，空望西陵❽之松。

【注　釋】❶穀林長送　堯死後葬於穀林。❷蒼梧不從　舜南巡途中死去，葬於蒼梧之野，舜之三妃（一說二妃）沒有追隨在舜的身邊。語出《禮記．檀弓上》。從，兼有合葬和隨從的意思。《禮記》用合葬義，本文似取跟從義。❸桐　桐木作的棺材。❹葛　一種蔓生的植物，這裡是指用來捆紮棺木的葛藤。❺封　聚土為墳。❻隋珠日月二句　自己雖受過梁朝重恩，但在梁帝身後卻沒有為他們做一些有用的事。隋珠，隋侯在路上見大蛇傷斷，以藥敷之，後來蛇銜大珠報之，其珠夜晚可以照明。驪山之火，秦始皇死後葬於驪山，墓宮極其奢華。後來有牧羊兒因丟失了羊，持火入墓尋找，失火把秦皇的棺槨都燒著了。❼雀臺　銅雀臺，曹操所建的高臺，故址在今河北臨漳西南。❽西陵　曹操的墓園。曹操死前遺囑說，在他死後，要將他的歌姬安置在銅雀臺上，每逢月初、月半演奏音樂，要求家人常登銅雀臺眺望西陵墓田。

【語　譯】我聽說堯死後埋葬於穀林，舜死時妃子並未在身邊，他們的喪事簡單到只有桐棺和葛條，既不植樹，又不堆墳。所以雖然受過隋珠之贈，卻沒能在驪山火起時做一點有用之事；在銅雀臺的樂聲中，只能徒然眺望著西陵的松樹。

【研　析】前半部分講堯舜死後不樹不封，不在讚美簡樸或明智，而在感歎身後蕭條。「蒼梧不從」，實是沉痛的現實隱喻。後半部分借典故表達自己對梁帝之死的傷悼和內心的愧疚。〈擬詠懷〉其六：「悲傷劉孺子，悽愴史皇孫。無因同武騎，歸守灞陵園。」其二十三：「鼎湖去無返，蒼梧悲不從。徒勞銅爵妓，遙望西陵松。」詩意可與本則互參。

其十三

【題　解】這是致慨於梁朝內部的爭鬥。大敵當前，不思共同御敵，卻一味你爭我奪。

蓋聞雷驚獸駭，電激風驅，陵歷❶關塞，枕跨江湖。是以城形月偃❷，陣氣雲鋪，非綠林之散卒❸，即驪山之叛徒❹。

【注釋】❶陵歷　超越；經過。❷城形月偃　半月形的城，即卻月城。❸綠林之散卒　新莽末年以王匡、王鳳為首的農民武裝。這裡是指侯景叛軍。大寶二年（西元五五一年）蕭紀率軍東下威脅蕭繹時，蕭繹從監獄裡把侯景的將領任約、謝答仁放出來，讓他們去抵擋蕭紀的軍隊。❹驪山之叛徒　本指服苦役的罪犯。《漢書・英布傳》載，英布被罰至驪山做苦役，後帶領驪山之徒數十萬人亡命江中。這裡是指武陵王蕭紀。

【語譯】我聽說雷響獸驚，電閃風馳，越過關塞，跨越江湖。所以城形如半月，陣勢如濃雲，不是綠林的散兵游勇，就是罰做苦工的罪犯囚徒。

【研析】這一則是寫梁朝軍隊內部的爭鬥。蕭繹據守江陵時，曾與蕭紀的勢力發生過衝突。〈哀江南賦〉中也有「驅綠林之散卒，拒驪山之叛徒」的句子，指的就是蕭繹從獄中放出侯景部將，去抵擋蕭紀部隊一事。這一則在寫法上的特點在，前後兩部分不是一種推論關係，也不是對比關係，而是渲染鋪墊和點題的關係。四言句式連用，造成一種風雨驟至的緊張急切氣氛。

其十四

【題解】震驚於時代大變局下，大規模的生離死別。

蓋聞死別長城❶，生離函谷❷，遼東❸寡婦之悲，代郡❹霜❺妻之哭。是以流慟所感，還崩杞梁之城❻；灑淚所沾，終變湘陵之竹❼。

【注　釋】❶死別長城　秦始皇築長城，晝夜不息，死者甚多。當時民歌曰：「生男慎勿舉，生女哺用餔，不見長城下，屍骸相支柱。」（《水經注》卷三引）❷函谷　關名，在今河南靈寶南，東自崤山，西至潼關，地形險要。❸遼東　遼河以東地區，古代邊遠地區。❹代郡　戰國趙武靈王置，秦漢治所在今河北蔚縣西南。北鄰匈奴、烏桓等少數民族，為北方要塞。❺霜　通「孀」。❻崩杞梁之城　傳說春秋齊大夫杞梁殖，在攻打莒國的戰爭中陣亡。其妻迎喪於郊，枕屍而哭，行人紛紛落淚。十天城牆為之崩塌（劉向《列女傳》卷四）。❼湘陵之竹　九嶷山上的湘妃竹。陵，高山。舊說，舜南巡不返，死葬蒼梧之野。二妃娥皇、女英追之不及，相思慟哭，淚滴蒼梧之竹，化作斑痕，稱湘妃竹。蒼梧就是九嶷山。

【語　譯】我聽說服役長城告別家人，遠赴函谷永離親友，遼東寡婦有無盡的悲傷，代郡孤孀發出哀痛的哭聲。所以悲切的慟哭會崩塌城牆；眼淚下滴竹皮都化成斑斑淚痕。

【研　析】這是用連珠體寫的離別詩，可能是寫江陵之戰的慘烈。戰爭給人民造成的災難是慘痛的。長城、函谷、遼東、代郡，都非實指，當時的戰爭也都沒有發生在這些地方。這四個名詞既是符號也是意象，在這樣的符號和意象裡包含著豐富的意蘊，能引發人的想像，這就使作品帶上了濃厚的邊塞風味。

其十五

【題解】這是一種對戰敗或失意的解釋，說三代用兵，會給後代帶來不利，具體所指不詳。

蓋聞三世用兵❶，既非貽厥❷；陰謀❸累葉❹，必以凶終❺。是以李都尉❻之風霜❼，上蘭山❽而箭盡；陸平原之意氣，登河橋而路窮❾。

【注釋】❶三世用兵　三代為將的意思。古人認為三代為將，因為殺人太多，對自己和家庭都是不大好的。❷貽厥　給子孫後代帶來幸福安寧。語出《尚書・夏書・五子之歌》：「有典有則，貽厥子孫」《詩經・大雅・文王有聲》：「詒厥孫謀，以燕翼子。」❸陰謀　這是指用兵法的意思。《隋書・經籍志》子部兵書類中著錄有《太公陰謀》一卷。古人認為，用兵多用詐術，所以說是陰謀。❹累葉　幾代人。❺凶終　死得很慘。❻李都尉　李陵，字少卿，他是名將李廣之孫。西漢武帝時為騎都尉。率兵出擊匈奴，戰敗投降。❼風霜　這裡是飽受冤屈、命運坎坷的意思。❽蘭山　可能是指蘭干山。《漢書・李廣傳》載，李陵向漢武帝請求，願意帶領一支部隊，到蘭干山以南牽制匈奴部隊。❾陸平原之意氣二句　陸平原，陸機，字士衡，曾官平原內史。他的祖父陸遜、父親陸抗都是有名的軍事家。八王之亂中，他為成都王穎率兵二十餘萬人征討長沙王乂，兵敗為成都王穎所殺。河橋，故址在今河南孟州西南，孟津東北黃河上。路窮，生命終結的意思。《晉書・陸機傳》載，陸機出征時聲勢很大，「列軍自朝歌至於河橋，鼓聲聞數百里，漢、魏以來，出師之盛，未嘗有也。」後來兵敗被殺前，他感歎道，想要再聽一聽家鄉的鶴鳴都已不可能了。

【語譯】我聽說家裡三代人指揮打仗，不會給後代帶來幸福；幾代人善用兵法，子孫也一定不會得到善終。所以李陵飽經風霜，命運坎坷，占據蘭山一直戰到全軍覆滅；陸機意氣風發，登上河橋卻最終戰敗被殺。

【研析】這一則可能是為梁朝江陵之敗尋求解釋的。至於指揮的將帥是不是一定是三世為將，其實無關緊要，子山也未必信從。這則文字與其說是在尋求答案，毋寧說是沒有答案。用這樣一個理由來解釋，恰恰說明子山沒有找到答案，這只是把梁朝敗亡歸結為命運的另一種說法而已。我們也因此感受到，面對著江山巨變子山的驚愕和迷惘。

其十六

【題解】這一則是說冤魂很多，可能是指戰爭的慘烈。

蓋聞營魂❶不反，燐火❷宵飛；時遭獵夜之兵❸，或斃空亭之鬼❹。是以射聲營之風雨，時有冤魂❺；廣漢郡之陰寒，偏多夜哭❻。

【注釋】❶營魂　靈魂；魂魄。❷燐火　夜間在野外墳塚間飄蕩的青色火焰，俗稱鬼火。❸獵夜之兵　古代帝王貴族常有夜間狩獵的活動。❹斃空亭之鬼　《搜神記》卷十八載，東晉謝鯤避地豫章，有一次夜宿空亭。這個空亭先前常常發生死人事件。天快亮時，聽到有人在窗外叫謝鯤的字，讓他開窗。謝鯤就讓窗外人伸手進來，等到手伸進來時就緊拽不放。那隻手臂就被拉脫了。從此以後，這個空亭就再沒有發生鬼怪之事了。斃，這裡是擊敗、打倒的意思。❺射聲營之風雨二句　《後漢書・張曹鄭列傳》載，東漢曹褒任射聲校尉，營舍裡有棺木百餘口沒有安葬。曹褒一一過問，才知道都是些沒有後人的死者，已經幾十年沒有入葬了。曹褒便為死者買地，安葬祭祀。❻廣漢郡之陰寒二句　《東觀漢記》載，陳寵任廣漢太守，起先洛陽城南每到陰天常有哭聲，一直傳到府邸中。後來知道是因為從前動盪時期，死者未得收葬的緣故。陳寵便為死者收斂埋葬，哭聲也就消失了（《文選》卷六〇謝惠連〈祭古塚文〉李善注引）。廣漢郡，東漢時治所在今四川廣漢北。

【語譯】我聽說魂魄飄蕩不返，鬼火深夜飄飛。常常遇到夜半打獵的帝王貴族，有時擊敗空亭中的鬼魅。所以射聲營外的風雨中，常有冤魂的哭聲；廣漢郡陰濕寒冷的夜晚，獨多淒慘的哭泣。

【研析】這一則寫得鬼氣森然，是寫戰爭之後死者眾多，冤魂飄蕩，當然也是揭示戰爭慘烈的。作者的感覺很敏銳，又是黑夜沉沉，又是燐火飄飄，再加上風雨颯颯，哭聲幽咽，有畫面，有聲音。所有這一切都共同營造出一個陰冷的畫面，有一點頹廢的意味，似乎與後來的李賀先後呼應。

其十七

【題解】這一則是說戰爭給人民帶來的痛苦，有多少家庭因此破碎，骨肉因此分離。

蓋聞江、黃❶戎馬之徼❷，鄢、郢❸風飆❹之格❺，乍❻有去而不歸，或無期而遠客。是以章華❼之下，必有思子之臺❽；雲夢❾之傍，應多望夫之石❿。

【注釋】❶江黃　江淮之間的兩個小國，地近楚國，屢受楚國侵伐，後被楚國所滅。❷戎馬之徼　征戰之地。徼，邊境；邊界。❸鄢郢　楚國二縣名。鄢，在今湖北宜城。郢，楚國都城，在今湖北江陵西北。二地在戰國時，被秦將白起攻破。❹風飈　暴風，這裡比喻戰爭。❺格　特點。❻乍　或。❼章華　楚靈王所造的樓臺，在今湖北監利西北。❽思子之臺　巫蠱事件中，漢武帝太子自殺。武帝悲痛不已，建造思子宮，和歸來望思臺。這裡只是借用這個典故，不是實指。❾雲夢　楚國澤藪名。❿望夫之石　女子送別丈夫，久立而化為石。此類傳說各地多有，大同小異。

【語譯】我聽說江黃二國是戰爭屢發地區，鄢郢一帶有戰如狂飆的特點。或者戰士一去不回返，或者征人遠行無歸期。所以章華樓下一定有思子臺，雲夢澤旁應該多望夫石。

【研析】作者致慨於戰爭造成了無數妻離子亡的人間悲劇。文中用了江黃、鄢郢、章華、雲夢等帶有荊楚特色的詞語，似乎暗示文中所指實是江陵之戰。武帝思子臺，雲夢望夫石的故事中包含著多少哀傷的況味，即使是在千載之下的今天，我們依然能感受到充溢其間的惻然悲憫。

其十八

【題解】這是致慨於有情人遭到外力的強壓被迫分離的悲劇，也讚揚了對情義的忠貞。

蓋聞無怨生離，恩情中絕❶，空思出水之蓮，無復迴風之雪。是以樓中對酒，而綠珠前去❷；帳裏悲歌，而虞姬永別❸。

【注　釋】❶無怨生離二句　男女情愛正濃時被迫生離死別。❷樓中對酒二句　綠珠是西晉石崇的歌姬，時趙王司馬倫專權，黨羽孫秀欲得綠珠，派人向石崇索要，遭到拒絕。孫秀便攛掇趙王倫殺石崇，士兵來逮捕石崇時，石崇和綠珠正宴於樓上。知道情況後，綠珠從樓上跳下而死。❸帳裏悲歌二句　虞姬是項羽的姬妾。垓下之圍時，項羽夜聞四面楚歌，睡不著，在帳中飲酒，虞姬陪伴在旁。項羽慷慨歌曰：「力拔山兮氣蓋世，時不利兮騅不逝。騅不逝兮可奈何，虞兮虞兮奈若何！」虞姬和之。項羽在垓下戰敗後自刎而死，與虞姬也就永別了。

【語　譯】我聽說彼此沒有怨恨卻被迫分離，兩人情意正濃卻不能相守，徒然地思念她出水芙蓉般的高潔，再看不見她那流風回雪般的身影。所以正在樓上相對飲酒，綠珠卻一去再不回；項王在帳中悲歌，虞姬從此生死永隔。

【研　析】為什麼要吟詠綠珠墜樓，霸王別姬的悲劇呢？我想可能是江陵戰敗後，梁朝軍民被強行押解入北之際，上演的一幕幕夫婦、愛人間生離死別的慘劇，對子山造成了強烈衝擊。當歷史故事再一次作為現實發生時，作為親見親聞者，子山對於包蘊其中的生命涵義的領悟，肯定是刻骨銘心的。

其二十

【題　解】這是說在國家敗亡的大局下，個人的前途和命運都是不會好的。

蓋聞嚴霜之零❶，無所不肅❷；長林之斃，無所不摽❸。是以楚塹❹既填，遊魚無託；吳宮已火，歸燕何巢❺？

【注釋】❶零　降下。❷肅　凋謝；萎縮。❸長林之斃二句　語出《左傳·哀公十二年》：「長木之斃，無不摽也。」長林，疑是「長木」。長木，高大的樹木。斃，倒地。摽，擊打。❹楚塹　衛護楚國的壕溝。塹，本來是護城河，此處比喻江陵，意謂江陵是梁的一道天然的壕溝。❺吳宮已火二句　意謂吳宮焚毀，巢於吳宮的燕子也就無處依歸了。《越絕書·越絕外傳記·吳地傳》載，秦始皇時，看守吳宮的人用火照燕子，不慎失火，吳宮焚毀。

【語　譯】我聽說秋霜降落，草木無不凋謝；大樹倒地，所遇無不遭到擊打。所以楚國的塹溝已被填平，水中游魚就無法存身；吳國的宮殿被大火焚毀，歸來的燕子到何處築巢？

【研　析】覆巢之下，安有完卵。作者感歎個人命運的多舛，來自於國家的敗亡。通篇借用比興，由自然而社會，層層推進。意旨明顯，卻不直接道破。

其二十一

【題　解】這是說傑出的人才在窘困的境遇裡會遭受到小人之害。

蓋聞名高八俊❶，傷於閹豎❷之黨；智周三傑❸，斃於婦女之計❹。

是以洪澤之蛟，遂挫長饑之虎；平皐❺之蟻，能摧失水之龍。

【注釋】❶八俊　東漢末年宦官專權，名士李膺等聯合太學生批評朝政，形成很大的輿論壓力。他們互相品題，有三君、八俊等稱號。八俊是指李膺、荀翌、杜密、王暢、劉祐、魏朗、趙典、朱寓。他們當時名聲很大，後遭到宦官勢力的鎮壓，史稱「黨錮之禍」。❷閹豎　對宦官的蔑稱。豎，供奔走役使之人。❸三傑　指西漢功臣張良、蕭何、韓信。《史記・高祖本紀》載，漢高祖劉邦說，運籌帷幄之中，決勝千里之外，我比不上張良。鎮守國家，安撫百姓，保障供給，我比不上蕭何。統領大軍，指揮打仗，戰無不勝，我比不上韓信。這三位都是人傑。❹斃於婦女之計　死在女人手裡。《史記・淮陰侯列傳》載，漢高祖十年，陳豨謀反。呂后擔心韓信發兵回應，就騙韓信說，陳豨已死，要韓信入賀。韓信入宮後就遭到逮捕並被處死。❺平皐　水邊平地。

【語譯】我聽說有的人名聲比東漢八俊還響亮，卻像八俊一樣被太監陷害；智慧比西漢三傑還要高，卻像韓信一樣死在女人手裡。所以大湖沼中的蛟龍，結果打敗了饑餓乏力的猛虎；水邊平地上的小螞蟻，也能欺負困在岸上的蛟龍。

【研析】這似乎在感歎自己在新的環境裡格格不入，有一種被欺凌，受屈辱的感覺。前四句用的是典故，後四句用的是比興，語氣中流露的是不平和無奈。有沒有人在欺負子山？這個很難說。從文獻記載來看，無論西魏還是北周，當局對子山還是尊重的，當然也沒有在政治上倚重他。然而子山卻是敏感的，他從前曾有過「出入禁闥，恩禮莫與比隆」（《周書・庾信傳》）的輝煌，相形之下，他感到失落，並被放大為受欺凌的感覺，也是很自然的。

其二十三

【題　解】這是說內心壓抑得太久，不平積累得太多，所以全身心都充滿了愁憤。

蓋聞性靈屈折❶，鬱抑不揚，乍感無情，或傷非類❷。是以嗟怨之水，特結憤泉❸；感哀之雲，偏含愁氣。

【注　釋】❶屈折　扭曲；受壓抑。❷非類　非我族類的意思。西魏和北周都是少數民族政權，庾信在北朝生活和任職，沒有認同感，所以如此說。❸憤泉　怨憤有如泉水。

【語　譯】我聽說性靈受到壓抑，悶悶不樂情意不能伸張；既打不起精神，又因與異族相處感到悲傷。所以怨愁之水，全彙聚成了憤恨之泉；哀傷之雲，尤其充滿了愁慘之氣。

【研　析】這一則真實地表露了子山在北朝的壓抑心態。推尋他心靈痛苦的緣由，看來是無法產生一種身分的認同。一方面是敵國，一方面又「非我族類」。在這樣的環境裡，總是要時時小心，處處注意。雖然也能得到一點禮遇，但究竟不是主人。自由是沒有的，憤怨積壓在心中，卻又不能發洩出來，這就讓子山備受煎熬。

其二十四

【題解】這是有感於動亂年代裡，不斷地遷徙流移。

蓋聞遷移白羽❶，流徙❷房陵❸，離家析里❹，悽恨撫膺❺。是以吳起❻之去西河，潸然出涕；荊軻之別燕市，悲不自勝❼。

【注釋】❶遷移白羽　語出《春秋・昭公十八年》：「許遷于白羽。」白羽，地名，在今河南西峽西關外。❷流徙　遷徙。❸房陵　地名，在漢中。❹析里　離開故鄉。析，分開，這裡是離開的意思。❺撫膺　以手拍胸，心情激動的樣子。❻吳起　戰國軍事家，戰功卓著，被魏文侯任為西河守。武侯時因受排擠，離開魏國，逃亡楚國。❼荊軻之別燕市二句　《史記・刺客列傳》載，荊軻受燕太子丹命，離燕入秦行刺之際，太子丹為他送行。高漸離擊筑，荊軻和而歌之，眾人皆垂淚涕泣。

【語譯】我聽說從故鄉遷徙到白羽，從舊地流亡到房陵，離開家園遠走他鄉，淒慘愁苦以手拍胸。所以吳起離開魏國，不禁流下眼淚；荊軻告別燕國，悲哀難以克制。

【研析】這是夫子自道，借歷史上去國離鄉的典故，來寫自己的羈旅漂泊之愁。所謂不著一字，盡得風流。我們懸想，當子山親身遭遇了這一連串生活的變故，被迫入北且又無法回歸的時候，對於一向熟知的紙面上的典故他一定於剎那間產生了一種真切的體認，對於在時空上相隔那麼遙遠的人事也一下子感同身受了。

其二十五

【題解】這是慨歎世態炎涼，人情冷暖，讚揚可貴的情義之交。

蓋聞廉將軍之客館❶，翟廷尉之高門❷，盈虛倏忽，貴賤何論。是以平生故人，灌夫不去❸；門下賓客，任安獨存❹。

【注釋】❶廉將軍之客館　《史記・廉頗藺相如列傳》載，當廉頗失勢時，他門下的賓客都離開他。後來重新為將，賓客又都回來了。❷翟廷尉之高門　《史記・汲鄭列傳》載，翟公做廷尉時，門下賓客很多。後來被撤職，賓客都離他而去。等到他又重新起用，賓客又要來投奔他。翟公就在門上題道：「一死一生，乃知交情。一貧一富，乃知交態。一貴一賤，交情乃見。」❸平生故人二句　《史記・魏其武安侯列傳》載，魏其侯竇嬰失勢，賓客都紛紛離開，趨奉武安侯田蚡，只有老朋友灌夫仍然一如往常，和魏其侯來往。❹門下賓客二句　《史記・衛將軍驃騎列傳》載，大將軍衛青失勢，霍去病權勢日隆，衛青門下賓客多去投靠霍去病，只有任安還留在衛青身邊，不離不棄。

【語譯】我聽說廉頗將軍家賓客的住所，翟廷尉家的門庭，門客忽多忽少，貴賤怎能斷定。所以身為魏其侯的老朋友，灌夫在他失意時不離不棄；作為衛青的賓客，任安在他落寞時仍獨自留在他的身旁。

【研析】這是對人情冷暖、世態炎涼的感慨。子山曾經有過人生的黃金時期，當年他在蕭綱宮中備受禮遇，文采風流，天下矚目。朱雀航敗，聲名地位都受到影響。流落北國，表面雖受禮遇，但終究寄人籬下。人在失意中往往會看清人情世態的真相。這一則前後兩部分構成對比，用勢利之交反襯出情意之交的可貴，這是子山從自家身世遭遇中生發出的感歎，可以感受到他內心的激憤。

其二十七

【題解】這是說過了五十，壯志已消，精神狀態萎靡不振。

蓋聞五十之年，壯情久歇，憂能傷人，故其哀矣。是以譬之交讓❶，實半死而言生；如彼梧桐，雖殘生而猶死。

【注釋】❶交讓　樹木名，這種樹兩樹對生，一樹枯萎，另一樹開花，好像互相謙讓的樣子，故稱。

【語譯】我聽說人到五十歲時，豪情壯志早已消歇，想到憂愁會傷害身體，就更增一重悲哀。所以現在的我就像是交讓樹，實在是半死半活；又好比梧桐樹，雖還沒有死去卻和死了沒有什麼不同。

【研析】這一則寫得很頹唐，也是子山真實心態的寫照。年逾五十的作者已經經歷了太多的變化。他是不幸的，故國淪亡，有家難歸。連普通人的平常願望都不能實現，還談什麼壯志豪情呢？他說自己就像交讓、梧桐一般，簡直是雖生猶死，生不如死，可以想見這是怎樣的一種痛苦啊。本篇比喻很形象。

其二十八

【題　解】這則講的是作者入北以後的心態。既憂讒畏譏，又思念家鄉，自悲自憐，難以排解。

蓋聞秋之為氣，惆悵自憐❶，耿恭之悲疏勒❷，班超之念酒泉❸。是以韓非客秦，避讒無路❹；信陵在趙，思歸有年❺。

【注　釋】❶秋之為氣二句　語出宋玉〈九辯〉：「悲哉秋之為氣也。」「惆悵兮而私自憐。」氣，季節。❷耿恭之悲疏勒　耿恭，字伯宗，東漢明帝永平中出征匈奴。以少量兵力據守疏勒城數年，食盡窮困，煮鎧弩，食筋革。後得漢軍援救，這時只剩下十三人。❸班超之念酒泉　班超，字仲升，東漢明帝時率吏士三十六人遠赴西域，在長達三十一年的時間裡，擊退匈奴、月支的入侵，保護了西域各族的安全。任西域都護，封定遠侯。他晚年思鄉情切，上疏稱：「臣不敢望到酒泉郡，但願生入玉門關。」❹韓非客秦二句　《史記・韓非列傳》載，秦王讚賞韓非思想。韓非入秦，引起李斯等人的妒忌，他們在秦王面前進讒。秦王將韓非下獄治罪，李斯派人送毒藥給韓非，迫其自殺。❺信陵在趙二句　信陵，信陵君魏無忌，戰國四公子之一。魏安釐王二十年，他竊得魏王兵符，擊殺晉鄙，率軍擊破秦軍，解救趙圍。他自知觸怒魏君，便留居趙國十年不歸。

【語　譯】我聽說秋天這個季節，特別容易引起傷感之情。就像耿恭困守疏勒孤城的悲傷，班超渴望回到酒泉的情意。所以韓非子客居秦國，無法避開別人的陷害；信陵君留居趙國，思鄉之情一年比一年深切。

【研　析】悲秋的題材和憂讒畏譏、去國懷鄉的主題結合起來，使全篇的惆悵氣息更濃烈了。只是這種強烈的情緒沒有直截了當地宣洩出來，而是含蓄地隱藏在全部典故的意涵中。「韓非客秦」二句，透露出了子山處境的艱難，似乎有著一種如臨如履的惶恐。

其二十九

【題　解】這是感歎有德行的人，總是不如意的。既是有感而發，又是夫子自道。

蓋聞懸鶉百結❶，知命不憂❷；十日一炊❸，無時❹何恥。是以素王之業，乃東門之貧民；孤竹之君，實西山之餓士❺。

【注　釋】❶懸鶉百結　形容衣衫襤褸。因鵪鶉毛斑尾禿，狀如破衣，故稱。百結，以碎布連綴而成之衣。❷知命不憂　安於天命就無憂無慮。語出《易傳．繫辭上》曰：「樂天知命，故不憂。」❸十日一炊　古書中常有貧士或廉潔之士十天才做一次飯的記載。《北堂書鈔》卷三十八引《會稽典錄》載，陳修為豫章太守，十日一炊。❹無時　這裡是指沒有一定的做飯時間。❺素王之業四句　意謂道德高尚之士都是貧困不得意的人。素王，有帝王之德卻未居其位的人，指孔子。東門之貧民，漢樂府民歌〈東門行〉描寫城市平民的生活，有句云：「出東門，不顧歸。來入門，悵欲悲。盎中無斗米儲，還視架上無懸衣。」孤竹之君，指伯夷、叔齊，他們是孤竹國君的兒子，因為互相謙讓不肯繼承王位，便一起離開國家。周武王伐紂，他們表示反對，認為這是以臣弒君。所以就隱居首陽山，不食周粟而死。西山，首陽山。

【語譯】我聽說儘管穿得破破爛爛，安於天命就可快樂無憂；雖然十天才做一次飯，飲食無常並沒有什麼可羞。所以素王的事業雖然偉大，但過的卻是東門貧民的生活；伯夷、叔齊儘管道德高尚，實在只是西山上的兩個饑民。

【研析】用德行、事業的偉大與境遇的貧困坎坷構成強烈的反差，究竟是要表達怎樣的感情？是憤懣抗議？還是讚佩崇仰？是無可奈何？還是自我安慰？大概兼而有之。庾信在入北周初的一段時間，曾在長安過著鄉居生活，生活也許比較艱難了一些。他的〈小園賦〉、〈奉報窮秋寄隱士〉詩中都有歎貧嗟窮的內容，可以和本篇合而觀之。

其三十

【題解】這是對孔子「古之學者為己，今之學者為人」一語的闡發。表彰古人，批評今人，有憤世之意寓焉。

蓋聞胸中無學，猶手中無錢，今之學也，未見能賢❶。是以扶風之高鳳，無故棄麥❷；中牟之甯越，徒勞不眠❸。

【注釋】❶今之學也二句　《論語・憲問》引孔子的話說：「古之學者為己，今之學者為人。」為己是說為了提高自己的品行修養，為人是說為了贏得別人的讚譽。能賢，才能和德行。❷扶風之高鳳二句　高鳳，字文通，東漢名儒。專精誦讀，晝夜不息。有一次庭院裡曬麥，妻子讓他看護。這時天降暴雨，他卻讀書入迷，以至暴雨將麥子都沖走了（《後漢書・逸民列傳》）。❸中牟之甯越二句　《呂氏春秋・不苟論》載，戰國中牟人甯越讀書非常刻苦，人家休息和睡覺了，他卻用功讀書，十五歲時成為周威公的老師。

【語譯】我聽說腹中沒有學問，就好比手中沒有錢財，今天的人雖然也在讀書，卻看不出他們才能品德有什麼提高。所以扶風人高鳳讀書入迷，以至暴雨沖走麥子都不知曉；中牟人甯越刻苦學習，以至夜以繼日苦乏其身。

【研析】本篇有感而發，是孤憤之作。前四句是講今之學者的情況，後四句連用兩個典故，說明古之學者的精神。這是對當時世風的抨擊。

其三十五

【題解】本則是說對人才要用其所長，為司馬相如、賈誼未盡其用而不平，也有自悲不遇的意思。

蓋聞明鏡蒸食，未為得所❶，干將補履❷，尤可傷嗟。是以氣足凌雲，不應止為武騎❸；才堪王佐，不宜直放長沙❹。

【注　釋】❶明鏡蒸食二句　語出《淮南子・齊俗訓》：「明鏡可鑒形，蒸食不如竹箄。」（《太平御覽》卷七五七引）竹箄是蒸鍋中的竹屜。得所，這裡是使用恰當的意思。❷干將補履　用利劍來修補鞋子。干將，本是鑄劍的匠人，這裡是劍名。東方朔〈答驃騎難〉：「干將莫邪，天下之利劍也。水斷鵠雁，陸斷馬牛，將以補履，曾不如一錢之錐。」（《全漢文》卷二五）❸氣足淩雲二句　是用司馬相如的典故。《史記・司馬相如列傳》載，司馬相如文才高，寫〈大人賦〉，漢武帝讀後「飄飄有淩雲之氣」。讓他做武騎常侍，實在屈才。❹才堪王佐二句　是用賈誼的典故。《史記・屈原賈生列傳》載，賈誼才學高，年紀輕，漢文帝很賞識他，本想提拔他任公卿之職，遭到老臣的反對，只好讓他去做長沙王太傅，才華終究沒有得到發揮。王佐，國君的輔佐大臣。

【語　譯】我聽說用鏡子去蒸食物，不能算是用其所長；用利劍去修補鞋子，特別讓人感歎悲傷。所以司馬相如才氣沖天，不應只做個小小的武騎常侍；賈誼的學識才華完全可以充當輔佐大臣，不該外放長沙做一個小小的太傅。

【研　析】這也是不平之鳴，只是不知道是針對普遍狀況呢，還是宣洩個人牢騷。前半部分是比喻，意思是用非所長，實可歎息。後半部分是實例，司馬相如和賈誼都未得重用，未能盡才。子山在嗟歎前人的同時，也應包含著自嗟自歎的意思。

其三十七

【題解】這是讚揚曹劌、藺相如憑著內在強大的精神氣質，就壓倒了對手，不辱使命。

蓋聞意氣❶難干❷，非資❸扛鼎❹；風神❺自勇，無待翹關❻。是以曹劌登壇，汶陽之田遽反❼；相如睨柱，連城之璧更還❽。

【注釋】❶意氣　精神氣勢。❷干　冒犯。這裡是阻遏的意思。❸資　借助。❹扛鼎　舉起大鼎。❺風神　精神氣質。❻翹關　舉起門扇。與上句扛鼎都表示力大無窮。語出左思〈吳都賦〉：「翹關扛鼎，拚射壺博。」❼曹劌登壇二句　《史記・刺客列傳》載，曹沫為魯將，與齊國作戰，三戰三敗，魯國被迫割讓領土給齊國。後來曹沫陪同魯莊公與齊桓公會盟於柯，曹沫登壇而上，以武力逼迫齊桓公歸還魯國的土地。曹劌，就是曹沫。汶陽之田，汶水以北的土地，是齊國從魯國那裡侵吞的領土。❽相如睨柱二句　《史記・廉頗藺相如列傳》載，秦王願以十五城交換趙國和氏之璧。使者藺相如奉璧使秦，發現秦王無意償還城，就設計取回了玉璧。他「持其璧睨（斜視）柱，欲以擊柱」，秦王被迫答應以城換璧。藺相如斷定秦無誠意，就把玉璧送還趙國。

【語譯】我聽說一個人氣勢充沛難於阻遏，並不是靠能舉起大鼎的力量；精神氣質勇敢無畏，也不是仗著能輕鬆擎門的大力。所以曹劌一登上盟壇，齊桓公就趕緊歸還了汶陽的土地；藺相如斜視柱子，價值連城的玉璧就完好無損地送回趙國。

【研析】這一則是否包含著自責和開脫的意味呢？觀文中所用典故皆奉命出使，不辱使命的故事，讀者很自然會聯想到子山自己的經歷。然而形成的對比是，曹劌、藺相如皆能保全國家利益，而子山恰恰是有辱使命的。不惟如此，而且還屈節事敵。雖然梁朝很快滅亡了，在名分上子山與梁也沒有了關係，但在子山的內心裡究竟還是有著愧疚的。他在這一則裡讚揚曹劌、藺相如憑著內在的氣勢完成了使命，從另一角度看，是不是也含有這樣的意思：可是我只是一介書生，欠缺的就是這種一往無前的氣質啊，真是徒喚奈何。能不能把這理解為子山對心理重負的一種自我開脫呢？

其三十八

【題　解】自責自己無心、無節，又說自己在和鼠類同處。

蓋聞卷葹不死，誰必有心❶；甘蕉自長，故知無節❷。是以螺蚌得路，恐畏驪淵❸；雀鼠同歸❹，應非丹穴❺。

【注　釋】❶卷葹不死二句　意謂自己好像卷葹草雖然活著卻沒有心腸。卷葹，草名，就是宿莽，據說這種草拔心不死。❷甘蕉自長二句　意謂自己仕於北周是沒有氣節。甘蕉，香蕉的一種。❸驪淵　黑龍潛藏的深淵。《莊子‧列禦寇》載，一個年輕人潛水到深水裡得到了千金之珠。他的父親說，這個珠寶是藏在驪龍的頷下，你所以能得到，是因為驪龍睡著了。如果龍醒過來，你就危險了。❹雀鼠同歸　指鳥鼠同穴山，在今甘肅渭源西，因傳說鳥和鼠共同生活在一個山穴中得名。❺丹穴　《山海經・南山經》中所講的山，山上多金玉，有鳳凰。

【語　譯】我聽說卷葹雖然無心卻不死去，如今活著的人到底哪個是有心的呢？甘蕉自生自長，所以知道它們並沒有樹節。因此螺蚌行路的途徑恐怕和到驪龍頷下取珠的路不一樣，鳥雀同住的山洞應該不是丹穴吧。

【研　析】本篇通篇用比，意思很含蓄又很豐富。前半部分似含自責的意思，說自己無心、無節，大概是因為子山感到愧對故國的緣故。後半部分可能是他對北周政權和他自身狀態的看法。雖然實際上他只是寄人籬下，但子山在精神上似乎又有一種優越感。在他看來，朝廷上那些聲勢烜赫的權貴不過是「得路」的「螺蚌」而已，豈足道哉。自己在這個世界裡，與鼠類共事，實在是一種不得已的無奈。語氣中流露出一種傲氣。聯繫到子山的實際處境，不妨可以認為這是子山對失意狀態的一種心理補償。

其三十九

【題　解】這則是講微弱的人力改變不了大局。

蓋聞北邙之高，魏君不能削❶；穀、洛之鬭，周王不能改❷。是以愚公何德，遂荷鍤而移山；精衛何禽，欲銜石而塞海❸。

【注　釋】❶北邙之高二句　〈三國志・魏書・辛毗傳〉載，魏明帝想要削平北邙山，在山上建造臺觀，可以遠觀孟津。受到廷尉辛毗的諫阻，明帝也就停止了這個舉動。北邙，就是邙山，在今河南洛陽北。❷穀洛之鬪二句　《國語・周語下》載，周靈王二十二年，穀水、洛水在東周王城附近合流，水勢湍急，將毀王宮。靈王準備堵塞河流，遭到了太子晉的反對。穀，穀水，今河南澠池南澠水及其下游澗水，東流至洛陽西注入洛河。洛，洛水，即今河南洛河。由於二水合流時，水勢較急，所以稱為水鬥。❸愚公何德四句　意謂愚公、精衛的舉動都是不自量力，山是移不走的，海也是填不平的。愚公，《列子・湯問》載，北山愚公因太形、王屋二山擋住道路，遂與子孫每天挖山不止，想要移走大山。天帝受到感動，派神靈將二山移走了。荷，肩扛。精衛，《山海經・北山經》載，炎帝之少女溺亡東海，化而為鳥，名曰精衛。常口銜木石投於海中，想要填平東海。

【語　譯】我聽說北邙山山勢高峻，魏帝不能將高山削平；穀洛二水匯合湍急，周王對此也不能加以改變。所以愚公何德何能，就肩扛農具去移動大山；精衛是什麼樣的鳥兒，竟口含石子想要填塞大海。

【研　析】在這一則中，作者想要表達的意思是，人力扭轉不了天命，任何想要改變天命的想法和努力都是徒勞無功的。這大約是作者對梁朝敗亡的看法。這既是對梁朝的哀悼，同時也是一種心理安慰。既然是事之必然，一切人力都無濟於事，那麼微弱的自己，自可不必對故國承擔什麼不可推卸的責任了。在本篇裡，愚公和精衛都是作為不自量力的負面形象出現的。

其四十三

【題解】這是講人生觀的，儒道兼綜，而以道為主。既提倡忠信，更強調輕萬物，崇虛無。

蓋聞虛舟不忤❶，令德❷無虞❸；忠信為琴瑟，仁義為庖廚。是以從莊生，則萬物自細❹，歸老氏，則眾有皆無❺。

【注釋】❶虛舟不忤　《莊子・山木》載，在河面上行船時，假如有一條空船撞到了自己的船，即使脾氣不好的人，也不會生氣。說明人應該「虛己以遊世」，這樣才不會有痛苦。忤，衝突。❷令德　美德。❸虞　憂慮；憂患。❹萬物自細　看輕萬物的意思。莊子追求逍遙自由的境界，認為秕糠萬物，不肯以物為事才能獲得自由。❺眾有皆無　這是《老子》的基本思想。《老子》認為，世界的根本是虛無，無是萬物（有）之母，「天下萬物生於有，有生於無。」（《老子》四〇章）

【語譯】我聽說空船來撞，船主不會生氣；美德懿行，可使人生無憂。用忠信作琴瑟，以仁義為廚房。所以追隨莊子自會看輕萬物，歸依老子必定視萬物如虛無。

【研析】這一則文字很集中地表達了子山的人生哲學，那就是儒道兼綜。既要講忠信仁義，又要講老莊達觀。只是在儒道兩方面作者似乎更倚重的是老莊。從開首二句「不忤」、「無虞」的表述中，可以想見子山的內心並不安寧，憂懼時時盤踞。在這種情況下，他當然只能到老莊那裡去尋求解脫了。

其四十四

【題　解】這是說自己寄居異鄉，有家難回。

蓋聞三關❶頓足❷，長城垂翅❸，既羇❹既旅，非才非智。是以烏江艤檥，知無路可歸❺；白雁抱書❻，定無家可寄。

【注　釋】❶三關　三個重要關口。古籍中談及三關者多，其地不一。這裡是泛指邊關險要之地。❷頓足　止步不前。❸垂翅　鳥翅下垂，不能高飛貌，比喻受到挫折。❹羇　寄居；旅居。❺烏江艤檥二句　意謂即使心裡很想回到故國，也無法回去了。烏江艤檥，這是用《史記・項羽本紀》中的典故，垓下之戰時，項羽想要東渡烏江，烏江亭長要用船把項羽接回江東。項羽說，當年自己帶領江東八千子弟渡江西來，現在卻不剩一人，自己無臉見江東父老，謝絕了烏江亭長。艤檥，攏船靠岸。檥，船槳，這裡指代船。❻白雁抱書　雁足繫信的意思。

【語　譯】我聽說人們來到邊關就止步不前，鳥兒飛臨長城就收翼不飛，子然一身旅居異鄉，既無才華又無智慧。所以就像項羽謝絕亭長渡江的建議，因為我知道已經沒有了回家的道路；想要讓大雁帶封書信回家，肯定已經沒有可以寄達的家。

【研析】本篇流露出的心情是絕望的。三關、長城，已經是極遠之地。但是明明可以有船引渡，卻說無路可歸，可以寄信，卻說無家可寄，這到底是怎麼回事呢？《周書・庾信傳》載，周閔帝時，周陳通好，南北流寓之人都被允許回歸故國。陳朝也要求北周放還庾信和王褒，卻沒有得到北周的同意，曾經有過的可能性就這樣一下子消失了。這大概就是本篇所說「無路可歸」和「無家可寄」的原因吧。